CAMILLE NOE PAGAN

Pfingstrosen im September

Buch

Vergeben, aber nicht vergessen –
die bewegende Geschichte einer Freundschaft.

Marissa Rogers trifft sich nach langer Zeit wieder mit ihrer Schulfreundin Julia Ferrar. Die Balletttänzerin Julia war schon immer glamouröser als die bodenständigere Marissa, die inzwischen Redakteurin einer Zeitschrift in New York ist und in einer glücklichen Beziehung lebt. Während Marissa im Café auf ihre Freundin wartet, beobachtet sie zu ihrem Entsetzen, wie Julia die Straße überquert und dabei von einem Taxi angefahren wird. Der Unfall verändert ihre Leben grundlegend. Denn Julia verliert dabei ihr Gedächtnis – und Marissa fühlt sich ihr verbundener denn je. Doch eines Tages stellt sie fest, dass Julia über E-Mail wieder Kontakt zu Nathan hat – ihrer beider Jugendliebe. Die Frauen stehen erneut vor einer Entscheidung, die sie schon einst beinahe entzweit hätte: Was kann man in einer Freundschaft vergeben? Was muss man vergessen?

Autorin

Camille Noe Pagan arbeitet als Journalistin für Printmedien wie *Forbes, Glamour, Women's Health, Men's Health* und *Reader's Digest*. Sie ist Mitherausgeberin von *Arthritis Today* und Mitbegründerin der Website *SvelteGourmand.* Sie lebt mit ihrem Mann und ihren zwei Kindern in Ann Arbor, Michigan.

Mehr Information zur Autorin unter www.camillenoepagan.com

Camille Noe Pagan

Pfingstrosen im September

Roman

Aus dem Amerikanischen
von Karin Dufner

blanvalet

Die amerikanische Originalausgabe erschien 2011
unter dem Titel »The Art of Forgetting« bei Dutton, New York.

MIX
Papier aus verantwortungsvollen Quellen
FSC® C014496

Verlagsgruppe Random House FSC® N001967
Das FSC®-zertifizierte Papier *Holmen Book Cream*
für dieses Buch liefert Holmen Paper, Hallstavik, Schweden

1. Auflage
Taschenbuchausgabe Juli 2013 bei Blanvalet, einem Unternehmen
der Verlagsgruppe Random House GmbH, München.

Umschlaggestaltung: bürosüd°, München
Umschlagmotiv: Umschlagabbildungen: Getty Images / Photodisc / Thomas
Northcut und bürosüd°, München
Redaktion: Angela Troni
ES · Herstellung: sam
Druck und Einband: GGP Media GmbH, Pößneck
Printed in Germany
ISBN: 978-3-442-38157-9

www.blanvalet.de

Für JP und Indira,
denen ich meine schönsten
Erinnerungen verdanke.

Verzeihen heißt, alle Hoffnung
auf eine bessere Vergangenheit zu begraben.

Lily Tomlin

1

Es gibt nur eine einzige wirksame Methode, den Stoffwechsel anzuregen: Bewegung. Das wird mir beim Redigieren eines Artikels klar, in dem steht, Cayennepfeffer, Zimtextrakt und große Mengen Kaffee *könnten* den Körper *möglicherweise* (aber vermutlich eher nicht) austricksen, damit er mehr Kalorien verbrennt. Gerade überlege ich mir, wie ich meiner Chefin durch die Blume klarmachen soll, dass es sich bei diesem Text um ausgemachten Quatsch handelt, den man besser nicht drucken sollte, als das Telefon läutet.

Seufz. Ich stehe auf Kriegsfuß mit dem Telefon. Andererseits gilt das auch für diesen Artikel. Also gehe ich ran.

»Spricht da Marissa Rogers, die weltberühmte Diätexpertin?«

»Hallo, Jules«, sage ich, erleichtert, dass es meine beste Freundin ist und kein Vertreter, der mir die neueste Fett-weg-Wunderdroge aufschwatzen will. »Du kannst dir gar nicht vorstellen, an was für einem Mist ich gerade sitze.«

»Lass mich raten. Ein Rezept für vegane Pappdeckelkekse?«

»Das hört sich nach etwas an, das du vermutlich sogar essen würdest«, antworte ich lachend, als Anspielung auf Julias unermüdliche Bemühungen, ihre gertenschlanke Figur zu halten. »Aber du bist nah dran. Du hast noch einen Versuch frei.«

»Einhundertzweiundvierzig Wege, die letzten zweieinhalb überflüssigen Kilos loszuwerden.«

»Auch nicht schlecht und trotzdem daneben«, erwidere ich. »Thema ist eine Umstellung des Stoffwechsels.«

Julia prustet. »Nicht zu fassen, dass du schon *wieder* mit dieser Leier anfängst.«

»Ich weiß. Wir haben den Kram dieses Jahr schon sechsmal durchgekaut«, sage ich, was nicht ganz gelogen ist. Wie die meisten Gesundheitszeitschriften bringt *Schlanke Linie* dieselben zehn Artikel ein ums andere Mal, wenngleich stets mit winzigen Abwandlungen, damit sie nicht völlig identisch klingen. Inzwischen bin ich zu dem Schluss gekommen, dass sich die Berichte über Stoffwechsel bei uns am häufigsten wiederholen, lediglich überboten von Darmspülungen (sehr umstritten, aber wirksam), dicht gefolgt von den Abnehmgeheimnissen der Promis (Diät und Sport, was in Hollywood ein Code für Appetitzügler und Magersucht ist).

In der rechten Ecke meines Computerbildschirms geht ein Fenster mit einer E-Mail auf. Sobald ich sie anklicke, erscheint eine zweite und dann eine dritte. »Hör zu, ich muss mich jetzt sputen, wenn ich heute Abend rechtzeitig hier raus will«, sage ich zu Julia. »Die Verabredung steht doch noch, oder?«

»Aber klar«, entgegnet sie. »Genau deshalb rufe ich dich ja an. Ich kann es nämlich nicht erwarten, dich zu sehen. Klappt es bei dir vielleicht auch um halb sieben? Ich bin ein wenig im Hintertreffen. Außerdem muss ich noch eine Kleinigkeit besorgen«, fügt sie in ihrem reizendsten Tonfall hinzu.

»Keine Geschenke!«, protestiere ich. »Heute Abend geht die Rechnung auf mich. Schließlich bist du befördert worden, schon vergessen?« Damit meine ich ihren Aufstieg zur Pressesprecherin des New York City Ballet.

»Es ist kein Geschenk, Dummerchen.«

»Julia.«

»*Marissa*«, äfft sie mich nach. Ich kann sie am anderen Ende buchstäblich grinsen sehen. »Bis dann. Komm bloß nicht zu spät!«

Zwei Stunden und ein halbes Glas Cabernet später sitze ich im Restaurant am Fenster und versuche, mich nicht zu ärgern, obwohl es schon fast sieben Uhr ist und von Julia noch immer jede Spur fehlt. Wenn ich auf jemand anderes warten würde, wäre ich schon vor einer Viertelstunde gegangen. Als Tochter einer chronisch unpünktlichen Mutter ist meine Toleranzschwelle in Sachen Zuspätkommen ausgesprochen niedrig. Allerdings muss ich mir in diesem Fall selbst die Schuld geben, da ich ganz genau weiß, dass ein Erscheinen von Julia zum verabredeten Zeitpunkt ebenso wahrscheinlich ist wie Eisbären im Hudson River.

Ich trinke noch einen Schluck Wein und spiele an dem Käse herum, den der Kellner mir (nicht ahnend, dass ich mir das Zeug mit seinen neun Gramm Fett pro Miniportiönchen niemals zu Gemüte führen würde) als Kostprobe serviert hat. Draußen vor dem Fenster, in Gramercy, tobt das Leben. Ich liebe dieses Viertel mit seinen ausladenden Magnolienbäumen und den zerbröckelnden Backsteinfassaden. Es ist noch nicht ganz dunkel und wie so oft im New Yorker September noch warm genug, um in Shorts und Sandalen herumzuschlendern.

Als ich in der Ferne eine mir bekannte Brünette bemerke, die mit langen Schritten den Irving Place entlanggeht, überkommt mich eine Spur von Neid. Im Gegensatz zu Julia werde ich nie eine Frau sein, die andere Passanten von Kopf bis Fuß mustern. Das heißt jetzt nicht, dass sie aussieht wie ein Unterwäsche-Model – in einer Stadt, in der es Modeschönheiten gibt wie Sand am Meer, würde sie damit auch kaum auffallen. Doch ihr herzförmiges Gesicht und die großen grauen Augen sind beeindruckend, außerdem lädt ihr selbstbewusstes Auftreten geradezu zum Hinstarren ein. Wenn wir gemeinsam unterwegs sind, wird sie häufig angesprochen und gefragt, woher sie denn komme. Dann denkt sie sich jedes Mal eine andere Antwort aus. »Aus Honduras«, sagt sie zum Beispiel todernst und in bestem Akzent aus dem Mittleren Westen, oder »Aus der Ukraine«, nur um sich anschließend vor Lachen zu biegen.

Als Julia näher kommt, stelle ich fest, dass sie einen riesigen Strauß weißer Pfingstrosen in der Hand hat, die bestimmt für mich sind. Da die Blumen momentan keine Saison haben, haben sie sicher ein Vermögen gekostet. Aber vermutlich hat Julia sich nicht einmal nach dem Preis erkundigt, bevor sie dem Floristen ihre Kreditkarte reichte. Einmal habe ich ihr anvertraut, ich hätte ein schlechtes Gewissen, weil sie mir immer eine Kleinigkeit mitbringt.

»Geschenke zu machen ist meine Art, Zuneigung auszudrücken. Du tust es, indem du einem auf angenehme Art Gesellschaft leistest«, erwiderte sie sachlich, sodass ich den Widerspruch irgendwann aufgab, wenn sie wieder mal mit einer in San Juan erstandenen Tüte Kaffee oder einer auf einem Flohmarkt entdeckten Glasskulptur aufkreuzte. Heute sind es eben Blumen.

Julia legt die Strecke in Rekordzeit zurück, vermutlich weil sie weiß, dass ich auf sie warte. Als sie die Ecke erreicht hat, erkennt sie mich durch die Scheibe und lächelt mich über die Straße hinweg breit an. Ich proste ihr mit dem Weinglas zu, worauf sie winkt und mit einem kleinen Ausfallschritt in meine Richtung die Fahrbahn betritt.

Das Taxi erfasst sie, noch ehe ich mein Glas abstellen kann.

Der Unfall spielt sich so schnell ab, dass ich das heranrasende gelbe Gefährt, das mit Julia zusammenprallt und sie von der Motorhaube auf die Straße schleudert, kaum wahrnehme.

Ich stoße keinen Schrei aus. Genau genommen tue ich überhaupt nichts, bis ich bemerke, dass meine Hose nass ist, weil ich mir den Wein übergeschüttet habe. Erst dann springe ich auf, renne zur Tür hinaus und dränge mich durch die kleine Menschenmenge, die sich inzwischen um meine Freundin versammelt hat. Alle reden durcheinander, und ich schnappe einen beängstigenden Gesprächsfetzen nach dem anderen auf. »Eindeutig Blut«, »Schädelbruch«, »Natasha Richardson«, »tot«.

Mühsam befreie ich mich aus meiner Schockstarre und mache mich innerlich auf eine grausige Szene gefasst. Doch als ich endlich vor Julia stehe, ist sie nicht nur bei Bewusstsein, sondern versucht sogar gerade, sich aufzusetzen. Die Haare hängen ihr ins Gesicht, und das rechte Knie, das aus der zerrissenen Strumpfhose lugt, blutet. Ansonsten sieht sie nicht sehr mitgenommen aus, sondern eher, als wäre sie nur gestolpert.

Sie blickt zu mir auf und betrachtet wehmütig die überall verstreuten weißen Blütenblätter. »Deine Blumen.«

»Julia, bist du verletzt?« Mein Mund ist trocken, und ich habe einen metallischen Geschmack auf der Zunge. »Vergiss die Blumen. Wir sollten dich erst mal von der Straße wegschaffen.«

Eine ältere Frau mit starkem New Yorker Akzent hebt mahnend den Zeigefinger. »Ihr Kopf hat ordentlich was abgekriegt, junge Frau. Sie gehören in eine Klinik.«

»Ich habe einen Krankenwagen gerufen«, sagt der Taxifahrer in die Menge hinein. Seine Augen sind gerötet, und mir wird klar, dass er geweint hat.

»Nein, bloß nicht«, erwidert Julia und steht langsam auf. »Mir geht es gut.« Mit einer schwachen Bewegung zeigt sie auf den Taxifahrer. »Sie hätten mich beinahe umgebracht.«

Offenbar mache ich einen besorgten Eindruck, denn Julia fügt an mich gewandt hinzu: »Alles in Ordnung. Ich bin nur ein bisschen wackelig auf den Beinen.«

»Natürlich. Warum setzt du dich nicht irgendwo hin?« Ich hebe ihre Lederhandtasche von der Straße auf. »Ich frage den Fahrer nach seinem Namen und der Adresse.«

»Danke«, antwortet sie und lässt sich von einem Mann, der wie ein Banker aussieht und sie sichtlich anhimmelt, zu einer Bank vor dem Restaurant führen.

»Die Dame hat recht, Liebes. Du musst untersucht werden!«, rufe ich ihr nach. Dabei krame ich einen Stift und Papier aus meiner Handtasche, was nicht leicht ist, weil ich nicht aufhören kann zu zittern. Ich habe noch immer nicht ganz begriffen, dass meine beste Freundin beinahe von einem Auto überfahren worden wäre. »Du willst doch sicher nicht erst morgen in der Ballettstunde herausfinden, ob du dir was gebrochen hast?«

Die Schaulustigen zerstreuen sich rasch, während ich am Straßenrand darauf warte, dass der Fahrer seine Zulassung und seine Versicherungskarte holt. Nachdem ich die Daten dreimal überprüft habe, notiere ich sie und kehre zum Restaurant zurück.

Sofort bemerke ich, dass etwas nicht in Ordnung ist. Julia ist, die Hände über den Ohren, auf der Bank nach vorne gesackt. »Ich habe solche Kopfschmerzen«, sagt sie. Als sie zu mir aufsehen will, gerät sie leicht ins Schwanken, und ich bemerke ein dünnes Rinnsal Blut unter ihrem rechten Nasenloch. Dann stöhnt sie. »Ich glaube, ich muss kotzen.«

Ich zucke unwillkürlich zusammen – Anblick und Geruch von Erbrochenem kann ich nämlich nur schwer ertragen. Doch anstatt sich zu übergeben, kippt Julia auf der Bank einfach um, bevor der Banker sie festhalten kann.

»Kommt der Krankenwagen?«, nuschelt sie noch.

Im nächsten Moment verliert sie das Bewusstsein.

2

Mit vierzehn bestürmte ich meine Mutter, mich in die beliebte High School in Ann Arbor zu schicken. Die Mittelschule war die Hölle gewesen, weshalb ich unbedingt Abstand zu meinen flatterhaften Freundinnen und, noch dringender, zu den

Schulhoftyrannen brauchte, die mich gnadenlos schikanierten. Außerdem wusste ich, dass die Highschool in unserem Wohnort Ypsilanti, die ich eigentlich hätte besuchen sollen, zu den schlechtesten im ganzen Bundesstaat zählte. Als ich meine Mutter darüber informierte, nahm sie mir prompt den Stift aus der Hand und unterschrieb das Antragsformular, das ich mir bereits auszufüllen erlaubt hatte.

Ich bereute die Entscheidung in dem Moment, als ich durch die doppelflügelige Schwingtür der Kennedy High trat, denn die Schüler in der Vorhalle sahen alle aus wie Komparsen aus der Serie *Beverly Hills 90210*. Die Mädchen, die sich gerade genug Make-up ins Gesicht geklatscht hatten, um aufregend verrucht zu wirken, trugen Rüschenblusen und Reithosen aus Stretch, die ich mir niemals hätte erlauben können, da sie meine zu klein geratene, kurvenreiche Figur äußerst unvorteilhaft zur Geltung gebracht hätten. Die Jungs an der Kennedy High pflegten, anders als die Typen in meinem Viertel, die sich in Modefragen auf T-Shirts von Cross Colors und auf Kniehöhe hängende Jeans beschränkten, eher einen sportlichen Kleidungsstil. Es wimmelte von pastellfarbenen Polohemden und Jeans, die – *seufz!* – tatsächlich passten. Ganz offensichtlich war ich falsch hier.

Die Befürchtung bestätigte sich im Klassenzimmer, wo kein einziges menschliches Wesen auch nur ein Wort mit mir wechselte. Obwohl ich es einige Male mit einem Lächeln und einem fröhlichen »Hallo!« versuchte, starrte mich sogar die pubertierende Trulla, die neben mir saß, nur ausdruckslos an.

Mit Beginn der Mittagspause war ich davon überzeugt, den größten Fehler meines Teenagerlebens gemacht zu haben. Um Gelassenheit bemüht, griff ich nach meinem blauen Tablett und arbeitete mich durch die Warteschlange. Doch als ich in die überfüllte Mensa kam und feststellte, dass ich niemanden hatte, zu dem ich mich setzen konnte, kämpfte ich mit den Tränen.

»Hier drüben!«, hörte ich plötzlich eine Stimme.

Julia winkte mich an ihren Tisch. Überrascht schaute ich sogar hinter mich, um mich zu vergewissern, dass sie nicht etwa mit jemand anderem sprach. »Nein, dich meine ich, du Dummerchen«, rief sie lachend und wies auf den Platz neben sich. »Marissa, richtig? Ich habe dich vorhin im Biounterricht gesehen.« Ich starrte sie fassungslos an. Natürlich hatte ich Julia bemerkt, die, umringt von makellos frisierten Jennifers und Jills, Hof hielt, allerdings hatte ich nicht geahnt, dass sie mich überhaupt zur Kenntnis genommen hatte.

»Ich habe gerade zu Jen gesagt«, fuhr sie fort, womit sie vermutlich die Blondine neben sich meinte, »dass du echt tolle Haare hast. Wie machst du das bloß?«

Ich lächelte, gleichzeitig verlegen und geschmeichelt. Bereits lange vor der Highschool war ich zu der Erkenntnis gelangt, dass sich mein Aussehen am treffendsten als durchschnittlich bezeichnen ließ. Das einzige hervorstechende Merkmal an mir ist mein Haar: dick, gewellt und kastanienbraun mit einem leichten Rotstich. Da es sich dabei um meinen größten Vorzug handelt, war ich darauf schon immer mehr als nur ein bisschen stolz.

»Ach, herrje, danke«, antwortete ich. »Ich tue eigentlich nichts Besonderes dafür. Shampoo von Aussie und ein bisschen Haarspray, das war's.«

»Einfach klasse, ich beneide dich«, erwiderte sie und legte mir den Arm um die Schultern. »Komm, setz dich. Ich stelle dich allen vor. Ich weiß, dass die Mädchen von dir begeistert sein werden.«

Doch wie erwartet waren die Jennifers und Co. ganz und gar nicht von mir begeistert.

»Du bist mir vielleicht eine«, kicherte Julia, als ich einen lockeren Spruch murmelte, und warf Jen S., bislang die ungekrönte Königin des Humors, einen strafenden Blick zu, da sie wegen des

Kompliments die Augen verdreht hatte. Bald war mir klar, dass Julia, die wegen ihrer Ausstrahlung von ganzen Heerscharen an Verehrerinnen umlagert war, eine wichtige Sache fehlte: eine Vertraute. Wie sie mir gestand, hatte sie es satt, dass sich die Welt ihrer Freundinnen ausschließlich um Mode und die Mitglieder der Football-Mannschaft drehte. »Du und ich, Marissa«, meinte sie verschwörerisch zu mir, »wir können über alles reden.«

Das taten wir auch. Bis zum Morgengrauen saßen wir oft da und erörterten, ob Emily Dickinson sich als ledige Frau glücklich gefühlt hatte, ob die Eisshakes von 7-Eleven ihre Kalorien wert waren und – am häufigsten – wie viel schöner das Leben wäre, wenn wir uns, endlich erwachsen, aus Michigan in grünere Gefilde davonmachen könnten. Unser Ziel war New York, wo Julia die Ballettszene im Sturm erobern wollte, während ich fest entschlossen war, die jüngste Chefredakteurin der Zeitschriftengeschichte zu werden.

Julia und ich waren unzertrennlich. Ihre beste Freundin zu sein war wie eine Eintrittskarte in eine vor Spaß und Aufregung strotzende, ausgesprochen privilegierte Welt. Das erste halbe Jahr wurde für mich zu einem Intensivkurs im Mithalten. »Was, du kennst Pearl Jam nicht?«, rief Julia entsetzt, als sie von einem weiteren meiner Defizite erfuhr. Doch es kümmerte sie nicht, und sie verbrachte die nächsten beiden Tage damit, mir die Grundzüge des Grunge zu erläutern. Als ich ihr meine völlige Unkenntnis in Sachen männliche Anatomie offenbarte, schloss sie umgehend die Lücken, die der Aufklärungsunterricht hinterlassen hatte. Obwohl sie nie ein Wort über meine erbärmliche Garderobe verlor, unternahmen wir samstags regelmäßig Einkaufsbummel, in deren Rahmen sie mir beibrachte, in Secondhandläden die besten Stücke herauszupicken und mich so zu kleiden, dass meine ausladenden Hüften zum Vorzug wurden.

Julia stand immer unter Strom und setzte alles unter Strom,

was sie berührte – so auch mich. Ich fühlte mich, als hätte sie mich aus einem jahrelangen Tiefschlaf erweckt. Warum hatte ich nie bemerkt, wie langweilig mein Leben bis jetzt gewesen war? Dennoch schienen wir uns in so unterschiedlichen Welten zu bewegen, dass ich das Gefühl nicht loswurde, sie gebe sich nur aus Mitleid mit mir ab.

Im Laufe der Monate wurde mir klar, dass sich hinter Julias schillernder Fassade ein brüchiger, ganz und gar nicht makelloser Kern verbarg. Sie war das einzige Kind wohlhabender Eltern und gewöhnt, ihren Willen zu bekommen. Anders als ich hatte sie nicht die geringsten Skrupel, mit dem Fuß aufzustampfen, wenn sie auf Widerstand stieß. Außerdem war sie, obwohl sie mehr Selbstbewusstsein besaß, als ich je bei einem anderen Menschen erlebt hatte, ausgesprochen besitzergreifend. »Du hast ziemlich viel Zeit mit Heather verbracht«, beschwerte sie sich einmal schmollend über meine Laborpartnerin im Chemiesaal. Da ich keinen Ärger wollte, bat ich die Lehrerin unter vier Augen, mich mit jemandem zusammenzusetzen, der »nicht so gesprächig« war, worauf die arme Heather die Welt nicht mehr verstand. Meistens jedoch war ich es, die Julia beruhigte oder tröstete und ihr half, ihre Ecken und Kanten vor ihrer Umwelt zu verbergen.

In unserem ersten Highschool-Jahr rief sie mich einmal spätnachts weinend an. »Mar, bitte komm vorbei, mir geht's total schlecht.« Außer mir vor Sorge schlich ich mich hinaus, stieg in den Bus, ging den knappen Kilometer von der Haltestelle zu den Ferrars zu Fuß und öffnete leise mit meinem Schlüssel die Tür.

Da Julias Zimmer leer war, sah ich in der Bibliothek nach, die ihre Eltern zum Ballettsaal umgebaut hatten. Ich traf Julia dort in T-Shirt, Leggings und Ballettschuhen an. Die Tränen liefen ihr übers Gesicht.

»Mein Gott, was ist passiert?«, fragte ich. Mein Herz klopfte wie wild, denn ich hatte sie noch nie so erlebt.

»Es liegt an meinen Eltern«, erwiderte sie und wischte sich mit den Handrücken die Wangen ab. »Sie verstehen mich einfach nicht. Manchmal habe ich das Gefühl, dass sie mich hassen.«

Unbeholfen legte ich ihr einen Arm um den mageren Rücken. »Deine Eltern vergöttern dich. Du hast ja keine Ahnung, was für ein Glückspilz du bist.«

»Nein!«, schluchzte sie. »Sie sind blind. Daddy besteht darauf, dass es Harvard sein muss, nicht Juilliard. Ich will aber nicht nach Harvard. Welche Tänzerin studiert denn bitte in *Harvard*? Sein Juristengehirn ist so vollgestopft mit Logik, dass er nicht begreift, welche Ziele ich habe.« Wieder brach sie in Tränen aus.

Auch wenn ich nicht im Traum daran gedacht hätte, es laut auszusprechen, verstand ich nicht, warum Julia mit ihren Eltern so unzufrieden war. Meine Mutter, alleinerziehend, seit meine Schwester Sarah und ich die Grundschule besuchten, arbeitete tagtäglich bis spätabends. Falls sie zu Hause war, bestand ihre Vorstellung von Erziehung darin, uns zu kritisieren. »Marissa, ich glaube, dieser Rock steht dir nicht«, sagte sie, wenn wir uns im Badezimmer begegneten, anstatt mir einen guten Morgen zu wünschen. Manchmal versuchte ich, ihre Aufmerksamkeit zu erregen, indem ich Skandalgeschichten erfand, zum Beispiel, dass ich vorhätte, erst um zwei Uhr morgens nach Hause zu kommen, oder dass es bei der Fete, zu der ich eingeladen sei, Bier geben würde. Doch sie blickte meist nur kurz von ihrem Liebesroman auf. »Du bist ein kluges Mädchen«, murmelte sie. »Also benutze deinen Kopf, und geh allen Jungs aus dem Weg, die dich an deinen Vater erinnern.« Was das College betraf, hatte sie mir unmissverständlich klargemacht, dass ich mein Studium selbst würde finanzieren müssen, weshalb eine Eliteuniversität für mich ohnehin nicht in Frage kam.

Julias Eltern hingegen waren der Ansicht, dass uns allen beiden grenzenlose Möglichkeiten offenstanden. »Ich wette, du wirst die nächste Katherine Graham«, begeisterte sich Grace, wenn ich nach der Schule bei ihnen im Wohnzimmer über meinen Englischhausaufgaben brütete. Im Gegensatz zu meiner Mutter – die mich offenbar so schlecht kannte, dass sie jedes Mal aufrichtig erstaunt war, wenn ich ihr sagte, wie sehr ich Mayonnaise verabscheute – wusste Grace, dass ich mich trotz meiner miserablen Noten in diesen Fächern für Naturwissenschaften interessierte und dass ich Schokoriegel mit Erdnussbutterfüllung liebte. Sie war sogar darüber im Bilde, dass ich für Adam Johnson schwärmte, einen Jungen aus der Klassenstufe über uns, der, wie ich vermutete, in Julia verliebt war.

Es lag also auf der Hand, dass Grace und Jim ihre Tochter wirklich lieb hatten – und mich ebenfalls. Grace plauderte stundenlang mit uns, wenn wir sie ließen, während Jim gern den strengen Vater mimte: »Getanzt wird erst, wenn du deine Hausaufgaben erledigt hast«, sagte er zu Julia. Allerdings war sein Tadel stets von einem Schmunzeln begleitet, welches einem das Gefühl vermittelte, dass er es nicht ernst meinte. Ich mochte die Ferrars so sehr, dass ich, wenn ich bei Julia schlief und nachts aufwachte, hinunter in die riesige Küche ging, mir einen Kaffee einschenkte und tat, als wäre ich hier zu Hause.

»Jules, du hast noch drei Jahre Zeit, um deinen Dad zu überzeugen«, tröstete ich sie. »Außerdem ist es völlig egal, wo du studierst. Du wirst so oder so ein Star.«

»Glaubst du wirklich?«, fragte sie nach einer Weile.

»Das weißt du doch«, erwiderte ich und strich ihr sanft das Haar aus den Augen. »Und alle anderen wissen das auch.«

»Oh, Marissa«, sagte sie. »Was würde ich bloß ohne dich machen? Immer wenn ich kurz davor bin, den Verstand zu verlieren, redest du mir so lange gut zu, bis ich mich wieder eingekriegt habe.«

»Dazu sind Freundinnen schließlich da, oder?«, beruhigte ich sie. »Außerdem würdest du für mich das Gleiche tun. Und jetzt wollen wir uns nicht länger den Kopf über deine Eltern zerbrechen, sondern uns lieber darum kümmern, dass du die allerspitzenmäßigste Tänzerin der Welt wirst. Warum tanzt du mir nicht die Szene aus *Giselle* vor, die du einstudiert hast?«

»Gut«, meinte sie mit einem zittrigen Lächeln und schnürte die Bänder ihrer Ballettschuhe zu. »Ich fange noch mal ganz von vorne an.«

In dieser Nacht wurde mir klar, dass Julia sich tatsächlich nicht nur aus Mitleid mit mir befasste. In Wahrheit brauchte sie mich genauso wie ich sie.

3

Das menschliche Gehirn besteht aus Abermilliarden von Neuronen, mikroskopisch kleinen Nervenzellen, die sich verhalten wie Arbeitsbienen, indem sie im Laufe einer einzigen Sekunde millionenfach Verbindung zueinander aufnehmen und so kommunizieren. Dank dieser Kontakte können wir uns bewegen, sehen, denken, atmen und leben. Wird das Gehirn jedoch durch stumpfe Gewalteinwirkung erschüttert, werden die empfindlichen Nervenbahnen überdehnt, was sie mit der Zeit brüchig und weniger leistungsfähig macht. Wenn die einwirkenden Kräfte stark genug sind – was sie bei Julias Unfall zum Glück waren –, sterben die geschädigten Neuronen ab. Dadurch gehen Erinnerungen, Fähigkeiten und zahlreiche weitere Dinge verloren, was sich möglicherweise erst nach mehreren Wochen oder gar Monaten bemerkbar macht. Deshalb ist Julia zwar noch am Leben, aber man kann noch nicht feststellen, ob sie wieder gesund wird.

Im Wartezimmer werden Dave und ich von einem verdächtig

aufgeräumten Doppelgänger von Doogie Howser begrüßt, dem vierzehnjährigen Arzt und Wunderkind aus der gleichnamigen Fernsehserie. Doogie, der sich als Julias Neurologe vorstellt, vermeldet, dass meine Freundin bei Bewusstsein sei und wir bald zu ihr dürften.

»Zum Glück hat sie keinen Schädelbruch erlitten, und das CT hat keine größeren Blutgerinnsel ergeben«, beteuert Doogie. »Blutgerinnsel üben nämlich Druck aufs Gehirn aus und unterbinden die Sauerstoffzufuhr, was schwere Schädigungen auslösen kann. Etwa bei einem dauerhaften Wachkoma.« Offenbar steht mir das Entsetzen ins Gesicht geschrieben, denn er beugt sich vor. »Damit wollte ich nur sagen, dass Ihre Freundin gewaltiges Glück gehabt hat. Die meisten Menschen überleben einen solchen Unfall nicht.«

»Danke, Doc. Wir haben verstanden«, entgegnet Dave knapp, um ihm klarzumachen, dass es überflüssig ist, den Teufel an die Wand zu malen.

Die Hände in den Taschen seiner Jeans, steht er da und ist so ruhig, als warteten wir auf einen freien Platz in einem Restaurant. Ich fand es immer kitschig, wenn andere Leute ihren Lebenspartner als »Fels in der Brandung« bezeichnen. Doch in den drei Jahren, die wir nun zusammen sind, ist Dave für mich genau zu dem geworden, auch wenn ich es nie laut aussprechen würde. Er ist der ausgeglichenste, beherrschteste Mensch, den ich kenne – und das aus dem Mund einer Frau, die in sämtlichen Leistungsbewertungen am Arbeitsplatz als äußerst gewissenhaft bezeichnet wird. Vermutlich habe ich es ihm allein zu verdanken, dass ich in dieser Situation nicht in Schockstarre verfallen bin.

Doogie, der eigentlich Dr. Bauer heißt, erklärt uns, Julias Gehirn weise mehrere Blutergüsse und Schwellungen auf. »Als sie auf die Straße gestürzt ist, hat sich ihr Gehirn nicht so schnell bewegt wie ihr Kopf«, führt er aus. »Deshalb wurden bei dem Aufprall nur die rauen Kanten des Schädels gestreift, was einen Zustand zur Folge hatte, den wir als Gehirnerschütterung bezeichnen.«

Ich zucke zusammen, worauf Dave mir eine Hand fest auf den Rücken legt, als wolle er mich stützen, damit ich unter demWorthagel des Arztes nicht zusammenbreche.

»Das ist nicht unbedingt begrüßenswert«, räumt Dr. Bauer ein. »Das Heikle daran ist nämlich, dass sich anhand eines CTs nur schwer ermitteln lässt, wie stark das Nervengewebe in Mitleidenschaft gezogen wurde.« Er reibt sich die Stirn und sieht nun eher wie ein erschöpfter Arzt aus als wie ein Musterschüler. »Ich weiß nicht, wie Ihre Freundin vor dem Unfall war. Allerdings kann sich ein Schädel-Hirn-Trauma auf die verschiedensten Weisen äußern. Vielleicht scheint sie morgen wieder ganz die Alte zu sein und zeigt erst in einer Woche unvermittelt Symptome eines schweren Gedächtnisverlusts. Womöglich fühlt sie sich nächste Woche sterbenselend und braucht mehrere Monate oder gar Jahre, um sich wieder zu erholen. Wir können da keine Vorhersagen treffen.«

Ich frage mich, wie oft im Jahr er diesen Vortrag in verschiedenen Abwandlungen halten muss, und denke daran, dass ihm weder seine gehobene Position noch sein astronomisches Gehalt die schwere Aufgabe ersparten, der Überbringer schlechter Nachrichten zu sein. Es ist wie bei meiner Mutter, die jedem, der davon beeindruckt ist, dass ich als Redakteurin bei einer Hochglanzzeitschrift arbeite, unverblümt denselben Satz entgegenschleudert: »Im Grunde genommen muss man in jedem Job Scheiße schippen.«

»Wann kommen die Angehörigen der Patientin?«, erkundigt sich Dr. Bauer bei mir.

»Ihre Eltern sitzen schon im Flieger.«

»Ausgezeichnet.« Er nickt. »Ehemann? Freund?«

Ich schüttele den Kopf. Soweit ich im Bilde bin, hält sich Julias Ex derzeit irgendwo in Frankreich auf und choreographiert eine

Modern-Dance-Inszenierung. Außerdem haben die beiden seit über einem Jahr nicht mehr miteinander gesprochen.

»Nun, dann ist es gut, dass Sie hier sind. Die Patientin wird in der Genesungsphase viel Hilfe brauchen. Ich möchte noch betonen, dass sie möglicherweise nicht mehr derselbe Mensch ist, den Sie bis vor zwei Tagen kannten. Vielleicht hat sie einiges vergessen – gemeinsame Unternehmungen, aber auch Personen und sogar einfache Wörter. Es ist zu früh, um das festzustellen, doch sie könnte auch in ihrer Beweglichkeit eingeschränkt sein und an Stimmungsschwankungen leiden. Sie dürfen nie vergessen, dass wir uns am Anfang eines sehr langen Weges befinden.«

Ich bin mir nicht sicher, ob er das positiv oder negativ meint.

Und ich wage nicht, ihn danach zu fragen.

Als Julia mich ruft, fällt mir sofort Dr. Bauers Warnung ein: *Möglicherweise ist sie nicht mehr derselbe Mensch, den Sie bis vor zwei Tagen kannten.*

»Hallo«, sagt sie mit einem schwachen Lächeln, weiß also offenbar, wer ich bin. Dann sieht sie sich um, als nähme sie ihre Umgebung zum ersten Mal zur Kenntnis. »Ist das hier ein Krankenhaus?«, will sie wissen.

Sie bildet vollständige Sätze, und ihre Aussagen sind klarer, als ich erwartet habe. Allerdings liegt da etwas gewaltig im Argen. Julias Stimme klingt nicht mehr nach Samt und Sandpapier wie bei der Freundin, mit der ich aufgewachsen bin. Stattdessen ist sie hoch und piepsig wie die eines Schulmädchens, das gerade mit seinem Schwarm spricht.

Dave wirft mir einen Seitenblick zu. Er ist genauso erschrocken wie ich.

»Ja, Liebes. Du bist seit gestern hier. Erinnerst du dich noch an das Taxi, das dich angefahren hat?«, frage ich und nähere mich dem Bett. Anstatt sie zu umarmen, greife ich nach ihrer Hand und drücke sie, weil ich Angst habe, ihrem Kopf zu nah zu kommen, obwohl er nicht verbunden ist.

Als Julia mich verständnislos anstarrt, halte ich den Zeitpunkt nicht für geeignet, um die gestrigen Ereignisse zu erörtern. »Ich bin so froh, dich zu sehen«, sage ich vielmehr. »Du weißt ja gar nicht, was für einen Schrecken du mir eingejagt hast.«

»Tut mir leid«, erwidert sie, beinahe scherzhaft wie ein Kind, das sich auf Befehl entschuldigt. Im nächsten Moment huschen ihre Augen argwöhnisch durch den Raum. »Wer bist du? Wo ist meine Mutter?«

»Deine Mom kommt morgen«, antworte ich. Dabei gebe ich mir Mühe, ruhig zu klingen, damit sie mir die Furcht nicht anhört, deren Fangarme sich um mein Herz schlingen. »Und ich bin Marissa. Erkennst du mich denn nicht?«

»Mom«, wiederholt Julia seufzend. Inzwischen ist ihre Stimme ein wenig tiefer. Ich kann nicht feststellen, ob sie sich selbst beruhigen will oder mich falsch anspricht. »Ich bin müde und will schlafen, aber diese dummen Frauen wecken mich immer wieder auf, um nachzusehen, ob alles in Ordnung ist.« Ich schlussfolgere, dass sie damit die Krankenschwestern meint. Es klingt kindisch und läppisch, ganz und gar nicht nach der gewohnten Ausdrucksweise meiner schlagfertigen Freundin.

Sie wendet sich wieder mir zu und lächelt. »Der Arzt sagt, ich hätte großes Glück gehabt.«

»Ich finde, dass wir hier die Glückspilze sind«, antworte ich, während ich mit den Tränen kämpfe.

Gestern Nacht im Wartezimmer habe ich der Schwarzmalerin in mir freie Bahn gelassen. Ich lief in der sterilen blauen Vorhalle auf und ab, während mein Verstand sich immer tiefer in Horrorszenarien hineinschraubte. Unter anderem stellte ich mir vor, dass man mir eröffnete, Julia sei gestorben. Dann fragte ich mich, wie ihre Beerdigung wohl verlaufen und wer alles da sein würde, ja sogar, ob ihr Lilien oder Orchideen bei der Trauerfeier lieber wären. Mir graute davor, unsere Freunde anzurufen und ihnen von Julias Tod Mitteilung zu machen, und ich versuchte, mir ein Leben ohne meine beste Freundin auszumalen.

Wieder drücke ich ihre Hand, um mich zu vergewissern, dass sie wirklich hier vor mir sitzt. Lebendig.

Doch als ich die Finger um ihre Handfläche schließe, zieht sie die Hand so ruckartig weg, dass sie sich beinahe die Infusion aus dem Arm reißt. Hastig blickt sie zur Tür, weshalb ich kurz befürchte, sie könnte die Flucht ergreifen.

»Was ist, Jules?«, erkundige ich mich.

»Nichts«, entgegnet sie. Ihre Stimme ist noch immer einige Oktaven zu hoch. »Gar nichts, Jenny. Mach dir keine Sorgen um mich.«

»Jenny?«, wundere ich mich. »Jules, ich bin es, *Marissa.*«

»Oh, ich weiß, wer du bist«, stellt sie überheblich klar. Ich muss sofort an meinen Großvater denken, der an Alzheimer erkrankt war. Der Vergleich sorgt dafür, dass mir ein eiskalter Schauer den Rücken hinunterläuft. »Und jetzt lass mich in Ruhe. Hast du kapiert, Jenny? LASS MICH IN RUHE!«, schreit sie, sodass ich unwillkürlich vom Bett zurückweiche.

Offenbar hat Julia mein Entsetzen gar nicht bemerkt. Sie gähnt, ist plötzlich wieder ganz ruhig und sieht mich unter schweren Lidern hervor an. »Ich bin sehr müde … stört es dich und Nathan, wenn ich mich ein bisschen hinlege?«

»Natürlich nicht«, erwidere ich. Dass sie meinen Ex aus College-Tagen erwähnt, der Dave überhaupt nicht ähnelt, krampft mir den Magen zusammen. Ich sehe meinen Freund an, der Julia neugierig mustert. Allerdings scheint er wegen der Verwechslung weniger verdattert als ich.

Obwohl Julia sofort einschläft, bleiben Dave und ich eine weitere Stunde bei ihr. Immer wieder schaue ich ihr auf die Brust, um festzustellen, ob sie noch atmet, wie ich es bei meiner Nichte getan habe, als sie noch ein Baby war.

Nach einer Weile steckt eine Krankenschwester den Kopf zur Tür herein. »Wir führen bald zusätzliche Untersuchungen durch«, sagt sie – unser Stichwort, uns zu verabschieden. Offenbar spürt die Schwester meine Angst, denn sie lächelt freundlich. »Machen Sie sich keine Sorgen. Ich arbeite seit mehreren Jahren in der Neurologie. In den meisten Fällen bessert sich der Zustand der Patienten von Tag zu Tag. Sie werden sehen.«

Am nächsten Morgen verschlafe ich, schalte nicht nur einen, sondern gleich drei Wecker aus und treffe erst lange nach Beginn der Besuchszeit im Krankenhaus ein. Julias Eltern sind bereits da und sitzen auf Plastikstühlen an der Wand. Sie stehen auf, um mich zu begrüßen, und zwingen sich zu einem Lächeln, das eher an eine Grimasse erinnert.

»Wo ist Julia?«, frage ich nach einem Blick auf das leere Bett mit den zerknitterten Laken.

»Sie wird noch einmal untersucht«, antwortet Grace und bricht in Tränen aus. »Tut mir leid«, sagt sie und kneift sich in den Nasenrücken, um das Weinen zu unterdrücken. »Ich beherrsche mich jetzt schon den ganzen Vormittag. Es ist einfach zu viel.«

»Grace, ich bin es nur. Du brauchst dich nicht zu entschuldigen«, sage ich und gebe ihr ein Taschentuch aus der Schachtel auf Julias Nachttisch. »Gestern war es bei mir auch nicht besser. Wenn Dave nicht dabei gewesen wäre …«

»Und wenn du nicht bei Julia gewesen wärst«, erwidert Jim. »Der Himmel weiß, was wir in diesem Fall getan hätten. Wir sind zwar im Flieger fast verrückt geworden, aber wenigstens wussten wir, dass du dich um unser Baby kümmerst.«

»Sie würde das Gleiche für mich tun.«

»Das hoffe ich sehr«, sagt er feierlich.

Grace und Jim erklären mir, was sie heute Morgen mit Julias Fachärzten besprochen haben. Zu meinem Erstaunen erfahre ich, dass meine Freundin höchstens zwei Wochen im Krankenhaus bleiben wird, falls sich ihr Zustand nicht drastisch verschlechtert.

»Hier können sie nicht viel mehr ausrichten, als Julia zu beobachten und ihr Medikamente zu geben, damit ihr Gehirn nicht weiter anschwillt«, meint Grace zu mir. »Doktor Bauer sagt zwar, dass sie im Laufe des nächsten Jahres einige Behandlungen über sich ergehen lassen müsse, allerdings nur ambulant.«

»Aber gestern war sie noch so ein…« Beinahe wäre mir »Wrack« herausgerutscht, doch das erscheint mir unpassend, ja sogar wie ein Freud'scher Versprecher.

Bevor ich den Satz beenden kann, schiebt eine Schwester Julia im Rollstuhl ins Zimmer. Zu meiner Freude erhellt sich ihre Miene bei meinem Anblick. »Hallo!«, ruft sie – erneut mit der schrecklichen hohen Stimme.

»Hallo, Jules«, antworte ich. »Weißt du wieder, wer ich bin?«, füge ich hinzu und könnte mich im nächsten Moment ohrfeigen.

»Natürlich weiß ich das. Warum auch?«

»Du meinst, warum auch *nicht*«, entgegnet Grace freundlich.

»Das habe ich doch gesagt, dumme Kuh«, schimpft Julia. Kurz flammt die Wut von gestern auf. Diesmal verbessert ihre Mutter sie nicht.

»Jules, wie geht es dir heute?«, erkundige ich mich anteilnehmend, um vom Namensthema abzulenken. »Hast du Schmerzen? Tut dir der Kopf weh?«

Die Frage führt dazu, dass Julia ihre Kopfhaut berührt. Rasch streckt Grace die Hand aus, um sie daran zu hindern.

»Alles… in Ordnung«, erwidert Julia gedehnt und schubst mit einer schwachen Bewegung die Hand ihrer Mutter weg. »Ich habe…« Mühsam sucht sie nach dem Wort. Ich bleibe stumm, um sie nicht zu verärgern, indem ich die Lücke schließe. Wir vier sitzen beklommen schweigend da, während Julia die Stirn runzelt. Nach einer halben Ewigkeit lehnt sie sich an das hochgeklappte Kopfteil des Bettes und schließt die Augen. »Kopfschmerzen«, sagt sie schließlich. »Ich habe starke Kopfschmerzen. Deshalb haben sie mir Tabletten gegeben.« Sie öffnet ein Auge und fängt zu singen an. *»One pill makes you larger… and one pill makes you small.«*

Jim und Grace starren sie mit offenem Mund an. Ich dagegen beschließe, dass es ein gutes Zeichen ist. Wenn Julia sich an den Text eines Liedes von Jefferson Airplane erinnert, der mehr als zehn Jahre vor ihrer Geburt geschrieben wurde, ist noch nicht aller Tage Abend.

Am nächsten Tag fühle ich mich nicht mehr ganz so siegessicher, sondern sogar ziemlich entmutigt und bin überzeugt, dass ich meine beste Freundin für immer verloren habe.

»Ich hasse alles«, schreit Julia bei meinem Anblick. »Dich auch. Dich ganz besonders.« Ich bekomme den Mund nicht mehr zu und sehe sie sprachlos an. Obwohl sie mich noch immer nicht erkennt, weiß sie aus unerklärlichen Gründen, dass sie mich hasst. »Und die da sind ebenfalls Arschlöcher«, fügt sie hinzu und deutet auf ihre Eltern.

Julia hatte noch nie viel für Kraftausdrücke übrig und klingt außerdem mit ihrem Falsett ein wenig läppisch, was jedoch nicht verhindert, dass ich auf einmal eine Heidenangst vor ihr habe.

»Warum, Jules?«, frage ich. Dabei werfe ich Jim und Grace einen hilfesuchenden Blick zu, da ich nicht die geringste Ahnung habe, wie ich reagieren soll. Aber sie können mir keinen Tipp geben.

»Weil ihr alle beschissen seid und mich ankotzt!«, brüllt sie aus vollem Hals. Im nächsten Moment verzerrt sich ihr Gesicht, und sie beginnt zu weinen. »Ich fühle mich schrecklich. Ich wünschte, ich wäre gestorben«, schluchzt sie und windet sich im Bett. »Du hättest mich liegenlassen sollen. Warum hast du mich nicht liegengelassen, Jenny?«

Jenny. Nach drei Tagen im Krankenhaus heiße ich noch immer Jenny. Am liebsten würde ich sie an den Schultern packen und anschreien: »Siehst du denn nicht, dass ich es bin? Marissa? Seit sechzehn Jahren deine beste Freundin?« Stattdessen lächele ich nur gekünstelt, kann allerdings weder mich selbst noch die anderen davon überzeugen, dass alles in Ordnung ist.

»Aber, aber«, sagt dieselbe Krankenschwester, mit der ich letztens schon gesprochen habe. Raschen und entschlossenen Schrittes kommt sie herein und setzt sich zu Julia auf die Bettkante. »Sie fühlen sich nur wegen Ihrer Hirnverletzung elend. Sie meinen es gar nicht so«, tröstet sie und tätschelt der Patientin den Arm, bis diese unvermittelt zu kreischen aufhört.

Warum habe ich es nicht geschafft, sie zu beruhigen?, denke ich und ärgere mich über mich selbst. Das ist doch sonst meine Rolle. Und jetzt, da es wirklich darauf ankäme, stehe ich da, als hätte ich einen Schlag auf den Kopf abbekommen.

Als klar ist, dass kein weiterer Wutausbruch von Julia droht, wirft die Schwester einen Blick auf ihre Akte und eilt hinaus. Kurz darauf kehrt sie zurück und gießt eine klare Flüssigkeit in Julias Infusionsflasche. »Gleich geht es Ihnen besser«, meint sie leise. Als das Medikament wirkt, erschlaffen Julias Züge, und wenige Minuten später verliert sie das Bewusstsein.

Am frühen Abend erscheint Dave im Krankenhaus. Julia ist wach und hat zu meiner Erleichterung offenbar nicht mehr das Bedürfnis, mir die Haare auszureißen, um sie als Zahnseide zu benutzen. Stattdessen strahlt sie übers ganze Gesicht, als Dave ihr einen Stapel Boulevardzeitungen auf den Schoß legt. »Danke, Don!«, quietscht sie. Ich atme erleichtert auf: Don ist im Vergleich zu Nathan ein Riesenfortschritt.

Gegen sieben verkündet Grace, dass Julia jetzt sicher ein wenig Ruhe brauche. Erschöpft von der Achterbahn der Gefühle, die mich nun schon den ganzen Tag durchrüttelt, stimme ich zu und erkläre Julia, ich müsse am nächsten Tag zur Arbeit, würde sie jedoch am Abend besuchen.

»Okay«, erwidert sie gleichmütig, als hätte ich ihr gerade mitgeteilt, dass es heute zum Abendessen Götterspeise mit Limettengeschmack gebe.

Ich sage mir, dass ich es nicht persönlich nehmen darf.

Grace folgt uns hinaus auf den Flur. »Mir ist klar, dass es nicht einfach ist, und ich bin dir für alles unendlich dankbar«, sagt sie und umarmt mich. »Jim hat recht. Ich wäre verrückt geworden, wenn ich nicht gewusst hätte, dass du hier bist.« Sie seufzt auf. Im gnadenlos grellen Licht der Krankenhausneonröhren wirkt sie noch stärker gealtert als gestern. »Du hast ja meine Mobilfunknummer, falls du mich erreichen willst. Wir übernachten in Julias Wohnung. Allerdings werden wir in den nächsten Tagen vermutlich nicht oft dort sein. Irgendwann müssen wir wohl ein paar ihrer Sachen zusammenpacken und Julia mit nach Ann Arbor nehmen.«

»Was?«

Die Ankündigung trifft mich wie ein Blitz aus heiterem Himmel. Dass Julia New York verlassen könnte, gehört nicht zu den unzähligen Schreckensszenarien, die ich mir in den letzten drei Tagen ausgemalt habe. Hier hat sie ihr soziales Umfeld und, nicht zu vergessen, ihren Arbeitsplatz. Julia hat zwar nicht als Tänzerin Karriere gemacht, ist aber mit Leib und Seele Pressesprecherin beim Ballett und tanzt in ihrer Freizeit. Ann Arbor mag ihre Geburtsstadt sein, ist allerdings auch viele Kilometer weit entfernt von den Dingen, an denen ihr Herz hängt. Ich kann mir beim besten Willen nicht vorstellen, dass ein Umzug für ihre Genesung förderlich wäre.

»Liebes, der Arzt hat uns erklärt, dass manche Menschen nach einem Schädel-Hirn-Trauma nie wieder in der Lage sind, ein normales Leben zu führen«, meint Grace, die mein Entsetzen offenbar spürt. Ich finde, dass sie dabei klingt, als könne sie ihre Worte selbst kaum glauben. »Natürlich hoffen wir, dass dies bei Julia nicht der Fall sein wird. Sie ist eine Kämpfernatur, weshalb ich zuversichtlicher bin, als ich es vielleicht sein sollte. Doch du hast sie vorhin selbst erlebt. Sie wird mindestens ein Jahr lang Reha-Maßnahmen und zumindest in den ersten beiden Monaten ständig Aufsicht brauchen. Jim und ich können nicht einfach alle Zelte abbrechen und aus Michigan wegziehen.«

»Aber …« Mein Verstand sagt mir, dass Julia Hilfe nötig haben wird. Und zwar eine ganze Menge. Hilfe, die ich ihr nicht geben kann. Doch ich kann den Gedanken nicht ertragen, einen halben Kontinent zwischen mir und meiner besten Freundin zu wissen, nachdem ich sie gerade beinahe verloren hätte.

»Marissa, es war ein langer Tag«, mischt sich Dave ein. »Lass uns morgen weiterreden.«

Ich nicke, obwohl ich am liebsten so reagieren würde wie vorhin Julia. Ich habe Lust zu kreischen, einen Tobsuchtsanfall zu bekommen und Grace entgegenzuschleudern, dass ich sie hasse, obwohl mir klar ist, dass sie das nicht verdient hat. Allerdings bin ich innerlich so aufgewühlt, dass ich nicht die Kraft habe, ihr eine Szene zu machen. Also verabschiede ich mich und gehe.

In meiner Wohnung bestellen Dave und ich etwas beim Heimservice und essen schweigend vor dem Fernseher. Später im Bett nimmt er mich fest in die Arme und presst sein Gesicht an meinen Nacken.

»Ich liebe dich«, flüstert er. »Alles wird gut.«

Ich antworte nicht. Denn in meinem Kopf kreist nur ein einziger Gedanke: *Ich bin mutterseelenallein.*

4

Eigentlich sollte ich arbeiten; die endgültige Version meines Artikels ist Ende der Woche fällig. Stattdessen durchforste ich Wikipedia nach Eintragungen zum Thema Schädel-Hirn-Trauma.

»Ein subdurales Hämatom findet sich zwischen der Dura und der Hirnmembran …«

Falsch! Ich klicke »Überarbeiten« am rechten Rand der Seite an.

»… findet sich, wie der Name sagt, innerhalb der Dura, nicht darunter«, tippe ich und füge einen Link zur Webseite des National Institute of Health ein, wo ich die Info geklaut habe.

Inzwischen beschäftige ich mich schon seit einer Stunde mit diesem Thema und habe bereits drei Fehler korrigiert. Bei jedem werde ich ein wenig ruhiger.

»Marissa?«

Die Stimme meiner Chefin schreckt mich so heftig auf, dass ich auf meinem ergonomischen Stuhl einen kleinen Satz mache.

»Hallo, Naomi«, erwidere ich, verlasse rasch und um eine Unschuldsmiene bemüht die Wikipedia-Seite und drehe mich zu ihr um.

»Darf ich?«, fragt sie, zeigt auf den Hocker neben meinem Schreibtisch und setzt sich, ohne mir Gelegenheit zu einer Antwort zu geben. Verdammt. Das heißt, dies ist nicht nur ein Kurzbesuch, um mit mir über die letzte Folge der Mystery-Serie *Lost* zu plaudern.

»Ich wollte bloß schauen, wie es dir geht«, sagt sie.

»Blendend«, antworte ich und blicke ihr direkt in die Augen. *Siehst du? Alles bestens*, soll das bedeuten.

»Bist du sicher?«, hakt sie nach. Die Fältchen in den Winkeln ihrer braunen Augen lassen sie sanft und mütterlich wirken, was sie auch ist. »Es wäre nämlich völlig in Ordnung, wenn das nicht so wäre.«

Mist. Ich hätte wissen müssen, dass Naomi mich sofort durchschaut. Schließlich engagiert sie sich für jeden der Menschheit bekannten wohltätigen Zweck und beherrscht deshalb Empathie wie eine zweite Muttersprache. Außerdem stimmt es, dass es mir nicht unbedingt blendend geht. Der Unfall ist inzwischen drei Wochen her. Julia erkennt mich zwar inzwischen und scheint mir auch nicht mehr den Tod an den Hals zu wünschen, doch sie geht nach wie vor beim kleinsten Anlass in die Luft.

Hinzu kommt, dass ich total erschöpft bin, weil ich jede freie Sekunde mit ihr verbringe. Wann immer ich kann, begleite ich sie zu ihren Terminen beim Neurologen, Neuropsychologen, Logopäden, Krankengymnasten und Beschäftigungstherapeuten (und das sind nur die Spezialisten, die ich mir gemerkt habe). Ich frage ihren Wortschatz ab und halte sie über die Kleinigkeiten im Leben unserer Freunde auf dem Laufenden. Dabei lauere ich stets auf Anzeichen dafür, dass Julia allmählich wieder die Alte wird.

Allerdings habe ich nicht vor, das zuzugeben. Schließlich arbeite ich schon das ganze Jahr auf eine Beförderung zur stellvertretenden Chefredakteurin hin und werde mir die Chance ganz gewiss nicht vermasseln, indem ich auch nur den Hauch einer Schwäche zeige.

»Alles bestens. Ehrenwort«, beteuere ich, lege den Kopf schief und lächele wie die Teilnehmerin an einer Miss-Wahl – eine Geste, die ich, wie mir im nächsten Moment klar wird, von Julia abgekupfert habe. »Die letzte Überarbeitung des Stoffwechsel-Artikels ist fertig, und mit dem Bericht über schräge Diättipps bin ich auch schon fast durch.« Das entspricht sogar der Wahrheit. Ich bin nicht so sehr im Hintertreffen, wie es bei einem Menschen, der den halben Tag mit der Recherche völlig arbeitsfremder Themen verbringt, eigentlich zu erwarten wäre. Im Grunde meines

Herzens ist mir die Meinung anderer nämlich so wichtig, dass ich mir nie einen derart offensichtlichen Ausrutscher erlauben würde.

»Natürlich bist du das«, erwidert Naomi mit einem Grinsen. Im Gegensatz zu meinen übrigen Kolleginnen, die nach jahrelangem Verzicht auf Kohlenhydrate und stetem Training für diverse Triathlons klapperdürr sind, ist sie weder schlank noch sonderlich sportlich und hat nicht die geringsten Skrupel, sich mitten in einer Redaktionssitzung einen Big Mac mit Pommes zu genehmigen. Trotzdem – oder vielleicht gerade deswegen – ist sie die beliebteste Kollegin von allen. Seit ich mich vor fünf Jahren bei ihr vorgestellt habe, verstehen wir uns ausgezeichnet, und es wäre gelogen, wenn ich behaupten würde, dass sie nicht maßgeblich zu meinem raschen Aufstieg bei *Schlanke Linie* beigetragen hat.

»Marissa, du weißt, dass ich große Stücke auf dich halte. Und Lynne«, das ist unsere Chefredakteurin, »ebenfalls.«

»Danke«, antworte ich aufrichtig.

»Die Sache ist die, dass du seit fast zwei Jahren keinen Urlaub genommen hast. Die drei freien Tage, um bei deiner Freundin im Krankenhaus zu sein, nicht mitgezählt.«

»Aber …«

»Zwei Jahre«, wiederholt Naomi, wodurch es schlimmer klingt, als es ist.

»Ich hatte eben viel zu tun. Seit Claire gekündigt hat, betreue ich doppelt so viele Seiten und …«

»Ich will dir wirklich nicht zu nahetreten, Schätzchen, doch der Laden läuft wie ein gut geöltes Uhrwerk. Ich glaube, wir kommen eine Weile auch ohne dich aus. Deshalb möchten Lynne und ich, dass du noch vor Dezember mindestens eine Woche freinimmst.«

»So bald? Aber …

Naomi droht mir mit dem Finger. »Keine Ausreden. Du brauchst eine Pause. Tu etwas, das dir Spaß macht.«

Um drei Uhr nachmittags haste ich zu Starbucks, um mir meinen zweiten Cappuccino zu holen. Ja, ich habe ein kleines Koffeinproblem. Andererseits ist Kaffee so weit unten am Totempfahl der Süchte angesiedelt, dass es mir zu lästig ist, etwas dagegen zu unternehmen. Außerdem weiß ich momentan nicht, wie ich den Tag sonst überstehen sollte.

Eine ganze Woche frei. Keine Ausreden. Was zum Teufel soll ich bloß mit mir anfangen? Schließlich kehrt Julia in zwei Wochen mit Grace und Jim zurück nach Ann Arbor. Dave arbeitet wie immer rund um die Uhr. Und obwohl es verlockend ist, bin ich einfach nicht der Typ, der allein in einen Flieger nach Kauai steigt.

»Sonst noch ein Wunsch?«, fragt der von oben bis unten tätowierte Barmann, nachdem ich mein Getränk bestellt habe.

Ich beäuge die Kuchenvitrine. Da ich ein und dieselben siebeneinhalb Kilo schon öfter zugenommen und wieder abgespeckt habe, als ich zählen kann (und momentan dabei bin, den Kampf endgültig zu verlieren), esse ich eigentlich nichts Süßes. Seit ich bei einer Gesundheitszeitschrift arbeite, bin ich außerdem ganz besonders vorsichtig. Meine Kolleginnen mögen Naomi gegenüber Nachsicht zeigen, doch ich bin sicher, dass meine Tage als Diätredakteurin gezählt wären, wenn ich zulassen würde, dass ich mich in das Walross verwandle, auf dem meine DNA hartnäckig besteht.

Aber plötzlich habe ich einen solchen Heißhunger, als hätte ich einen Monat Heilfasten hinter mir.

»Ich hätte gern ein Schoko-Eclair«, sage ich und öffne mein Portemonnaie, um nachzusehen, ob ich genug Geld bei mir habe. »Oder geben Sie mir besser gleich zwei.«

Als ich am Abend bei Julia ankomme, trägt sie einen neuen violetten Morgenmantel.

»Gefällt er dir?«, fragt sie und mustert, nach Bestätigung heischend, mein Gesicht.

»Natürlich«, versichere ich ihr, obwohl sie in dem bauschigen, beinahe fluoreszierenden Gewand aussieht, als wolle sie für die Rolle des lila Plüschsauriers Barney aus der gleichnamigen Kindersendung vorsprechen. Außerdem ist es ein weiterer Hinweis darauf, wie sehr sie sich verändert hat. Vor dem Unfall kannte Julia – dank der Tatsache, dass ihre Eltern ihr Gehalt stark subventioniert haben – die Verkäuferinnen in den Luxusboutiquen mit Vornamen. Aber seit einigen Wochen verlangt sie nach Lila. Und zwar nach sehr viel Lila. Nach einer Kurzinspektion ihres Kleiderschranks – viele dunkle Jeans und neutrale dünne Kaschmirpullis – hat sie mit angewiderter Miene die Tür zugeknallt. »Das sind Klamotten für eine alte Frau.«

»Sie hat auf Violett bestanden, und so kurzfristig konnte ich nichts anderes auftreiben«, raunt Grace mir zu. Laut Aussage ihres Neurologen ist eine solche Fixierung, wie zum Beispiel ihre neu entdeckte Vorliebe für Lila, bei Hirnverletzungen eine häufige Begleiterscheinung.

»Vielleicht gewöhnt sie es sich ja wieder ab«, teilte die Ärztin Grace und mir kürzlich mit. Allerdings zerstörte ihr nicht sonderlich überzeugender Tonfall die Hoffnungen, die ich an jenem Tag hatte, weil Julia – früher im Scrabble nicht zu schlagen – das Wort »Komplize« legen konnte.

»Also, Jules, was ist heute alles passiert?«, frage ich sie und setze mich ans Fußende ihres Bettes.

»Ach, du weißt schon. Dieses und jenes«, erwidert sie. Dabei klingt sie merkwürdig heimlichtuerisch. Ihre Stimme ist noch immer einige Oktaven zu hoch.

»Was soll das heißen?«

Sie beugt sich vor. »Ich möchte nicht zu viel verraten«, flüstert sie. »Aber Mom ist hier.«

Ich werfe einen Blick auf Grace, die in einer Zimmerecke in einem Lehnsessel sitzt. Selbstverständlich bedauere ich sie, vielleicht sogar mehr als mich selbst, was angesichts des Selbstmitleids, in dem ich mich derzeit suhle, eine beachtliche Leistung ist. Gleichzeitig fällt mir die Frau, die mich all die Jahre bemuttert hat, ein wenig auf die Nerven. Inzwischen hat sie sich dauerhaft in Julias Einzimmerappartement eingenistet. Obwohl ich ihr das Engagement für ihre Tochter nicht zum Vorwurf machen kann, werde ich den Verdacht nicht los, dass sie meinen Umgang mit Julia mit Argusaugen beobachtet.

»Beschränke dich auf einfache Gespräche«, wies sie mich an Julias erstem Tag zu Hause an, als ob ich nicht eine Woche mit ihr in der Klinik verbracht hätte.

»Aber der Arzt meinte, es sei das Beste, wenn ich so mit ihr rede wie früher«, wandte ich ein.

»Ich möchte nicht, dass sich ihr Zustand verschlechtert, weil jemand Personen oder Dinge erwähnt, an die sie sich nicht erinnern kann«, protestierte Grace, und da ich zu erschöpft war, um ihr zu widersprechen, willigte ich ein.

Dennoch sehnte ich mich danach, mit Julia über etwas – irgendetwas – von Bedeutung zu reden. Mir war zwar klar, dass ich mir etwas vormachte, dennoch konnte ich mich des Gefühls nicht erwehren, dass sie vielleicht wieder so werden würde wie früher, wenn ich nur ein gutes Gespräch mit ihr führte oder sie an alte Zeiten erinnerte.

»Wenn ihr Mädchen wollt, mache ich einen Spaziergang«, schlägt Grace vor, klingt jedoch, als meine sie es gar nicht so.

»Das wäre schön«, antworte ich. Ich bin nicht unbedingt für meine Unverblümtheit bekannt. Doch seit einigen Wochen gebe ich mir ganz bewusst Mühe, kein Blatt vor den Mund zu nehmen. Schließlich ist das Leben kurz.

»Also, was beschäftigt dich?«, frage ich, nachdem Grace fort ist.

»Nuuuun«, erwidert Julia. »Ich glaube, ich bin wieder so weit, mich mit Leuten zu treffen.«

»Ach, Liebes, das ist ja wundervoll! Ich könnte die Mädels zusammentrommeln«, sage ich, womit ich Nina und Sophie meine, unsere engsten Freundinnen. Auf Grace' Wunsch hin haben sie ihre Besuche auf ein Minimum beschränkt, wollen Julia vor ihrer Abreise nach Michigan allerdings unbedingt noch einmal sehen.

»Klar«, entgegnet sie ausweichend.

Sie hält inne, um sich die Ponyfransen aus der Stirn zu pusten, eine neue Angewohnheit. »Zum Beispiel mit Nathan.«

Ich fühle mich wie nach einem Tritt in die Magengrube. »Wie bitte?«

»Er fehlt mir. Dir etwa nicht?«, fügt sie hinzu, als ob das keine heikle Frage wäre.

»Ich habe seit Jahren nicht an ihn gedacht.« Das ist gelogen. Als Julia im Krankenhaus seinen Namen ausgesprochen hat, hat sie eine Lawine aus Erinnerungen losgetreten, aus der ich mich noch immer nicht ganz herausgearbeitet habe. Dennoch wäre ich niemals darauf gekommen, dass es kein Versehen gewesen sein könnte, ihn zu erwähnen.

»Wirklich schade. Es geht ihm gut. Er hat einen neuen Hund«, teilt sie mir in ihrem neuen Singsang mit.

»Woher weißt du das?« Mir schwirrt der Kopf. Informationen wie diese findet man nicht bei Google. Außerdem weiß ich, dass er und Julia keine Facebook-Freunde sind. Also muss sie vor kurzem mit ihm gesprochen haben. Die Erkenntnis fühlt sich an wie ein zweiter Tritt.

»Du weißt schon«, erwidert sie und pustet wieder die verdammten Ponyfransen weg.

»Eigentlich nicht.«

Julia hebt die Hände und mustert prüfend die Nagelhaut an den Fingern. Ich war schon immer der Ansicht, dass die Hände eines Menschen seine Persönlichkeit widerspiegeln. Meine Hände sind eher die einer Arbeiterin: klein und geschickt, mit geraden Fingern und quadratischen Nägeln. Die von Julia sind schlank und schön, mit langen, ovalen Nägeln, mit denen sie Papier zerschneiden könnte.

Nach einer Minute blickt sie in meine Richtung, ohne mir in die Augen zu schauen.

»Habe ich dir schon erzählt, dass Doktor Bauer wahrscheinlich in mich verliebt ist?«

Ich kann nicht erkennen, ob sie absichtlich das Thema wechselt oder ob sie, wie so häufig in letzter Zeit, nur den roten Faden verloren hat, und beschließe, vom Positiven auszugehen.

Dennoch werde ich die Zweifel nicht los. Hat sie wirklich das Versprechen gebrochen, das wir uns vor über zehn Jahren gegeben haben? Oder hat sie es einfach nur vergessen?

5

Zum großen Streit zwischen Julia und ihrem Vater zum Thema College kam es nie, denn wie sich herausstellte, wurde sie weder in Juilliard noch in Harvard angenommen. Stattdessen studierte sie, finanziert von ihren Eltern, Ballett am Oberlin College. Ich blieb wider besseres Wissen in Ann Arbor und schrieb mich an der University of Michigan ein, da ich dort von allen Hochschulen, an denen ich mich beworben hatte, das höchste Stipendium erhielt.

»Wir treffen uns mindestens einmal im Monat«, versicherte mir Julia an dem Abend, bevor ihre Eltern sie nach Ohio fahren wollten. Wir saßen bei ihr in der Küche und tranken zur Feier des Tages den Champagner, den ihr Vater uns hingestellt hatte.

»Natürlich«, sagte ich und stieß mit ihr an, obwohl ich die starke Befürchtung hatte, dass wir einander erst in den Weihnachtsferien wiedersehen würden.

Offen gestanden hatte ich Todesangst vor dem Alleinsein. Gestärkt von dem Selbstbewusstsein, das mir die Freundschaft mit Julia verlieh, war die Highschool für mich längst nicht so eine Quälerei gewesen, wie ich am ersten Vormittag an der Kennedy High eigentlich erwartet hatte. Ich hatte die Flügel ausgebreitet, erfolgreich für die Schülervertretung kandidiert, den Umweltschutzclub geleitet und war Viertbeste meines Jahrgangs (zwei Plätze hinter Julia, die bei der Abschlussfeier die Rede hielt). Allerdings erschien mir das College trotz meiner Leistungen als große Unbekannte.

Wie mir inzwischen klar ist, wollte ich vermutlich meine eigenen Befürchtungen bestätigt sehen, denn ich unternahm in den ersten beiden Jahren keinerlei Anstalten, neue Freunde zu finden.

Warum auch?, dachte ich mir. Das College war für mich nur eine Zwischenstation. In vier – hoffentlich – sehr kurzen Jahren würden Julia und ich zusammen nach New York gehen und beim Ballett beziehungsweise bei einem Verlag Karriere machen.

Mit diesem Plan im Kopf verschanzte ich mich hinter meinen Büchern und zeigte den wohlhabenden Studentinnen von der Ostküste, die mit mir im Wohnheim lebten, die kalte Schulter. Die anderen hatten nichts dagegen, es mir mit gleicher Münze heimzuzahlen. Wenn ich Gesellschaft brauchte, ging ich mit Liza, einer fröhlichen, aber (mit Julias Worten) »optisch benachteiligten« Polin, die sich im Journalismus-Seminar mit mir angefreundet hatte, in die Bibliothek. Da Julia wegen ihrer Ballettproben und Seminare so beschäftigt war, dass sie es nur selten nach Ann Arbor schaffte, telefonierten wir mehrmals pro Woche oder schickten uns E-Mails, was immerhin besser war als nichts.

Außerdem konnten wir ja noch die Sommerferien miteinander verbringen.

Im zweiten Studienjahr wurden die sprichwörtlichen China-Nudelsuppen aus der Tüte für mich zur traurigen Realität, denn mein Stipendium wurde wegen Mittelknappheit um die Hälfte gekürzt, sodass ich absolut und niederschmetternd pleite war. Liza schlug mir zwar vor, mich in der Mensa zu bewerben, wo sie selbst jobbte, doch ich konnte den Gedanken nicht ertragen, Kartoffelbrei auf die Teller von arroganten New Yorkerinnen zu schaufeln, die ihn vermutlich innerhalb der nächsten Stunde wieder auskotzen würden. Stattdessen fing ich, in der Hoffnung, dass wenigstens ab und zu ein kostenloser Kaffee für mich herausspringen würde, als Kassiererin in einem Café namens World Cup in der Innenstadt an.

Dort begann mein Leben sich allmählich zu normalisieren. Nach zwei Jahren in nahezu klösterlicher Abgeschiedenheit genoss ich das geschäftige Treiben in dem gut besuchten Café. Außerdem kam ich – mit Ausnahme von Charlene, der reizbaren Geschäftsführerin – mit meinen Kollegen gut zurecht: Taryn, die offenbar alles über ihre Mitmenschen wusste, obwohl sie ständig bekifft war. Ray, ein gutmütiger Kerl mit Sportstipendium. Leila, eine Studentin libanesischer Herkunft mit rasiermesserscharfer Zunge.

Und dann war da noch Nathan. Dessen Gegenwart genügte, damit mir die Knie weich wurden. Dessen Namen ich nicht aussprechen konnte, ohne rot anzulaufen. Der mir sämtliche Schwärmereien an der Highschool banal erscheinen ließ.

»Hallo«, begrüßte er mich, als ob wir uns schon seit Jahren kennen würden, und wischte sich die mit Kaffeeflecken bedeckten Hände an der Schürze ab. Doch anstatt mir die Hand zu schütteln, musterte er mich nur eindringlich.

»Äh, hallo«, stammelte ich verlegen. *Reiß dich zusammen*, schalt ich mich, während ich mich mit zitternden Händen durch die restliche Schicht kämpfte. *Er ist nicht mal dein Typ.*

Aber das stimmte nicht. Er war genau mein Typ. Ich hatte nur nicht gewusst, was mein Typ war, bis er vor mir stand. Nathan war eigentlich nicht weiter bemerkenswert: durchschnittlich groß, kräftig gebaut, braune Augen. Allerdings hatte die Art, wie er eine Augenbraue hochzog, wenn er aufmerksam zuhörte, wie er mit dem ganzen Gesicht lächelte und wie er mir direkt in die Seele zu schauen schien, etwas an sich, das mich gleichzeitig beunruhigte und mit Sehnsucht erfüllte. Rasch wurde mir klar, dass er, ganz ähnlich wie Julia, ein Mensch war, der jeden um den Finger wickeln konnte. Und aus unerfindlichen Gründen war er fest dazu entschlossen, es bei mir zu versuchen. Natürlich löste das bei mir sofort den altvertrauten Argwohn aus, ich könnte die Botschaft »rette mich« ausstrahlen, die Menschen wie Julia – und Nathan – offenbar anzog.

Da mich seine Gegenwart völlig konfus machte, tat ich das Einzige, was mir einfiel: Ich gab mich absolut desinteressiert. Doch meine eisige Zurückhaltung war seinem Brennen nicht gewachsen. Er reagierte, indem er mich aufzog, mich fragte, wem ich schon alles das Herz gebrochen hätte, und mir den Spitznamen »Winzling« verpasste. (Normalerweise hasste ich Anspielungen auf meine geringe Körpergröße, aber bei ihm musste ich stets kichern.) Bald tauschten wir Horrorgeschichten über Charlene aus und führten ausufernde literarische Debatten. So waren wir uns einig, dass es sich bei *Ulysses* um einen ausgeklügelten Streich von James Joyce handelte, hätten uns jedoch beinahe zerstritten, als Nathan darauf beharrte, Jane Austen habe verklemmte Liebesromane geschrieben. Es blieb nicht unbemerkt, dass er anders mit mir umging als mit den übrigen Kollegen. Ihnen gegenüber verhielt er sich lässig und witzig. Wenn er mit mir sprach, senkte er hingegen die Lautstärke und rückte an mich heran, als wolle er mir ein Geheimnis anvertrauen. Und dazu diese Stimme: Trotz der flachen Vokale, wie es im Mittleren Westen typisch war, schwang ein leichter Singsang mit, eine Erinnerung an die in Georgia verbrachte Kindheit.

Eines Nachmittags packte Nathan mich einfach an meiner schwarzen Schürze und zog mich in den Lagerraum, bevor die Kollegen uns sahen. Ich lachte, um meine Nervosität zu verbergen. Würde er mich jetzt küssen? Mir sagen, dass er wisse, wie vernarrt ich in ihn war?

Aber er stemmte nur die Hände in die Hüften. »Ich glaube, ich bringe Charlene um, wenn sie nicht endlich Ruhe gibt«, verkündete er. »Ein Typ bei Shaman Drum hat mir letztens, als ich dort Bücher gekauft habe, einen Job angeboten. Was denkst du, Winzling? Soll ich annehmen?«

Was ich denke? Ich denke, du hättest mich nicht in den Lagerraum ziehen sollen, um eine Berufsberatung von mir zu verlangen. Außerdem denke ich, du stehst so dicht vor mir, dass ich möglicherweise sterbe, wenn ich dich nicht anfassen darf.

Doch ich lächelte nur. »Hast du dir schon mal überlegt, dass es in einer Buchhandlung keinen kostenlosen Kaffee gibt?«, erwiderte ich.

Er runzelte die Stirn. »Weißt du was? Du hast recht. Ich glaube, ich komme schon klar mit Charlene, solange du mich unterstützt.« Dann tätschelte er mir den Arm, als wäre ich ein Mitglied seiner Hallen-Fußballmannschaft, worauf sich meine Sehnsucht in rasende Wut verwandelte. Bedeutete ich ihm nicht mehr als das? War das ein Spiel für ihn? Vor lauter Zorn konnte ich kaum geradeaus schauen und verbrachte den restlichen Nachmittag damit, Cappuccinos in Milchkaffees, so heiß wie Lava, zu verwandeln, Tassen zu zerbrechen und die Gäste anzupampen.

Am nächsten Tag fragte mich Nathan, ob ich mich außerhalb der Arbeit mit ihm treffen wolle. Zwei Tage später fragte er noch einmal. Wir unternahmen lange Spaziergänge, stöberten in den Regalen meines Lieblingsantiquariats und tranken in der Holzhütte, die er mit vier anderen Jungs teilte, mehr Gin Tonics, als man zählen konnte. Ich war gleichzeitig im siebten Himmel und ziemlich aufgewühlt. Obwohl es bei jeder unserer Begegnungen knisterte, dass ich vor Anspannung zu platzen glaubte, machte er keine Anstalten, mehr von mir zu wollen als nur meine Freundschaft.

Trotzdem zeigte ich dem Mädchen, das die Frage »Was läuft eigentlich zwischen uns?« stellen wollte, die rote Karte, denn ich war sicher, dass er den ersten Schritt machen würde, falls er Interesse hatte. Der Ball lag in seiner Spielfeldhälfte.

In jenem Winter erkrankte Julia an einer chronischen Entzündung der Achillessehne. Da sie sich weigerte, eine Tanzpause einzulegen (»Damit mir die Zweitbesetzung die Rolle wegschnappt? Niemals«, höhnte sie.), verschlechterte sich ihr Zustand. Sie hörte nicht auf das Flehen ihrer Lehrer und erklärte sich erst bereit, sich zwei Monate lang zu schonen, als der Arzt ihr mitteilte, dass die Sehne bei der nächsten Probe reißen könne. Damit hatte sie endlich Zeit, mich an der Uni zu besuchen.

Ich hatte ihr noch nichts von Nathan erzählt. Bisher hatte ich keine Geheimnisse vor ihr gehabt, denn eine ungeschriebene Regel zwischen uns lautete, einander alles anzuvertrauen, so unangenehm es auch sein mochte. Zugegebenermaßen hatte das schon zu einigen Auseinandersetzungen geführt, so wie damals, als ich ihr mitgeteilt hatte, ich könne es nicht leiden, dass sie sich öfter mit zwei Football-Spielern traf, die im betrunkenen Zustand zu Wutausbrüchen neigten. »Aber meistens sind sie so lustig!«, protestierte sie und wurde richtig sauer, als ich ihr vorwarf, sie lasse sich nur gern von ihnen anhimmeln.

Diesmal jedoch hatte ich keine Lust, ihr meine komplizierte Beziehung zu Nathan zu erklären. Außerdem verspürte ich nicht die geringste Lust auf einen Vortrag von Julia, bei dem sie mir vorhielt, ich solle aktiv werden und endlich Nägel mit Köpfen machen. Dann gab es da aber auch noch einen anderen Grund: Nathan besaß so viel Anziehungskraft, dass Julia ganz sicher Gefallen an ihm finden würde. Und ich wollte ihn mit niemandem teilen.

Allerdings beging ich den Fehler, Julia Nathan gegenüber zu erwähnen, und prompt bestand er darauf, sie bei ihrem nächsten Besuch in der Stadt kennenzulernen. »Wenn du mich deiner Freundin nicht vorstellst, muss ich annehmen, dass sie in dieselbe Kategorie fällt wie Einhörner und Feen«, neckte er mich, weshalb ich mich widerstrebend einverstanden erklärte.

Ich hielt das World Cup für den geeigneten Ort, die beiden miteinander bekannt zu machen. Hinzu kam, dass ich Julia unter dem Vorwand, ihr meinen Arbeitsplatz zeigen zu wollen, dorthin mitnehmen konnte, nicht ausdrücklich deshalb, damit sie Nathan traf. Ich entschied mich für einen Samstagnachmittag, denn um diese Zeit war das Café stets so gut besucht, dass er zu beschäftigt sein würde, um mit ihr zu plaudern.

Leider war das nicht der Fall, denn als wir ankamen, herrschte im World Cup gähnende Leere.

»Das ist also die berühmte Julia«, meinte Nathan grinsend und streckte ihr die Hand über die Theke hinweg entgegen. »Lass mich raten: Americano mit einem Schuss zuckerfreiem Vanillesirup.«

»Hallo, Hellseher«, erwiderte Julia, ließ sich auf einem Rattanhocker an der Theke nieder und schaffte es irgendwie, trotz des klobigen Gehgipses am rechten Fuß sexy auszusehen. »Woher wusstest du das?«

Weil ich das Gleiche trinke, dachte ich.

»Glück beim Raten«, antwortete Nathan und zuckte lächelnd die Achseln.

Sobald er sich abgewendet hatte, drehte Julia sich mit weit aufgerissenen Augen zu mir um. »Süüüß.«

»Ja, er hat viele Fans.«

»Ist vielleicht jemand dabei, den ich kenne?«, erkundigte sie sich mit einem hinterhältigen Grinsen.

Da Julia häufig witzelte, meine Gedanken seien für sie ein offenes Buch im Großdruckformat, fragte ich mich, ob sie mir die Show anmerkte. Allerdings hatte ich mein Pokerface in letzter Zeit perfektioniert und beschloss, das Risiko einzugehen.

»Nein.«

»Was? Du spinnst.«

Nathan kehrte mit zwei Tassen zurück. »Geht aufs Haus«, meinte er und lächelte Julia an. »Ich habe noch etwas für euch.«

Er hastete in die Küche, wobei er uns einen Blick auf seinen traumhaften Hintern gewährte. Julia tat, als fiele sie gleich in Ohnmacht. *Finger weg*, dachte ich verärgert, lächelte ihr jedoch nur nachsichtig zu.

Eine Minute später kehrte Nathan mit zwei weißen Auflaufförmchen zurück, stellte sie mit einer ausladenden Geste auf die Theke und reichte jeder von uns einen winzigen Silberlöffel. »Überbackener Schokokuchen«, verkündete er und fügte leicht verlegen hinzu: »Nur ein Rezept, mit dem ich gerade herumexperimentiere. Ich dachte, zwei so schöne Frauen wie ihr eignen sich gut als Versuchskaninchen.«

Der winzige Kuchen war außen knusprig und innen weich und alles in allem das Beste, was ich je gegessen hatte. »Spitze«, seufzte ich und ließ mir den kräftigen, süßen Kakaogeschmack auf der Zunge zergehen. »Himmlisch.«

»So gut wie meine Schoko-Madeleines?«, fragte Julia mit leicht schmollendem Unterton.

»Natürlich nicht«, flunkerte ich und hielt mir die Devise meiner Mutter vor Augen: Notlügen erfüllen einzig und allein den

Zweck, die Gefühle der Mitmenschen zu schonen (nicht, dass meine Mutter Skrupel gehabt hätte, andere Leute zu verletzen).

»Tja, eigentlich sollte ich die Finger davon lassen. Der Arzt sagt, ich darf kein einziges Gramm zunehmen, während meine Sehne heilt. Aber im Namen der Wissenschaft probiere ich gerne ein Stückchen«, meinte Julia und angelte mit dem Löffel eine mikroskopisch kleine Portion aus dem Förmchen. Sie seufzte ebenfalls und erklärte den Kuchen für köstlich, obwohl ich bezweifelte, dass sie bei dieser geringen Menge überhaupt etwas hatte schmecken können.

Nathan war sichtlich enttäuscht, weil Julia nicht zugriff, fasste sich jedoch rasch wieder. »Du bäckst?«

»Oh ja«, erwiderte sie, als habe er sie gefragt, ob sie die Welt retten wolle. »Hat Marissa dir das nicht erzählt? In gewissen Kreisen bin ich eine Legende.« Sie wandte sich an mich. »Bitte beschreib Nathan meine Birnentorte.«

So ging es den ganzen Nachmittag weiter. Wann immer Nathan etwas erwähnte, ließ Julia mich ausführlich erklären, was es mit ihr oder unserer Freundschaft zu tun hatte. Ich kam beim besten Willen nicht dahinter, welche Absicht sie damit verfolgte. War es ein plötzlicher Anfall von Bescheidenheit, der sie daran hinderte, für sich selbst die Werbetrommel zu rühren? Wollte sie Nathan beeindrucken, indem sie ihm demonstrierte, wie gut sie mit mir befreundet war? Ich war verdattert, allerdings auch zunehmend besorgt, weil ich mich des Eindrucks nicht erwehren konnte, dass Julia sich für Nathan interessierte – und dass dieses Gefühl auf Gegenseitigkeit beruhte. Immerhin schien er großen Spaß daran zu haben, herumzutrödeln und den Nachmittag mit ihr zu verbringen.

Als Nathans Schicht zu Ende war, griff Julia begeistert seinen Vorschlag auf, zu dritt zum Abendessen zu gehen. Wir stützten sie, damit sie mit uns auf einen Hamburger ins Red Rock Grill humpeln konnte. Anschließend gingen wir zu Benno, einer Kaschemme, in der sich niemand die Mühe machte, die Ausweise selbst offensichtlich minderjähriger Gäste zu kontrollieren. Während mich unsere Ganztagesverabredung nicht sonderlich beglückte, verstanden sich Julia und Nathan so ausgezeichnet, dass ich keine Möglichkeit sah, den Ausflug auf unauffällige Weise zu beenden. Nach einer Weile ging Nathan neue Getränke holen und ließ uns am Tisch zurück.

»Oh, du fehlst mir so«, übertönte Julia den Kneipenlärm und schlang mir die Arme um den Hals.

»Das liegt nur am Alkohol«, entgegnete ich, obwohl ich mich insgeheim freute, und sei es nur, weil Julia mir, anders als sonst, wenn Nathan uns den Rücken zukehrte, nicht schon wieder vorschwärmte, wie toll sie ihn fand.

»Nathan und du habt in diesem Semester sicher mehr Zeit miteinander verbracht als wir beide in den letzten zweieinhalb Jahren«, fügte sie hinzu und wechselte die Stimmung wie eine Ballettposition. »Das ist unfair.«

Ich kannte dieses Spiel nur allzu gut, allerdings ging es inzwischen um viel mehr als um eine Laborpartnerin im Chemieunterricht. »Meinst du, in der Arbeit? Nein, wir haben nur selten dieselbe Schicht«, antwortete ich mit leicht zitternder Stimme.

»Verschon mich, Marissa. Ihr zwei trefft euch bestimmt häufig in eurer Freizeit. Du kannst mir nicht verübeln, dass ich gerne tauschen würde.« Mit wem, erwähnte sie nicht. Allerdings wusste ich, dass es so oder so kritisch werden würde.

Im Lauf der nächsten Stunde steigerte sich mein Unbehagen noch weiter. *Schau ihn dir nur an, wie er ihr über den Tisch hinweg zulächelt. Wie er sie ironisch angrinst, um ihr zu zeigen, dass er sie nicht nur schön, sondern auch klug findet.* Die beiden Menschen, die mir im Leben am meisten bedeuteten, verliebten sich direkt vor meiner Nase ineinander – ich wusste es einfach.

Nach der letzten Runde begleitete Nathan uns zum Wohnheim. »Winzling«, sagte er zu mir und beugte sich übertrieben zu mir herunter, um mich auf die Wange zu küssen, obwohl er nur achtzehn Zentimeter größer war als ich mit meinen eins fünfundfünfzig. »Bis morgen.«

»Und du, winzige Tänzerin«, meinte er dann grinsend und umarmte Julia fest. Ich verzog das Gesicht, als er sie mit meinem Spitznamen ansprach, obwohl das noch leichter auszuhalten war als der Anblick der Umarmung. »Du meldest dich bei mir, okay? Marissa gibt dir meine E-Mail-Adresse«, sagte er zu ihr.

Als ich in jener Nacht auf einer Klappliege lag, während Julia neben mir in meinem Bett schlief, versuchte ich mir einzureden, dass alles in bester Ordnung sei. Ein Wochenende hatte noch nichts zu bedeuten. Doch als Julia am Sonntagmorgen zu ihren Eltern fuhr, war ich so froh wie nie zuvor, mich von ihr verabschieden zu können. Bis am Abend meine Schicht begann, hatte ich mich in eine solche Wut hineingesteigert, dass ich Nathan kaum anschauen konnte. Ständig musste ich daran denken, wie nah dran ich gewesen war, ihn für mich zu gewinnen. Nun hatte Julia wieder einmal ihre Zauberkräfte spielen lassen und dafür gesorgt, dass er mich vergaß.

»Was zum Teufel ist heute mit dir los?«, fragte er mich, nachdem wir Taryn, die mit uns das Café zugemacht hatte, eine gute Nacht gewünscht hatten.

Wir standen auf der mit Schnee bedeckten State Street. Ich zitterte, hätte aber nicht sagen können, ob es an der Kälte oder an meiner Nervosität lag. Als ich die Arme vor der Brust verschränkte, um mich zu wärmen, wusste ich, dass ich dadurch ziemlich abweisend wirkte.

»Nichts.«

»Wirklich, Marissa? Da steckt doch was dahinter, wenn du den ganzen Abend kein Wort mit mir wechselst.«

Im dämmrigen Licht der Straßenlaterne sah ich sein Gesicht und stellte fest, dass er vor Wut kochte.

Tja, dachte ich, *es ist sowieso vorbei. Also kann ich es auch aussprechen.*

»Was willst du hören, Nathan? Dass ich Todesangst davor habe, du könntest dich wie alle anderen in meine beste Freundin verlieben? Dass ich mir wie eine Idiotin vorkomme, weil ich geglaubt habe, ich könnte auch mal Glück haben?«

Sobald die Worte heraus waren, hätte ich mich am liebsten in einer Schneewehe verkrochen, um dort zu sterben. Also war ich doch eines dieser Mädchen. Aber als ich ihn schließlich anblickte, malte sich weder Ärger noch Mitleid in seinem Gesicht.

»Marissa«, meinte er leise. »Ich wollte sie treffen, weil sie deine Freundin ist. Ich dachte, auf diese Weise finde ich mehr über dich heraus, nicht über sie. Das ist der Grund.«

Sanft lockerte er meine Arme und zog mich so eng an sich, dass ich nicht feststellen konnte, ob der Dampf vor meinen Augen sein Atem war oder meiner. Dann hob er mein Kinn an und strich mir mit dem Zeigefinger nacheinander über die Lippen, sodass mir am ganzen Körper warm wurde.

»Wie kannst du nicht wissen, dass ich verrückt nach dir bin?«, fragte er.

In jener Nacht gab es keinen Zweifel mehr, wo ich stand und was zwischen uns war. Doch als ich am nächsten Morgen auf seinem Futon lag und beobachtete, wie die Sonne langsam die Eiskristalle an der Fensterscheibe seines Zimmers wegschmolz, hatte ich die leise, aber beharrliche Vorahnung, dass mein Glück nicht von Dauer sein würde und konnte.

Zwei Tage später bekam ich eine einzeilige E-Mail von Julia: »Ich glaube, ich habe mich in deinen Freund Nathan verliebt.«

6

Ich kann nicht fassen, welche Unmengen an Gegenständen Julia in einem fünfzehn Quadratmeter großen Einzimmerappartement untergebracht hat. Uralte Videoaufnahmen von ihren Auftritten, gerahmte Fotos von praktisch allen Leuten, die sie kennt, Kleidungsstücke, an denen noch das Preisschild hängt, Lehrbücher aus dem College, drei Essservices, offenbar samt und sonders unbenutzt. Ich habe mich erboten, meinen freien Samstag zu opfern, um alles in Kartons zu verpacken, damit es nach Ann Arbor zu den Ferrars geschafft werden kann, wohin Julia einen knappen Monat nach ihrem Unfall übergesiedelt ist.

»Du bist eine Heilige«, meint Dave, während er nach der besten Methode sucht, den Porzellanhund zu verpacken, der neben Julias Kamin gestanden hat.

»Dann bist du auch ein Heiliger, weil du mir hilfst«, erwidere ich.

Trotz der regelmäßigen Schwüre, seine Arbeitszeit einzuschränken, verbringt Dave unweigerlich den Samstag – und oft auch den Sonntag – in der Kanzlei, weshalb ich ihm für diesen Gefallen sehr dankbar bin. Insbesondere deshalb, weil ich daran zweifle, dass ich es körperlich und emotional allein geschafft hätte, Julias Wohnung auszuräumen.

Ich schaue mich in dem Appartement um. In jeder anderen Stadt würde man es als größeren Wandschrank bezeichnen, in Manhattan dagegen ist es eine Luxusimmobilie. Es befindet sich in einem der oberen Stockwerke eines umgebauten Fabrikgebäudes. Die südliche Wand besteht aus zahlreichen kleinen rechteckigen Glasscheiben, die den Blick auf die Lower Eastside freigeben. Obwohl der Raum so vollgestellt ist, wirkt er mit dem weiß lackierten Holzboden, den tiffanyblauen Wänden und der Badewanne mit Löwentatzen so reizend wie ein winziges, am Himmel schwebendes Schmuckkästchen.

»Ich finde es wundervoll hier.«

»Meiner Ansicht nach solltest du es nicht tun«, erwidert Dave. Er spielt darauf an, dass Grace und Jim, die offiziellen Eigentümer von Julias Wohnung, mir angeboten haben, sie mir für ein Butterbrot zu vermieten.

»Warum nicht?«

»Ich weiß nicht«, antwortet er und verschließt einen Karton. Als das durchsichtige Klebeband quietscht, zucke ich zusammen. »Es ist irgendwie nicht richtig.«

»In welcher Hinsicht?« Dave denkt so logisch, wie man es von einem Anwalt für Steuerrecht erwarten kann, und ist kein Mensch, der sich auf sein Gefühl verlässt.

Noch während ich die Frage stelle, bin ich unsicher, ob ich die Antwort überhaupt hören will. Schon lange spiele ich mit dem Gedanken, aus meiner schäbigen Wohnung in Park Slope – dem Land der stillenden Mütter und fußballspielenden Kinder, wo ich ohne Nachwuchs so gut hinpasse wie die Faust aufs Auge – auszuziehen. Doch weil ich schon seit sieben Jahren dort wohne, ist die Miete nur halb so hoch wie in Brooklyn üblich, weshalb ich mir kleine Freuden wie Sofakissen von Pottery Barn und Wein, der nicht aus dem Pappkarton kommt, erlauben kann, ohne im Schuldturm zu landen. Das heißt letztlich, dass ich mich dort gefangen fühle. Darum könnte Julias Wohnung die Chance sein, auf die ich so lange gewartet habe.

»Erstens solltest du dir überlegen, ob du wirklich Miete an Julias Eltern zahlen willst. Ich weiß, es ist spottbillig, aber trotzdem«, sagt Dave und kritzelt etwas Unleserliches auf den Karton.

»So eine Gelegenheit bietet sich nur einmal im Leben«, erwidere ich.

»Schon, aber die Wohnung steckt voller Erinnerungen an Julia. Immer, wenn du dich umdrehst, wirst du daran denken müssen, dass deine beste Freundin viele tausend Kilometer weit weg ist, weil sie nicht mehr für sich selbst sorgen kann.«

Mir ist klar, dass er recht hat. Selbst nachdem wir die Fotos abgehängt, die dicke weiße Daunendecke vom Bett genommen und ihren Krimskrams verpackt haben, sehe ich meine Freundin überall. Und ich habe den Verdacht, dass ich genau aus diesem Grund hier wohnen will.

Schließlich ist nur noch Julias Computer übrig. Seit ihrem Unfall habe ich sie nur ein- oder zweimal dabei beobachtet, wie sie ihn benutzte. Deshalb wundert es mich, dass der dünne silberne Laptop eingeschaltet ist. Als ich ihn aufklappe, um ihn auszumachen, leuchtet der Bildschirm auf, und Julias E-Mails erscheinen mitten auf dem Monitor.

Ich werde sie nicht lesen, sage ich mir, was gleichzeitig ein Befehl und eine Selbstversicherung ist. Gut, ich habe gerade die Unterwäscheschublade meiner Freundin aussortiert und ihre Hausapotheke geleert, doch ihre E-Mails zu lesen ist etwas anderes – ein Eindringen in ihre Privatsphäre.

Dennoch habe ich ihren Posteingangsordner genau vor der Nase. Da er den Großteil des Bildschirms einnimmt, ist es unmöglich, die eingegangenen Mails zu übersehen. Ebenso wie die Tatsache, dass zwei der E-Mails, die sie in den letzten Wochen erhalten hat, von nbell79@gmail.com stammen.

Nathan.

Ich habe abgrundtief schlechte Laune. Zum Glück nimmt Dave an, es liege daran, dass ich Julia vermisse. Deshalb ist er der festen Ansicht, dass Margaritas und mexikanisches Essen genau das sind, was ich jetzt brauche. Was Letzteres angeht, liegt er gar nicht mal so falsch. Sobald wir das Mary Ann's mit den schummrigen, bunten Laternen und der fröhlichen spanischen Musik betreten, fühle ich mich viel entspannter.

»Möchten Sie bestellen?«, fragt der Kellner, den ich wiedererkenne, weil wir schon so oft hier gegessen haben.

»Ich hätte gern den Salat mit Hühnerbruststreifen, kein Taco, kein Käse und das Dressing separat«, sage ich.

»Pollo Yucatan«, ordert Dave. »Keine Käse-Enchiladas?«, meint er in Anspielung auf mein Lieblingsgericht, nachdem der Kellner fort ist. Dann stupst er mich scherzhaft an. »Es wird dich nicht gleich umbringen, wenn du etwas Nahrhafteres isst.«

»Ich fürchte, der Verzehr von Kohlehydraten könnte meine Lebenserwartung senken«, erwidere ich und trinke noch einen Schluck von meiner Margarita. Es soll Frauen geben, die bringen in Stresssituationen gar nichts herunter. Ich gehöre leider nicht dazu. Deshalb habe ich seit Julias Unfall auch so zugenommen, dass meine Lieblingsjeans von 7 For All Mankind weniger nach Röhre als nach Presswurst aussieht. Gleichzeitig schäme ich mich dafür, dass mich das überhaupt stört. Schließlich bin ich ein guter Mensch, führe ein schönes Leben und habe, anders als meine beste Freundin, ein gesundes, unbeschädigtes Gehirn. Damit sollte ich eigentlich zufrieden sein. Bin ich aber nicht, weshalb ich einen Salat bestellt und gehofft habe, dass ich bald wieder in meine enge Jeans passe.

»Marissa, du bist wunderschön«, sagt Dave und verschränkt die Finger mit meinen. Ich weiß, dass er es ernst meint.

»Und du, mein Liebling, leidest an Wahnvorstellungen«, entgegne ich lächelnd, obwohl auch ein wenig Ernst dabei ist.

Als ich Dave vor drei Jahren bei Ninas jährlicher Derby-Party kennengelernt habe, war *zu attraktiv für mich* mein erster Gedanke. Er ist groß, hat dunkles Haar und dunkle Augen und die ebenmäßigsten und weißesten Zähne, die ich je an einem echten Menschen gesehen habe, und hätte besser in eine Fernsehkomödie gepasst als in Ninas Wohnzimmer. Doch er sprach mich an, ließ sich meine Telefonnummer geben und meldete sich zu meiner Überraschung tatsächlich am nächsten Morgen, um mich zu fragen, ob ich am Abend schon etwas vorhätte. Zwei Wochen später waren wir ein Paar.

»Ich wusste auf den ersten Blick, dass du die Richtige bist«, gestand er mir ein halbes Jahr später. Inzwischen hatten sein leicht behaarter Rücken und seine Neigung, mir ausführliche Vorträge zum Thema Steuergesetzgebung zu halten, meinen anfänglichen Glauben an seine Vollkommenheit zerstört. Aber als er mich neben einem Krug Mint Julep entdeckte, verhielt er sich, als hätte er gerade im Lotto gewonnen, und war und ist der beste Mann, der mir je untergekommen ist.

Deshalb habe ich auch ein schrecklich schlechtes Gewissen, weil ich mich beim Gedanken an Nathan ertappe, während Dave mir angeregt von seinem letzten Erlebnis mit seinem arbeitsscheuen Chef erzählt.

7

Eine ganze Woche lang reagierte ich nicht auf Julias E-Mail, dass sie sich in Nathan verliebt habe. Er und ich schwebten im siebten Himmel, und ich wollte mir mein Glück nicht von der rauen Wirklichkeit zerstören lassen. Wir trafen uns täglich zwischen den Seminaren und starrten einander in der Bibliothek über unsere Bücher hinweg an, während wir so taten, als lernten wir. Die Nächte verbrachten wir damit, leidenschaftlich die durch bloße Freundschaft vergeudete Zeit wettzumachen. Mit Nathan zusammen zu sein war so völlig anders als meine Erfahrungen mit den flatterhaften Jungs, mit denen ich an der Highschool befreundet gewesen war. Sie hatten mir in der Öffentlichkeit die kalte Schulter gezeigt und mich mit Aufmerksamkeit erdrückt, sobald wir allein waren. Außerdem schienen sie Spaß daran zu haben, mich mit einem steten Strom von Halbwahrheiten zu überschütten. Bei Nathan gab es solche Spielchen nicht. Sofort teilte er allen seinen Freunden und unseren Kollegen mit, dass wir nun ein Paar waren, und zeigte mich in der Stadt herum, als wäre ich Julia Roberts – und keine pummelige Studentin mit krausem Haar. Er verwendete Stunden darauf, komplizierte Gerichte für mich zu kochen, die zwar nicht immer kulinarische Meisterwerke waren, mich aber wegen des betriebenen Aufwandes oft zu Tränen rührten.

»Ich liebe dich, Marissa«, sagte Nathan in unserer vierten gemeinsamen Nacht zu mir. »Du bist absolut vollkommen.«

»Tust du nicht. So früh kannst du das doch noch gar nicht wissen«, zog ich ihn auf, obwohl ich selbst bis über beide Ohren in ihn verliebt war.

»Ich war mir noch nie im Leben einer Sache derart sicher«, erwiderte er so aufrichtig, dass ich ihm einfach glauben musste.

Aber Glück hin oder her, ich konnte das blinkende Lämpchen an meinem Telefon nicht ewig ignorieren. Als ich Julias immer panischere Nachrichten auf meiner Mailbox abhörte – »Wo steckst du? Bist du entführt worden? Ich mache mir Sorgen!« –, wurde mir klar, dass ich mich bei ihr melden musste, bevor sie eine Vermisstenanzeige aufgab. Also griff ich schließlich zum Telefon und rief sie an.

»Endlich«, schimpfte sie.

»Entschuldige, dass ich so lange nichts von mir habe hören lassen«, nuschelte ich. »Diese Seminararbeit in amerikanischer Literatur, von der ich dir erzählt habe, hat mich ganz schön auf Trab gehalten.«

»Schon gut. Ich bin froh, dass du nicht irgendwo im Straßengraben liegst. So eine Funkstille passt gar nicht zu dir.«

»Nein, ich liege nicht im Straßengraben«, beteuerte ich. »Aber können wir nächste Woche weiterreden? Ich muss mich wirklich reinknien, wenn ich den Abgabetermin einhalten will.«

»Kein Problem«, entgegnete sie. »Pass auf, ich möchte dich um einen winzigen Gefallen bitten.«

Das kann ich mir denken, sagte ich mir. *Und die Antwort lautet: nein.*

»In zwei Wochen bin ich in der Stadt. Arrangierst du für mich eine Verabredung mit dem scharfen Typen, mit dem du zusammenarbeitest?«

Der scharfe Typ, mit dem ich zusammenarbeite? So nennst du also den Mann, in den du angeblich verliebt bist. »Meinst du Nathan? Ich glaube, der hat schon eine Freundin, Jules«, sagte ich, wobei ich nicht verhindern konnte, dass man mir mein Unbehagen anhörte.

Julia ließ nicht locker. »Ganz sicher nicht, Mar. Er schien wirklich auf mich zu stehen. Natürlich kann es auch am Wodka gelegen haben!« Sie kicherte. »Egal, wir werden es sicher bald herausfinden!«

»Jules«, setzte ich an.

»Du bist da, oder? Ich kann doch bei dir pennen?«

»Du …«

»Spitze! Ich kann es kaum erwarten, dich zu sehen. Und Nathan erst!« Mit diesen Worten legte sie auf.

Obwohl Nathan mir einen Eid geschworen hatte, er interessiere sich nicht für Julia, brachte ich es nicht über mich, ihm von unserem Telefonat und der Tatsache, dass sie glaubte, sich in ihn verliebt zu haben, zu erzählen. Allerdings bat ich Julia weder, lieber nicht nach Ann Arbor zu kommen, noch verriet ich ihr, dass Nathan und ich inzwischen ein Paar waren. Es war, als hoffte ich, den Lauf der Dinge aufhalten zu können, indem ich die Situation einfach ignorierte.

»Also, wann gehen wir in das Café, in dem du arbeitest?«, fragte Julia. Sie lag auf meinem Bett und beschrieb mit dem – seit kurzem vom Gehgips befreiten – Bein kleine Kreise, um die Muskeln wieder aufzubauen, wie sie mir erklärte.

»Ich weiß nicht, ob Nathan an diesem Wochenende Schicht hat.«

»Warum rufen wir ihn nicht kurz an? Gib mir mal seine Nummer. Ich erledige das«, meinte sie, schwang das Bein über die Bettkante und griff nach dem Telefon auf dem Nachttisch.

»Ich habe sie nicht.«

Julia sah mich mit hochgezogener Augenbraue an. »Willst du mich absichtlich quälen?«

»Nein!«, antwortete ich ein wenig zu laut.

»Jetzt mal im Ernst, Mar. Was ist los? Ich habe dich vor Wochen darum gebeten. Genug Vorlaufzeit also. Du weißt, dass ich nur selten etwas von dir verlange«, meinte sie und setzte ihre beste Leichenbittermiene auf.

»Nichts«, erwiderte ich, diesmal ruhiger. »Wir fahren ins Café. Aber lass uns zuerst etwas essen gehen, einverstanden? Ich fühle mich, als hätte ich dich seit einer Ewigkeit nicht gesehen, und würde gern mit dir quatschen.«

»Okay«, sagte sie und zog einen Schmollmund. Im nächsten Moment lächelte sie breit, als hätte jemand einen Lichtschalter betätigt. »Mir ist klar, dass du mich vermisst. Ich will nicht, dass du dir vernachlässigt vorkommst!«

Nach dem Essen machten Julia und ich uns auf den Weg ins World Cup, wo Nathan, wie ich wusste, tatsächlich Dienst hatte. Zu meiner Erleichterung war das Café, anders als bei Julias letztem Besuch, voll besetzt, ein guter Vorwand, um so schnell wie möglich wieder zu verschwinden.

»Hey! Schaut mal, wer da ist!«, rief Nathan, der an der Espressomaschine stand.

»Hallo«, meinte ich leise.

»Hallo«, wandte sich Julia an Nathan. Sie entdeckte zwei freie Hocker an der Theke, ließ sich auf einem davon nieder und klopfte auf den zweiten, damit ich neben ihr Platz nahm.

Inzwischen hatte ich Schmetterlinge im Bauch. Ich hatte Julia beim Abendessen reinen Wein einschenken wollen, aber die Wörter waren mir so lange in der Kehle stecken geblieben, bis ich aufgegeben und sie heruntergeschluckt hatte.

Außerdem war ich ohnehin kaum zu Wort gekommen, denn sie hatte ohne Punkt und Komma darüber geredet, wie prima sie und Nathan zusammenpassten. »Wir backen beide gern, treiben gern Sport, und wir lieben dich!«, verkündete sie, nicht ahnend, wie sehr sie mit dieser Bemerkung ins Schwarze traf.

»Hallo, Liebling«, sagte Nathan und kam auf uns zu.

Julia, die annahm, dass er mit ihr sprach, strahlte übers ganze Gesicht. In diesem Sekundenbruchteil wurde mir klar, was für einen gewaltigen Fehler ich gemacht hatte.

Nathan würdigte meine Freundin kaum eines Blickes, als er sich über die Theke beugte und mich fest auf die Lippen küsste. Dann drehte er sich grinsend zu Julia um. »Wahrscheinlich hat dir unser Winzling schon von der guten Nachricht erzählt.«

»Gute Nachricht?«, entgegnete sie so heftig, dass uns die Gäste, die neben uns saßen, erschrocken anstarrten.

»Marissa?«, fragte Nathan und sah mich an. »Hast du Julia denn nicht gesagt, dass wir zusammen sind?«

»Oh«, meinte Julia, die sich rasch wieder gefangen hatte, und strich eine unsichtbare Falte an ihrem cremefarbenen Kaschmirpulli mit V-Ausschnitt glatt. »Natürlich hat sie das. Bei dir hat es nur gerade so geklungen, als ob sie demnächst ein Baby bekommt.«

Ich war sicher, mir eine abgrundtiefe Grube geschaufelt zu haben. Ob Julia mir heraushelfen oder mich zusätzlich mit Erde bewerfen würde, stand noch nicht fest. Um Gnade flehend, sah ich sie an. Doch sie schüttelte nur den Kopf, was wohl »Nicht jetzt« bedeuten sollte.

Wir bemühten uns um Normalität, aber sobald Nathan sich dem nächsten Gast zuwandte, packte sie mich fest am Arm.

»Wann wolltest du mir denn reinen Wein einschenken?«, zischte sie. »Wie konntest du nur zulassen, dass ich so über ihn rede? Du hast mich zum Narren gemacht. Und das«, fügte sie hinzu und griff nach ihrer Tasche, »war vielleicht sogar Absicht.« Sie stand auf. »Ich gehe zurück ins Wohnheim.«

»Natürlich«, erwiderte ich mit knallrotem Gesicht und blickte ihr nach, als sie hocherhobenen Hauptes zur Tür stolzierte.

»Okay«, meinte sie. »Ich brauche frische Luft und warte draußen. Bitte verabschiede dich in meinem Namen von Nathan.«

»Julia geht's nicht gut«, rief ich Nathan über die Theke hinweg zu. Zu meiner Erleichterung bemerkte er offenbar nicht, dass etwas nicht in Ordnung war. »Ich rufe dich später an.«

Als ich nach draußen kam, nahm Julia mich kaum zur Kenntnis, und wir gingen schweigend nach Hause.

»Tut mir leid«, entschuldigte ich mich, während ich den Kartenschlüssel durchs Lesegerät zog, um die Tür der Anlage zu öffnen.

»Schon in Ordnung«, murmelte sie und wiederholte den Satz gleich noch einmal, als wolle sie nicht mich überzeugen, sondern sich selbst.

Eigentlich rechnete ich damit, dass sie umgehend ihre Eltern anrufen würde, um sich abholen zu lassen. Doch sie verkündete, sie wolle schlafen, zog sich rasch um und ließ sich bäuchlings auf mein Bett fallen. Ich schlüpfte in meinen Pyjama, legte mich auf die wackelige Klappliege am anderen Ende des Raumes und stellte mich schlafend. Allerdings tat ich stundenlang kein Auge zu.

Am nächsten Morgen war Julia fort, aber zu meiner Erleichterung stand ihre Tasche noch da. Ich ging zur Dusche am Ende des Flurs, und als ich zurückkehrte, saß sie mit Kaffee und Bagels an meinem kleinen Tisch.

»Mein Friedensangebot«, sagte sie und hielt mir einen Styroporbecher hin.

»Danke.«

»Ich wollte …«

»Es tut mir wirklich leid«, fiel ich ihr ins Wort.

»Ich weiß. Mir auch. Inzwischen ist mir klar, dass es ziemlich egoistisch von mir war, überhaupt nicht daran zu denken, dass Nathan sich für dich interessieren könnte.« Ihre Worte taten weh, doch ich ließ den Schmerz zu, weil ich wusste, dass ich ihn verdient hatte. »Das heißt, mir ist klar, warum du ihm nicht widerstehen konntest«, fuhr sie fort und zupfte eine Fluse von ihrer Sporthose aus Spandex. »Ich fand ihn auf Anhieb traumhaft, und immerhin siehst du ihn fast jeden Tag.«

»Ja«, gab ich zu und konnte mir die nächsten Worte nicht verkneifen. »Julia, du kannst jeden haben. Warum ausgerechnet Nathan? Wieso kannst du dich nicht einfach für mich freuen? Schließlich war ich noch nie verliebt.«

»Kein Mann ist so wundervoll wie unsere Freundschaft. Nur das zählt.« Sie kam auf mich zu, legte mir die Hände auf die Schultern und hielt ihr Gesicht so nah an meines, dass mir ihr nach Kaffee riechender Atem in die Nase stieg. »Deshalb denke ich, dass wir beide Nathan vergessen sollten. Es ist nicht fair, weder uns noch ihm gegenüber, wenn man es sich genauer überlegt.«

»Okay«, sagte ich, obwohl ich ihr nicht ganz folgen konnte.

»Erstens hat dieser Typ einen Keil zwischen uns getrieben. Bevor er auf der Bildfläche erschienen ist, hattest du nie Geheimnisse vor mir«, fuhr sie feierlich fort. »Und zweitens: Wie hoch ist die Chance, dass ihr beide für immer zusammenbleibt? Gleich null! Aber wir beide, du und ich, werden bis ans Ende unseres Lebens Freundinnen sein. Was wird passieren, wenn wir nach New York gehen? Du hast ja selbst gehört, was Nathan beim Abendessen gesagt hat, als ich das letzte Mal hier war. Er will sich nach seinem Abschluss in der Stadt niederlassen.« Sie verzog das Gesicht, als hätte er uns mitgeteilt, er plane, auf einem Schrottplatz zu wohnen, nicht in Ann Arbor.

»Um ganz ehrlich zu sein«, fuhr sie nach einer Weile fort, »muss ich hinzufügen, dass ich dir nicht versprechen kann, nicht eifersüchtig zu werden, wenn ihr beide ein Paar seid. Wer weiß, welche Folgen das für unsere Freundschaft hätte.« Sie küsste mich auf die Stirn. »Du verstehst mich doch, Marissa?«

»Natürlich«, antwortete ich.

Allerdings entsprach das ganz und gar nicht der Wahrheit.

8

Die Wahrscheinlichkeit, bei einem Flugzeugabsturz ums Leben zu kommen, liegt grob geschätzt bei eins zu zehn Millionen, ist also praktisch kaum vorhanden, wenn man sie mit der Häufigkeit eines Autounfalls mit Todesfolge (eins zu siebentausend) vergleicht. Dennoch steigen die meisten Menschen tagtäglich in ihren Wagen, ohne mit der Wimper zu zucken. Jedes Mal, wenn ich fliege, halte ich mir diese Tatsache vor Augen, auch wenn das leider nicht so beruhigend auf mich wirkt, wie ich es gerne hätte. Schließlich besitze ich gar kein Auto, und obwohl ich keine Mathematikerin bin, kann ich mich des Gedankens nicht erwehren, dass dieser Umstand das Risiko eines Flugzeugabsturzes in eine für mich ungünstige Richtung verschiebt. Außerdem ist Julia auch nie Auto gefahren. Und trotzdem hat es sie nicht vor dem bewahrt, was ihr passiert ist.

Entspannen, entspannen, entspannen, murmele ich in Gedanken vor mich hin und atme mehrmals tief durch, wie ich es in dem Yoga-Kurs gelernt habe, den ich im Rahmen der Teamwoche bei *Schlanke Linie* im letzten Jahr habe besuchen müssen. Während sich die Boeing 757 langsam über die Stadt erhebt, versuche ich, mich auf die riesige graubraune Fläche von Queens und den Widerschein der Sonne auf dem Chrysler Building zu konzentrieren. Alles ist mir recht, damit ich mir ja nicht bewusst mache, dass ich in einer gewaltigen Blechkiste sitze, die bald zwölftausend Meter hoch in der Luft schweben wird. In den nächsten beiden Stunden werde ich nicht den geringsten Einfluss auf mein Leben haben.

Ich erfülle mein Versprechen an Naomi und mache Urlaub. Nur, dass ich nach Michigan fliege und nicht an einen Ort, an dem ich mich wirklich erholen könnte. Dort werde ich Thanksgiving und die darauf folgende Woche verbringen, um meine Familie und die Ferrars zu besuchen.

Es wird mein erstes Wiedersehen mit Julia, seit sie New York Anfang Oktober verlassen hat, und offen gestanden graut mir ein wenig davor. Sosehr ich mich auch bemüht habe, es ist mir nicht gelungen, die Wut loszuwerden, die in mir brodelt, seit ich in ihrem PC auf Nathans E-Mails gestoßen bin. Warum, frage ich mich, haben die beiden nach all der Zeit wieder Kontakt zueinander? Nachdem ich über Julias Nachrichten an Nathan gestolpert war, fühlte ich mich so hinterhältig und gemein, dass ich es nicht über mich brachte, den restlichen Schriftwechsel zu sichten. Dennoch bedauert ein winziger Teil von mir, dass ich ihren Computer vor dem Einpacken nicht genauer unter die Lupe genommen habe, um herauszufinden, was genau sie von Nathan wollte. Sosehr ich auch daran glauben möchte, dass lediglich ihre Kopfverletzung aus ihr spricht, wie Dr. Bauer ihr merkwürdiges Verhalten seit dem Unfall erklärt, werde ich den Verdacht nicht los, sie könnte die Sache von langer Hand geplant haben. Es würde mich nicht wundern, wenn die beiden sich bereits vor dem Unfall geschrieben hätten.

Während meine Gedanken zum wohl hundertsten Mal seit dem Ausräumen von Julias Wohnung in diese Richtung wandern, beschleicht mich wie immer ein schlechtes Gewissen. Sollte ich die Angelegenheit angesichts der größten Krise in unser beider Leben nicht besser vergessen?

Wieder einmal rettet die Statistik meinen Tag, denn das Flugzeug landet ohne irgendwelche besonderen Vorkommnisse. Ich gehe durch den Detroit Metro Airport – blitzblank, modern und scheinbar ohne jeden Berührungspunkt mit der verfallenden Stadt, die er bedient – zur Gepäckausgabe. Nach wenigen Minuten entdecke ich die scheußliche rote Reisetasche, die ich schon seit Collegetagen entsorgen will. Die Tasche ist viel zu voll gepackt, sodass ich den Weg durch die Menschenmenge ächzend und keuchend zurücklege, ein schonungsloser Hinweis darauf, dass es keine schlechte Idee wäre, sich irgendwann in diesem Jahrhundert doch noch mal in ein Fitness-Studio zu wagen.

Sarah wartet am Straßenrand auf mich. Sie sitzt im Todesstern, wie ich ihren gewaltigen schwarzen Suburban nenne. Obwohl sie blonde Strähnchen hat und ihrem Kampfgewicht um einiges näher ist als ich, sind wir eindeutig Schwestern. Wie unser Vater haben wir tief liegende braune Augen und ein wenig zu lange Nasen und sind wie unsere Mutter der Beweis dafür, dass eine Frau ihr Äußeres durch ein geschicktes Make-up von unscheinbar zu einigermaßen hübsch aufwerten kann.

»Mann, ist es schön, dich zu sehen«, sagt sie und beugt sich über die Armlehne, um mich lange und fest an sich zu drücken.

»Hallo, Schwesterherz«, erwidere ich und klopfe ihr verlegen auf den Rücken. Über zwanzig Jahre lang haben wir einen möglichst großen Bogen umeinander gemacht. Doch seit meine Schwester vor einigen Jahren einer evangelikalen Kirchengemeinde beigetreten ist, ist sie sehr anhänglich geworden. Ich bin nicht ganz sicher, wie ich darauf reagieren soll.

»Wie geht es dir?«, erkundigt sie sich in einem Tonfall, den Leute für gewöhnlich anschlagen, wenn sie einige Zeit damit zugebracht haben, anderen zu erzählen, in welcher Sorge sie um jemanden sind. Ich frage mich, wie viele Mitglieder ihres Bibelkreises wohl in dieser Woche für mich gebetet haben.

»Gut. Ich freue mich, hier zu sein. Wirklich«, fühle ich mich verpflichtet hinzuzufügen, als ich bemerke, dass Sarah mir beim Fahren aus dem Augenwinkel einen Blick zuwirft. Als Folge davon fühle ich mich wie eine abscheuliche Lügnerin, und um das Gesicht zu wahren, rede ich die nächsten zwanzig Minuten darüber, wie furchtbar beschäftigt ich in der Redaktion bin.

Wir erreichen Sarahs stilvollen Bungalow, der in Burns Park steht, einem gutbürgerlichen Viertel von Ann Arbor. Wie schon ihr Geländewagen zeigt, lebt meine Schwester den amerikanischen Traum: phantastisches Haus, tolle Figur und Kernfamilie. Die Besuche bei ihr erinnern mich jedes Mal an einen Schnupperlehrgang, bei dem man eine Woche einem Winzer, Tischler oder Konditor über die Schulter schaut, um festzustellen, ob man diesen Beruf gerne ergreifen möchte. Anschließend bin ich immer ein wenig neidisch, habe allerdings auch wieder einmal erkannt, wie viel Arbeit in diesem Projekt steckt.

»Tante M.!«, ruft Ella und stürmt aus der Tür und die Stufen hinunter. »Ich warte schon den ganzen Tag auf dich!«

»Hallo, Süße«, sage ich und nehme sie in die Arme. »Wie geht es meiner liebsten Nichte auf der ganzen Welt?«

Für dieses Kind würde ich alles tun. Die Kleine ist nicht nur unbeschreiblich niedlich, sondern war bei ihrer Geburt vor sechs Jahren so etwas wie ein lebendiger und atmender Olivenzweig für

Sarah und mich. Je mehr Zeit ich mit Ella verbringe, desto größer wird mein Wunsch, eines Tages selbst Mutter zu werden, obwohl ich für mein kaum vorhandenes Interesse am Thema Fortpflanzung berüchtigt bin.

Ella sieht mich an. »Tante M., Mommy sagt, dass Tante Julia sehr krank ist. Bist du traurig?«

»Ja, Süße, manchmal schon«, antworte ich. »Doch die gute Nachricht ist, dass Tante Julia mit jedem Tag gesünder wird. Vielleicht darfst du sie ja bald mal besuchen.«

»Oh ja! Ich male ihr ein Bild«, jubelt Ella und hüpft auf und ab. »Mit einer Ballerina darauf. Genau wie Tante Julia.«

»Ella, ich bin sicher, dass sie davon begeistert wäre.«

»Ich traue mich ja kaum zu fragen, aber wie geht es Mom?«

Sarah und ich sitzen nach dem Essen in der Küche, trinken Wein und reden wie immer über unsere Mutter. Wir unterhalten uns gern über sie, denn eines der wenigen Dinge, in denen Sarah und ich uns einig sind, ist die Tatsache, dass Mom eindeutig nicht mehr alle Tassen im Schrank hat.

»Es wird immer schlimmer mit ihr«, antwortet Sarah. »Vor zwei Tagen hat sie mich angerufen, um mir zu sagen, sie überlege, ob sie sich von Phil scheiden lassen soll, weil sie sein Schnarchen nicht mehr erträgt.« Phil ist der Mann meiner Mutter. Die beiden haben zwei Jahre nach meinem College-Abschluss geheiratet. Obwohl er Golfturniere im Fernsehen für ein ernstzunehmendes Hobby und das Wetter für ein faszinierendes Gesprächsthema hält, ist Phil im Grunde genommen ein netter Kerl. Offen gestanden begreift weder Sarah noch ich, was er an unserer Mutter findet.

»Ich gebe der Phase eine Woche.«

»Oder sogar weniger«, entgegnet Sarah. »Wenn sie erst mit einem Wagen voller Waren im Wert von zweihundert Dollar im

Drogeriemarkt steht und merkt, dass die Tage des sorgenfreien Einkaufs von Creme gegen wabbelige Oberarme und Gartenzwergen ohne Phil gezählt sind, wird sein Schnarchen in ihren Ohren wie ein Engelschor klingen.«

Wir müssen beide lachen. Phil verdient als Maschinenbauingenieur recht gut, und meine geschäftstüchtige Mutter hat ihn hauptsächlich aus wirtschaftlichen Gründen geheiratet. Obwohl sie ihn offenbar auch liebt, ist sie dank ihm finanziell so gut versorgt, dass sie ihre beiden Arbeitsstellen aufgeben konnte und nun das angenehme Leben führt, das sie bisher nur aus ihren kostbaren Liebesromanen kannte. Ich muss zugeben, dass ich ihr daraus keinen Vorwurf machen kann. Schließlich hat mein Vater sie verlassen, ohne mit der Wimper zu zucken, ganz zu schweigen davon, dass er nie auch nur einen Cent Unterhalt für uns Kinder bezahlt hat.

»Wie läuft es mit dir und Marcus?«, erkundige ich mich bei Sarah. Damit meine ich ihren Mann, der mit seinen Freunden beim Krocket ist.

»Na ja.« Sie leert ihr Weinglas. Eigentlich erwarte ich nicht, dass sie mehr dazu sagt, aber sie fährt fort: »Nicht so wie bei dir und Dave, so viel steht fest.«

»Ihr habt doch einen glücklichen Eindruck gemacht«, wende ich ein. Insgeheim bin ich zufrieden, dass ich in den Augen meiner Schwester die optimale Beziehung führe.

»Das waren wir auch«, verbessert sie mich. »In letzter Zeit verhält er sich allerdings merkwürdig und abweisend. Ich fürchte, er hat etwas mit einer der Frauen in der Kirchengemeinde.«

»Wirklich?«

»Ja.« Meine Schwester nickt und verzieht angewidert das Gesicht. »Sie ist mit dem Hilfspastor verheiratet. Wie geschmacklos kann man sein? Ich bezweifle, dass sie miteinander schlafen – irgendetwas sagt mir, dass Marcus zu viel Angst vor dem lieben

Gott hat, um die Hosen runterzulassen. Allerdings habe ich die zwei nach dem Gottesdienst schon ein paarmal beim Flirten erwischt.«

Bedrückt sieht sie mich an. »Am meisten wurmt mich, dass diese Frau der Inbegriff einer grauen Maus ist. Wenn sie wenigstens etwas hermachen würde, wäre ich zwar eifersüchtig, könnte es aber zumindest verstehen. Doch dass er sich in eine Frau verliebt, die sich nicht einmal die Augenbrauen zupft, verschlimmert die Lage zusätzlich. Es bedeutet nämlich, dass nicht nur typisch männliche Lüsternheit dahintersteckt.«

»Uff«, erwidere ich, denn es ist tatsächlich schlimmer. Trotzdem kann ich mir nicht vorstellen, dass mein sanftmütiger Schwager, der Sarah anbetet, seit sie sich vor acht Jahren kennengelernt haben, auch nur im Traum an so etwas wie Ehebruch denkt, was ich auch anmerke.

Wir unterhalten uns noch eine Stunde und wünschen uns dann eine gute Nacht. Während ich mir das Gesicht wasche und die Kontaktlinsen herausnehme, denke ich darüber nach, dass Sarah und ich heute Abend so lange miteinander geredet haben wie schon seit Jahren nicht mehr. Natürlich freut es mich nicht, dass sie eine Krise mit Marcus hat. Er ist Ella ein guter Vater, und da ich selbst ohne Dad aufgewachsen bin, würde ich dieses Schicksal niemandem an den Hals wünschen – schon gar nicht meiner süßen Nichte. Doch dass meine Schwester sich mir anvertraut und offen zugegeben hat, dass in ihrem Leben nicht alles eitel Sonnenschein ist, ist eine erfrischende Abwechslung. Außerdem wird mir beim Einschlafen klar, dass dieses Gespräch eines der wenigen in den letzten Monaten war, das sich nicht um Julia gedreht hat.

Am nächsten Morgen leihe ich mir Sarahs Auto aus und fahre zum nur wenige Kilometer entfernt liegenden Haus der Ferrars.

Anders als in dem Viertel, in dem meine Schwester wohnt, stehen die Häuser hier nicht dicht an dicht. Das Haus von Julias Eltern liegt versteckt in den Wäldern entlang des Huron River und ist weder von der Straße noch vom Nachbargebäude aus zu sehen. Da ich die Gegend kenne wie meine Westentasche, brauche ich die an den Pfosten am Straßenrand befestigten Hausnummern nicht zu beachten, um zu wissen, in welche Einfahrt ich abbiegen muss.

Als ich auf den glänzenden Bronzeknopf neben der Tür drücke, höre ich ein Läuten. Es ist seltsam zu klingeln, nachdem ich dieses Haus so viele Jahre lang mit einem eigenen Schlüssel durch den Seiteneingang betreten habe. Durch das Fenster sehe ich Jim zur Tür gehen.

Er begrüßt mich liebevoll. »Komm rein, Marissa. Julia freut sich schon auf dich.«

»Danke, Jim. Ich freue mich auch«, sage ich und meine es auch so. Trotz meiner gemischten Gefühle wegen ihrer E-Mails an Nathan habe ich meine Freundin schrecklich vermisst und bin sehr neugierig, ob sie schon Fortschritte gemacht hat.

»Ist Grace da?«

»Nein. Sie ist rasch zum Einkaufen gefahren und müsste bald zurück sein«, erklärt Jim und bedeutet mir, ihm ins Wohnzimmer zu folgen.

Ich bin nervös. Sobald ich mich auf das weiße Wildledersofa der Ferrars setze, mache ich mir Sorgen, dass meine blaue Jeans aufs Polster abfärben könnte, und wechsle in einen fleckensicheren spanischen Ledersessel.

»Da du jetzt nicht mehr auf dem weißen Sofa sitzt, kann ich dir ja etwas zu trinken anbieten«, witzelt Jim.

Dankbar für die Ablenkung lache ich auf und antworte, dass ich nichts möchte.

»Okay, dann hole ich Julia.«

»Marissa, Hallooo!«, jubelt sie bei meinem Anblick.

»Jules, du siehst spitze aus«, sage ich und gehe ihr entgegen. Das stimmt tatsächlich. Sie trägt das Haar länger, was ihr gut steht. Ihr Gesicht ist nicht mehr ganz so verschwollen, und mir fällt auf, dass sie sogar ein wenig Lipgloss verwendet hat.

Als ich sie umarme, erwidert sie die Geste. Dann schiebt sie mich auf Armeslänge weg und mustert mich, als hätte sie mich seit Jahren nicht gesehen. Sanft berührt sie mein Haar. »Immer noch so hübsch«, meint sie.

»Immer noch schlechte Augen«, spöttele ich, bereue aber im nächsten Moment, dass ich die Situation ins Lächerliche gezogen habe. Außerdem weiß ich nicht, ob sie Scherze überhaupt versteht. Ich bin in so vielen Dingen unsicher geworden.

Zu meiner Erleichterung lacht Julia. »Mit meinen Augen ist alles bestens, vielen Dank. Der Arzt sagt, ich sei fast so gut wie neu. Sogar das Hinken ist weg!«

Damit spielt sie auf ein Problem mit der Hüfte an, das nach dem Unfall auftrat. Da die Ärzte keine Verletzung feststellen konnten, führten sie es auf das Schädel-Hirn-Trauma zurück. »Sie müssen sich das Gehirn als Schaltzentrale des Körpers vorstellen«, erklärte einer der Fachärzte. »Obwohl mit Ihrer Hüfte alles in Ordnung ist, kommt die Botschaft nicht richtig in Ihrem Gehirn an und beeinträchtigt Sie dadurch beim Gehen. Vielleicht ist das Phänomen von Dauer. Es könnte aber auch genauso schnell verschwinden, wie es aufgetreten ist.«

»Komm«, fordert Julia mich auf und zieht mich am Arm, wie Ella es tut, wenn sie meine Aufmerksamkeit erregen will. »Lass uns in mein Zimmer gehen. Ich möchte dir etwas zeigen.«

Ich bin nicht wenig überrascht, dass Julia ihr altes Kinderzimmer umgestaltet hat. »Wow, Jules«, sage ich und schaue mich um. Die Wände, ehemals hellgrau, sind lavendelfarben gestrichen. Auf dem Bett liegt eine violette Steppdecke, die eigentlich ganz hübsch wäre, würde sie nicht von Kissen in einem ähnlichen Ton und einer lavendelfarbenen Überdecke ergänzt. Das Zimmer passt so ganz und gar nicht zu Julia, die früher stets eine unverbrüchliche Treue zu neutralen Farben an den Tag gelegt hat.

»Es ist ganz schön … lila.«

»Ich weiß, es wirkt ein wenig übertrieben, stimmt's?«, erwidert sie, zieht die Augenbrauen hoch und betrachtet das Zimmer, als sei sie selbst darüber erstaunt.

»Ein bisschen«, gestehe ich.

»Der Arzt hat mir erklärt, dass ich mich in Dinge verbeißen könnte. Farben, bestimmte Lebensmittel, Wörter. Dagegen lässt sich nichts ausrichten. Aber wenigstens macht es mich glücklich.« Sie fängt an »*If it makes you happy, it can't be that baaaad*« von Sheryl Crow zu singen. Das bringt mich zum Lächeln, denn urplötzlich ein Lied anzustimmen ist typisch Julia. *Schau, es gibt auch positive Zeichen*, sage ich mir. *Du musst nur danach suchen.*

Allerdings verfliegt meine Zuversicht binnen Sekunden, als ein kleines Fellknäuel unter dem Bett hervorkommt.

»Snowball!«, jubelt Julia beim Anblick des weißen Kätzchens. Sie hebt das Tier hoch und drückt es an sich. »Die wollte ich dir zeigen. Meine neue Katze.«

Julia hasst Katzen. Ich korrigiere: Sie *hasste* Katzen.

»Snowball?«, wiederhole ich und betrachte argwöhnisch das Fellbündel, das meine Freundin mit seinen Krallen bearbeitet, als wolle es ihr die Adern aufschlitzen. »Hast du ihn Snowball genannt?«

»Aber ja«, antwortet sie. Offenbar hält sie mich für beschränkt. Mir wird klar, dass der Name der Katze kein Scherz sein soll. »Sieh ihn dir doch nur mal an. Wie hätte ich ihn denn sonst nennen sollen? Ist er nicht niedlich?«

Gut, ich bin die Erste, die zugeben würde, dass Julia keine Katzenfreundin ist. Allerdings habe ich in meinem Leben schon genug niedliche Katzen gesehen, und dieses Geschöpf gehört eindeutig nicht dazu. Der kleine Kater ist zwar flauschig und weich, hat aber ein plattes, runzeliges Gesicht und tückische gelbe Augen, was in mir den Verdacht weckt, ein winziger Alien könnte ihn sich als Wirtstier ausgesucht haben. Mit einem Fauchen springt Snowball von Julias magerem Arm. Aber sie kichert nur, als er rasch wieder hinter einem Zipfel der Überdecke verschwindet.

»Und, vermisst du die Arbeit?«, frage ich, während ich die zahlreichen Karten mit Genesungswünschen betrachte. Viele sind sicher von ihren Kollegen.

Sie sieht mich zweifelnd an. »Arbeit?«

Komm schon, Julia, du liebst deinen Beruf. Daran musst du dich doch erinnern, flehe ich stumm.

»Beim Ballett«, helfe ich ihr vorsichtig auf die Sprünge. Als sie nicht darauf eingeht, lässt meine Zuversicht schlagartig nach.

»Kein Ballett. Der Arzt hat mir in nächster Zeit das Tanzen verboten. Vielleicht darf ich es sogar nie wieder«, antwortet sie in ihrem Singsang.

»Ohhh«, stöhnt sie plötzlich und lässt sich auf die Bettkante sinken. »Ich glaube, ich kriege wieder eine Migräne.«

»Mist. Soll ich deine Eltern holen?«, frage ich.

Seit dem Unfall hat Julia regelmäßig Kopfschmerzen, die mit jedem Mal schlimmer werden, anstatt nachzulassen. Sie hat mir erzählt, sie habe letzte Woche einen so schweren Migräneanfall gehabt, dass sie das Bewusstsein verlor. Das ängstigt mich mehr, als ich ihr gegenüber zeige, denn in einer der vielen medizinischen Fachzeitschriften, die ich mir aus der Nachschlagebibliothek bei *Schlanke Linie* geholt habe, steht in einem Artikel, Menschen mit Migräne hätten ein höheres Risiko, einen »schleichenden Hirnschaden« zu erleiden. Normalerweise löst so etwas keine Symptome aus, doch angesichts der Tatsache, dass Julias Nervensystem ohnehin schon angegriffen ist, frage ich mich, ob sich das durch die Migräne womöglich verschlimmern wird. *Erhöhtes Risiko heißt nicht, dass es zwangsläufig dazu kommen muss,* halte ich mir vor Augen. *Außerdem haben die meisten Menschen mit Hirnverletzungen Kopfschmerzen und werden trotzdem wieder gesund.*

»Nein, schon gut«, erwidert Julia. Vorsichtig lehnt sie sich zurück und kneift die Augen zu. »Ich lege mich ein bisschen hin. Ziehst du bitte die Jalousien runter, bevor du gehst?«

»Klar.«

»Danke«, flüstert sie. »Kommst du morgen wieder?«

»Das weißt du doch.«

Als ich in die Küche komme, räumt Grace gerade die Einkäufe weg.

»Julia hat Migräne«, teile ich ihr mit. »Soll ich ihr ein Medikament besorgen?«

»Die Ärmste«, seufzt Grace. »Aber nein, die Migränetabletten wirken nicht. Ich bringe sie diese Woche zur Akupunktur. Mal sehen, ob das ein bisschen hilft.« Sie stellt ein Schälchen mit Beeren in den Kühlschrank und umarmt mich. »Es ist so schön, dass du hier bist, Marissa. Der Arzt sagt, dass es gut für sie ist, sich mit vertrauten Gesichtern zu umgeben. Mit Menschen, auf die sie sich verlassen kann.« Grace blickt mich an. »Bist du immer noch sicher, dass du ihre Wohnung nicht willst?«

»Ich werde es bestimmt später bereuen, aber ich finde, ich sollte momentan bleiben, wo ich bin«, antworte ich. »Außerdem könnte Julia irgendwann wieder einziehen wollen. Ihre Chefin hat versprochen, ihr die Stelle freizuhalten. In diesem Fall ist es sicher besser, wenn ich ihr nicht den Platz wegnehme.«

»Marissa, wir müssen ehrlich zu dir sein«, sagt Jim, der gerade hereinkommt. »Du sollst wissen, dass wir dieses Thema ausführlich mit Julias neuem Neurologenteam erörtert haben. So ungern ich der Überbringer schlechter Nachrichten bin, halten sie es für höchst unwahrscheinlich, dass Julia in näherer Zukunft allein wohnen kann. Die Kopfschmerzen sind übrigens kein gutes Zeichen.« Er reibt sich die Schläfen. »Wir wollen den Tatsachen ins Auge sehen. Es fällt mir zwar schwer, es auszusprechen, aber Julia ist nicht mehr derselbe Mensch wie früher. Die Stimmungsschwankungen, die Gedächtnisstörungen – es ist unmöglich festzustellen, wie viel man ihr zutrauen kann.«

»Das darfst du nicht sagen, Jim«, wendet Grace in scharfem Ton ein.

»Es ist aber so«, entgegnet Jim leise. »Ich hoffe genauso sehr wie du, dass sie nicht für immer bei uns wohnen bleibt. Dass sie irgendwann wieder in der Lage sein wird, auszuziehen und ihr eigenes Leben zu führen. Natürlich liebe ich Julia, doch sie ist eine erwachsene Frau, und niemand wünscht seiner Tochter, dass sie ins Elternhaus zurückkehren muss.«

»Nein«, ergänzt Grace schicksalsergeben und tupft sich mit einem Zipfel ihres Ärmels die Augen ab. »Das wollen wir wirklich nicht.«

»Zumindest macht sie einen zufriedeneren Eindruck«, stelle ich fest, denn irgendjemand muss doch auch die positiven Seiten erwähnen. »Sie wirkt nicht mehr so niedergeschlagen und deprimiert wie kurz nach dem Unfall.«

»Das ist vermutlich ein Fortschritt«, räumt Jim ein.

»Dass Julia sich wohler fühlt, ist eine schöne Überraschung«, stimmt Grace mir zu. »Anfangs war sie derart anstrengend, dass ich schon befürchtet habe, es könnte so bleiben.«

Auf der Heimfahrt frage ich mich, ob an meiner Theorie etwas dran ist oder ob ich sie mir nur zusammengeschustert habe, um die Ferrars – und mich selbst – aufzuheitern. Julia hat selbst behauptet, glücklich zu sein. Allerdings weiß ich, dass meine stets auf ihre Unabhängigkeit pochende Freundin entsetzt gewesen wäre, wenn sie sich selbst in ihrem violetten Kinderzimmer, noch dazu mit einer Katze namens Snowball im Arm, gesehen hätte.

Das alles macht mich so todtraurig, dass eine tiefe Erschöpfung von mir Besitz ergreift.

Gleichzeitig löst es Wut in mir aus. Ich möchte dem Universum mit der Faust drohen und »Warum hast du dir niemand anderen ausgesucht?« schreien. Gewiss, Julia hat Fehler gemacht, so wie jeder andere auch. Sie ist nicht vollkommen. Aber sie ist ein guter Mensch und hat dieses Schicksal nicht verdient.

Fest umklammere ich das Lenkrad und lasse die Wut über mich hinwegbranden. Denn je zorniger ich wegen des Unfalls bin, desto leichter fällt es mir, den Groll darüber loszulassen, dass meine beste Freundin gegen unsere Abmachung verstoßen hat.

9

Nachdem mein Vater ausgezogen war, hörten wir auf, Thanksgiving zu feiern. Stattdessen fuhr Mom mit uns auf ein spätes Frühstück in ein Pfannkuchenhaus, und am Nachmittag sahen wir uns dann zum ermäßigten Eintrittspreis die Doppelvorstellung im Kino an. In manchen Jahren, wenn Sarah und ich lange genug bettelten, erlaubte meine Mutter meiner Großmutter, uns abzuholen, damit wir den Feiertag mit ihr und meinem Großvater in Grand Rapids verbringen konnten. Meistens jedoch bereitete uns der Gedanke Sorgen, Mutter allein zu lassen. Da sie sich weigerte, mit uns nach Grand Rapids zu kommen, saßen wir drei in Ypsilanti fest und taten so, als handele es sich um einen ganz gewöhnlichen Tag.

Aus diesem Grund finden Sarah und ich das ausufernde, offenbar von Amerikas bester Hausfrau Martha Steward inspirierte Festmahl, das meine Mutter aufgetischt hat, auch so bizarr. »Da es inzwischen sieben Jahre her ist, dass Mom die Haushalts-

und Festtagsgöttin in sich entdeckt hat, sollte ich eigentlich daran gewöhnt sein, aber es ist immer noch schräg«, flüstert Sarah mir zu.

Entgeistert starre ich den siebeneinhalb Kilo schweren Truthahn mit sieben Beilagen an, ebenso die mit Kürbis, Pekannüssen und Äpfeln gefüllten Pasteten, die verschiedenen Plätzchen und den Beistelltisch, auf dem sich Flaschen mit Wein und moussierendem Cidre drängen. Offenbar verwechselt meine Mutter uns mit den Mitgliedern der Anonymen Esssüchtigen, die rückfällig geworden sind und beschlossen haben, an diesem Zustand nichts zu ändern. Die Ironie des Schicksals besteht darin, dass ich es nicht wagen werde, mir eine zweite Portion aufzutun, weil sie mir das noch mindestens einen Monat lang unter die Nase reiben wird.

»Ich kann euch gar nicht sagen, wie sehr ich mich freue, dass meine beiden Mädchen da sind!«, begeistert sich meine Mutter. Eine mit Spitzen besetzte Schürze um die Taille, kommt sie aus der Küche. Sie hat sich noch mehr aufgetakelt als sonst: Der blonde Kurzhaarschnitt ist frisch gefärbt, das burgunderrote Kleid sitzt wie eine zweite Haut, und sie trägt eine neue, mit Strasssteinchen besetzte Brille von Fendi.

»Hallo, Mom«, sage ich und küsse sie auf die Wange. »Die Brille gefällt mir. Echt schick.«

»Danke, Liebes. Du siehst auch gut aus«, erwidert sie, allerdings nicht sehr überzeugend. Dabei beäugt sie prüfend meinen roten Rollkragenpullover und die Jeans. »Hoffentlich ist dir klar, wie sehr ich es zu schätzen weiß, dass du die Feiertage mit Dave opferst, um Phil und mich zu besuchen.«

Meine Mutter, die Märtyrerin, denke ich. »Ich habe euch doch versprochen, dass ich dieses Jahr Thanksgiving mit euch verbringe«, antworte ich. »Außerdem habe ich so die Möglichkeit, Julia zu sehen.«

»Oh, die Sache bricht mir wirklich das Herz«, meint sie und blickt bedrückt in ihren Pinot Grigio. »Sie war so eine reizende junge Frau. Und dazu diese tolle Figur.«

»Mom, Julia lebt noch. Außerdem ist sie äußerlich völlig unverändert, nicht dass es weiter wichtig wäre.«

»All das ist mir bekannt. Spar dir deinen Sarkasmus, Marissa«, tadelt sie mich. »Gott sei Dank hat ihr Gesicht nichts abbekommen. Eine solche Schönheit findet man nicht alle Tage.«

Ich nicke, wende mich langsam zu Sarah um und verdrehe die Augen. Sie hat ihre liebe Not, nicht an ihrem Wein zu ersticken. Obwohl meine Mutter Julia und mich während unserer Highschool-Zeit kaum beachtet hat, »vergöttert« sie meine beste Freundin inzwischen derart, dass ich den Verdacht habe, sie würde Sarah und mich ohne zu zögern gegen sie eintauschen. Julia kennt zwar die vielen Marotten meiner Mutter so gut, dass sie Mom gerne als »Susan, die somatische Narzisstin« bezeichnet, fühlt sich aber dennoch verpflichtet, ihr gegenüber bei jeder Gelegenheit ihren Charme spielen zu lassen. Wenn man die beiden in ein Zimmer setzt, kommt es zu einem Süßholzgeraspel der abstoßendsten Art: »Du siehst bezaubernd aus.« »Nein, *du* bist hier die Schönheit.« »Ich finde deine Schuhe einfach toll!« Und so weiter und so fort.

»Wie geht es deiner Freundin?«, fragt Phil und schüttelt mir zur Begrüßung die Hand. Nach all den Jahren sind wir noch immer nicht mehr als gute Bekannte.

Allerdings habe ich nichts dagegen, es ihm zu erklären, denn ich weiß, dass er ohnehin nur mit mir reden wird, bis die Werbepause im Fernsehen endet. Dann wird er so schnell wie möglich zum Sofa zurückkehren, um den Rest des Golfturniers nicht zu verpassen. »So lala«, erwidere ich. »Körperlich ist alles in Ordnung. Keine Knochenbrüche oder Ähnliches. Doch sie leidet an Gedächtnisverlust und hat häufig sehr starke Kopfschmerzen. Außerdem spricht sie nie über ihren Beruf oder ihre Balletttruppe.«

»Tanzt sie denn nicht mehr?«, fragt meine Mutter entsetzt.

»Sie hat das Thema kein einziges Mal ungefragt angeschnitten, nicht einmal als ihre Ballettfreundinnen sie im Krankenhaus besucht haben«, sage ich. »Es ist ziemlich seltsam. Hinzu kommt, dass sie so anders geworden ist«, füge ich hinzu, unsicher, wie ich Julias merkwürdiges Verhalten in der letzten Zeit beschreiben soll – und ob es die Mühe überhaupt lohnt.

»Mann, das ist echt ein schwerer Schlag«, meint Phil kopfschüttelnd. »Richte ihr aus, dass wir an sie denken. Falls wir etwas für sie tun können …« Anstatt den Satz zu beenden, wedelt er mit seiner Bierflasche und setzt sich wieder vor den Fernseher.

»Nahtoderfahrungen können solche Auswirkungen auf den Menschen haben«, verkündet meine Mutter, nachdem er fort ist. »Das habe ich in Doktor Phils Psychologiesendung gesehen.«

»Genau das ist ja das Problem, Mom. Ich glaube, Julia ist gar nicht klar, wie knapp sie mit dem Leben davongekommen ist. An den Unfall erinnert sie sich kaum, und obwohl sie jede Erklärung herunterbeten kann, die ihr die Ärzte über ihre Veränderung gegeben haben, scheint sie nicht zu bemerken, dass sie nicht mehr so ist wie früher. Zum Beispiel ist sie völlig versessen auf die Farbe Lila und erwähnt ständig Leute aus unserer Vergangenheit, über die wir schon seit zehn Jahren nicht mehr geredet haben.«

»Ach, herrje«, stöhnt Sarah auf. »Das muss schwer für dich sein.«

»Oh ja«, antworte ich und bin meiner Schwester sehr dankbar, weil sie die Angelegenheit ernst nimmt.

»Einem Kumpel von mir ist das auch passiert«, meint Marcus. Als Sarah ihn daraufhin fragend ansieht, führt er die Andeutung weiter aus. »Während seiner College-Zeit hat mein Freund Trevor eines Abends eine Kneipentour gemacht und es anschließend lustig gefunden, über einen Baustellenzaun zu klettern. Da es dunkel war, konnte er nicht sehen, dass sich auf der anderen Seite des Zauns ein drei Meter tiefes Loch befand. Er ist reingefallen und ziemlich hart mit dem Kopf aufgeschlagen.«

»Marcus, das ist wirklich das Hinterletzte! Es ist genauso wie damals, als ich mit Ella schwanger war und mir alle Welt Horrorgeschichten von der Geburt erzählt hat!«, schimpft Sarah.

»Schon gut«, sage ich. »Was ist denn aus ihm geworden?«

»Ihm ist nichts passiert. Klar, er musste ins Krankenhaus und hat sich einen knappen Monat lang komisch benommen, außerdem hatte er hin und wieder Krämpfe. Das hat mir ziemlich viel Angst gemacht«, erklärt Marcus. »Aber im Großen und Ganzen war Trevor irgendwann wieder der Alte. Allerdings habe ich mindestens zehn Jahre lang nicht mehr mit ihm gesprochen«, fügt er verlegen hinzu.

Marcus ist blond, glattrasiert und rotwangig und erinnert mich irgendwie an einen Golden Retriever. Er wirkt so erleichtert, weil ich mich nicht aufrege, dass ich kurz das Bedürfnis verspüre, ihm zu befehlen, sich hinzulegen, damit ich ihm den Bauch kraulen kann. Stattdessen unterdrücke ich ein Schmunzeln und entschuldige mich, um aufs Klo zu gehen.

Um vier scheucht meine Mutter uns ins Esszimmer. Bevor wir uns setzen, fordert sie uns auf, uns rings um den Tisch zu stellen und uns an den Händen zu fassen, dann bittet sie Sarah, das Tischgebet zu sprechen. Ich schaue mich um und rechne damit, dass meine Schwester mindestens so erstaunt ist wie ich. Schließlich ist meine Mutter weder sentimental noch fromm. Doch alle, selbst die kleine Ella, haben bereits die Köpfe gesenkt.

Widerstrebend schließe ich die Augen, als Sarah beginnt. »Lieber Gott, wie danken dir für diese wundervolle Mahlzeit und dafür, dass du uns heute hier zusammengeführt hast. Bitte schenke uns weiter deinen Segen, und lass uns einander in schweren Zeiten beistehen. Heute wollen wir insbesondere für Marissa beten, die während Julias Genesungszeit zu ihrer besten Freundin hält. Beschütze sie und gib ihr Kraft. Demütig danken wir dir für das größte Geschenk, das du uns gemacht hast: unsere Familie.«

Sarah, die neben mir steht, drückt meine Hand und endet mit einem »Amen«. Ich erwidere die Geste. Als ich die Augen öffne, stelle ich erstaunt fest, dass ich ein klein wenig mit den Tränen kämpfe.

10

Wir sind fast da«, sagt Julia und zieht mich an der Hand hinter sich her. Die ganze Woche bekniet sie mich schon, mit ihr in ein neues Restaurant in der Innenstadt von Ann Arbor zu gehen. Beklommen blicke ich die Straße entlang, wo überall Lichterketten und festlich dekorierte Schaufenster funkeln, und versuche, mir meine gerunzelte Stirn mit Neugier zu erklären. Für mich steht nämlich fest, dass ich in nächster Zeit nicht vorhabe, *Schlanke Linie* den Rücken zu kehren und in *All My Children* aufzutreten.

Julia spürt mein Unbehagen sofort. »Zerbrich dir nicht den Kopf. Ich kenne den Weg«, teilt sie mir mit.

Dabei merkt sie nicht, dass es gar nicht ihr Orientierungssinn ist, der mir Sorgen macht. Offen gestanden ist es mir unangenehm, mit ihr in der Öffentlichkeit unterwegs zu sein.

Seit ich in Michigan bin, treffe ich mich fast jeden Tag mit Julia. Die Dinge haben sich »blendend« entwickelt, wie meine Mutter es ausdrücken würde. Unsere Gespräche werden immer länger und ausführlicher, und sie hat sogar einige Begebenheiten aus der Highschool-Zeit erwähnt, die ich ganz vergessen hatte.

Das sind die guten Zeichen. Außerdem zieht sie allmählich einige ihrer alten Sachen wieder an, und obwohl sie nicht tanzt, hat sie wenigstens das Laufband der Ferrars benützt, was ihr Neuropsychologe als »wichtigen Fortschritt« bezeichnet hat. Zugegeben, sie wirkt ein wenig durcheinander, sobald ich von einigen gemeinsamen Freunden in New York rede, weshalb ich mich frage, ob sie manchmal nur so tut, als könne sie sich an sie erinnern. Doch im Großen und Ganzen habe ich den Eindruck, dass sich ihr Zustand allmählich bessert.

Und dann, vor zwei Tagen, kam es zum Zusammenbruch.

Wir waren in der Küche der Ferrars und haben Teekuchen gebacken. Julia, die selbst so gut wie nie Backwaren isst, konnte schon immer ein Stück Butter und ein bisschen Mehl in eine himmlische Köstlichkeit verwandeln. Diesmal jedoch erinnerte der Teig eher an etwas, das man im Kindergarten zum Basteln benutzt, als an ein Lebensmittel.

»So leimartig sollte der Teig nicht sein, oder?«, erkundigte ich mich vorsichtig, während ich – ziemlich erfolglos – zu verhindern versuchte, dass die Masse an meinen bemehlten Händen kleben blieb.

Julia wirbelte herum und bedachte mich mit einem Blick, als hätte ich sie gerade aufgefordert, den Kopf ins Backrohr zu stecken. In ihren Augen malte sich ein Hass, wie ich ihn in den sechzehn Jahren unserer Freundschaft nicht gesehen hatte – nicht einmal am Tag ihres Tobsuchtsanfalls im Krankenhaus.

»Wenn es dir nicht passt, dann überleg dir, was du dagegen unternehmen kannst, du Genie!«, brüllte sie mich an. »Ist es nicht deine Lieblingsbeschäftigung, alles und jeden ständig zu verbessern?«

»Jules, das hast du sicher nicht so gemeint«, sagte ich ruhig.

Aber tief in meinem Innern wusste ich, dass es sich – zumindest ein wenig – tatsächlich so verhielt. Noch im Krankenhaus hatte Dr. Bauer Grace, Jim und mir erläutert, schonungslose Ehrlichkeit zähle zu den häufigeren Symptomen bei Schädigungen des Frontallappens. »Das heißt nicht, dass Sie alles, was die Patientin sagt, für bare Münze nehmen sollen. Manchmal wird sie wirres Zeug reden«, teilte er uns mit. »Sie dürfen nicht überrascht sein, wenn ihr der innere Filter fehlt, der Menschen daran hindert, allzu deutlich zu werden und anderen dadurch wehzutun.« Natürlich hatte Julia recht. Ich leide an einer Art Helfersyndrom. Allerdings ist der Gedanke, dass sie diese Meinung vermutlich schon lange vor dem Unfall gehabt und mir bisher verheimlicht hat, um mich zu schonen, recht schmerzhaft.

»Natürlich meint sie es nicht so«, hörte ich Grace hinter mir sagen. »Komm, Liebes«, fügte sie hinzu und nahm Julia in den Arm. »Ich weiß, dass du einen schlechten Tag hast, aber deshalb brauchst du Marissa nicht gleich anzuschreien. Sie ist deine beste Freundin, erinnerst du dich?«

»Ja«, antwortete Julia niedergeschlagen und brach in Tränen aus.

»Ich wollte nicht, dass du dich aufregst«, wandte ich mich bedrückt an Julia und berührte sie am Rücken.

»Das ist mir klar«, schluchzte sie. »Keine Ahnung, was in mich gefahren ist.«

»Wir wollen uns ein bisschen hinlegen, einverstanden?«, besänftigte Grace ihre Tochter und führte sie aus der Küche.

Als sie zurückkam, hatte ich den Teig so oft durchgeknetet, dass er sich in Dutzende kleiner Klümpchen verwandelt hatte, die nicht mehr aneinander haften wollten.

»Nimm es nicht persönlich, Marissa«, sagte Julias Mutter mit einem mitleidigen Blick.

»Ich will es versuchen.«

»Das halte ich mir auch immer vor Augen«, fuhr sie fort. Dann setzte sie sich auf einen Stuhl und schlang die langen Beine ineinander wie eine Brezel. »Es tut trotzdem weh. Julia ist mir gegenüber auch schon ein paarmal ausfallend geworden. Ziemlich häufig sogar. Ihr Neurologe sagt, das sei selbst jetzt noch zu erwarten.« Sie berührte ihren Haaransatz, wie um es sich zu verdeutlichen.

»Oh.«

»Letztens meinte sie zu mir, ich sei alt geworden, und konnte beim besten Willen nicht verstehen, warum ich gekränkt war.«

»Herrje.« Es stimmt, dass Grace ihr Haar hat grau werden lassen und dass sie auch nicht dem Botox-Wahn erlegen ist. Doch genau die silbernen Strähnen und die Lachfältchen in den Augenwinkeln machen sie so schön. Trotzdem hat Julias Äußerung, so grausam sie gewesen sein mag, auch etwas Wahres.

»Der Arzt hat mir erklärt, dass der Bereich ihres Gehirns, der gewissermaßen wie eine geistige Bremse wirkt, nicht mehr richtig funktioniert«, fügte Grace hinzu. »Deshalb hält sie nicht mehr an der roten Ampel, sondern fährt einfach mit Vollgas weiter.«

»Ein gruseliger Vergleich«, erwiderte ich.

»Nicht wahr?« Grace lachte auf, wodurch ich mich ein wenig besser fühlte.

Genau dieses Bild bereitet mir nun Sorge, während Julia mich durch die Menschenmenge in der Main Street lotst. Wir verlassen die geschäftige Hauptstraße und biegen in die West Liberty ein, wo es nicht ganz so hoch hergeht. Die Straße mit ihren gemütlichen Backsteinhäusern und den tief hängenden antiken Laternen erinnert mich an die hübscheren Ecken von Brooklyn. Eine Straßenecke weiter bleiben wir vor einem kleinen, modern wirkenden Café stehen. Beber, verkündet das Schild über der Tür. *Witzig*, denke ich, denn ich erkenne das spanische Wort für »trinken« sofort aus dem Sprachführer wieder, der während meiner Chile-Reise mit Dave im letzten Jahr meine Bibel war.

»Okay, hier wären wir«, verkündet Julia und klatscht begeistert in die Hände.

»Nett«, meine ich. »Lass uns reingehen.«

»Einverstanden. Aber erst muss ich dir etwas beichten.« Als sie die Worte ausspricht, wirkt sie so verzückt, dass ich fast erwarte, sie könnte jeden Moment Luftsprünge machen.

»Raus mit der Sprache.«

»Äh«, beginnt sie. Doch noch ehe sie weitersprechen kann, sehe ich etwas durch die Scheibe. Obwohl ich nur einen kurzen Blick auf den Mann am Tresen erhaschen kann, erkenne ich ihn auf Anhieb, und mir wird schlagartig klar, warum Julia mich hierhergeschleppt hat.

»Jules, warum tust du mir das an?«, frage ich entsetzt und schnappe nach Luft. Schnell ziehe ich sie vom Fenster weg in Richtung des kopfsteingepflasterten Parkplatzes, damit wir außer Sichtweite sind.

Zu spät.

»Oh, mein Gott«, sagt Nathan gedehnt und grinst mich an, als er aus der Tür auf den Gehweg hinaustritt. »Die beiden Busenfreundinnen sind wieder vereint. Ich musste rauskommen und mich vergewissern, dass ich nicht an Halluzinationen leide.« Er wischt sich die Hände an der Jeans ab, und ich stelle fest, dass er schlanker und muskulöser ist als zu College-Zeiten. Außerdem ist er ein wenig grau an den Schläfen. Sofern das überhaupt möglich ist, sieht er doppelt so gut aus wie vor zehn Jahren.

Ich kann ihm einfach nicht in die Augen schauen, möchte aber auch nicht unhöflich sein. Mir wird ein wenig schwummerig. *Das geschieht nicht wirklich*, denke ich. Doch es ist so.

»Überraschung!«, ruft Julia und umarmt Nathan fest.

Dass Julia klingt wie eine kindliche Version ihrer selbst, scheint Nathan überhaupt nicht zu erschrecken, was in mir den Verdacht weckt, dass er nicht nur von ihrem Unfall weiß, sondern sie seitdem auch schon persönlich getroffen hat, statt ihr nur E-Mails zu schicken. »Ich bin froh, dass du recht hattest. Es ist so schön, euch beide wiederzusehen«, meint er. Aber sein Blick gilt dabei nur mir.

Wie ich bei einer meiner intensiven Google-Recherchen zum Thema Hirnverletzungen herausgefunden habe, ist eine Erinnerung nicht einfach eine Erinnerung. Studien zufolge sinkt die Fähigkeit eines Menschen, sich etwas Bestimmtes genau ins Gedächtnis zu rufen, mit der Häufigkeit, in der er es tut. Die Gefühle, die er mit dem Ereignis verbindet, und die Aussagen, die andere darüber treffen, färben mit der Zeit auf die Erinnerung ab. Das Gehirn reagiert darauf, indem es Tatsachen und äußere Einflüsse vermischt, bis es schwierig, wenn nicht gar unmöglich wird, tatsächlich Erlebtes und Erfundenes auseinanderzuhalten. Deshalb sagen Zeugen eines Verbrechens nicht selten das aus, was sie in der Zeitung gelesen haben, anstatt ihre eigenen Beobachtungen zu schildern. Aus diesem Grund steht mir mein letztes Gespräch mit Nathan – am 18. März 1998, um genau zu sein – zwar noch klar vor Augen, aber ich bin mir nicht sicher, ob mein Gedächtnis mich nicht trügt. Schließlich habe ich die Situation seitdem Dutzende, Hunderte, wenn nicht gar Tausende Male Revue passieren lassen.

Ich beendete die Beziehung damals nicht sofort. Schließlich, so sagte ich mir, hatte ich Julia nur versprochen, dass ich mich von ihm trennen würde, ohne zu sagen, wann. Offenbar spürte sie mein Zögern, denn sie bombardierte mich mit E-Mails und Anrufen, um herauszufinden, wie Nathan die Nachricht aufgenommen hatte. Nie hatte ich meine beste Freundin mehr gehasst als damals. Dennoch schaffte ich es nicht, mich gegen sie durchzusetzen, obwohl jede Faser meines Körpers schrie: *Ich nehme es zurück!*

Nathan ahnte nicht, dass jedes Gespräch und jede Berührung in jenen wenigen Winterwochen ein langsamer Abschied für mich war. Da ich nicht vorhatte, ihm von meiner Abmachung mit Julia zu erzählen, tat ich, als sei alles in bester Ordnung. Man könnte sogar sagen, dass wir uns mit jedem Tag mehr ineinander verliebten. Wir blieben wach bis in die frühen Morgenstunden, lernten zusammen für die Uni, bewegten uns im Gleichtakt und wurden zu Nathan-und-Marissa. Mein erster Gedanke beim Aufwachen galt ihm, und er war der Letzte, mit dem ich am Abend sprach. Ein Leben ohne ihn konnte ich mir nicht mehr vorstellen. Jedoch war ein Leben ohne meine beste Freundin für mich ebenso undenkbar. Nach einer Weile wuchsen mir Julias Kontrollversuche, die ich beharrlich beiseiteschob, über den Kopf. Der Zeitpunkt war gekommen.

Ich beschloss, dass der einzige Weg, die Situation zu meistern, darin bestand, mich sinnlos zu betrinken und radikal Schluss mit Nathan zu machen. Aber wie so viele ausgeklügelte Pläne ging auch dieser schief.

Wir aßen in einer Kneipe in unserem Viertel zu Abend, und ich stellte bald fest, dass es mit dem Betrinken nicht so recht klappen wollte. Ich brachte nämlich so gut wie keinen Schluck von meinem Gin Tonic herunter. Allerdings fiel es mir dank meiner Anspannung nicht schwer, einen Streit vom Zaun zu brechen, und ich fing an, mich darüber zu beschweren, dass unsere Beziehung keine Zukunft habe, da Nathan nach dem Abschluss im nächsten Jahr in Ann Arbor leben wollte, während ich fest entschlossen war, nach New York zu ziehen.

»Es hat absolut keinen Zweck, dass wir zusammenbleiben, wenn sowieso nur eine Fernbeziehung draus wird«, verkündete ich mit bemüht selbstbewusster Miene, obwohl mir unter dem Holztisch, an dem wir saßen, die Beine zitterten.

»M., wir schaffen das schon«, erwiderte er. »Und wenn ich

dazu ein paar Jahre in New York wohnen muss. Ich würde alles tun, um bei dir zu sein.«

»Ein paar Jahre?«, entgegnete ich und zog die Hand ruckartig auf meine Seite des Tisches zurück. »Ich werde mindestens zehn Jahre brauchen, um Chefredakteurin zu werden. Und wenn ich erst so weit bin, gehe ich ganz bestimmt nicht wieder weg.«

»Gut, wir finden eine Lösung, wenn es so weit ist. Warum sollen wir das, was zwischen uns ist, durch Schwarzmalerei kaputtmachen?«, sagte er und steckte sich gelassen eine Fritte in den Mund.

»Das sagst du nur, damit ich still bin. Unser Problem ist, dass wir eine College-Beziehung führen. So etwas ist nie von Dauer«, wiederholte ich die Worte, die Julia zu mir in meinem Zimmer gesagt hatte.

»Meine Eltern haben sich auch auf dem College kennengelernt und sind inzwischen seit neunundzwanzig Jahren verheiratet«, wandte er ein und küsste die Innenseite meines Handgelenks.

»Das war in den Siebzigern«, höhnte ich. »Meine Eltern kannten sich seit der Highschool und haben einander so richtig fertiggemacht, bevor sie sich vierzehn Jahre später scheiden ließen.«

»Okay, M., ich verstehe wirklich nicht, was du willst«, seufzte Nathan. »Warum reden wir nicht morgen weiter, wenn wir richtig ausgeschlafen sind?«

»Ich will nicht schlafen«, protestierte ich. Ich fühlte mich, als hätte mir jemand die Brust ausgehöhlt und die so entstandene Lücke mit Steinen gefüllt. »Ich will mich von dir trennen und mit anderen Männern ausgehen. Es hat keinen Sinn, sich aneinander zu binden, wenn das Ganze sowieso keine Zukunft hat.«

»Marissa, das ist jetzt nicht dein Ernst«, sagte Nathan und beugte sich zu mir vor.

»Doch«, beteuerte ich. Ich starrte auf mein Besteck, damit er nicht bemerkte, dass ich Tränen in den Augen hatte.

Nathan griff nach meiner Hand. »Marissa Rogers, ich würde dich morgen heiraten, wenn ich dir damit beweisen kann, dass ich mich wirklich auf dich einlassen will. Ein Wort von dir, und wir gehen morgen früh um neun ins Rathaus und lassen uns mit ein paar Obdachlosen als Zeugen trauen.«

»Das ist nicht dein Ernst«, entgegnete ich. Aber als ich ihn ansah, stellte ich fest, dass er mit seinen grüngoldenen Augen meine eindringlich musterte, um herauszufinden, warum ich derart schreckliche Dinge von mir gab. Er meinte es tatsächlich so.

»Tut mir leid«, stieß ich hervor, entriss ihm meine Hand, griff nach meinem Mantel und wollte gehen. Doch auf halbem Weg drehte ich mich um und kehrte zum Tisch zurück. Ich beugte mich über Nathans verdattertes Gesicht, küsste ihn und versuchte mir einzuprägen, wie sich meine Lippen auf seinen anfühlten.

»Ich liebe dich«, sagte ich. »Aber wir haben keine Zukunft.«

Mit diesen Worten rannte ich zur Tür hinaus auf die Straße.

Ohne mich noch einmal umzuschauen.

Seit jenem Abend habe ich mir weiß Gott wie oft ein Wiedersehen mit Nathan ausgemalt. In meinen Gedanken war er derjenige, den ich verloren hatte, obwohl ich ihn hatte sitzen lassen. Irgendwann hörte ich auf, um ihn zu trauern, und vermisste ihn nur noch. Ich hatte ihm Dinge anvertraut, die niemand, nicht einmal Dave oder Julia, von mir wussten. Zum Beispiel, dass ich als Kind davon geträumt hatte, meinen Vater zurück nach Hause zu locken und ihn mit Isolierband an einen Stuhl zu fesseln, bis er sich bereit erklärte, bei uns zu bleiben. Oder dass es mich nicht störte, nur eins sechsundfünfzig groß zu sein. Dabei hatte meine Mutter mir einen bleibenden Schaden zugefügt, als sie mir mit gerade mal dreizehn mitteilte, ein so kleines Mädchen wie ich könne es sich nicht leisten, auch nur zweieinhalb Kilo zuzunehmen, weswegen ich den Rest meines Lebens würde Diät halten müssen.

Dass Nathan jetzt vor mir steht, hat jedoch nichts mit dem glücklichen Wiedersehen aus meinen Träumen zu tun. Genau genommen bin ich ganz und gar nicht froh, ihn zu sehen. Nicht unter diesen Umständen. Insbesondere deshalb nicht, weil er gerade meine beste Freundin umarmt.

»Ich dachte, du konntest Marissa nicht zu einem Besuch überreden«, meint er zu Julia.

»Gefragt hat sie mich jedenfalls nicht«, entgegne ich. Dabei wirbeln mir die Gedanken nur so durch den Kopf. Warum hat Julia Nathan davon erzählt? Wollte sie nicht, dass ich ihn früher treffe? Und wenn ja, weshalb?

Julia achtet nicht weiter auf mich. »Habe ich das?«, erkundigt sie sich bei Nathan. »Ich kann mich nicht erinnern.«

Während ich erst ihn und dann meine Freundin betrachte, steigt eine Wut in mir auf, die ich nur zu gut kenne. *Mach jetzt bloß keine Szene*, ermahne ich mich. Aber eine andere Stimme flüstert: *Marissa Rogers, es ist an der Zeit, dass du dich wehrst.* Und das ist die Stimme, auf die ich höre.

»Ich bin also offenbar in letzter Zeit euer liebstes Gesprächsthema?«, beginne ich. »Ich weiß zwar schon seit einer Weile, dass ihr euch Mails schreibt, hatte aber keine Ahnung, dass es darin um mich ging.«

Noch während ich rede, werde ich wieder von Neugier ergriffen. *Warum?*, möchte ich die beiden am liebsten fragen. *Warum redet ihr über mich?* Doch mein Groll gewinnt die Oberhand.

»Wirklich? Wie bist du darauf gekommen?«, sagt Julia.

»Sicher ist dir bekannt, dass Jules derzeit ein bisschen wirr im Kopf ist«, wende ich mich an Nathan.

Er zieht eine Augenbraue hoch, scheint aber nicht verärgert zu sein. »Der Unfall? Ja, davon weiß ich.«

»Dann weißt du ja auch, dass sie an Gedächtnisverlust leidet. Praktischerweise, Nathan, hat Julia deshalb vergessen, dass ihr beide euch inzwischen so nahesteht.« Ich stoße den Satz hervor wie einen Fluch. Ja, ich mache ihnen tatsächlich eine Szene, doch die Schleusen haben sich geöffnet, und ich sehe keinen Grund, nicht alle mit mir in den Strudel hinabzureißen.

»Ich habe nur …«, setzt Julia an.

»Ehrlich gesagt ist es mir völlig egal, was du getan hast«, schleudere ich ihr entgegen, obwohl das gelogen ist wie gedruckt. »Ich habe vor zehn Jahren beschlossen, die Vergangenheit ad acta zu legen.«

»Marissa, es tut mir leid«, jammert Julia. »Bitte sei nicht sauer.«

Am liebsten würde ich davonlaufen und zum ersten Mal im Laufe der langen und schäbigen Geschichte unserer Freundschaft diejenige sein, die Julia alleinlässt. Andererseits weiß ich, dass ich sie nicht ohne Mitfahrgelegenheit hier aussetzen kann, zumal sie offenbar nicht einmal richtig versteht, warum ich wütend auf sie bin.

»Gut«, meine ich. »Ich verzeihe dir. Und jetzt lass uns hier schleunigst verschwinden.«

»Tante Marissa, bist du stinkig?«, fragt Ella, während ich meine gelbe Spielfigur auf dem Candy-Land-Brett drei Felder nach vorne schiebe.

Meine Nichte betrachtet mich mit besorgter Miene. Das bringt mich zum Lachen, worauf Ella kichert, was dazu führt, dass ich noch mehr lachen muss. Ehe ich es mich versehe, krümmen wir uns beide.

»Stinkig? Sagt das deine Mommy, wenn du einen schlechten Tag hast?«, erkundige ich mich und wische mir mit den Handrücken über die Augen.

»Ja«, kichert sie und hüpft mit untergeschlagenen Beinen auf und nieder.

»Ja, Liebes, in diesem Fall glaube ich, dass du recht hast.«

»Dann brauchst du ein Eis!«, verkündet Ella. »Das ist das Einzige, wovon es mir besser geht, wenn ich stinkig bin.«

»Von Eis geht es mir auch besser, Ella«, antworte ich. »Vielleicht will deine Mommy ja mitkommen?«

Sarah ist mit uns einer Meinung, dass ein Eis jetzt genau das Richtige sei, obwohl wir draußen fünf Grad minus haben. Also mummeln wir drei uns warm ein und fahren ins Stucchi's, wo es laut Aussage eines besonders peniblen Restaurantkritikers das beste Eis auf dem ganzen Planeten gibt.

»Ich spreche dich zwar nur ungern darauf an, aber ist alles in Ordnung bei dir? Was ist vorhin passiert?«, raunt Sarah mir zu, während Ella zur Kühltheke geht, um sich eine Sorte auszusuchen.

Ich schildere ihr alles in knappen Worten.

»Mann, ich habe seit Jahren nicht mehr an Nathan gedacht. Ich wusste gar nicht, dass du noch immer auf ihn stehst«, meint sie zu mir.

»Tue ich gar nicht«, widerspreche ich, was stimmt, obwohl ich ständig sein Gesicht vor Augen habe. »Aber wahrscheinlich habe ich mich nie richtig mit unserer Trennung und der Sache mit Julia auseinandergesetzt. Als ich neulich die Mails von ihm sah, war es, als würde eine alte Wunde wieder aufgerissen. Allerdings will ich mich davon nicht beeinflussen lassen. Schließlich ist es über zehn Jahre her, und ich liebe Dave. Ich habe ganz gewiss nicht vor, mich von ihm zu trennen, um wieder mit Nathan zusammen zu sein.«

»Bist du dir da sicher?«, fragt Sarah, doch sie scheint mich nicht zu verurteilen.

»Ganz sicher«, entgegne ich. Die Worte laut auszusprechen steigert meine Entschlossenheit. »Wahrscheinlich macht mir am meisten zu schaffen, dass sich zwischen Nathan und Julia eine Beziehung entwickelt haben könnte. Der bloße Gedanke, dass die beiden vielleicht etwas miteinander haben. Du meine Güte, das wäre absolut daneben. Aber selbst eine Freundschaft zwischen ihnen wäre ein eindeutiger Verstoß gegen unsere Abmachung.«

Wir holen uns ein Eis – je zwei Kugeln Trüffel und Pfefferminz mit Schokostückchen für mich, Vanille-Krokant und Kirsch-Käsekuchen für meine Schwester – und setzen uns an einen der kleinen Tische an der Wand.

»Ich glaube, nicht Nathan ist das Problem, sondern Julia«, meint Sarah nach einer Weile. »Deine Situation erinnert mich an eine Predigt, die ich kürzlich gehört habe«, fügt sie nach einem weiteren Löffel Eis hinzu.

»Sarah«, seufze ich. Ich hätte wissen müssen, dass sie versuchen würde, mich zu bekehren.

»Nein, hör mir zu«, erwidert sie und wirft rasch einen Blick über die Schulter, um nach Ella zu sehen, die sich inzwischen mit einem kleinen Jungen angefreundet hat. »Unser Pastor ...«

»Der mit der flatterhaften Ehefrau?«

»Nein, der leitende Pastor«, antwortet sie und versetzt mir einen Klaps. »Letzten Sonntag hat er über die Liebe zu unseren Mitmenschen gesprochen. Er meinte, die meisten Leute hätten eine völlig falsche Vorstellung von der Liebe. Wir halten es für Liebe, uns selbst kleinzumachen und unsere eigenen Wünsche und Bedürfnisse hintanzustellen, um anderen zu dienen. Die Wahrheit sei jedoch, dass wir in diesem Fall einen Groll gegen das Gegenüber entwickeln. Erst wenn wir uns zu unseren eigenen Bedürfnissen bekennen und uns gestatten, genauso hell zu strahlen wie die Menschen um uns herum, können wir sie wirklich lieben.«

»Soll das heißen, dass ich nicht wage zu strahlen?«, frage ich. Es fällt mir schwer, nicht gekränkt zu sein.

»Versteh mich bitte nicht falsch, Marissa. Ich finde, dass du ziemlich hell strahlst. Wenn ich meinen Freundinnen erzähle, was du beruflich machst, tun sie, als wärst du eine Berühmtheit.«

»Danke«, sage ich, denn das Kompliment hat ihrer Bemerkung von vorhin die Schärfe genommen.

»Ich hatte nur schon immer den Eindruck, dass du in der Freundschaft mit Julia die zweite Geige spielst. Und die Sache mit Nathan ist ganz klar ein Beispiel dafür.«

»Ich weiß nicht, Sar«, erwidere ich. Doch während ich den letzten Rest Eis aus der Schale kratze, kann ich mich des Gedankens nicht erwehren, dass meine Schwester und ihr Pastor auf einer heißen Spur sind.

11

Mein Telefon piepst.

Zehn Sekunden später piepst es wieder. Dann noch einmal.

Als ich es genervt von der Kommode nehme, um den Signalton abzuschalten, stelle ich fest, dass ich drei neue Nachrichten erhalten habe.

Puh. Am liebsten würde ich die zweihundertfünfzig Dollar teure drahtlose Sträflingskugel ins Klo werfen und den lieben Gott einen guten Mann sein lassen. Aber im nächsten Moment wird mir klar, dass es in meinem eigenen Interesse ist, wenn ich die Mailbox abhöre. Schließlich könnte Lynne – die auf unerklärliche Weise stets die Zeit findet, ihre Mitarbeiterinnen mit vagen und dennoch dringenden Nachrichten zu bombardieren, obwohl sie die zehnterfolgreichste Zeitschrift in den Vereinigten Staaten leitet – versucht haben, mich zu erreichen. Also drücke ich auf »Anrufen« und halte mir das Telefon ans Ohr.

Die erste Nachricht ist von Naomi. Zu meiner Erleichterung hat sie mir keine Befehle von Lynne auszurichten, sondern möchte mir bloß mitteilen, dass ich nach zwei Jahren des Bettelns und Flehens endlich eine Assistentin bekommen habe und dass besagte Assistentin bereits im Einsatz ist. Die Information ist höchst willkommen und sorgt dafür, dass mir die Rückkehr in die Redaktion am Montag weniger grauenerregend erscheint.

Die zweite Nachricht ist von Sophie, die mich um einen Gefallen bitten möchte. Ich soll sie zurückrufen, wenn ich Zeit habe.

Die dritte stammt von einem unbekannten Anschluss in Ann Arbor. »Marissa Rogers? Hier spricht John vom West Side Book Shop in der West Liberty. Jemand möchte Ihnen ein Buch schenken, aber leider liefern wir nicht frei Haus. Ich rufe daher an, um zu fragen, ob Sie morgen irgendwann Zeit haben, es abzuholen. Wir haben bis sieben Uhr geöffnet. Bei Unklarheiten melden Sie sich am besten bei uns.«

Julia, denke ich sofort, während ich die Löschtaste drücke und die Nachrichten in den digitalen Datenmüll befördere, der durch den Äther trudelt. Sicher hat sie wegen der gestrigen Sache mit Nathan ein schlechtes Gewissen und mir – ein weiterer Beweis dafür, dass sich ihre Persönlichkeit nicht völlig gewandelt hat – als Entschuldigung ein Geschenk gekauft.

Den West Side Book Shop kenne ich gut; in meiner Zeit auf der Highschool und dem College habe ich viele Stunden dort verbracht. Allerdings löst die Vorstellung, dem Laden einen Besuch abzustatten, keine wohlig-nostalgischen Gefühle in mir aus – denn leider ist er nur wenige Türen vom Beber entfernt.

Bitte, lass das nicht wieder eines von Julias verrückten Spielchen sein, bete ich. Obwohl ich vor Neugier auf das, was mich erwartet, fast sterbe, darf ich nicht riskieren, Nathan in die Arme zu laufen – nicht nach dem, was letztens passiert ist. Um mich so unkenntlich wie möglich zu machen, leihe ich mir von meiner

Schwester eine riesige Strickmütze und eine dicke Daunenjacke aus. Ich parke ein paar Blocks von der Buchhandlung entfernt, haste die belebte Main Street entlang, wo Nathan mich aller Wahrscheinlichkeit nach nicht bemerken wird, und schlüpfe in den Laden. Sobald ich drinnen bin, stoße ich einen lauten Seufzer aus. Ich habe es nicht bloß bis hierher geschafft, ohne dass er mich gesehen hat, sondern es ist auch nur ein einziger Kunde im Laden: Nach der gebeugten Gestalt und dem abgewetzten Mantel handelt es sich bei dem Mann eindeutig nicht um Nathan. Mission erfolgreich abgeschlossen.

Ein angejahrter Hippie mit einem Bart, der schon vor Monaten hätte gestutzt werden müssen, steht hinter der Theke und begrüßt mich.

»Ich bin Marissa Rogers. Jemand hat bei Ihnen ein Buch für mich hinterlegt«, sage ich.

»Oh, ja«, erwidert er und verschwindet hinter dem Holzregal, das zwischen uns aufragt. Ich höre ein Rascheln, und kurz darauf erscheint er mit einer offenbar antiquarischen Ausgabe von *Stolz und Vorurteil* von Jane Austen.

»Gehen Sie bitte vorsichtig damit um«, ermahnt mich der Buchhändler, woraufhin ich beinahe bezweifle, ob er mir das Buch überhaupt aushändigen wird.

»Natürlich«, entgegne ich und betaste den zerschlissenen Stoffeinband. Dass ich *Stolz und Vorurteil* schon unzählige Male gelesen habe, tut meiner Begeisterung keinen Abbruch, und ich freue mich schon darauf, den Band meiner (zugegeben) winzigen Sammlung antiquarischer Bücher hinzuzufügen.

»Ein wundervolles Exemplar, wie ich feststellen muss«, meint der Buchhändler. »Es ist zwar keine Erstausgabe, dafür aber eine seltene aus dem frühen neunzehnten Jahrhundert. Über so etwas stolpert man fast nie.« Er lächelt. »Sicher wollen Sie wissen, von wem es ist. Die Buchfee hat Ihnen einen Zettel hineingelegt.«

Als ich den Band mit spitzen Fingern aufschlage, fällt ein kleines Stück Papier heraus. Ich hebe es auf und stelle fest, dass die Zeilen auf die Rückseite einer Quittung geschrieben sind.

Marissa:
Die Sache letztens tut mir entsetzlich leid. Ich hatte keine Ahnung, dass Julia dich nicht vorgewarnt hat. Deshalb hoffe ich aufrichtig, dass dieses Buch dir hilft, dich von dem Schrecken zu erholen.
Trotz alledem war es sehr schön, dich wiederzusehen. Ruf mich an, falls du Lust dazu hast. Oder noch besser: Schau im Restaurant vorbei. Ich bin meistens dort, bis es zumacht.
Nathan

PS: Ich habe lange gebraucht, um es zu begreifen, doch du hattest recht. Jane Austen hat wirklich keine verklemmten Liebesromane geschrieben. Ich hatte schon vor einem Jahr ein Auge auf diese Ausgabe hier geworfen. Jetzt hat sie ein gutes Zuhause gefunden.

Ich schlucke heftig. So sicher war ich, Julia habe mir das Buch gekauft, dass ich nicht im Traum daran gedacht habe, Nathan könnte der edle Spender sein. Und das, obwohl der West Side Book Shop früher eine unserer Lieblingsbuchhandlungen war und sein Restaurant praktisch nebenan liegt.

Ich bedanke mich bei dem Buchhändler und verlasse den Laden wie eine Schlafwandlerin. Diesmal sehe ich mich nicht nach möglichen Zufallsbegegnungen um. Ehe mir richtig klar wird, was ich da eigentlich tue, gehe ich die Straße hinunter. Und finde mich vor dem Beber wieder.

Plötzlich werden meine übliche Unentschlossenheit und Grübelsucht von einer kühneren, selbstbewussteren Stimme übertönt. *Sarah hat recht. Ich muss endlich aufhören, in meinem eigenen Leben die zweite Geige zu spielen. Also ist es das Beste, wenn ich Nathan gegenübertrete. Und zwar zu meinen Bedingungen.*

Ich reiße die Tür des Restaurants auf und marschiere so entschlossen wie nur möglich hinein. Leider läuft mein Elan ins Leere. Anstelle von Nathan steht eine hübsche Rothaarige mit schwarzer Bluse und Schürze hinter dem Tresen aus Mahagoni.

»Ist Nathan da?«, frage ich und blicke mich um. Eigentlich habe ich damit gerechnet, dass das Lokal leer ist, doch einige Gäste sitzen noch mit Cappuccinotassen und Zeitungen an kleinen Bistrotischen vor einer verspiegelten Wand.

»Ja, aber wenn Sie sich als Bedienung vorstellen wollen, sollten Sie zuerst das Bewerbungsformular ausfüllen«, entgegnet die Rothaarige und wischt mit einem Lappen den Tresen ab.

»Nein, ich bin eine Freundin von ihm«, antworte ich und denke gleichzeitig, dass das nicht ganz stimmt.

»Oh, okay, einen Moment.« Sie greift zum Telefon. »Nathan? Hier ist jemand für dich. Sie sagt, sie sei eine Freundin.«

Mein Selbstbewusstsein schlägt in Nervosität um, und ich spüre, wie mir die Handflächen feucht werden. Aber noch ehe ich mir den Kopf über meine grandiose Schwachsinnsidee zerbrechen kann, kommt Nathan aus der Küche.

»Hallo«, begrüßt er mich und umarmt mich fest. Die Arme an den Körper gedrückt, stehe ich da wie zur Salzsäule erstarrt. Seine Zuneigungsbekundung kann ich zwar nicht erwidern, mich jedoch auch nicht dagegen wehren. Stattdessen nehme ich intensiv wahr, wie gut er riecht, auch wenn ich den Duft nicht beschreiben könnte. Vermutlich Pheromone, wird mir klar, und ich erinnere mich an einen Artikel aus *Schlanke Linie*, der von den chemischen Stoffen handelte, die Menschen unwillkürlich absondern. Meistens spielen sie keine Rolle, aber wenn man die richtigen Personen zusammenbringt, führen sie zu heftigem sexuellen Verlangen. Das erklärt auch, warum just in diesem Moment jedes einzelne unserer Stelldicheins aus College-Zeiten wie ein verwackelter Amateurfilm in meinem Kopf abläuft.

Als er mich loslässt, ist der Bann gebrochen.

»Ich habe nicht viel Zeit«, nuschele ich. »Ich wollte mich nur für das Buch bedanken. Das war wirklich …«

»Ach, keine Ursache.« Er grinst und winkt mich an den Tresen. »Komm, lass dich wenigstens auf einen Kaffee einladen.«

»Äh«, stammle ich.

»Brooke? Zwei Kaffee mit aufgeschäumter Milch bitte«, weist er die Rothaarige an.

»Wird gemacht, Boss«, entgegnet sie mit einem Zwinkern. Ich komme zu dem Schluss, dass sie vermutlich auf Nathan steht und seine gutmütigen Frotzeleien sicher nicht dazu beitragen, sie zu vergraulen. *Warum interessiert mich das?*, frage ich mich und versuche, nicht auf den winzigen Anflug von Eifersucht zu achten, der sich in mir regt. Wahrscheinlich lebt Nathan in einer festen Beziehung oder ist sogar verheiratet, obwohl mir ein rascher Blick auf seine Hand verrät, dass er keinen Ring trägt.

»Also …«, beginne ich.

»Also?«, gibt er lächelnd zurück. »Wie läuft's denn so bei dir?«

Als ich sein grinsendes Gesicht betrachte, verschlägt es mir plötzlich die Sprache. »Gut«, stoße ich hervor.

»Na, das ist ja ausgezeichnet. Bei mir auch. Wie du siehst, habe ich meinen verrückten Traum, ein Restaurant mit Bar zu eröffnen, wahrgemacht«, antwortet er und weist mit offensichtlichem Stolz in den Raum.

»Ich bin beeindruckt«, erwidere ich und trinke einen Schluck von dem Kaffee, den Brooke mir unbemerkt hingestellt hat. »Du weißt, das wäre wirklich nicht nötig gewesen«, füge ich in Anspielung auf das Buch hinzu. Ich denke an die vielen kleinen netten Gesten während unserer Beziehung: an die selbst gebackenen Kekse, die er mir an kalten Tagen in die Tasche gesteckt hat. An die Kopien meiner Lieblingsgedichte zwischen den Seiten meiner Lehrbücher. Bei genauerer Betrachtung sind er und Julia sich in Sachen Geschenke gar nicht so unähnlich.

»Schon, aber die Situation vor zwei Tagen ist derart schiefgegangen, dass ich einfach etwas tun wollte«, antwortet er und wirkt zum ersten Mal verlegen. »Vermutlich habe ich noch nicht ganz kapiert, wie schwer Julias Hirnverletzung ist. Ihre Mom hat mir zwar erzählt …«

»Du hast mit Grace gesprochen?«, hake ich nach, und ein winziger Funke Zorn flammt in mir auf.

»Marissa, Julia und ich haben schon seit einer Weile Kontakt«, teilt Nathan mir sachlich mit. »Im Oktober hat sie mir eine Mail geschickt, und danach haben wir uns öfter geschrieben. Vor ein paar Wochen war sie mit ihrer Mom im Restaurant. Da ist mir erst richtig klar geworden, was mit ihr los ist.«

Ich rühre in meinem Kaffee herum und sehe zu, wie der weiße Schaum an den Seiten der Tasse kleben bleibt. »Ich hatte keine Ahnung, dass ihr beide so gut befreundet seid.«

»Sind wir eigentlich gar nicht«, erwidert Nathan kopfschüttelnd.

Ich möchte ihn gerade bitten, es mir näher zu erläutern, als das Telefon in meiner Tasche piepst. Unwillkürlich greife ich danach, um nachzusehen, wer mich anruft. Auf dem dünnen Glasbildschirm leuchten Daves Name und Foto auf und holen mich jäh in die Wirklichkeit zurück. Jetzt ist gewiss nicht der richtige Zeitpunkt, um Antworten einzufordern, auch wenn ich noch so sehr darauf brenne, mehr über Nathan und Julia zu erfahren. Stattdessen sollte ich schleunigst in mein Leben zurückkehren, bevor ich mich noch rettungslos in einem Kaninchenbau aus Erinnerungen verirre.

»Du, ich muss jetzt wirklich los«, sage ich zu Nathan und stürze den letzten Schluck Kaffee hinunter. »Noch mal vielen, vielen Dank für das Buch und den Kaffee, aber ich habe es total eilig.«

»Wenn es sein muss«, meint er lächelnd. »Es war toll, dich wiederzusehen, Marissa. Ich habe im Laufe der Jahre oft an dich gedacht. Deshalb ist es schön, dir nun gegenüberzustehen. Vermutlich schaffst du es nicht oft nach Michigan. Ich bin immer hier, falls du dich noch mal mit mir treffen möchtest.«

Manche Dinge ändern sich offenbar nie. Im College war Nathan stets spontan verfügbar, selbst wenn es bedeutete, dass er etwas Wichtiges stehen- oder liegenlassen musste, um mit mir zusammen zu sein. Mit einem Mal muss ich daran denken, wie anders es bei Dave und mir läuft. Um unsere wahnwitzigen Arbeitszeiten unter einen Hut zu bringen, planen wir fast jede Verabredung, wir überlegen sogar vorher, wann wir in wessen Wohnung übernachten. Andererseits sind wir zwei viel beschäftigte Erwachsene und keine Studenten mehr, die jederzeit alles umwerfen können, ohne schwerwiegende Konsequenzen befürchten zu müssen. Deshalb muss es, wie ich mir vor Augen halte, eben genau so sein.

»Gut«, sage ich ausweichend zu Nathan. Als ich ein bernsteinfarbenes Funkeln in seinen tief liegenden Augen bemerke, ist es plötzlich, als würde jeder Milliliter Adrenalin in meinem Körper freigesetzt. *Kampf oder Flucht,* denke ich. Ich kenne das Gefühl nur zu gut. Zeit, endlich zu verschwinden. »Also tschüss«, verabschiede ich mich rasch und schnappe mir meinen Mantel. »Noch mal vielen Dank.«

»Keine Ursa…«, setzt Nathan an, doch da bin ich schon zur Tür hinaus.

Da Dave normalerweise mitten am Tag keine Zeit hat, mich anzurufen, geschweige denn mir eine Mail zu schicken, rufe ich ihn zurück, sobald ich zu Hause bin, um nachzufragen, was los ist.

»Nein, es ist nichts passiert«, beschwichtigt er mich. »Ich habe nur an dich gedacht und wollte hören, wie es dir geht.«

»Oh«, erwidere ich überrascht. Ich habe mich erst neulich beschwert, dass es mit seiner Arbeitswut in letzter Zeit besonders schlimm geworden ist (obwohl ich dies seit Julias Wegzug zugegebenermaßen stärker wahrnehme), hätte aber nie geglaubt, mein Genörgel könnte eine Wirkung haben. »Alles okay«, antworte ich.

»Nur okay? Hat Julia dich etwa wieder angebrüllt?«, erkundigt er sich besorgt.

»Nein«, sage ich. Obwohl ich weiß, dass ich es eigentlich hätte tun sollen, erzähle ich ihm den zweiten Teil der Geschichte nicht. Den mit Nathan. Später, sage ich mir. Sobald ich die Situation verarbeitet und einen Weg gefunden habe, sie logisch zu erklären.

»Da bin ich aber erleichtert. Vergiss nicht, dass dein Ziel lautet, einen Tag nach dem anderen zu überstehen. Ehe du es dich versiehst, bist du wieder zu Hause.«

Nach dem Telefonat verstecke ich *Stolz und Vorurteil* in einer Schublade im Gästezimmer meiner Schwester. Dann sitze ich eine Weile reglos da, starre an die Wand und meditiere auf meine Weise. Nur dass ich kein Zen-Mantra wie »Ich fühle mich friedlich« wiederhole, sondern »Schnee von gestern, Schnee von gestern, Schnee von gestern«. Als ich mich endlich aus dem Polstersessel hieve, habe ich sämtliche Gedanken an Nathan aus meinem Verstand vertrieben. Beinahe.

Am nächsten Tag stehe ich früh auf, dusche und packe meine Sachen. Ich habe beschlossen, Julia vor meiner Abreise noch einmal zu besuchen. Obwohl es mich weiterhin entsetzt, was sie getan hat, möchte ich mich nicht im Zorn von ihr verabschieden. Schließlich werden wir uns monatelang nicht sehen. Außerdem habe ich mir heute Vormittag mindestens ein halbes Dutzend Mal vor Augen gehalten, dass sie nicht sie selbst ist. *Geschädigte Frontallappen*, sage ich mir. *Wenn sie keine Nachsicht verdient hat, wer dann?*

»Hallöchen«, begrüßt Julia mich fröhlich und reißt die Tür auf. Sie trägt ein zeltartiges weißes T-Shirt mit V-Ausschnitt, schwarze Leggings und violette Ballerinas und sieht einfach nur hinreißend aus, auch wenn sie einer von höchstens drei Menschen auf diesem Planeten ist, die mit dieser Aufmachung durchkommen. Falls sie sich daran erinnert, wie wir uns gestern voneinander getrennt haben – ich bin einfach davongefahren, ohne mich umzuschauen und mich zu vergewissern, ob sie wohlbehalten das Haus betreten hat –, lässt sie sich nichts anmerken. Stattdessen lächelt sie. »Komm rein«, fordert sie mich auf. »Ich habe schon auf dich gewartet.«

Da Grace und Jim nicht da sind, gehen wir sofort in ihr Zimmer. Ich bemerke, dass Julia am Fenster einen kleinen Tisch aufgestellt hat. Ein Notizbuch, einige Stifte und gefaltete Zeitungen liegen kreuz und quer darauf. »Mein provisorischer Schreibtisch«, verkündet sie. »Ich bin auf Wohnungssuche.«

»Wirklich? Das ist doch ein ziemlich großer Schritt, oder?«, frage ich und denke an Grace' und Jims Worte, ihre Tochter sei noch nicht so weit, allein wohnen zu können.

»Richtig. Aber Mom beobachtet mich mit Argusaugen und treibt mich damit tagtäglich auf die Palme. Ich habe den Eindruck, dass ich in ihrer Gegenwart noch mehr vergesse als sonst. Deshalb brauche ich dringend Platz für mich. Natürlich nur etwas Kleines – vielleicht eine Zweizimmerwohnung mit einer hübschen Küche. Wenn ich Glück habe, mit einem Garten für Snowball.«

»Wann willst du ausziehen?«

»Die Ärzte sagen, ich müsse mich noch eine Weile gedulden. Aber ich will vorbereitet sein, wenn es so weit ist.« Sie lässt sich neben Snowball aufs Bett fallen. Der Kater öffnet eines seiner Alienaugen, um nachzusehen, was der Radau soll, und schläft prompt wieder ein.

»Ein guter Plan«, sage ich. Ich stelle fest, dass sie einige Anzeigen in der Lokalzeitung markiert hat. »In Ann Arbor?«, füge ich hinzu.

Sie nickt. »Doktor Gopal« – ihr Neuropsychologe – »findet, dass ich in der Nähe von Mom und Dad bleiben sollte. Nur für alle Fälle. Die Kopfschmerzen werden zwar besser, treten aber manchmal völlig ohne Vorwarnung auf. Außerdem besteht noch immer die Gefahr, dass ich Krämpfe oder einen Schlaganfall bekomme. Insbesondere im ersten Jahr.«

Es wundert mich, dass Julia so offen über ihre Krankheit spricht.

»Ich weiß, alle tun so, als hätte ich keine Ahnung, wie es um mich steht«, fährt sie fort, als könne sie meine Gedanken lesen. »Aber ich habe mich informiert. Anfangs habe ich mich gefühlt wie total zugekifft. Alles war wie ein Nebel. Doch mit jedem Tag habe ich den Eindruck, dass ich ein bisschen mehr ich selbst bin. Also habe ich beschlossen, in Erfahrung zu bringen, was mit mir los ist.«

Das klingt aufmunternd. »Das ist das Beste, was ich die ganze Woche über gehört habe, Jules.«

»Ich wusste, dass du dich für mich freuen wirst«, sagt sie und legt ihre Hand auf meine. »Da fällt mir ein, dass ich mit dir noch über letztens reden wollte.«

Also erinnert sie sich doch. »Schieß los«, fordere ich sie möglichst freundlich auf.

»Ich verstehe nicht, warum du dich so aufgeregt hast«, beginnt sie. Trotz der hohen Stimme ist ihr Tonfall fast so nachdrücklich wie früher – ein Anflug der alten Julia.

»Ist das dein Ernst?«, frage ich, wobei es mich Mühe kostet, nicht sofort in die Luft zu gehen. Dennoch spüre ich, wie mir die Vene an der Schläfe anschwillt, wie immer, wenn ich kurz vor einem Tobsuchtsanfall stehe. »Dein Gedächtnis mag nicht hundertprozentig sein, aber du kannst unmöglich vergessen haben, dass ich all die Jahre keinen Kontakt zu Nathan hatte, weil ich es dir versprechen musste. Jetzt gibst du mir auf einmal die Erlaubnis, mit ihm zu reden? Weil ihr beide urplötzlich die besten Freunde seid? Tut mir leid, offenbar läuft da etwas, das du auf keinen Fall in Ordnung finden kannst.«

»Marissa, ich würde dir niemals wehtun«, entgegnet sie mit gekränkter Miene. »Es ist nur, dass ich durch diesen Unfall gelernt habe, Vergangenes ruhen zu lassen. Ich verstehe nicht, warum ich keinen Kontakt zu Nathan haben sollte. Außerdem hat er mir seit meiner Rückkehr sehr geholfen.«

»Was soll das heißen? Wie oft trefft ihr beide euch eigentlich? Und warum hast du angefangen, ihm zu mailen?« Obwohl mir klar ist, wie paranoid ich klinge, bin ich machtlos dagegen. Ich will wissen, aus welchem Grund er und Julia einander sehen – und ob da mehr als nur Freundschaft im Spiel ist. Mir fällt ein, dass ich Nathan bei unserer gestrigen Begegnung hätte fragen sollen, da er keine Hirnverletzung hat und deshalb eher in der Lage gewesen wäre, mir eine klare Antwort zu geben. *Wenn ich doch nur nicht die Nerven verloren und die Flucht ergriffen hätte*, schelte ich mich.

»Können wir bitte ein andermal weiterreden?« meint sie. »Ich bekomme davon Kopfweh, und ein Migräneanfall hat mir gerade noch gefehlt.«

»Du hast doch damit angefangen.«

»Marissa, bitte.« Vorsichtig lässt Julia sich am Rand des Polstersessels nieder, kneift die Augen fest zusammen und reibt sich die Stirn.

Anders als bei ihrem letzten Migräneanfall wirkt es diesmal auf mich wie Theater. Da ich allerdings noch nie im Leben Migräne hatte, ziehe ich meinen Verdacht sofort in Zweifel. *Sie wurde von einem Auto angefahren, verdammt. Kopfschmerzen sind ihr täglicher Begleiter.*

»Okay, entschuldige«, gebe ich mich geschlagen. »Dann gehe ich jetzt besser. Ich fand es nur blöd, die Dinge auf sich beruhen zu lassen und heute Abend nach Hause zu fliegen.«

»Oh«, sagt sie, steht auf und setzt sich neben mich aufs Bett. »Das hatte ich ganz vergessen. Musst du wirklich weg?«

»Wenn ich meinen Job behalten will, dann schon«, erwidere ich, obwohl Naomi sicher mächtig stolz auf mich wäre, wenn ich anrufen und um mehr Urlaub bitten würde. In Wahrheit brenne ich darauf, in meinen Alltag zurückzukehren, in dem irgendwelche Exfreunde nicht wie durch Zauberhand auf der Bildfläche erscheinen und Menschen, die ich liebe, mich nicht anschreien, weil ich mich in ihrer Küche nicht zurechtfinde.

Trotz allem, was in der letzten Woche geschehen ist, habe ich das dringende Bedürfnis, die Sache vor meiner Abreise zu kitten.

»Ist zwischen uns alles in Ordnung?«, frage ich Julia leise.

»Bestens«, sagt sie. Dann haken wir die kleinen Finger ineinander, etwas, das wir seit Teenagertagen nicht mehr getan haben.

»Keine Sorge, ich rufe dich diese Woche an, und wir sprechen noch mal in Ruhe darüber. Sobald ich das Okay von meinem Arzt habe, setze ich mich in den nächstbesten Flieger und besuche dich.« Von den Kopfschmerzen fehlt jede Spur, als sie mich umarmt und mich so fest an sich drückt, dass ich schon befürchte, sie könnte mir das Schlüsselbein brechen.

In diesem Sekundenbruchteil bin ich bereit, alles Geschehene zu vergessen und mich einfach nur darüber zu freuen, dass ich die Arme meiner Freundin um mich spüre.

12

Es ist Montag, der 6. Dezember, sieben Uhr. Im Central Park haben wir minus vier Grad. Es wird heute ein sonniger, aber kalter Tag mit Höchsttemperaturen um die null Grad.«

Stöhnend und ohne die Augen zu öffnen, drücke ich den Pause-Knopf meines Radioweckers. Danach drehe ich mich auf den Rücken und taste mit der Hand die rechte Betthälfte ab. Da ist zwar eine Einbuchtung, jedoch kein Dave.

»Guten Morgen!«, sagt er wie aufs Stichwort und kommt ins Schlafzimmer. Als er sich neben mich setzt, nimmt er mir mit seinem Gewicht ein paar Zentimeter der Bettdecke weg, die ich mir übers Gesicht gezogen habe. »Ich habe dir einen Muffin und Kaffee mitgebracht.«

Ich nuschele einen Dank und greife nach der Tasse Kaffee mit einem winzigen Schuss Milch, die er mir hinhält. Bestimmt war Dave, der bereits frisch geduscht und angezogen ist, schon einige Runden joggen, hat gefrühstückt und außerdem ein Dutzend E-Mails verschickt, bevor auch nur mein Wecker geklingelt hat. Im Gegensatz zu mir ist er ein Morgenmensch, und wenn er nicht so niedlich wäre, würde ich ihn als ein schreckliches Ärgernis betrachten.

»Was steht heute auf dem Programm?«, fragt er mit einem breiten Lächeln.

»Bäh. Heute Vormittag eine wichtige Redaktionssitzung, gefolgt von einem hektischen Nachmittag, an dem ich alles Mögliche aufarbeiten muss, und nach Büroschluss eine Presseveranstaltung in irgendeiner Hotelbar.« Ich seufze auf. »Danach betrinke ich mich, bis ich Magenblutungen bekomme«, füge ich hinzu.

»Sehr witzig.«

»Wer hat behauptet, dass das ein Witz war?«, gebe ich zurück.

Dave nimmt mir die Kaffeetasse ab, stellt sie auf den Nachttisch und fällt über mich her. »Du bist entsetzlich«, sagt er und kitzelt mich, bis ich kreische. Er küsst mich, erst sanft, dann heftiger. »Ich habe dich so sehr vermisst.«

»Ich dich auch«, antworte ich und ziehe ihn auf mich, um ihm zu zeigen, wie sehr.

Doch als Dave und ich uns unter den Laken ineinander verknoten, stelle ich zu meiner Bestürzung fest, dass ich mich nicht richtig entspannen kann.

Fest entschlossen, mich von dem kleinen Intermezzo nicht daran hindern zu lassen, rechtzeitig in die Redaktion zu kommen, dusche ich in rekordverdächtiger Geschwindigkeit, schlüpfe in ein schokoladenbraunes Wickelkleid, in dem ich gleichzeitig schlank und sehr professionell wirke, schmiere mir ein bisschen Make-up ins Gesicht und haste zur Tür hinaus. Der überfüllte Bahnsteig in der U-Bahn-Station hält mir wieder mal vor Augen, warum ich normalerweise erst nach neun zur Arbeit fahre. Ich muss sogar einen überfüllten Zug davonrollen lassen. Als ich mich endlich in den nächsten zwängen kann, mache ich den Fehler, den Kopf einen Zentimeter nach links zu drehen, woraufhin die Hälfte meiner Schminke auf dem gewaltigen Dekolleté der Amazone neben mir landet. *Deshalb ziehen die Leute nach North Carolina und Atlanta*, denke ich und erinnere mich an einen Artikel im *New York Magazine*, der die jüngste von der Rezession ausgelöste Massenflucht aus der Stadt zum Thema hatte.

Wie durch ein Wunder bin ich die Erste in der Redaktion – das glaube ich wenigstens. Als ich mein Büro erreiche, das am Ende des Flurs liegt (wie ich Naomi schon millionenfach gesagt habe, ein weiterer Hinweis darauf, dass der winzige fensterlose Raum ursprünglich eine Putzkammer gewesen sein muss), sitzt eine Blondine auf meinem Stuhl und tippt auf meiner Tastatur herum.

»Äh, hallo?«, meine ich zögernd, obwohl ich spüre, wie kalte

Wut in mir aufsteigt. *Kaum bin ich eine Woche weg, und schon nistet sich eine Neue in meinem Büro ein?*

Als ich mich umschaue, stelle ich erleichtert fest, dass sich meine Bücher, der Lavazza-Kalender von Annie Leibovitz und die Schlümpfe, die Dave mir zum letzten Geburtstag geschenkt hat, alle noch an ihrem Platz befinden. Also bin ich nicht ausgetauscht worden. Aber was zum Teufel macht diese Frau dann an meinem Schreibtisch?

Ein breites Lächeln auf dem Gesicht, dreht die Blondine sich um und steht auf. Ich sehe, dass sie mit ihrer gestärkten weißen Bluse, den murmelgroßen rosafarbenen Perlenohrringen und dem schmal geschnittenen schwarzen Wollrock, der einen Blick auf ihre langen, gebräunten Beine erlaubt, sehr elegant ist. Plötzlich kommt mir mein Kleid viel zu eng und unmodern vor, und ich wünsche mir sehnlichst, ich hätte nach dem Duschen Bräunungscreme benutzt.

»Ich bin Ashley, Ihre neue Assistentin«, verkündet die Blondine und hält mir eine manikürte Hand hin. Ihrem faltenlosen Gesicht nach zu urteilen, kann sie nicht älter als fünfundzwanzig sein.

Was soll ich sagen? Sie ist mir auf Anhieb unsympathisch.

»Hallo, Ashley«, erwidere ich bemüht gefasst. »Naomi hat mir erzählt, dass Sie schon angefangen haben, und ich bin wirklich froh darüber. Allerdings bin ich nicht davon ausgegangen, dass wir uns mein Büro teilen müssen.«

»Oh.« Sie lacht fröhlich auf. »Das müssen wir gar nicht. Naomi hat mich nur gebeten, schnell noch mal den Artikel über die seltsamen Abnehmtricks durchzusehen. Deshalb dachte ich, es sei kein Problem. Ich musste gestern Abend schon um neun weg«, fügt sie hinzu. »Darum bin ich heute Morgen etwas früher gekommen, um da weiterzumachen, wo ich aufgehört habe.«

Aha, der alte Spruch, man sei als Letzte gegangen und als Erste erschienen. Den habe ich in meiner Zeit als Assistentin auch häufig und gerne benutzt. Obwohl ich eine ebenfalls arbeitswütige Leidensgenossin unter gewöhnlichen Umständen mit offenen Armen willkommen geheißen hätte, fasse ich einfach nicht, wie sie die Frechheit besitzen kann, ohne Erlaubnis meinen Computer zu benutzen.

Doch als ich den Mund aufmache, klinge ich, als wäre Ashley meine Vorgesetzte, nicht umgekehrt. »Äh, von nun an können Sie die Informationen auch von Ihrem eigenen Computer abrufen. Soll ich Ihnen zeigen, wie es funktioniert?«, erwidere ich beinahe entschuldigend.

»Nicht nötig«, antwortet Ashley. Ich könnte schwören, dass ein Hauch von Sarkasmus in ihrem Tonfall mitschwingt. »Ich habe alles im Griff.«

Die Tussi ist zwar nicht meine Nachfolgerin, wäre es aber gern, wird mir im nächsten Moment klar. Gerade will ich sie auffordern, in Zukunft die Finger von meinem Computer zu lassen, als sie weiterspricht. »Tja, ich ersticke in Arbeit. Ich muss jetzt los.« Mit diesen Worten macht sie auf dem Absatz kehrt, um zu gehen. An der Tür dreht sie sich noch einmal um, legt den Kopf schief und betrachtet mich mit einer Miene, die man nur als mitleidig bezeichnen kann. »Ich habe übrigens gehört, was Ihrer Freundin passiert ist. Wirklich traurig. Falls Sie jemanden zum Reden brauchen: Mein Büro ist am anderen Ende des Flurs.«

»Ist das etwa dein Ernst?«, frage ich und schließe Naomis Bürotür hinter mir. Inzwischen ist es fünf Uhr, und die Lage hat sich so weit beruhigt, dass ich Zeit für ein Gespräch mit ihr habe.

Naomi schiebt ihre Brille vom Nasenrücken ins Haar, das sie mit einem Bleistift hochgesteckt hat. »Was meinst du?«, erkundigt sie sich verständnislos.

»Ashley«, zische ich. »Dass sie heute Morgen an meinem Computer war und es geschafft hat, jeden Ordner auf meinem Desktop einfach irgendwohin zu verschieben, ist schon schlimm genug. Doch dann hat sie auch noch drei meiner Autorinnen davon überzeugt, dass sie meine Nachfolgerin ist. Außerdem ist sie viel zu attraktiv«, füge ich empört hinzu.

Als Naomi einen Lachanfall bekommt, muss ich zum ersten Mal an diesem Tag auch lachen, und mir wird klar, wie albern ich mich anhöre. »Marissa, das Mädchen ist dreiundzwanzig und hat noch nie bei einer Zeitschrift gearbeitet. Sie mag klug sein, aber sie hat noch viel zu lernen. Warum fühlst du dich von ihr bedroht?«, meint Naomi und trifft damit den Nagel auf den Kopf.

»Ich fühle mich nicht bedroht«, lüge ich.

»Schon gut«, nimmt sie mich auf den Arm. »Ich wette, wenn sie dir Kaffee bringen würde, würdest du sie lieben.«

»Da liegst du gar nicht so falsch.«

»Hol deinen Mantel«, sagt Naomi. »Du hast einen langen Tag hinter dir. Wir schauen schnell bei dem Presseempfang vorbei und gehen anschließend einen trinken.«

»Einen trinken« ist Naomis Codewort für gut ein halbes Dutzend Drinks. Nachdem wir uns im Ballsaal, wo der Empfang stattfindet, ein paar kalorienreduzierte Cocktails genehmigt haben (die so stark und dennoch so süß waren, dass wir zu dem Schluss kamen, die einzigen Zutaten müssten Diesel und Süßstoff sein), gehen wir nach unten in die Hotelbar. Weil Naomi dem Barmann für unsere schicken Drinks viel zu viel Trinkgeld gibt, kommen wir in den Genuss einer zweiten Runde auf Kosten des Hauses.

»Komm, noch einen für den Heimweg«, dränge sie.

Ich protestiere nicht, obwohl sich der Raum bereits um mich dreht. Es ist angenehm, ein bisschen beschwipst zu sein.

»Was soll ich denn jetzt wegen der Katastrophe mit Julia und Nathan unternehmen?«, frage ich sie. Vor zwei Cocktails habe ich Naomi die ganze Geschichte erzählt und mich bereits einige Male nach ihrer Meinung erkundigt. Aber ich lasse nicht locker, da ich in meinem betrunkenen Dämmerzustand davon überzeugt bin, dass die Erleuchtung zum Greifen nah ist. »Findest du nicht, dass ich rausbekommen sollte, was zwischen den beiden läuft?«

»Wenn es dich so sehr beschäftigt, dann eindeutig ja«, erwidert sie geduldig und wirkt erstaunlich nüchtern. »Dennoch bleibe ich dabei, dass du auf jeden Fall nach vorne schauen musst, selbst wenn das bedeutet, dich auf fremdes Terrain zu begeben und dich mit Nathan in Verbindung zu setzen, um die Sache endlich abzuschließen. Meiner Ansicht nach wird es nicht klappen, wenn du die Situation einfach ignorierst und dir weiter vormachst, dass sie sich in deinen Gedanken von allein in Luft auflösen wird.«

»Mich lässt die Frage nicht los, was wohl geschehen wäre, wenn ich mich vor zehn Jahren geweigert hätte, Schluss zu machen«, gestehe ich. »Glaubst du, es hätte mit Nathan und mir geklappt?«

Naomi schenkt mir ihren besten genervten Blick. »Marissa, du weißt, wie gern ich dich mag, aber dein größtes Problem ist, dass du nicht mal ahnst, was für ein schönes Leben du führst. In der Redaktion bist du ein Star.«

»Bin ich nicht.«

»Als deine Chefin sage ich dir, dass es so ist«, beharrt Naomi. »Und was Dave betrifft: Falls ihr beide euch jemals trennen solltet und er Interesse an mir hätte, würde ich mich nicht sträuben, selbst wenn es das Ende meiner Ehe bedeuten würde.«

»Du liebst Brian, du Wahnsinnige«, erwidere ich und werfe einen Blick auf mein Kleid, um zu überprüfen, ob ich mich, wie ich vermute, beim Reden selbst angespuckt habe. Jawohl. Fester Vorsatz: kein harter Alkohol mehr. »Außerdem ist er ein Workaholic. Er würde dich in den Wahnsinn treiben.«

»Brian ist nicht wie Dave«, meint sie und schürzt die Lippen, um ihre Worte zu untermauern. Dann lacht sie auf. »Du verstehst sicher, was ich meine. Er ist wirklich ein Traummann. Du hättest es schlechter treffen können als mit einem Typen, der in seinem Beruf voll und ganz aufgeht. Und dann noch das ständige Theater wegen dieser lächerlichen fünf Kilo. Ich finde, du solltest aufhören, dich darauf zu versteifen, und endlich anfangen zu leben. Es ist eben nicht jeder Frau in die Wiege gelegt, so auszusehen wie Lynne«, fügt sie hinzu. Damit spielt sie auf die Tatsache an, dass unsere Chefredakteurin ärgerlicherweise zu den von Natur aus gertenschlanken Menschen gehört und sich problemlos als Vorsitzende eines Vereins zur Förderung von Magersucht ausgeben könnte.

»Inzwischen sind es etwa zehn Kilo«, teile ich ihr bedrückt mit und leere meinen Wodka-O.

»Egal. Ich sage nur: Steh dazu.«

»Was zum Teufel soll das heißen?«

»Was glaubst du denn?«

»Meiner Ansicht nach klingst du wie die Therapeutin, von der ich mich letztes Jahr getrennt habe. Wahrscheinlich wirst du mir für diese Sitzung hundertfünfzig Dollar in Rechnung stellen.«

»Weißt du was?«, sagt Naomi unvermittelt. Die Aufregung steht ihr ins Gesicht geschrieben.

»Was?«

»Ich hatte gerade eine tolle Idee. Ich brauche noch eine dritte Trainerin für Mach Dich Stark.«

»Deinen Jogging-Club?«, hake ich argwöhnisch nach. Selbst in meinem angeschlagenen Zustand bin ich sicher, dass ich nicht die geringste Lust auf Aktivitäten habe, die dazu führen, dass ich nach Atem ringe und literweise Schweiß vergieße, während mir mein Busen, der wahrlich jedem Sport-BH trotzt, um die Ohren fliegt.

»Ja, mein Jogging-Club«, wiederholt Naomi mit einem theatralischen Aufseufzen.

»Ich jogge nicht.«

»Schätzchen, ich bin auch keine Sportskanone. Aber das spielt keine Rolle! Mach Dich Stark ist eine wunderbare Sache. Wir vermitteln Grundschülerinnen aus bildungsfernen Familien Selbstachtung und Disziplin, indem wir mit ihnen für einen Fünf-Kilometer-Lauf trainieren. Das wäre doch sicher was für dich. Du hättest eine Aufgabe«, fügt sie hinzu.

»Was meinst du damit?«, erkundige ich mich.

»Du kennst die Antwort auf deine Frage.« Naomi lacht. »Überleg es dir. Ich muss bis nächsten Freitag noch jemanden an Bord holen. Du müsstest nur an einem Nachmittag in der Woche etwa anderthalb Stunden investieren.«

»Okay, ich lasse es mir durch den Kopf gehen«, versichere ich ihr. Sobald ich die Worte ausspreche, wandern meine Gedanken zu der Vanilleeiscreme in meinem Gefrierfach und den aus dreihundert Fäden gewebten Laken, unter die ich – möglicherweise in Begleitung besagter Eiscreme – schlüpfen werde, wenn ich zu Hause bin.

Obwohl ich mich seit Julias Unfall vor Taxifahrern fürchte, bin ich zu betrunken, um mich zu wehren, als Naomi mich auf den Rücksitz eines Taxis verfrachtet. Nachdem sie bemerkt hat, wie stark ich schwanke, nimmt sie mir das Versprechen ab, drei Kopfschmerztabletten zu schlucken, sobald ich meine Wohnung betrete. »Das beste Mittel gegen Kater, das es gibt. Vertrau mir«, meint sie und weist den Taxifahrer an, die Brooklyn Bridge zu nehmen, damit ich mir die fünf Dollar Maut spare. Als ich anmerke, dass der Alkohol sie offenbar noch geistesgegenwärtiger mache, falls das überhaupt möglich sei, lacht sie bloß und sagt, ich solle so schnell wie möglich schlafen gehen.

Obwohl das meinen eigenen Wünschen entspricht, habe ich Dave gesagt, dass ich ihn noch kurz anrufen werde, damit er weiß, dass ich wohlbehalten nach Hause gekommen bin. Also lasse ich mich aufs Sofa fallen – das Bett mit den weichen Laken steht nur fünfzehn Meter entfernt, also ein zu ehrgeiziges Ziel – und krame mein Telefon aus der Handtasche.

»Marissa? Warum rufst du mich um diese Zeit an?«

Mist. Zu spät bemerke ich, dass ich versehentlich die Nummer meiner Mutter angeklickt habe, die auf der Liste meiner Favoriten direkt neben der von Dave steht. Verdammtes iPhone mit seinen diabolisch winzigen Symbolen auf dem Touchscreen.

»Was ist mit deinem iPhone los?«, fragt meine Mutter.

Hoppla. Ich habe offenbar laut gedacht.

»Hallo, Mom«, sage ich. Allerdings klingt es eher wie »Hamma.«

»Marissa Marie Rogers, bist du betrunken?«, fragt sie.

»Nein«, lalle ich. »Was bringt dich denn auf die Idee?«

»Weil es elf Uhr nachts ist, und du dich anhörst, als kämst du gerade vom Kieferchirurgen.«

»Ich hatte wirklich eine Kieferoperation«, erwidere ich, noch immer mit schwerer Zunge. »Erst vor ein paar Stunden.« Dann fange ich hysterisch an zu lachen, weil ich glaube, noch nie so etwas Witziges gesagt zu haben.

»Marissa«, schimpft meine Mutter, als ich endlich wieder Luft bekomme. »Ich habe dir schon tausendmal erklärt, dass zu viel Alkohol die beste Methode ist, um möglichst schnell zuzunehmen.« Sie hält inne, und ich höre, wie sie Phil etwas zuflüstert. Ich schnappe die Wörter »betrunken« und »Gewichtszunahme« auf.

»Wirklich, Ma?« Ich habe sie zwar noch nie Ma, sondern immer nur Mom genannt, kann das Wort im Moment aber besser aussprechen. Außerdem bin ich nach ihrer letzten Bemerkung nicht mehr sicher, ob sie die drei Buchstaben überhaupt verdient. »Was, wenn ich dich angerufen hätte, um dir zu erzählen, dass ich gerade überfallen worden bin? Oder dass Dave und ich uns getrennt haben? Bei dir dreht sich alles immer nur darum, mir irgendwelche Kalorien vorzuzählen.«

»Was willst du von mir, Marissa?«, fragt sie mit schriller Stimme.

Ich seufze und fühle mich plötzlich, als könnte ich die ganze nächste Woche schlafen.

»Nichts. Überhaupt nichts«, antworte ich und lege auf.

13

Nachdem ich fast einunddreißig Jahre mit meiner Mutter auf demselben Planeten gelebt habe, sollte ich eigentlich wissen, dass ein Weltwunder nötig wäre, damit sie anruft, um sich bei mir zu entschuldigen. Als am nächsten Morgen mein Telefon läutet, gehe ich aus unerklärlichen Gründen trotzdem davon aus, dass sie es ist.

»Mom?«, frage ich und halte das Telefon mit beiden Händen fest, als könne ich so das Zimmer daran hindern, sich um mich zu drehen.

Da ich die Nacht auf dem Sofa verbracht habe und mit einem Alkoholpegel aufgewacht bin, der dem Vergiftungswert erschreckend nahe kommt, war der Start in den Tag nicht gerade der beste.

»Wenn du mich so nennen willst, meinetwegen«, antwortet Dave, wodurch dem kleinen Hoffnungsballon, an den ich mich geklammert habe, sofort die Luft ausgeht.

»Oh, hallo.«

»Du klingst ja nicht sehr begeistert.«

»Entschuldige. Ich habe einen schrecklichen Kater.«

»Ich habe mir schon gedacht, dass du eine wilde Nacht hattest, weil du mich nicht mehr angerufen hast«, erwidert er.

»Äh, tut mir leid. Ich bin umgekippt, als ich nach Hause kam.

Aber sicher wird es dich freuen zu hören, dass ich es vorher noch geschafft habe, im Suff statt deiner die Nummer meiner Mutter zu wählen.«

»Ach, die gute Susan«, seufzt Dave. Obwohl er sich ihr gegenüber stets wie ein vollendeter Gentleman verhält, ist er bei weitem nicht ihr größter Fan. »Wie ist es gelaufen?«

»Erwartungsgemäß«, sage ich, schaue rasch in den Spiegel und bereue es sofort. Diese dunklen Augenringe werde ich auch mit literweise Tünche von Laura Mercier nicht tarnen können.

»Also nicht gut, allerdings auch nicht ganz so schlecht, da du heute Morgen offenbar mit ihrem Anruf rechnest.« Dave lacht.

»Wenn man Irrsinn so definiert, dass ein Mensch immer und immer wieder das Gleiche tut und trotzdem jedes Mal mit einem anderen Ergebnis rechnet, bin ich wohl reif für die Zwangseinweisung.«

Ich schildere ihm den Rest des Abends und erzähle ihm kurz von Ashley und der Sache mit dem Computer. Bevor wir auflegen, fragt er mich, ob ich heute Abend Zeit hätte.

»Ja, natürlich«, sage ich. »Obwohl ich nicht versprechen kann, dass ich besonders gut in Form sein werde.«

»Macht nichts«, antwortet er. »Soll ich dich gegen sechs in der Redaktion abholen?«

»Wunderbar. Kannst du dich so früh von der Arbeit loseisen?«

»Kann ich, du Schwarzmalerin«, erwidert er. »Also, bis dann. Ich liebe dich.«

»Ich liebe dich auch.«

Wenn das doch nur genügen würde, um mich daran zu hindern, an meinen verdammten Exfreund zu denken.

Offenbar sehe ich deutlich schlimmer aus als gedacht, denn als ich Naomi in der Redaktionsküche begegne, fragt sie mich, ob ich möglicherweise schwanger sei.

»Das soll wohl ein Witz sein?«, gebe ich zurück und öffne meine Coladose. Auch wenn Naomi auf Ibuprofen schwört, finde ich, dass Cola bei einem Kater am besten wirkt. »Hätte ich gestern Abend was getrunken, wenn ich schwanger wäre? Das Kind hätte jetzt vermutlich Ähnlichkeit mit einer Wodkaflasche.«

»Das ist kein Scherz. Ich war während der Schwangerschaft mit Isla völlig mit den Nerven am Ende, weil ich noch einen ganzen Monat lang Alkohol getrunken hatte, ohne zu ahnen, dass ich ein Baby bekomme«, meint sie mit weit aufgerissenen Augen.

»Nein, zum Glück sind bei den Bergman-Rogers in absehbarer Zeit keine Babys geplant«, versichere ich ihr.

»Puh«, seufzt sie. »Ich wüsste wirklich nicht, was ich tun soll, wenn du in Mutterschaftsurlaub gehen würdest.«

»Damit wären wir dann schon mal zu zweit«, antworte ich und trinke die Cola aus.

Den restlichen Tag kann ich offen gestanden vergessen. In der Besprechung mit dem Vertrieb habe ich Mühe, die Augen offen zu halten. Dann verbringe ich eine geschlagene Stunde damit, einen Artikel zu redigieren, nur um feststellen zu müssen, dass ich gerade mal eine einzige Änderung geschafft habe und kaum in der Lage wäre zusammenzufassen, worum es in dem Text eigentlich geht. Als Ashley mich um vier abfängt und mich fragt, ob sie mir helfen kann, bin ich tatsächlich erleichtert, sie zu sehen.

»Ja, das können Sie wirklich«, sage ich ihr. »Ich habe tonnenweise Arbeit für Sie.«

»Phantastisch!«, ruft sie so euphorisch, dass ich versucht bin, mich zu erkundigen, ob sie vor dem Anklopfen gekokst hat. »Auch wenn Sie es verrückt finden, ich hatte das Gefühl, dass Sie ein bisschen zu viel um die Ohren haben.«

»Nein, ich habe alles im Griff«, erwidere ich. Allerdings huscht Ashleys Blick hin und her, und mir wird klar, dass ich schlaff auf meinem Bürostuhl hänge, eine uralte Hose und einen Pulli in nicht zusammenpassenden Schwarztönen trage und damit nicht unbedingt wie der Inbegriff eines Menschen wirke, der alles im Griff hat. »Die Sache ist die, dass ich seit einer Ewigkeit darauf warte, eine Assistentin zu bekommen. Deshalb hat sich einiges angestaut, und ich würde mich sehr freuen, wenn Sie ein paar Dinge erledigen könnten.« Mir fällt auf, dass ich schon wieder klinge, als müsse ich mich rechtfertigen.

»Spitze!«, meint Ashley und streicht die Vorderseite ihres roten Strickkleides glatt. »Es ist meine Aufgabe, Sie zu entlasten.«

»Ausgezeichnet.« Ich nehme einen Aktenstapel aus dem Bücherregal. »An jede Akte sind Anweisungen geheftet, einschließlich der Telefonnummern, die Sie brauchen werden, und ein Hinweis, wo Sie die Akte anschließend ablegen sollen.«

Sehen Sie, ich habe wirklich alles im Griff, würde ich am liebsten hinzufügen, als Ashley mich verdattert anstarrt. »Es wäre prima, wenn Sie das bis Ende der Woche schaffen. Ach, und falls Ihnen etwas unklar ist, fragen Sie bitte nach. Es macht mir wirklich nichts aus.«

»Danke, Marissa«, antwortet sie und schenkt mir zum ersten Mal ein richtiges Lächeln, was nach dem bisher eher schimpansenartigen Zähnefletschen eine willkommene Abwechslung ist.

»Ich habe zu danken, Ashley.«

Die nächsten beiden Stunden fühlen sich an wie zwanzig. Endlich, als ich glaube, keine Sekunde länger auf den Computerbildschirm starren zu können, meldet sich Gladys, unsere Empfangsdame. »Hier ist ein sehr gutaussehender junger Mann für Sie«, frotzelt sie.

»Aber Gladys«, höre ich Dave im Hintergrund sagen. »Der gutaussehende Typ ist doch vor fünf Minuten gegangen. Richten Sie Marissa bitte aus, dass ich es bin. Sonst ist sie noch enttäuscht.«

Dave hat etwas an sich, das alle Frauen auf ihn fliegen lässt, und zwar nicht nur, weil sie mit ihm ins Bett wollen (obwohl er auch solche Wünsche öfter in ihnen weckt). Ich weiß nicht, woran es liegt. Daran, dass er überhaupt nicht bedrohlich wirkt, oder weil er seiner Mutter und seiner Schwester so nahesteht. Vielleicht hat es auch mit beidem zu tun. Jedenfalls kommt es nur selten vor, dass eine Trägerin zweier X-Chromosome ihn nicht auf Anhieb sympathisch findet, sei es Gladys, meine Schwester oder seine Chefin, die ihn täglich über ihre Sorgen und Nöte als Mutter auf dem Laufenden hält.

»Na schön, Gladys, wenn der gutaussehende Typ weg ist, lassen Sie eben den hässlichen rein«, sage ich zu ihr.

Keine Minute später steht David in der Tür. Er lächelt zwar, doch in seinen dunkelbraunen Augen malt sich ein leicht besorgter Blick. »Wie fühlst du dich?«

»Mir ging's schon mal besser«, räume ich ein.

»Bist du sicher, dass du etwas unternehmen möchtest?«, fragt er.

»Ja, die frische Luft wird mir guttun. Wohin?«

»Das erfährst du, wenn wir da sind«, erwidert er geheimnisvoll.

Ich schalte den Computer ab, greife nach meinem Mantel und nehme mir fest vor, keine Spielverderberin zu sein, obwohl ich ständig daran denken muss, wie Julia mich letzte Woche durch Ann Arbor geschleift hat. Ich habe Dave nichts von dem Zwischenfall erzählt. Ich weiß nämlich nicht, wie ich es ihm so erklären soll, ohne dass es klingt, als hätte ich die letzten zehn Jahre damit verbracht, in jeder wachen Sekunde über Nathan nachzugrübeln. Für Dave ist Nathan nichts weiter als eine kurze Beziehung aus grauer Vorzeit, und ich bin fest dazu entschlossen, es dabei zu belassen.

Wir gehen zur U-Bahn und steigen in einen Zug der F-Linie, der in südliche Richtung fährt. Als ich nach einer Viertelstunde ein Knacken in den Ohren spüre, wird mir klar, dass wir uns unter dem Fluss befinden.

»Brooklyn, was?«, frage ich argwöhnisch. Dave wohnt im West Village, seit ich ihn kenne, und wenn er einen Ausflug plant, landen wir unweigerlich dort. Würde ich ihn nicht überreden, mindestens einmal in der Woche bei mir zu übernachten, wäre er damit zufrieden, einer von jenen New Yorkern zu sein, die die Insel Manhattan nie verlassen.

»Ja«, antwortet er, fügt jedoch nichts hinzu.

Wir steigen an der U-Bahn-Station Bergen Street im Herzen von Cobble Hill aus. Dave führt mich ein paar Straßen weiter zur Clinton Street, die trotz der nassen Gehwege und der kahlen Bäume aussieht wie eine Filmkulisse.

»Für jemanden, der nie nach Brooklyn kommt, kennst du dich ziemlich gut aus hier«, meine ich zu Dave.

Aber er schmunzelt nur.

Schließlich stehen wir vor einem Backsteinhaus mit einer schieferblauen Tür. Dave geht die Treppe hinauf und bedeutet mir, ihm zu folgen. Oben nimmt er einen Schlüsselring aus der Tasche und öffnet die Eingangstür.

»Wo sind wir hier?« Noch immer benebelt vom gestrigen Abend, blicke ich nicht mehr ganz durch.

»Moment«, sagt er, greift nach meiner Hand und zieht mich den Flur hinunter zu einer Tür am Ende des Erdgeschosses, die er mit Schwung aufreißt. »Willkommen in meiner neuen Wohnung!«

»Wirklich?«, frage ich, als ich ins Wohnzimmer trete.

»Wirklich. Komm, ich zeige dir alles.«

Die Wohnung ist zwar nicht groß, aber wunderschön, mit dunklen, polierten Parkettböden, offenen Marmorkaminen in Wohn- und Schlafzimmer, hölzernen Arbeitsflächen in der Küche und einem kleinen, lichtdurchfluteten zweiten Raum, der sich wunderbar als Arbeitszimmer eignet. Oder als Kinderzimmer, wie mir sofort klar wird. Das Beste allerdings ist der winzige Garten, der von der Küche abgeht und der, wie David mir mitteilt, ihm ganz allein überlassen ist.

»Wundervoll«, meine ich zu ihm. »Kannst du dir vorstellen, was für tolle Grillpartys und Abendeinladungen du hier geben wirst?«

»Nein, Marissa, die *wir* hier geben werden«, erwidert er und legt mir die Arme um die Taille. »Was ich vorhin eigentlich sagen wollte, war vielmehr, willkommen in *unserer* neuen Wohnung.« Als er mich lange und eindringlich mustert, erinnern mich seine warmen braunen Augen deutlich daran, warum ich mich damals in ihn verliebt habe. »Ich möchte mit dir zusammenziehen. Aber da du noch nie davon gesprochen hast, will ich dich nicht unter Druck setzen. Also sollst du nur wissen, dass diese Wohnung hier auch deine ist, wann immer – oder falls – du dazu bereit bist.«

»Wie lange läuft denn der Mietvertrag?«, erkundige ich mich und versuche, im Kopf nachzurechnen. Es ist Mitte Dezember. Da er bereits die Schlüssel hat, hat er den Vertrag vermutlich Anfang des Monats unterschrieben, seine Sachen allerdings noch nicht hergebracht.

»Es ist keine Mietwohnung. Ich habe sie gekauft«, antwortet er. »Ich spare schon seit Ewigkeiten, und die Preise sind zurzeit so niedrig.«

»Du hast *was?*«

»Ja«, fährt er ein wenig verlegen fort. »Ein Kollege hat mir vor ein paar Monaten von der Wohnung erzählt, und sie hat mir so gut gefallen, dass ich mich gar nicht mehr groß umgeschaut habe. Ich wusste, du würdest sie auch mögen. Aber es war so kurz nach Julias Unfall, und du hattest eine Menge um die Ohren. Deshalb wollte ich abwarten, wie die Verhandlungen laufen. Ich habe den Kaufvertrag abgeschlossen, während du in Michigan warst.«

»War sie nicht sündhaft teuer?«, hake ich ungläubig nach. Ich könnte mir in dieser Gegend nicht einmal eine Mietwohnung leisten, geschweige denn eine Eigentumswohnung.

»Nein. Ich lege schon seit einer Weile etwas auf die hohe Kante. Außerdem haben mir meine Eltern einen kleinen Zuschuss gegeben. Daher musste ich nur die knappe Hälfte des Kaufpreises finanzieren. Falls du dich also beteiligen möchtest – wobei es mir lieber wäre, wenn du es nicht tätest –, würde es dich weniger als die Hälfte deiner derzeitigen Miete kosten.«

»Mir fehlen die Worte.«

Die Wohnung ist wirklich ein Traum. Dave ist ein Traum. Alles ist ein Traum. Dennoch löst die Vorstellung, jetzt sofort eine derart wichtige Entscheidung fällen zu müssen, in mir den Wunsch aus, mich in meine eigene Wohnung zu flüchten und mich bis zum nächsten Sommer unter der Bettdecke zu verstecken. Bei Dave einzuziehen ist nämlich etwas völlig anderes, als Julias Wohnung zu übernehmen. Mit diesem Schritt würde ich meine Unabhängigkeit und meine Sicherheit aufgeben, um mit Dave zusammenzuleben. Was, wenn es sich als Katastrophe entpuppt? Was, wenn er zu dem Schluss kommt, dass ich nicht die Richtige bin, weil es mir zu lästig ist, die Zahnpastatube ordentlich zuzuschrauben oder weil ich ihm die letzten blauen Maischips weggegessen habe? Was, wenn ich ein schlechtes Gewissen bekomme, weil er den Großteil der Hypothek abzahlt? *Was*, denke ich, während Panik aus meinem Bauch aufsteigt und mir ihre Fangarme um Lunge und Kehle legt, *wenn Dave gar nicht für mich bestimmt ist?*

Mir schwirrt der Kopf von den verschiedenen Möglichkeiten, die ich alle nicht laut aussprechen kann. Außerdem möchte ich nicht mit Dave darüber reden, sondern mit Julia. Der alten Julia.

»Keine Sorge«, meint Dave und küsst mich auf die Stirn. »Ich weiß, dass du erst über vieles nachdenken musst. Warum gehen wir nicht zum Essen und unterhalten uns später weiter?«

»Einverstanden«, stimme ich zu. »Was hältst du davon, mir vorher noch einmal die Wohnung zu zeigen?«

»Bitte hier entlang.«

14

Für gewöhnlich halte ich mich selbst nicht an die Ratschläge, die ich den Leserinnen in *Schlanke Linie* erteile. Unter anderem gehören dazu: Frittierte Apfelringe zu meiden (denn sie enthalten so viele gesättigte Fettsäuren, dass sie genauso gut mit Zyanid versetzt sein könnten). Jede Nacht acht Stunden zu schlafen (was bedeuten würde, auf die *Daily Show* zu verzichten). Einen Bogen um große Mengen Alkohol zu machen (wozu die Mühe, wenn ich ohnehin ganz sicher an einer Lebererkrankung sterben werde?). Und nicht zuletzt mein ganz persönlicher Lieblingstipp, nämlich den Tag richtig anzufangen, indem man die Treppe nimmt (was hieße, dass ich vierundzwanzig Stockwerke erklimmen müsste, um in mein Büro zu gelangen).

Allerdings kann ich nicht umhin zuzugeben, dass der Artikel, den ich gerade redigiere, möglicherweise meine Aufmerksamkeit verdient hat.

Wozu hat man Freunde? Laut einer neuen Studie zuerst einmal wegen der längeren Lebenserwartung, dann wegen einer stabileren geistigen Gesundheit, einer schlankeren Figur und einer positiveren Lebenseinstellung. Eine groß angelegte australische Studie mit mehr als 10000 Personen hat ergeben, dass Frauen mit einem großen Freundeskreis ein um fünfundzwanzig Prozent geringeres Risiko haben, einen frühen Tod zu sterben, als Frauen mit schwachen sozialen Anbindungen. Einer weiteren Untersuchung der Universität Harvard zufolge verfügen Menschen mit vielen Freunden über bessere kognitive Fähigkeiten und neigen weniger zu Depressionen als Mauerblümchen. Als ob das nicht genug wäre, beweist eine ähnliche Studie, dass Frauen, deren Freundinnen gesund leben – sich also ausgewogen ernähren, regelmäßig Sport treiben und nicht rauchen –, ein um sechzig Prozent geringeres Risiko haben, übergewichtig zu werden als Frauen mit wenigen Freundinnen oder solchen mit ungesunden Gewohnheiten. »Damit ist belegt, dass die Stärke wirklich in der Gruppe liegt«, sagt Dr. Stephen Jones, Psychologe am Montefiore Medical Center in New York. »Gute Freunde ermutigen die Menschen, ihr Bestes zu geben und privat wie beruflich kluge Entscheidungen zu fällen«, erklärt er. »Selbst bei sehr motivierten Menschen kommt es zu Höhen und Tiefen. Ein Netzwerk kann in Phasen der Niedergeschlagenheit unterstützend wirken.«

Herrje, denke ich und werfe das Manuskript auf den Schreibtisch. Dann sieht es ganz schön düster für mich aus.

In letzter Zeit fühle ich mich nämlich schrecklich allein. Auch wenn ich nie einen großen Freundeskreis hatte – dafür war eher Julia zuständig –, habe ich seit kurzem den Eindruck, als einzige Einwohnerin auf der Marissa-Insel zu hausen. Julia sitzt auf unabsehbare Zeit in Ann Arbor fest, Dave arbeitet an einer gewaltigen Steuerprüfung und schuftet vierzehn Stunden am Tag, damit seine Mandanten auch ganz sicher brav und ordentlich sämtliche Unterlagen vorbereiten – oder was die Steueranwälte von Großkonzernen sonst so tun, damit ihre milliardenschwere Mandantschaft ungestraft den Staat betrügen kann (so sehe ich zumindest den Job, mit dem er seine Brötchen verdient). Als ich ihm vorgerechnet habe, wie viele Stunden er in letzter Zeit in der Kanzlei verbringt, habe ich eigentlich Protest erwartet – seine Arbeitswut ist eines unserer wenigen Streitthemen –, aber er seufzte nur und sagte: »Ich weiß, Marissa, es nervt, doch ich kann nichts dagegen tun.« Prompt verwandelte sich mein Ärger in Mitleid mit uns beiden. Mit mir selbst wegen der vielen einsamen Nächte und mit Dave, der sich allmählich in den Schatten des Menschen verwandelt, der früher ein Leben außerhalb der Kanzlei hatte.

Um das Maß vollzumachen, habe ich Sophie und Nina seit Julias Unfall insgesamt ganze zwei Mal getroffen. Allerdings muss ich zugeben, dass das allein meine Schuld ist. Immer, wenn sie sich mit mir verabreden wollten, habe ich Zeitmangel vorgeschützt. Wenn ich also nicht, wie in der Studie nachgewiesen, an Fettsucht, Dummheit oder Depression einen viel zu frühen Tod sterben will, muss ich dringend wieder unter die Leute.

In einem Anfall von Tatendrang rufe ich Sophie in der Kanzlei an. »Hast du heute Mittag schon etwas vor?«

»Ich dachte, du würdest mich nie fragen«, erwidert sie nur.

»Erklär mir, warum du deinen Geburtstag nicht feiern willst«, meint Sophie eine Stunde später zu mir und hält prüfend eine grellorangefarbene Bluse hoch. Wir haben beschlossen, auf ein richtiges Mittagessen zu verzichten, uns an einem Stand in der Fifth Avenue ein Falafel zu holen und einen Abstecher zu Anthropologie zu machen, wo gerade ein großer vorweihnachtlicher Räumungsverkauf stattfindet.

»Ich finde eben, dass einunddreißig nicht sehr spaßig klingt, oder?«, gebe ich zurück und schiebe an dem Ständer mit den um fünfzig Prozent reduzierten Sachen einen Kleiderbügel nach dem anderen beiseite. »Außerdem eignet sich der Zeitpunkt meiner

Ansicht nach nicht unbedingt zum Feiern.« Noch während ich den Satz ausspreche, wird mir klar, dass ich damit meinen eigenen Plan durchkreuze, in Zukunft geselliger zu sein.

»Sag jetzt bitte nicht, dass es wegen Julia ist.« Sophie ist der asiatischen Schauspielerin Lucy Liu wie aus dem Gesicht geschnitten, und wenn sie wie gerade eben ihr Leg-dich-bloß-nicht-mit-mir-an-Gesicht macht, muss ich sofort daran denken, wie Lucy sich in dem Actionfilm *Kill Bill* mit Uma Thurman prügelt. Ich muss wohl nicht eigens erwähnen, dass ich mehr als nur ein bisschen Angst vor ihr habe.

»Äh«, stammele ich, weil mir auf die Schnelle nichts einfällt, um sie abzulenken.

»Marissa!«, schimpft sie. »Der Unfall ist jetzt über drei Monate her. Ich weiß, dass du niedergeschlagen und traurig bist, weil Julia nicht mehr in New York ist. Das geht uns allen so. Aber du musst wieder zu leben anfangen.«

»Ich lebe doch.«

»Wirklich?«, meint Sophie und mustert mich skeptisch über den schwarzen Rand ihrer Brille hinweg. »Beispiele bitte.«

»Wäre das Hohe Gericht so freundlich, die Verhandlung für eine Mittagspause zu unterbrechen?«, witzele ich. Sophie ist Fachanwältin für Arbeitsrecht und ausgesprochen gut in ihrem Metier, obwohl sie es hasst. Vor zwei Monaten hat sie eine Firma vertreten, die wegen sexueller Belästigung angeklagt worden war, und dem beschuldigten Unternehmen einige hundert Millionen Dollar erspart. Ihr widersprechen zu wollen ist zwecklos.

Sophie wirft einen Blick auf ihr BlackBerry. »Oje, ich muss los. Jeff wollte, dass ich etwas für ihn erledige«, sagt sie, womit sie ihren direkten Vorgesetzten meint.

»Verfahren eingestellt!«, verkünde ich lachend, obwohl ich in Wahrheit erleichtert bin.

»Freu dich nicht zu früh«, erwidert Sophie und küsst mich zum

Abschied auf die Wange. »Ich möchte dich am Samstag sehen. Lass uns etwas Nettes unternehmen.«

»Das wird sicher ein Spaß«, gebe ich im Scherz zurück, doch beim Anblick ihre Miene schwenke ich die weiße Fahne. »Sag mir, wo. Ich werde da sein.«

»Schneid sie ab. Kurz.«

Rubia starrt mich an, als hätte ich sie gebeten, mir die Ohren zu amputieren.

Ich drücke ihr ein Foto von Anne Hathaway mit ihrem gewellten Kurzhaarschnitt in die Hand, das ich aus *People* herausgerissen habe. »So soll es aussehen.«

Es war noch nie meine Art, innere Veränderungen mit einer neuen Frisur zu demonstrieren. Nicht einmal nach einer tragischen Trennung. Nach dem Ende meiner Beziehung mit Nathan ließ ich mir die Haare sogar bis über die BH-Schließe wachsen, als könnte mir ihre Länge Kraft geben wie bei Samson. Doch nach den turbulenten letzten Monaten bin ich überzeugt davon, dass ein äußerlicher Wandel genau der Neuanfang ist, den ich brauche – und der Tag vor meinem Geburtstag eignet sich meiner Ansicht nach ausgezeichnet für einen derart drastischen Schritt.

Rubia ist nicht sonderlich begeistert von meinem Plan. »Aber, Marissa«, protestiert sie mit ihrem starken polnischen Akzent und schwenkt dabei wild den Kamm. »Dein Haar. So schön.«

»Keine Sorge«, versichere ich ihr, während sie mir die Kopfhaut massiert und das Shampoo kräftig zum Schäumen bringt. »Ich schicke den Pferdeschwanz an die Organisation Wigs for Kids, damit sie Perücken für kleine Krebspatienten daraus macht, sobald ich den Salon verlasse.«

»Ich fürchte, du wirst mit kurzen Haaren nicht mehr wie Marissa aussehen«, warnt sie mich. Aber nachdem ich sie überzeugt habe, dass ich es ernst meine und ihr ganz, ganz sicher nicht böse sein werde, wenn mir das Ergebnis missfällt, fängt sie widerstrebend an, mir die Locken abzuschneiden. Sie schnippelt und rasiert an meinen Haarspitzen herum und wiederholt das Ganze so lange, bis sie mehr als dreißig Zentimeter abgeschnitten hat. Als sie endlich zufrieden ist, setzt sie mich unter die Trockenhaube und benetzt meinen Kopf mit einem feinen Nebel aus Haarspray. Schließlich dreht sie den Stuhl herum, damit ich mich betrachten kann.

»Huch!« Rubia hat recht – ich sehe wirklich nicht mehr aus wie ich. Doch mir gefällt mein Spiegelbild: eine Frau, die wacher, irgendwie intellektueller und eindeutig eleganter wirkt als die, die vor vierzig Minuten hier Platz genommen hat.

»Marissa 2.0«, verkündet Rubia kichernd und ist sichtlich erleichtert, dass ich nicht in Tränen ausbreche. »Du siehst aus wie ein Filmstar.«

Ich erröte. Obwohl sie übertreibt, überrascht es mich, dass meine Augen nun viel mehr auffallen und ich zum ersten Mal tatsächlich Wangenknochen zu haben scheine.

»Rubia, du bist ein Genie«, meine ich zu ihr und gebe ihr ein dickes Trinkgeld.

Das also sind die magischen Kräfte einer neuen Frisur, denke ich mir, während ich mich abends vor dem Spiegel drehe. Beim Aufwachen war ich noch grässlicher Laune. »Einunddreißig ist so viel schlimmer als dreißig«, jammerte ich Dave beim Frühstück in unserem Lieblings-Diner vor. »Ab morgen bin ich offiziell über dreißig und nicht mehr knapp über neunundzwanzig.«

»Ich persönlich bin gern über dreißig«, erwiderte er und biss in ein Stück Toast. »Ich möchte nicht mehr zwanzig sein. Oder gar ein Teenager, um Himmels willen. Nicht einmal, wenn man mich dafür bezahlen würde.«

»Du hast leicht reden, alter Mann«, entgegnete ich. »Schließlich hattest du inzwischen vier Jahre, um dich an die Drei vorne zu gewöhnen.«

»Ich gebe mich geschlagen«, meinte er und tat so, als wolle er den Kellner rufen. »Keinen Kaffee mehr für das junge Gemüse hier. Sie ist schrecklich gereizt, und wenn sie noch mehr Koffein bekommt, rastet sie komplett aus.«

»Hahaha!«

»Ich bin schon vor langer Zeit zu dem Schluss gekommen, dass das Leben schnell vergeht und dass ich es deshalb so gut wie nur möglich genießen möchte, anstatt mich wegen meines Alters verrückt zu machen«, stellte er sachlich fest, womit er mich noch mehr in Rage versetzte, obwohl er recht hatte.

Doch nach meinem Besuch im Friseursalon hat sich meine Missstimmung in Luft aufgelöst. Ich bin sogar richtiggehend vergnügt, als ich mich auf den Weg mache. Ich treffe mich mit Sophie und Nina, um meinen Geburtstag bei einem Abendessen im Half King vorzufeiern. Das Half King ist in der Verlagswelt sehr beliebt, und Nina pflegt dort gern ihre Kontakte. Ich dagegen stehe eher auf die Fish and Chips.

»Neues Lebensjahr, neues Ich!«, ruft Sophie, die mich mit Nina bereits an einem Tisch erwartet.

»Jetzt mal im Ernst, du siehst echt scharf aus«, ergänzt Nina, gefolgt von einem anerkennenden Pfiff.

»Schon gut, meine Damen. Ihr braucht mir nicht zu schmeicheln, nur weil ihr mir kein Geschenk besorgt habt«, erwidere ich.

Wir alle lachen und erzählen uns dann, was in den letzten Monaten los war. Sophie berichtet, ihr Chef, der den Fall, in dem es um sexuelle Belästigung ging, geleitet hat, habe inzwischen angefangen, ihr Avancen zu machen. Nina zeigt Fotos von Max herum, ihrem neuen Hund, einer Französischen Bulldogge mit Blähungen, die anscheinend vom Faible des Tiers für Zimmerpflanzen verstärkt werden. Ich schildere meine Abenteuer mit

Ashley und erzähle von Daves neuer Wohnung, was meine Freundinnen zu wahren Begeisterungsstürmen hinreißt.

»Es wäre ganz schön dumm von dir, sein Angebot nicht anzunehmen.« Ninas Stimme überschlägt sich förmlich. »Wenn du mich fragst, hast du gerade in der Wohnungs-und-Ehemann-Lotterie das große Los gezogen.«

»Dave ist noch weit davon entfernt, mein Ehemann zu sein«, verbessere ich sie.

»Wir werden sehen, wie lange es noch dauert«, entgegnet sie wissend. »Pete hat mir vier Monate, nachdem wir zusammengezogen sind, einen Antrag gemacht.« Obwohl Nina als Pressesprecherin eines großen Verlagshauses mit Leib und Seele Karrierefrau ist, ist sie gleichzeitig auch die Häuslichste von uns und plant, wie sie es ausdrückt, »jede Sekunde« ein Baby zu bekommen.

Sophie und Nina wollen unbedingt das Neueste über Julia hören, aber ich habe seit meiner Rückkehr aus Michigan kaum mit ihr gesprochen. Obwohl ich öfter versucht habe, sie zu erreichen, hat sie auf meine Anrufe und E-Mails nicht reagiert. Bestimmt ahnt sie, dass ich dringend in Erfahrung bringen möchte, was zwischen ihr und Nathan läuft.

»Ich bin sicher, es hat nichts zu bedeuten, dass sie sich nicht meldet«, meint Sophie.

Sie weiß nichts von den Ereignissen während meiner Woche in Ann Arbor. Ich habe es ihr und Nina nicht erzählt, weil meine Wut nicht auf ihre Freundschaft mit Julia abfärben soll.

»Und selbst wenn. Schließlich ist sie zurzeit nicht sie selbst«, fügt Sophie hinzu. Sie berichtet, Julia habe kürzlich bei ihr in der Kanzlei angerufen und mit ihrer Assistentin ausführlich die Begleiterscheinungen ihrer Periode erörtert. »Nancy ist wirklich hart im Nehmen, aber ich glaube, ein fünfzehnminütiger Vortrag zum Thema Tampons war zu viel für sie«, sagt Sophie. »Julia war schon immer sehr redselig, doch so persönlich ist sie bisher nie geworden, insbesondere nicht gegenüber Fremden. Ihr müsst schon zugeben, dass sie zurzeit ziemlich unberechenbar ist.«

»Ich vermisse Julia und wünschte, alles wäre wieder so wie früher«, erwidert Nina traurig, und wir alle nicken bedrückt.

Dann winkt Sophie den Kellner herbei, um noch eine Runde zu bestellen. Nach einer Weile wendet sich die Unterhaltung anderen Themen zu, und wir verbringen die nächsten Stunden damit, bei einigen Drinks und einer Überdosis Pommes zu reden. Obwohl es eiskalt ist, als wir uns vor dem Lokal verabschieden, fühle ich mich innerlich warm und prickelnd. Vielleicht stimmt es ja doch, was in den Studien steht. Freundschaft ist gesund, denke ich und nehme mir fest vor, die beiden öfter zu treffen, anstatt sie nur alle ein oder zwei Monate auf dem Laufenden zu halten.

Dennoch komme ich mir ein kleines bisschen einsam vor, während ich ihnen nachwinke. Sophie und Nina sind zwar schwer in Ordnung, aber sie sind nicht Julia.

15

Julia ruft nicht einmal an, um mir zum Geburtstag zu gratulieren. Trotz meiner wiederholten Versuche, sie zu erreichen, meldet sie sich erst kurz vor Weihnachten bei mir.

»Bist du es?«, dringt ihre Stimme aus dem Hörer. Sie klingt angespannt.

»Jules? Ja, ich bin dran. Was gibt es?«, frage ich und klemme das Telefon zwischen Kopf und Schulter, um einen Geschenkpapierzipfel mit Klebeband zu fixieren.

»Ach, nichts. Du weißt schon. Dieses und jenes.«

»Ich freue mich, von dir zu hören«, sage ich zu ihr. »Ich war ein wenig in Sorge, weil du nie zurückgerufen hast.«

»Es war mir peinlich«, erwidert sie leise.

»Hä? Was denn?«

»Ich bin verhaftet worden.« Sie flüstert praktisch.

»Was bist du?« Ich zucke zusammen und traue meinen Ohren nicht.

»Man hat mich beim Ladendiebstahl ertappt. Eigentlich wollte ich es dir gar nicht erzählen, aber Dr. Gopal findet, dass es keinen Grund gibt, mich zu schämen, und dass ich ehrlich sein sollte.«

Ich lege das Geschenk, das ich gerade eingepackt habe, auf den Couchtisch und gehe in die Küche. Für so ein Gespräch muss ich mich unbedingt mit Schokolade stärken.

»Was ist passiert?«, erkundige ich mich freundlich und bewusst neutral.

»Tja, ich war bei T. J. Maxx.«

»Wirklich?« Trotz ihrer jüngsten modischen Kehrtwende kann ich mir meine früher Luxuskaufhäuser frequentierende Freundin nicht in der Filiale eines Klamotten-Discounters vorstellen.

»Ja. Ich mag den Laden. Man bekommt dort alles unter einem Dach«, antwortet sie. *Und kann prima lange Finger machen*, würde ich am liebsten hinzufügen, doch jetzt ist nicht der richtige Zeitpunkt zum Witzereißen. »Außerdem war es nur eine Sonnenbrille«, fährt sie in rechtfertigendem Ton fort. »Das heißt, ich habe sie anprobiert, sie mir dann auf den Kopf geschoben und bin offenbar damit aus dem Laden spaziert, ohne es zu merken.«

»Also doch ein Versehen?«, hake ich nach und schlucke das Stück Bitterschokolade herunter, das ich im Mund habe zergehen lassen.

»Ich weiß nicht«, sagt sie. »Aber ich bin ziemlich sicher, die ganze Sache war so schrecklich, dass ich versucht habe, sie zu verdrängen.«

»Herrje, tut mir leid, Jules. Die Sache hört sich ja entsetzlich an«, erwidere ich.

»Das war sie auch!« Sie schnieft. »Sie haben mich durchsucht, ob ich noch etwas gestohlen habe. Es war so erniedrigend. Zu guter Letzt haben sie mich laufen lassen, weil Mom ihnen von meinem Unfall erzählt hat.«

»Gott sei Dank. Was hält dein Neurologe von dem Gedächtnisverlust? Das klingt gar nicht gut.«

»Er rät mir, die Sache mit meinem Psychologen zu besprechen. Marissa, ich wünschte, du wärst hier«, fügt sie traurig hinzu. »Ich bin so einsam. Außerdem fühle ich mich meistens schrecklich verwirrt und benebelt.«

Ich weise sie nicht darauf hin, dass sie letzten Monat bei meinem Besuch in Michigan genau das Gegenteil behauptet hat.

»Ach, Liebes, ich wäre wirklich gern bei dir«, antworte ich stattdessen. »Ich würde an Weihnachten ja nach Hause kommen, aber ich habe Dave versprochen, die Feiertage bei seinen Eltern zu verbringen.«

»Dave ist doch Jude. Ihm ist es sicher egal, ob du an Weihnachten zu Hause bist.« Trotz ihres freundlichen Tonfalls empfinde ich die Bemerkung als kränkend.

»Wir feiern mit seinen Eltern Chanukka und anschließend Weihnachten in seiner neuen Wohnung«, erkläre ich. »In unserer neuen Wohnung«, verbessere ich mich rasch. Trotz meiner Bedenken habe ich Anfang der Woche Daves Vorschlag angenommen und bereits begonnen, meine Sachen in die neue Wohnung zu räumen.

»Was soll das heißen, unsere Wohnung? Ihr wollt doch nicht etwa zusammenziehen?«

»Genau das wollen wir.« Schmunzelnd denke ich daran, wie Dave praktisch Luftsprünge gemacht hat, als ich zugesagt habe. »Seit Wochen versuche ich schon, dich anzurufen, um es dir zu erzählen. Es ist ein großer Schritt, und wir sind beide sehr aufgeregt.«

»Hältst du das echt für eine gute Idee?«, erkundigt sie sich. »Ich finde das gar nicht gut. Mit Dave zusammenzuleben wird sicher kein Spaß. Da könntest du genauso gut allein bleiben. Du weißt, dass er fast nie zu Hause ist.«

»Was?«, wundere ich mich.

Vor dem Unfall hat Julia mir ständig in den Ohren gelegen, ich solle doch ins kalte Wasser springen und mit Dave zusammenziehen. Deshalb habe ich eigentlich erwartet, dass sie sich wenigstens ein bisschen für mich freut. Ich habe sogar gehofft, dass sie mir helfen wird, meine bohrenden Zweifel zu überwinden. »Ich komme da nicht ganz mit, Jules. Klar, du hast ein Recht auf deine Meinung, aber für uns ist es eine sehr wichtige Entscheidung. Außerdem versucht Dave, seine Arbeitszeiten zu reduzieren. Und ich weiß, dass du weißt, wie lieb er mit mir umgeht. Oder hast du das vergessen?«, rutscht es mir heraus.

»Das war gemein«, erwidert sie. »Ich sollte jetzt wohl besser auflegen.«

»Bitte nicht. Ich habe es nicht so gemeint.« *Was zum Teufel ist nur mit mir los?*, denke ich. Julia mag nicht in der Lage sein, die Dinge zu beschönigen, doch auf einmal bin ich es auch nicht mehr. Es gefällt mir zwar nicht, dass eine solch angespannte Stimmung zwischen uns herrscht, aber ich habe keine Ahnung, was ich mit dieser neuen, besitzergreifenden Version meiner Freundin anfangen soll. »Ich möchte nur nicht, dass du meinen Entschluss schlechtredest. Was erwartest du von mir? Dass ich Dave mitteile, ich hätte es mir anders überlegt?«, frage ich.

»Natürlich nicht«, räumt sie ein. »Es tut mir leid.«

»Mir auch«, sage ich, obwohl ich sie in Wirklichkeit am liebsten bitten würde, den Deckel wieder auf ihr Ehrlichkeitsventil zu setzen. Meine Beziehung mit Dave hat bis jetzt Gnade vor ihren gestrengen Augen gefunden, und die Vorstellung, dass sie all die Jahre nur Theater gespielt haben könnte, behagt mir gar nicht.

»Ich glaube, ich habe mich verliebt«, beichtete ich ihr, wenn ich mich recht entsinne, eines Abends, als wir mit Essen vom China-Heimservice in ihrer Wohnung saßen. Inzwischen gingen Dave und ich seit vier Monaten miteinander, und er hatte bereits einige Male das L-Wort ausgesprochen. Ich zwar noch nicht, aber ich stand total auf ihn, weshalb es nur eine Frage der Zeit war, bis ich es auch tun würde.

»Oh, mein Gott, M.«, jubelte Julia. »Ich freue mich ja sooo für dich! Ihr beide werdet unverschämt schöne Babys haben.«

»Wirklich?«, wunderte ich mich, erstaunt wegen ihres Begeisterungsanfalls. Für gewöhnlich pflegte Julia mich stets zu warnen und behauptete, New Yorker Männer ließen eine Frau fallen wie eine heiße Kartoffel, sobald sie etwas Besseres fänden. Außerdem war mir aufgefallen, dass sie und Dave stets um ein Gesprächsthema rangen, wenn wir etwas zu dritt unternahmen.

»Aber klar«, erwiderte sie und stieß ihre Essstäbchen in die Luft, um ihre Äußerung zu untermauern. »Ich sehe ihm an, dass er dich wirklich liebt. Denk an meine Worte: wunderschöne Babys, das sage ich dir. Sie werden ihre Patentante vergöttern. Das war übrigens ein Wink mit dem Zaunpfahl.«

Heute hat sich Julias Begeisterung allerdings ebenso in Luft aufgelöst wie der Großteil ihres Gedächtnisses.

»Ich will doch nur dein Bestes«, meint sie, was heißt, dass wir dieses Thema offenbar noch nicht erschöpfend behandelt haben. »Wenn man erst einmal mit jemandem zusammenzieht, dann war's das. Dann bist du so gut wie verheiratet.«

»Jules, für mich ist das keine negative Begleiterscheinung des Zusammenlebens.«

»Bist du dir sicher?«, quietscht sie. »Wirklich sicher? Denn ich habe so ein ungutes Gefühl, dass es nicht klappen wird.«

Ich hole tief Luft. Anscheinend gehört sie aus irgendwelchen Gründen nicht mehr zu Daves Fanclub und wird so lange mit ihren Einwänden hausieren gehen, wie ich es zulasse. »Okay, können wir bitte das Thema wechseln?« Ich möchte noch immer unbedingt die Punkte besprechen, die letzten Monat ungeklärt geblieben sind. »Da wäre nämlich noch etwas, das …«

»Du, ich muss Schluss machen. Ich habe gleich wieder einen Arzttermin. Wir reden ein andermal weiter, einverstanden? Ich liebe dich!«, sagt sie. Bevor ich etwas erwidern kann, höre ich erst ein Klicken und danach das Freizeichen.

Glückwunsch, Jules – Mission erfolgreich abgeschlossen, denke ich. *Du hast es wieder einmal geschafft, einem Gespräch über Nathan auszuweichen.*

16

Die Feiertage verlaufen ohne weitere Zwischenfälle. Dave und ich fahren mit dem Zug zu seinen Eltern nach Chappaqua und verbringen ein wunderschönes Chanukka-Fest mit seiner Familie. Weihnachten feiern wir allein, tauschen Geschenke aus und kochen ein köstliches Drei-Gänge-Menü, was länger dauert als erwartet, weil wir die Vorbereitungen unterbrechen, um den Küchenfußboden der neuen Wohnung einzuweihen. Am Abend führe ich ein urkomisches, wenn auch ein wenig verwackeltes Bildtelefongespräch mit Sarah, Ella, Marcus, meiner Mom und Phil und plaudere sogar mit Julia, Grace und Jim. Als der 26. Dezember anbricht, stelle ich erstaunt fest, dass die übliche nachweihnachtliche Niedergeschlagenheit ausbleibt. In diesem Jahr fühle ich mich nur erleichtert.

Aus mir unerklärlichen Gründen beharrt der Großteil der Verlagsbranche darauf, die Redaktionen zwischen Weihnachten und Neujahr nicht zu schließen, obwohl es so gut wie keine Arbeit gibt, die sich in dieser Zeit erledigen ließe oder dringend getan werden sollte. Da wir bei *Schlanke Linie* niemals gegen den Strom schwimmen, wird die ganze Woche emsige Betriebsamkeit vorgetäuscht, und diejenigen von uns, die beschlossen haben, keine Urlaubstage zu opfern, schleichen mit gesenkten Köpfen kurz vor der Mittagspause ins Büro, um wenige Stunden später unbemerkt wieder zu verschwinden.

Ich dagegen habe entschieden, die sechs Stunden, die ich an meinen Schreibtisch gekettet bin, so gut wie möglich zu nutzen. Nachdem ich jedes verfügbare Buch, jede Quelle im Internet und jede Fachzeitschrift nach Berichten zum Thema Hirnverletzungen bei jungen Frauen durchforstet habe, komme ich zu dem Ergebnis, dass der nächste logische Schritt darin besteht, einen Artikel darüber zu schreiben.

In Wahrheit langweilt mich der Kampf um das Thema Idealgewicht allmählich zu Tode. Bei jeder neuen Story über fettverbrennende Superlebensmittel, hinternschrumpfende Gymnastik oder kohlehydratevernichtende Nahrungsergänzungspillen fühle ich mich, als bohre mir jemand langsam eine Schraube in den Schädel. Selbst das Erfinden von Rezepten, was mir normalerweise Spaß macht, erscheint mir inzwischen wie hirnlose Plackerei. Wenn mir nicht bald etwas Anregendes einfällt, werde ich womöglich alle Jazzercise-Videos von Richard Simmons nachturnen müssen, bis ich einen Herzstillstand erleide.

»Naomi, ich möchte gerne einen Artikel schreiben«, verkünde ich und lasse mich in den Regiestuhl aus Segeltuch fallen, der vor ihrem Schreibtisch steht.

»Äh, okay«, meint sie und legt das Schriftstück weg, in dem sie mit einem grünen Stift Anmerkungen gemacht hat. »Du weißt, dass wir es gern sehen, wenn ihr euch hin und wieder etwas Neues ausdenkt. Worüber willst du denn schreiben? Vielleicht ›Ich habe es selbst ausprobiert‹? Oder ein Prominenteninterview?«

»Genau darum geht es ja«, erwidere ich. Ich sitze auf meinen Händen und fühle mich seltsam nervös. »Der Bericht soll nichts mit Abnehmen zu tun haben. Ich hatte eher an ein allgemeines Gesundheitsthema gedacht.«

»Spitze«, erwidert sie. »Diesen Bereich müssen wir unbedingt aufpeppen. Schließlich können wir nicht dauernd über Brustkrebs und Schweinegrippe berichten. Was schwebt dir denn vor?«

»Ein Artikel über Hirnverletzungen.«

Naomi mustert mich mit nachsichtiger Miene.

»Bevor du ablehnst: So etwas kommt erstaunlich oft vor«, fahre ich fort. »Es handelt sich sogar um die häufigste Verletzung bei Frauen unter vierzig und fordert mehr Todesopfer als Herzkrankheiten oder die meisten Krebsarten. Damit passen unsere Leserinnen genau in die Zielgruppe.«

»Ich stelle fest, dass du bereits recherchiert hast«, meint Naomi und lehnt sich zurück. »Erzähl weiter.«

Ich hole tief Luft. »Ganz besonders interessiert mich daran, dass viele Frauen nach einer Hirnverletzung nicht mehr dieselben sind wie früher. Ihre Persönlichkeit verändert sich. Das kann für sie selbst und ihre Familien eine Katastrophe bedeuten.«

»Wie bei Julia?«, fragt Naomi.

Ich nicke. »Allerdings schlägt sie sich recht wacker, weshalb ich hoffe, dass sie zu den Patienten gehört, die sich irgendwann vollständig erholen.« Ich wünschte, ich wäre so zuversichtlich, wie ich mich anhöre.

Einige Texte zum Thema Persönlichkeitsveränderung haben mich so sehr mitgenommen, dass ich sie erst einmal weglegen und später weiterlesen musste. Obwohl ich auf der Suche nach Antworten war, war ich nicht wirklich auf die Rechercheergebnisse vorbereitet. Dennoch bin ich überzeugt, dass ein interessanter Artikel dabei herauskommen könnte. Außerdem hätte ich dann endlich die nötige Herausforderung, um mir wieder Feuer unter dem gut gepolsterten Hintern zu machen. Ich sehne mich geradezu nach einem Projekt, das mich voll und ganz in Anspruch nimmt. Darüber vergesse ich vielleicht, wie einsam ich bin. Möglicherweise verstummt dann auch endlich die hängen gebliebene CD in meinem Kopf, die ständig dieselbe Ballade von Julia, Nathan und mir abspielt.

»Ja, du hast recht, das klingt spannend«, meint Naomi. »Vermutlich ist es noch zu früh für dich, um Julia über ihre Erfahrung zu befragen, doch wenn du andere betroffene Frauen auftreiben kannst, würde das dem Artikel meiner Ansicht nach zusätzlich Schwung geben. Selbstverständlich musst du alle Aussagen mit Unmengen von Statistiken und Studien untermauern«, fügt sie hinzu.

»Heißt das, ich kann loslegen?«, erkundige ich mich aufgeregt.

»Ich glaube schon.« Naomi dreht sich zu ihrem Computer um und ruft den Redaktionsplan auf. »Ja. Wir haben noch Platz in der Juniausgabe. Das bedeutet, dass du«, sie hält inne und klickt noch einmal den Plan an, »für den ersten Entwurf bis Mitte März Zeit hast. Reicht das?«

»Das ist mehr als genug«, versichere ich ihr. »Danke. Es ist wirklich wichtig für mich, mich auch mal mit etwas anderem zu beschäftigen.«

»Das brauchst du mir nicht zu erklären.« Lachend legt Naomi die in knallgrünen Crocs steckenden Füße auf den Schreibtisch. »Letzten Monat hätte ich mich beinahe bei *Segeln Heute* beworben.«

»Das ist nicht wahr.«

»Nein, stimmt nicht«, gibt sie zu. »Allerdings habe ich mit dem Gedanken gespielt. Glaub mir, ich weiß, wie schwierig es manchmal ist, immer wieder Artikel über dieselben Themen zu schreiben.« Sie zeigt mit dem Stift auf mich. »Wenn es dir zu viel wird, sag mir Bescheid, damit ich etwas tun kann. Schließlich wollen wir, dass du zufrieden bist.«

»Endlich habe ich eine richtige Aufgabe für Sie«, sage ich später am Nachmittag zu Ashley und beuge mich über die Trennwand ihrer Arbeitskabine.

Meine Assistentin blickt von ihrem Computer auf und macht keinen Hehl daraus, dass sie gerade mit facebook beschäftigt ist. Da wir kurz nach Weihnachten haben, weise ich die Erbsenzählerin in mir in ihre Schranken und sehe gnädig darüber hinweg. Schließlich hat Ashley die Akten, die ich ihr vor einigen Wochen gegeben habe, bemerkenswert gründlich bearbeitet.

»Wirklich?« Ihre Augen funkeln aufgeregt.

»Wirklich. Wie gut kennen Sie sich mit Hirnerkrankungen aus?«

»Na ja, ich habe an der Universität in New Haven ein paar Psychologieseminare belegt«, erwidert sie, eine schlecht verdeckte Anspielung darauf, dass sie in Yale studiert hat. »Allerdings war mein Hauptfach Literaturwissenschaft, weshalb ich nicht weiß, ob ich Ihnen eine große Hilfe sein werde. Aber wenn Sie jemanden brauchen, der Ihren Artikel redigiert, kann ich ihn sicher ein bisschen aufpolieren.«

Ich unterdrücke ein Prusten. »Ich glaube, mit dem Redigieren warten wir noch ein Weilchen. Ich brauche jemanden, der mir beim Recherchieren hilft, Experten sucht und Studien durchackert, der sich sozusagen die Hände schmutzig macht.« Kurz habe ich das wundervolle Bild von Schmutzrändern unter Ashleys perlmuttrosafarbenen Fingernägeln vor Augen. »Sind Sie bereit?«

»Natürlich«, antwortet sie. Ihre hellblauen Augen wirken plötzlich ausdruckslos und blicken gelangweilt drein.

Einen Moment frage ich mich, ob ich einen Fehler gemacht habe. Aber dann komme ich zu dem Schluss, dass in den nächsten Wochen fast zwölf Projekte anstehen, weshalb es im Interesse aller ist, wenn ich im Team arbeite, obwohl ich die Sache am liebsten allein erledigen würde.

»Sehr gut. Ich glaube, es wird sehr interessant für Sie werden, und wenn Sie sich wacker schlagen, werde ich Naomi bitten, Sie einen Begleittext schreiben zu lassen. So habe ich auch einmal angefangen.«

»Ach, ich habe schon Dutzende von Kolumnen für die *Yale Daily News* verfasst«, verkündet sie stolz. So viel zur vornehmen Zurückhaltung von Elitestudenten.

»Ein kurzer Artikel in einer landesweit erscheinenden Zeitschrift kann im Lebenslauf aber auch nicht schaden, oder?«, entgegne ich, wobei ich nicht annähernd so sarkastisch klinge, wie ich mich fühle.

»Nein«, räumt sie ein und wirft ihr blondes Haar zurück.

»Also gut. Ich maile Ihnen dann die Einzelheiten.«

Ihre Keckheit ist zurück. »Phantastisch! Ich kann es kaum erwarten.«

Obwohl Ashley ein Wunderkind aus Yale ist, halte ich es für angebracht, ihr die einzelnen Schritte haarklein zu erklären. Deshalb gebe ich ihr in meiner E-Mail genaueste Anweisungen und teile ihr außerdem mit, sie solle mit dem Begleitartikel noch warten, bis sie das komplette Material beisammen habe und mir ein Thema eingefallen sei. Dann füge ich noch einen ergänzenden Absatz hinzu:

> Ich weiß, dass Sie auch anderen Redakteurinnen zuarbeiten, bestehe aber darauf, dass dieser Artikel Priorität hat, weil mir das Projekt sehr wichtig ist. Falls Sie ins Hintertreffen geraten, Schwierigkeiten mit der Recherche oder den Experten haben sollten, sagen Sie mir bitte umgehend Bescheid.

Sie antwortet sofort:

Ich würde nicht im Traum daran denken, etwas anderes zu tun.

17

Ich fasse es nicht, wie toll es hier ist«, meint Sarah zu mir. Wir sitzen auf dem Sofa in Daves neuer Wohnung. Ich korrigiere, in *unserer* neuen Wohnung, da ich so gut wie eingezogen bin, auch wenn der Großteil meiner Kartons noch nicht ausgepackt ist.

»Und ich fasse es nicht, dass du wirklich hier bist!«, antworte ich, womit ich darauf anspiele, dass sie mich vor zwei Tagen angerufen hat, um mir mitzuteilen, sie und Marcus hätten spontan beschlossen, übers Wochenende nach New York zu fliegen. In den neun Jahren, die ich inzwischen hier lebe, hat Sarah mich genau zweimal besucht. Das erste Mal, einige Monate nach meinem Umzug, lief es, um es milde auszudrücken, ziemlich katastrophal. Ich hatte ihr den Weg zu meiner Wohnung falsch beschrieben, woraufhin sie im gefährlichen Teil der Bronx landete. Die schlechte Erfahrung hat sie so nachhaltig erschüttert, dass sie erst vor zwei Jahren wieder nach New York kam, und zwar nur, weil sie beruflich zu einer Konferenz musste. Bei diesem Besuch weigerte sie sich dann, die Umgebung rund um den Times Square zu verlassen. Ich traf sie nur einmal zum Abendessen bei Ruby Tuesday's, wo man uns an einen Tisch neben einer Gruppe deutscher Touristen setzte. Die Teenager waren so laut, dass wir einander kaum kauen hören, geschweige denn ein vernünftiges Gespräch führen konnten.

»Das Angebot vom Reisebüro war supergünstig, und als die

Schwester von Marcus uns angeboten hat, auf Ella aufzupassen, stand die Sache fest. Außerdem dachten wir, wir sollten Dave mal gründlich unter die Lupe nehmen, da es allmählich zwischen euch ernst wird«, fügt sie hinzu und wirft einen vielsagenden Blick in Richtung Küche, wo Dave und Marcus sich unterhalten.

»So ernst nun auch wieder nicht«, meine ich und betrachte meinen Freund, der es irgendwie schafft, Jeans und Polohemd wie das Schärfste aussehen zu lassen, was ein Mann je am Leibe getragen hat.

Sarah versetzt mir einen Rippenstoß. »Äh, die neuesten Nachrichten, Schwesterchen: Zusammenleben gilt gemeinhin als ernst.«

»Der Mittlere Westen lässt grüßen, was?«, entgegne ich. »Hier in New York ist Zusammenleben praktisch eine geschäftliche Übereinkunft. Außerdem ist so etwas bei euch Bibeltreuen doch verpönt, oder?«

»Sex vor der Ehe kommt selbstverständlich nicht in Frage – aber du weißt ja, was aus diesem Vorsatz geworden ist«, erwidert Sarah und spielt damit darauf an, dass sie bei ihrer Hochzeit schon mit Ella schwanger war.

»Dann brauche ich dir wohl nicht zu verraten, dass ich ansteckend bin – du leidest ja bereits am Heidenfieber.«

»Das sagst ausgerechnet du.«

»Und? Wie läuft es mit dir und Marcus?«, frage ich leise, damit er mich nicht hört.

Sarah schiebt einen Fuß unter den Oberschenkel und dreht sich zu mir um. »Wirklich besser«, meint sie. »Viel besser. Ich habe ihn nicht auf die Schlampe angesprochen, sondern ihm einfach nur gesagt, ich bräuchte mehr Aufmerksamkeit. Seitdem legt er sich richtig ins Zeug.«

»Sehr gut«, erwidere ich und werfe einen Blick auf meinen Schwager, der lebhaft gestikuliert und mit Dave Jonny Damon und das Schicksal der Red Sox erörtert. »Aber findest du nicht, dass du mit ihm darüber reden solltest?«

»Warum?«, gibt Sarah stirnrunzelnd zurück. »Dann würde er nur an Verfolgungswahn leiden und in Tinas – so heißt sie – Gegenwart herumdrucksen, was für alle Beteiligten klemmig wäre. Wir sind jetzt nämlich mit ihr und ihrem Mann in einer Kleingruppe.«

»In einer Kleingruppe?«

»Eine Art Bibelkreis«, erklärt sie. »Das bedeutet, dass ich die Frau nun nicht nur sonntags in der Kirche sehe, sondern auch noch jeden Donnerstagabend.«

»Äh, Schwesterchen?«, wende ich ein. »Du weißt, wie sehr ich dich liebe, aber bist du schon einmal auf den Gedanken gekommen, in eine andere Gruppe zu wechseln, in der die Verführerin nicht ihr Unwesen treibt?«

»Du warst schon immer die Klügste in unserer Familie«, entgegnet sie mit gespielt nachdenklicher Miene. Dann fangen wir beide an zu kichern.

»Hör zu, ich muss dir etwas erzählen«, beginnt Sarah später am Abend, während wir den Klapptisch abräumen, an dem wir gegessen haben.

»Was?«, erkundige ich mich, leicht erschrocken wegen ihres Tonfalls.

»Beruhige dich, es ist nichts Schlimmes. Ich habe nur jemanden getroffen.«

»Julia?«

»Lass mich ausreden, du Plaudertasche.« Dann flüstert sie: »*Nathan.*«

»Sei still! Woher weißt du überhaupt noch, wie er aussieht?«, raune ich zurück und schaue zu Dave und Marcus hinüber, die halb komatös auf dem Sofa abhängen und fernsehen.

»Anfangs habe ich ihn gar nicht erkannt. Schließlich bin ich ihm, als ihr beide zusammen wart, nur ein paarmal begegnet«, antwortet sie und winkt mich ins Schlafzimmer, damit Dave und Marcus nichts mitbekommen. »Ich bin ihm letzte Woche beim Einkaufen begegnet. Im ersten Moment hat er mich mit dir verwechselt. Er hat deinen Namen gerufen, als er mich sah.«

»Nein.«

»Doch. Natürlich hat er gleich gemerkt, dass du es nicht bist.«

»Klar, du bist nämlich hübscher und schlanker als ich.«

»Verschon mich. Jedenfalls habe ich ihn gefragt, ob er Marissa Rogers meint, und als er ja sagte, habe ich ihm erklärt, ich sei deine Schwester, und mich vorgestellt. Mich noch einmal vorgestellt, um genau zu sein.«

»Und was dann?«, hake ich nach, unfähig, meine Aufregung zu verbergen. Obwohl es schon so lange her ist, sehnt sich ein Teil von mir dummerweise nach einer Bestätigung dafür, dass die Sache mit dem Buch nicht nur eine Höflichkeitsgeste war. Dass Nathan sich, so albern es auch sein mag, noch immer von mir angezogen fühlt und nicht von Julia.

»Tja, er wollte wissen, wie es dir geht.«

»Und?«

»Ich habe gesagt, dass bei dir alles bestens ist. Dass du Redakteurin bist und in New York wohnst, was ihm anscheinend schon bekannt war, und dass du mit einem tollen Typen zusammenlebst. Er meinte, er sei froh, das zu hören, und hat sich erkundigt, ob du verlobt seist.« Als ich das höre, macht mein Herz einen Satz, aber ich lasse mir nichts anmerken. »Ich habe geantwortet, noch nicht, doch es sei nur eine Frage der Zeit«, fährt Sarah beschwichtigend fort.

Während meine Schwester mir von ihrem Zusammentreffen mit meinem Exfreund berichtet, wird mir klar, dass sie für mich in den letzten Monaten von einer gleichgültigen Fremden zur Freundin geworden ist. Eine unerwartete, indes willkommene Veränderung.

»Hat er unsere letzte Begegnung vom November erwähnt? Oder Julia?«

»Das ist ja das Merkwürdige«, erwidert Sarah. »Nicht, dass die Situation an sich merkwürdig gewesen wäre. Aber nach allem, was du mir von eurem letzten Treffen erzählt hast, musste ich einfach ein bisschen nachbohren.«

»Wir sind eindeutig blutsverwandt.« Ich lache auf.

»Ich habe lediglich meine schwesterliche Pflicht getan«, meint Sarah und salutiert. »Also habe ich ihm erklärt, dass du dich seit Julias Unfall erstaunlich wacker schlägst. Dann habe ich gesagt: ›Du kennst doch Julia, oder? Ich habe von Marissa gehört, dass ihr beide in Kontakt steht.‹«

»Neeein!«

»Gern geschehen. Darauf hat er gesagt: ›Oh, ja, Julia. Ich habe gehört, dass es ihr schon viel besser geht.‹ Als käme die Information von jemand anderem, nicht von ihr direkt! Vermutlich hat er sich gedacht, dass ich mit dir darüber reden würde, und wollte es so darstellen, als hätte er nichts mit ihr zu tun. Offenbar ahnt er nicht, dass ich die ganze traurige Geschichte kenne.«

»Ach, herrje. Was hat er wohl zu verbergen?«, frage ich. Vielleicht hat mein Instinkt mich doch nicht getrogen, und zwischen den beiden läuft tatsächlich etwas. »Egal. Danke, dass du es mir erzählt hast«, meine ich zu ihr und umarme sie.

Lachend erwidert sie die Geste. »Du brauchst dich nicht zu bedanken. Eigentlich wollte ich es gar nicht erwähnen. Ich finde nämlich nicht, dass du auch nur einen Funken geistige Energie an diesen Typen verschwenden solltest. Nathan tut weder deiner Beziehung mit Dave gut noch deiner Freundschaft mit Julia. Allerdings hätte ich es an deiner Stelle auch wissen wollen. Nun bist du also im Bilde.«

»Oh, ja.« Ich nicke. »Die Frage ist nur, was ich jetzt mit der Information mache.« Ich befürchte, dass ich keine Ruhe finden werde, ehe ich rausgekriegt habe, was mit Nathan und Julia los ist.

»Bist du sicher, dass du die Wahrheit aushältst?«, erkundigt sich Sarah.

»Ziemlich.«

»Dann finde es heraus, und hak die Sache endlich ab.«

Eine knappe Stunde, nachdem ich Sarah und Marcus zum Abschied zugewinkt habe, bekomme ich ein FedEx-Paket von Julia. Beim Aufreißen des Kartons lächle ich wehmütig. Sosehr ich mich darüber freue, dass meine Schwester und ich uns einander annähern, hat mir ihr Besuch vor Augen geführt, wie sehr ich Julia vermisse.

Sobald mir der Inhalt der Schachtel auf den Schoß fällt, werden die nostalgischen Gefühle jedoch von Entsetzen abgelöst, und ich wünsche mir bei Gott, ich hätte das Paket auf der Vortreppe stehen gelassen.

Auf drei gerahmten Fotos liegt eine Grußkarte mit der kitschigen Abbildung eines Kätzchens, das zusammengerollt in einem Korb schläft. Julia hat eine kurze Nachricht auf die Karte gekritzelt:

Marissa,
habe meine alten Sachen in Moms und Dads Keller durchgeschaut und das hier gefunden. Natürlich musste ich sie dir einfach schicken. Sieh nur, wie jung und glücklich wir waren. Schade, dass wir die Zeit nicht vor den Unfall zurückdrehen können. Entschuldige, dass ich so niedergeschlagen klinge, aber es stimmt. Ich vermisse dich so sehr, meine liebe Herzensfreundin.
Küsse, Julia

Wenn ich die Fotos nicht bereits kennen würde, wäre ich wegen Julias Karte in Tränen ausgebrochen. Kein Tag vergeht, an dem ich mir nicht wünsche, wir könnten die Uhr zurückstellen und die Ereignisse jenes verhängnisvollen Septemberabends ungeschehen machen. Als ich die verblassten Fotos in den weißen Holzrahmen mustere, besteht für mich kein Zweifel daran, dass die Dinge nie wieder sein werden wie früher.

Das erste Foto ist noch ziemlich harmlos: Julia und ich, Arm in Arm, kurz nach unserem Highschool-Abschluss. Sie sieht erschreckenderweise fast genauso aus wie später mit dreißig, will heißen: strahlend schön. Auf mich trifft das nicht unbedingt zu. Allerdings stelle ich erleichtert fest, dass ich in meinem vierten Lebensjahrzehnt um einiges attraktiver bin als in meinem dritten. Dennoch hat Julia recht: Unsere Mienen wirken eindeutig glücklich.

Das zweite Foto ist ganz ähnlich. Es wurde im Sommer zwischen dem ersten und dem zweiten Studienjahr aufgenommen. Julia und ich waschen in Jims und Grace' Auffahrt ihr Auto. Unsere T-Shirts und Shorts sind klatschnass. Wir krümmen uns vor Lachen und drohen dem Fotografen mit dem Gartenschlauch.

Beim dritten Foto jedoch krampft es mir den Magen zusammen. Darauf sind Julia, Nathan und ich zu sehen, und zwar in der Bar an dem Abend, als alles anfing. Ich weiß noch, dass Julia gern unsere Unternehmungen dokumentierte und ständig ihre Kamera dabeihatte. Allerdings erinnere ich mich nicht daran, dass dieses Foto gemacht wurde, und auch nicht, von wem. Wie auf den anderen beiden Bildern sieht Julia glücklich aus. Nathan zeigt sein bestes Grinsen inklusive Grübchen. Ich versuche zwar zu lächeln, doch in meinen Augen malt sich eine traurige, ja, fast gespenstische Ungewissheit. Wie hat Julia entgehen können, dass ich mich an dem Abend elend gefühlt habe? Und selbst wenn sie es nicht bemerkt hat – wie kommt sie dazu, mir ausgerechnet dieses Foto zu schicken, obwohl sie ganz genau weiß, wie sehr mich das von ihr arrangierte Wiedersehen mit Nathan mitgenommen hat?

Nachdem ich die Aufnahmen ein letztes Mal betrachtet habe, verstaue ich sie wieder in dem Karton und lasse das ganze Tohuwabohu im Kleiderschrank verschwinden. Das letzte Foto gefällt mir ganz und gar nicht, doch das, wofür es steht, verabscheue ich noch viel mehr. Früher hat mir Julia immer alles anvertraut. Inzwischen scheint sie nur noch in passiv-aggressiven Botschaften mit mir kommunizieren zu können. Gut, sage ich mir entschlossen. Ich weigere mich, ihre Spielchen mitzumachen. Sie wird sich an meine Regeln halten müssen. Deshalb setze ich mich aufs Bett und rufe Julia mobil an.

»Ich bin es, Marissa.«

»Ach, hallo«, antwortet sie atemlos.

»Hast du eine Minute Zeit?«

»Natürlich«, keucht sie ins Telefon. »Entschuldige, ich habe gerade eine Ballettstunde hinter mir.«

»Wirklich? Ich dachte, du darfst nicht tanzen. Das sind ja tolle Nachrichten.«

Wie mir überdeutlich bewusst ist, muss ich verhindern, dass Julia das Gespräch in andere Bahnen lenkt, bis es unmöglich für mich wird, die Fotos zu erwähnen.

»Ja. Nur schade, dass ich jetzt am liebsten ins Wasser gehen würde«, entgegnet sie bedrückt und lacht dann gekünstelt auf, um ihren Worten die Schärfe zu nehmen.

»Hoppla, nicht so schnell, Ophelia. Was ist denn los?«

»Ich kann mich an nichts erinnern.«

»Oh.«

Eine Weile herrscht Stille, was eigentlich angenehm sein sollte. Obwohl wir für unsere Gesprächsmarathons berüchtigt sind, gehört Julia zu den wenigen Leuten, mit denen ich auch mal dasitzen und schweigen kann, ohne mich unwohl zu fühlen. Nun jedoch verstärkt es bloß meine innere Anspannung.

Schließlich räuspert sie sich und fährt fort. »Es ist schon schlimm genug, dass ich wegen meines Kopfes keine Sprünge machen darf«, meint sie. »Aber ich komme in den Unterricht und weiß selbst solche Dinge nicht mehr, die ein Kleinkind können sollte. Die verschiedenen Positionen waren zum Beispiel eine echte Herausforderung.«

»Das tut mir wirklich leid«, erwidere ich. »Hast du denn das erste Mal seit dem Unfall getanzt?«

»Das zweite.«

»Es wird vermutlich noch einige Zeit dauern, richtig?«, sage ich. Ich muss an eine Studie denken, auf die ich letzte Woche gestoßen bin. Darin heißt es, Patienten mit Hirnverletzungen brauchen manchmal mehr als ein Dutzend Anläufe, um sich an etwas zu erinnern, bis es plötzlich klick macht. Dann fällt mir wieder das ein, was ich zum Thema falsche Erinnerungen gelesen habe, und ich frage mich, ob es sich bei den Dingen, an die man sich erinnert, um eine wirkliche Gedächtnisleistung handelt – oder ob man sich diese Fähigkeit einfach irgendwann neu aneignet. Ich merke mir diesen Punkt im Geiste, um ihn vielleicht in meinen Artikel einfließen zu lassen.

»Die Zeit kann mich mal«, zischt Julia zornig. Wegen ihrer hohen Stimme klingt sie wie ein Schuljunge, der den harten Mann markieren will. »Ich möchte jetzt leben, nicht morgen oder nächste Woche.«

»Ich weiß, Liebes«, erwidere ich und gehe zum Fenster. Es nieselt, und das Gras im Garten wirkt aufgeschwemmt und grau.

»Nein, das tust du nicht«, entgegnet sie und hört sich dabei todmüde an.

»Du hast recht«, gebe ich zu. »Aber mir ist klar, dass es sehr schwer für dich sein muss, und das macht mich traurig.«

»Ich brauche dein Mitleid nicht.«

Ich schlucke und überlege, wie ich reagieren soll. »Julia, ich habe kein Mitleid mit dir«, widerspreche ich. »Aber auf der Karte, die du mir geschickt hast, stand, es sei unmöglich, den Unfall nicht ungeschehen machen zu wollen. Insbesondere weil du immer wieder Dinge erleben musst wie dass du das Tanzen vergessen hast.«

»Also hast du mein Päckchen bekommen«, meint sie und klingt schon viel zuversichtlicher als vor einer Sekunde.

Ich hole tief Luft. »Ja, heute Nachmittag. Ich weiß es wirklich zu schätzen, dass du mir etwas schickst, das dir viel bedeutet. Aber eines würde mich interessieren, Jules: Was zum Teufel hast du dir dabei gedacht, auch das Foto von uns beiden und Nathan einzupacken? Du musst doch mitbekommen haben, wie schief die Sache im November gelaufen ist. Außerdem hast du meine Frage noch immer nicht beantwortet, was zwischen euch läuft. Soll ich aus dem Foto schließen, dass ihr etwas miteinander habt?«

Julia seufzt hörbar auf. »Ich habe dir versprochen, dir nie wehzutun.«

Hast du mich deshalb gezwungen, den Mann aufzugeben, der die Liebe meines Lebens hätte werden können?, denke ich, spreche es jedoch nicht aus.

»Mar, Nathan ist nur ein guter Freund, der mich manchmal unterstützt«, fährt sie schließlich fort.

»Wie unterstützt er dich denn?«

»Er hat mir ein paar Tipps in Sachen Wohnung gegeben, und wenn ich bei ihm im Restaurant vorbeischaue, kocht er mir etwas.«

Jetzt ist es an mir zu seufzen. Ich erinnere mich an die Vier-Gänge-Menüs, die Nathan in der winzigen Küche seiner WG für mich gezaubert hat. Essen war für ihn schon immer ein Symbol der Romantik, was heißt, dass meine Vermutungen, was die beiden angeht, möglicherweise richtig sind, auch wenn die Beziehung noch nicht richtig angefangen hat.

»Das erklärt noch lange nicht, warum du dich wieder bei ihm gemeldet hast«, erwidere ich. »Oder hat er den ersten Schritt gemacht?«

Schweigen.

»Julia?«

»Marissa, ich bin so einsam. Du bist nicht hier, und ich habe in Ann Arbor keine Freunde mehr. Was soll ich denn tun?«

»Jules, ich bin auch einsam. Ich tue mein Bestes, um für dich da zu sein. Es ist schade, dass ich jetzt nicht in Michigan sein kann, aber ich werde dich besuchen, so oft es geht.«

»Es ist nicht mehr so wie früher«, schnieft sie. »Wir beide waren ein Team. Und jetzt bin ich ganz allein.«

Hirnverletzung hin oder her, Julia kennt meine Schwachstellen nach wie vor ganz genau. Trotzdem weigere ich mich, ein schlechtes Gewissen zu haben. Schließlich habe ich sie weder vor das Taxi geschubst noch entschieden, dass sie zurück nach Ann Arbor ziehen soll. Dennoch fühle ich mich schuldig. Denn im Grunde hat sie recht. Sie sitzt ganz allein im Mittleren Westen fest, während ich in New York das schöne Leben führe, das wir uns vor so vielen Jahren erträumt haben.

»Gut«, gebe ich mich geschlagen. »Tut mir leid. Aber bitte keine Anspielungen auf Nathan mehr, einverstanden?«

»Einverstanden«, antwortet sie, offenbar hocherfreut, weil ich nicht weiter auf dem Thema herumhacke.

Und wieder einmal lasse ich es zu.

18

Da ich während der Woche genau siebenundfünfzig Stunden habe, die ich nicht arbeitend, schlafend oder in der U-Bahn verbringe, nehme ich diese kostbare und flüchtige Zeit sehr ernst. Deshalb wäre es gelogen, wenn ich behaupten würde, ich hätte das sonnige Wochenende im Februar, das ich dem Lehrgang bei Mach Dich Stark geopfert habe, wirklich genossen. Doch weil ich Naomi versprochen hatte, ihr zu helfen, zwang ich mich zu einem Lächeln und stürzte mich in die Aufgabe, die hohe Kunst zu erlernen, wie man mit acht- bis elfjährigen Mädchen kommuniziert. Zwei mit auflockernden Gesprächen, Seminaren, Gruppenübungen und Lehrvideos angefüllte Tage später war ich bereits eine ausgebildete Übungsleiterin.

Sobald ich vor den Halbkreis der zwölf Mädchen trete, die mich mit aufgeregten und neugierigen Mienen mustern, wünsche ich mir, der Lehrgang hätte dreimal so lang gedauert. Ich bin absolut nicht in der Lage, diesen kleinen Wesen dabei zu helfen, ihre Fähigkeiten zu entfalten. Offen gestanden glaube ich sogar, dass der einzige Weg, den ich ihnen weisen kann, der zur Toilette ist.

»Immer mit der Ruhe«, flüstert Naomi mir zu und klatscht ein paarmal in die Hände, damit auch alle gut zuhören. »Hallo, Mädchen! Ich freue mich sehr, dass ihr alle hier seid. Ich bin eure Trainerin Naomi, und das hier ist eure Trainerin Alanna«, sagt sie und zeigt auf die schlanke Brünette, der ich selbst erst vor ein paar Minuten vorgestellt worden bin. »Diejenigen von euch, die schon beim letzten Mal dabei waren, sind vielleicht überrascht, weil wir diesmal eine dritte Trainerin dabeihaben. Bitte begrüßt eure Trainerin Marissa.«

»Hallo, Marissa«, sagen die Mädchen. Ihre Stimmen hallen von den Wänden der Turnhalle wider, wo wir uns in den nächsten vier Monaten jeden Dienstagnachmittag treffen werden.

»Hallo, Mädchen«, antworte ich. Unterdessen haben sich die Schmetterlinge in meinem Bauch in fleischfressende Raupen verwandelt.

Eine Bohnenstange, die ein T-Shirt mit Sponge-Bob-Motiv trägt, hebt die Hand. Ich werfe einen Blick auf ihr Namensschild und lächele. »Ja, Lisa?«, fordere ich sie auf, wie ich es im Kurs gelernt habe.

»Wo ist Beverly?«, fragt sie.

»Beverly ist aus beruflichen Gründen nach Los Angeles gezogen«, erwidert Alanna. Sie spricht Lisa langsam und mit Kinderstimme an. Ich werfe Naomi, die über den gönnerhaften Tonfall der Babyflüsterin erstaunt wirkt, einen vielsagenden Blick zu.

»Marissa war so nett, ihre Stelle zu übernehmen. Am besten nennt ihr jetzt alle eure Namen und erzählt uns etwas über euch, wovon die meisten Menschen nichts wissen.«

Als alle reihum der Aufforderung folgen, erfahre ich, dass Caitlin, eine Drittklässlerin und die Kleinste in der Gruppe, später mal Sängerin werden will. »Wie Lady Gaga«, erklärt sie uns. Margarita ist so entsetzlich schüchtern, dass sie kaum ihren Namen über die Lippen bringt. Doch Naomi gelingt es, ihr zu entlocken, dass ihre Großmutter, die sie von allen Menschen am liebsten hat, nächste Woche aus Mexiko anreist. Lisa berichtet, für mich ein echter Schock, dass sie sich nach der Schule gern Sponge Bob ansieht. Josie, ein ausgesprochen hübsches und sich dessen offenbar auch sehr bewusstes Ding, teilt uns mit, ihr neuer kleiner Bruder schreie zu viel. »Ich wünschte, er würde wieder in der Vagina meiner Mutter verschwinden, wo er hergekommen ist«, verkündet sie und schaut die anderen Mädchen an, die alle hysterisch loskichern. Allerdings bin ich sicher, dass die meisten von ihnen keine Ahnung haben, wovon Josie da redet.

»Die macht nichts als Ärger«, raunt Naomi mir zu. »Letztes Jahr war sie die Rädelsführerin. Am besten achtest du nicht weiter auf sie, wenn sie solches Zeug erzählt, solange sie niemanden beleidigt oder Kraftausdrücke benutzt.«

Als wir weiter die Runde durchgehen, hüpft ein pummeliges Mädchen mit Brille am Ende des Halbkreises auf den Knien auf und nieder und scheint kaum an sich halten zu können. Schließlich setzt sie sich sogar auf die Hände, als wolle sie sich selbst daran hindern, die anderen durch Winken auf sich aufmerksam zu machen.

Endlich ist sie an der Reihe. »Ich bin Estrella«, ruft sie und lächelt alle Mädchen nacheinander an, als wären sie die Jury, die sie überzeugen müsse, sie zum nächsten Superstar zu küren. Josie verdreht zwar die Augen, doch falls Estrella es gesehen hat, lässt sie sich nichts anmerken. »Vielleicht wisst ihr noch nicht über mich, dass mein Name ›Stern‹ bedeutet«, verkündet sie langsam und betont.

»*Ya sabemos*«, höhnt ein Mädchen namens Charity, »das wissen wir schon.«

Naomi wirft Charity einen Blick zu, wendet sich jedoch an die ganze Gruppe. »Meine Damen, wir wollen Estrella den gleichen Respekt erweisen wie sie euch, als ihr geredet habt. Und das heißt, dass ihr sie nicht unterbrecht.« Sofort beruhigen sich die Mädchen und beugen sich Naomis gelassener Autorität. Schlagartig wird mir klar, warum sie im letzten Jahr bei Macht Euch Stark Trainerin des Jahres war.

Nach der Vorstellrunde lesen Naomi, Alanna und ich abwechselnd den Trainingsplan vor und erläutern, wie wichtig es ist, Individualität und persönliche Stärken zu fördern. Um die theoretischen Ausführungen zu untermauern, lassen wir die Mädchen eine Aufwärmübung machen. Sie sollen von einem Ende des Basketballfelds zum anderen und wieder retour laufen. Bei ihrer

Rückkehr soll jede etwas rufen, das ihr an ihr selbst gefällt, und dann einen Stab an das nächste Mädchen in der Reihe weiterreichen.

»Dabei geht es nicht um euer Aussehen. Versucht es besser mit Aussagen wie *Ich bin nett zu meinen Mitschülerinnen* oder *Ich bin gut in Mathe*«, verkündet Naomi. Dann wendet sie sich lächelnd an mich. »Marissa, warum fängst du nicht an?«

Ich reiße die Augen auf, wie um zu sagen: *Heute ist mein erster Tag, bitte verschone mich!* Aber Naomi lächelt nur weiter und winkt mich zu dem roten Band, das wir als provisorische Start- und Ziellinie auf den Boden gelegt haben.

»Okay«, murmele ich und halte mir vor Augen, dass ich mich verpflichtet habe, ein Vorbild zu sein, ganz gleich, ob ich mich der Aufgabe gewachsen fühle oder nicht. Das wiederum bedeutet, dass ich mein Vorhaben, Naomi umzubringen, bis nach dem Training verschieben muss.

Also laufe ich zur Wand, schlage an dem gelben Putz an und drehe mich um. Dabei schwitze ich heftig, nicht nur weil die Turnhalle völlig überheizt ist, sondern weil die Mädchen – wahrscheinlich haben sie noch nie gesehen, wie einer Frau der Busen ums Kinn fliegt – mich mit offenen Mündern anstarren. Man braucht nicht eigens zu erwähnen, dass ich erleichtert bin, als ich endlich das rote Band erreiche. *Puh.*

»Marissa, was ist deine Lieblingseigenschaft?«, fragt Alanna so langsam, als wäre ich schwer von Begriff (was offenbar zutrifft, denn ich habe Sinn und Zweck der Übung völlig vergessen).

Ich erstarre. »Äh …« *Lass dir schnell etwas einfallen. Ich habe schöne Haare. Nein, das hat etwas mit dem Aussehen zu tun. Was sonst?*

»Ich bin fleißig«, stoße ich hervor.

»Sehr gut«, begeistert sich Naomi. »Jetzt gib den Stab weiter.«

Als ich zum Anfang der Reihe schaue, steht da Estrella und

strahlt mich an, als dürfe sie gleich Barack Obama persönlich die Hand schütteln. Sie greift nach dem Stab, den ich noch immer festhalte, beugt sich vor und meint feierlich: »Am ersten Tag ist jeder nervös, Marissa. Aber keine Sorge. Das haben Sie toll gemacht.«

»Danke, Estrella«, erwidere ich. *Jetzt hat mir gerade eine Viertklässlerin das Händchen gehalten*, denke ich erstaunt, während das eins zwanzig große Energiebündel, die Arme in die Hüften gestemmt und mit wogendem Bauch, über das Spielfeld läuft.

»Hahaha, schaut euch Fettie an«, sagt Josie gerade so laut, dass alle, auch Estrella, sie hören.

»Josie, das war nicht in Ordnung«, rügt Naomi sie sofort. »Wenn du bei Mach Dich Stark dabei sein willst, musst du jeden hier respektieren. Auch Estrella.«

»Entschuldigung«, antwortet Josie, klingt aber ganz und gar nicht zerknirscht.

Nach den längsten zweihundert Metern der Weltgeschichte erreicht Estrella endlich die Ziellinie. »Ich bin hochintelligent«, verkündet sie stolz, als sie wieder zu Atem gekommen ist.

Sie reicht Josie den Stab. »Das kann nicht jeder von sich behaupten«, fügt sie hinzu.

Es ist unmöglich festzustellen, ob das ein absichtlicher Seitenhieb war. Doch während ich Josie nachblicke, die sich so anmutig bewegt, dass sie problemlos ein Buch auf dem Kopf balancieren könnte, ertappe ich mich dabei, dass ich insgeheim der schrulligen, unbeirrbaren Estrella die Daumen drücke.

19

Mitten in der schlimmsten Wirtschaftskrise der letzten drei Jahrzehnte hat Daves Kanzlei beschlossen, ein rauschendes Fest zu feiern.

»Um die Moral der Truppe zu heben«, erklärt Dave mir verlegen, als er mir die Einladungskarte mit Prägedruck überreicht. »Sie haben bis nach den Feiertagen gewartet, damit es weniger kostet.«

»Gedruckte Einladungskarten«, sage ich, unfähig, mein Erstaunen zu verbergen. »Warum schreiben sie die Infos nicht gleich auf einen Hundertdollarschein, um sich die Mühe zu sparen? Sie könnten wenigstens so tun, als müssten sie jeden Cent umdrehen.«

»Wie du weißt, profitieren Anwälte von wirtschaftlich schlechten Zeiten.«

»Aber nicht so sehr.«

»Was soll ich tun?«, erwidert er und ringt in gespielter Verzweiflung die Hände. »Wenn keine größere Katastrophe geschieht, muss ich hin.«

»Fordere das Schicksal nicht heraus«, gebe ich zurück und befestige die Einladungskarte mit dem Gaudí-Magneten, den Julia mir vor ein paar Jahren aus Spanien mitgebracht hat, am Kühlschrank. »Heißt das etwa, dass ich mitkommen muss?« Ich möchte zwar nicht rumzicken, bin jedoch machtlos gegen meinen Ärger, weil er einen unserer wenigen gemeinsamen Abende in diesem Monat der Kanzlei opfert – dem Ort, wo er ohnehin bereits zwei Drittel seines Lebens verbringt.

»Würdest du das für mich tun? Alle bringen ihre Partner mit, und ich möchte ehrlich gesagt nur ungern ohne dich hingehen.« Er fängt an, mir die Schultern zu kneten, wohl wissend, dass ich für eine Massage zu beinahe allem bereit bin.

Ich seufze auf. »Meinetwegen.«

»Danke, Schatz«, antwortet er und küsst mich auf den Hals. »Vielleicht lernst du ja jemand Sympathischen kennen.«

»Vielleicht.«

Beim Anblick der Zicken und Schnepfen in ihren seidenen Cocktailkleidern, von denen jedes einzelne mehr gekostet hat als meine gesamte Garderobe, komme ich zu dem Schluss, dass ich hier sicher niemand Sympathischem begegnen werde. Zum Glück ist Daves Kollege Pete da. Pete ist spitzzüngig und skrupellos und gehört damit zu der Sorte von Menschen, die ich eigentlich nicht ausstehen kann. Allerdings ist sein Sarkasmus meiner Ansicht nach darin begründet, dass er seine latente Homosexualität standhaft leugnet, weshalb ich Nachsicht mit ihm habe. Außerdem hat Pete mich gern, weshalb er zu mir netter ist als zu anderen Leuten. Eine ganz schön verdrehte Freundschaft also.

Im Maßanzug mit rosa Hemd und fuchsiafarben schillernder Krawatte schlendert Pete zu mir und Dave herüber. »Marissa! Du siehst gut aus«, begrüßt er mich, küsst mich auf beide Wangen und mustert mich dann eingehend von Kopf bis Fuß.

»Du hast auch zugenommen«, gebe ich zurück, nicht im Mindesten gekränkt. Ich habe mein trägerloses schwarzes Lieblingskleid an. Das Haar habe ich mir zu einem absichtlich zerzausten Kurzhaarschnitt föhnen lassen. (»Wie in *Das Tal der Puppen*!«, meinte Rubia begeistert, als ich ihr erklärte, was ich vorhatte.) Trotz – oder vielleicht gerade wegen – der Frauen von Stepford um mich herum fühle ich mich sexy und selbstbewusst.

»Du weißt doch, dass das nur ein Witz war«, fährt Peter fort. »Du wirkst, als kämst du gerade aus dem Bett. Zum Anbeißen. Offenbar bekommt dir die Häuslichkeit.« Er dreht sich zu Dave um und zieht anerkennend eine Augenbraue hoch.

»Offenbar«, erwidere ich lachend.

Da Dave ein Gespräch mit einem der Partner der Kanzlei beginnt, gehen Pete und ich zu einem Kellner hinüber, der Häppchen herumreicht.

»Das muss man dem Laden lassen«, meint er, eine in Schinken gewickelte Dattel im Mund. »Sie verstehen was vom Feiern.«

»Bitte, verschon mich mit diesem Thema.«

»Deine moralischen Grundsätze hindern dich anscheinend nicht daran, dich an den Wohltaten des Mammons zu laben«, stellt Pete fest, als ich einen der winzigen Krabbenkuchen vom Tablett eines anderen Kellners nehme.

»Solltest du nicht deine Kollegen umgarnen?«

»Ich mische mich lieber unters einfache Volk«, feixt er.

Wir stellen uns an die Bar, wo Pete mir den neuesten Klatsch bei Wyman, Stewart und Piechowsky erzählt. Ich erfahre einige Banalitäten, unter anderem, dass Phillip Wyman höchstpersönlich in flagranti mit Jeffrey Stewarts Anwaltsgehilfin erwischt worden ist. Pete zeigt mir Wyman, der den Arm fest um eine attraktive ältere Frau gelegt hat.

»Das ist seine Frau«, raunt er mir zu. »Die ganze Kanzlei weiß Bescheid, nur sie ist ahnungslos.«

Als ich mir mit einer Leinenserviette den Mundwinkel abtupfe, entdecke ich auf meiner Unterlippe eine Spur Cocktailsauce, die dort nicht hingehört, und frage mich, wie lange ich wohl schon damit herumlaufe. Während ich noch einmal nachwische, stößt Pete einen langen Pfiff aus. »Frischfleisch.«

»Wo?«, frage ich gelangweilt. Ich bin seine Anzüglichkeiten gewohnt, die den Jungen, Schönen und kosmetisch Aufbereiteten dieser Welt vorbehalten sind – das heißt Frauen, die einen Mann mit schütterem Haar und Bauchansatz links liegen lassen würden, sofern er nicht mehrere Millionen schwer ist (was auf Pete nicht zutrifft). Das bestärkt mich in meiner Auffassung, dass Pete es hält wie ein schwuler Modeschöpfer: Sein Interesse am weiblichen Körper ist rein ästhetischer Natur.

»Auf zehn Uhr«, antwortet er und dreht mich herum, damit ich besagtes Opferkalb betrachten kann.

»Oh, nein. Jetzt muss ich aber wirklich nach Hause gehen«, murmele ich und wende mich rasch ab, damit die hochgewachsene Blondine, die Pete gerade mit Blicken auszieht, mich bloß nicht erkennt.

Warum muss Ashley ausgerechnet hier aufkreuzen?

Ich erkläre dem verdatterten Pete, wer Ashley ist und dass ich mich lieber mit einem meiner Stilettoabsätze aufspießen würde, als mit meiner Assistentin, die vermutlich gerne meine Chefin wäre, Konversation zu betreiben. Aber als ich uns beide hektisch auf einen Tisch in einer dunklen Ecke zudirigiere, stehe ich plötzlich vor der Malibu-Barbie persönlich.

»Marissa? Ich habe mir doch gleich gedacht, dass Sie es sind. Was machen Sie denn hier?«, fragt Ashley, gleichzeitig aufgedreht und ungläubig.

»Oh, hallo, Ashley«, erwidere ich, als hätte ich sie vorhin gar nicht bemerkt. »Ich bin mit meinem Freund da«, füge ich hinzu und weise mit dem Kopf in Richtung Dave. Offenbar erhört der Himmel mein Gebet, denn mein Freund blickt in diesem Moment auf, erkennt meinen panischen Gesichtsausdruck und kommt zu uns hinüber.

Brav stelle ich alle einander vor, und Ashley macht mich mit Jason Benninger bekannt, ihrem Verlobten, der sein Büro zufällig auf demselben Flur hat wie Dave.

»Die Welt ist klein, was, Benny?«, merkt Dave an und trinkt einen Schluck von seinem Bier. »Nicht zu fassen, dass Sie mit Marissas Assistentin verlobt sind.«

»Ich bin Redaktionsassistentin, nicht Marissas Assistentin«, verbessert Ashley ihn sofort.

Zu meiner Freude zieht Dave bei diesen Worten die Augenbrauen hoch.

»Ganz richtig, Baby. Du wirst eines Tages die Welt regieren«, sagt Jason und legt den Arm um sie. »Ashley und ich haben uns vor ein paar Monaten verlobt, als wir mit meiner Familie auf Capri waren«, fügt er hinzu.

Ashley präsentiert mir den Ring, als hätte ich den funkelnden Felsbrocken, der ihn ziert, nicht schon vierhundertmal gesehen.

»Hübsch.«

»Danke«, erwidert sie und bewundert den Ring mit zufriedener Miene.

»Wie dem auch sei«, meine ich, in der Absicht, das Thema zu wechseln.

Doch Jason versteht den Wink nicht. »Marissa, Ashley hat mir erzählt, dass Sie beide gemeinsam einen Artikel über Hirnverletzungen schreiben. Wirklich sehr interessant.«

Jetzt schreiben wir ihn also schon gemeinsam. »So, hat sie das?«, entgegne ich.

Lächelnd berührt Ashley mich am Arm. »Ich habe Jason erklärt, wie nett Sie zu mir waren, Marissa. Sie haben mir so viel beigebracht und geben mir die Chance, mit Ihnen an diesem wichtigen Artikel zu arbeiten. All die Studien zu sichten war ausgesprochen lehrreich für mich. Noch mal vielen Dank«, meint sie und wirkt dabei sogar ehrlich.

Keine Ahnung, ob es am Alkohol oder an Ashleys ständigen Kehrtwenden liegt, aber ihre Dankbarkeitsnummer bringt mich völlig aus dem Konzept. Doch kaum bin ich zu dem Schluss gekommen, dass ich sie offenbar falsch eingeschätzt habe, fügt sie auch schon hinzu: »Natürlich war die Stelle bei *Schlanke Linie* nicht unbedingt meine erste Wahl. Aber schließlich haben wir eine Wirtschaftskrise, weshalb ich nicht wie geplant beim *New Yorker* oder bei der *Vogue* hereinspazieren und dort anfangen konnte. Allerdings macht mir dieser Artikel Hoffnung, dass ich mich nicht nur den ganzen Tag mit Cremes gegen Cellulitis und kalorienreduzierten Keksen beschäftigen muss. Mit hirnlosem Geplapper also«, flötet sie und lächelt mir vielsagend zu.

Ich blinzle mehrmals und starre sie entgeistert an. »Wissen Sie, das verschlägt mir jetzt wirklich die Sprache«, stoße ich schließlich durch zusammengebissene Zähne hervor.

Anscheinend ist Ashleys gebräunte Haut mit Teflon beschichtet, denn sie lächelt wieder. »Tja, es war sehr interessant, aber Jason und ich sollten uns jetzt wieder unter die Leute mischen«, sagt sie.

Ich kippe den restlichen Champagner hinunter wie Schnaps und knalle das Glas rechts von mir auf einen Tisch. »Es war ja so nett, mit Ihnen zu plaudern, Ashley. Wir sehen uns dann im Büro.«

20

Am kommenden Dienstagnachmittag ertappe ich mich zu meiner Überraschung dabei, dass ich mich tatsächlich aufs Training freue – insbesondere deshalb, weil es bedeutet, dass ich mich früher aus der Redaktion abseilen kann. Während Naomi und ich mit der U 6 nach Norden in die Bronx fahren, wo sich die Schule der teilnehmenden Mädchen befindet, werfe ich einen Blick ins Lehrmaterial und stelle fest, dass die heutige Lektion das Thema Schikane behandelt. Ich muss sofort an die hübsche, aufdringliche Josie denken und schicke ein Stoßgebet zum Himmel, dass ihr ein Licht aufgehen möge.

Als wir in die Turnhalle kommen, begrüßen mich die Mädchen, als wäre ich Hannah Montana höchstpersönlich.

»He, Marissa«, ruft Charity begeistert und schlingt mir die Arme um die Taille.

»Laufen Sie heute wieder mit uns?«, fragt Lisa aufgeregt. »Das hat Beverly nie getan.«

»Wirklich nicht?«, erkundige ich mich. Ich habe gedacht, dass das Laufen Pflicht ist. Sonst hätte ich mir die anstrengenden Runden um die Turnhalle, die ich letzte Woche mit den Mädchen absolviert habe, nämlich erspart.

»Nein«, antwortet Lisa kopfschüttelnd. »Kein einziges Mal.« Ihr enttäuschter Tonfall lässt keinen Zweifel daran, dass ich heute und jede zukünftige Trainingsstunde werde mitlaufen müssen. Verdammt.

»Marissa ist viel besser als Beverly«, verkündet ein Mädchen namens Anna, das sein krauses schwarzes Haar zu fünf Pferdeschwänzen gebunden hat.

»Absolut«, stimmt Margarita zu.

Ich bin nicht sicher, was ich von dieser neuen Entwicklung halten soll, und beäuge die Mädchen argwöhnisch, um herauszufinden, ob sie mich auf den Arm nehmen wollen. Aber falls mir nichts entgangen ist, meinen sie es tatsächlich ernst.

»Sie mussten sich nur erst an den Gedanken gewöhnen, dass sie jetzt eine neue Trainerin haben«, erklärt Naomi, während wir das Unterrichtsmaterial aus unserer Kiste kramen. »Jetzt wollen sie alle deine beste Freundin sein.«

Sehr gut, denn ich könnte gerade wirklich eine gebrauchen, denke ich. »Wahrscheinlich weil ich eine komische Erwachsene bin, die genauso groß ist wie sie.«

»Piper ist sogar ein Stück größer als du«, erwidert Naomi mit einem spitzbübischen Grinsen.

Ich drohe ihr mit dem Finger. »Aber, aber, Naomi. Heute geht es um Schikanen. Du willst doch wohl niemanden schikanieren, oder?«

»Neeeein«, entgegnet sie mit todernster Miene und fängt an zu lachen.

Als heutige Aufwärmübung bekommt jedes Mädchen einen rosafarbenen oder grünen Aufkleber. Dann legen wir einen Gummiball in der Mitte der Turnhalle auf den Boden. »Ihr müsst verhindern, dass jemand mit einem rosa Aufkleber an den Ball herankommt«, erklärt Alanna den Mädchen. »Deshalb dürfen die Spielerinnen mit dem grünen Aufkleber ihn nur anderen aus ihrem Team zuwerfen. Wenn eine aus dem grünen Team den Ball an eine aus dem rosa Team abgibt, muss sie an den Rand.« Josie, Anna und Renee sind rosa. Zu meiner Erleichterung gehört Estrella zu den neun Grünen.

Ich habe angenommen, dass die Mädchen, von denen die meisten viel frühreifer sind, als ich es in ihrem Alter war, das Spiel langweilig finden. Doch sie tollen lachend und ausgelassen herum. Selbst diejenigen, die ausscheiden müssen, scheinen ihren Spaß zu haben.

Nachdem fast alle Grünen am Rand gelandet sind, holen Naomi, Alanna und ich uns einen Ball und fordern die Mädchen auf, uns zuzuschauen. Ich stehe in der Mitte, Naomi und Alanna rechts und links von mir. Während die beiden den Ball über meinen Kopf hin und her werfen, damit ich ihn nicht zu fassen bekomme, geben sie Gemeinheiten von sich.

»Gib ihr den Ball nicht, ich kann sie nicht leiden«, sagt Alanna.

»Ich auch nicht! Sie ist eine Streberin, die im Unterricht immer alles besser weiß«, entgegnet Naomi. Vergeblich versuche ich, ihren Pass an Alanna zu blockieren. »Siehst du!«, höhnt Naomi. »Sie ist auch noch mies im Sport.«

So geht es ein paar Minuten weiter. Schließlich hören wir drei auf und setzen uns zu den Mädchen in den Kreis.

»Was ist der Unterschied zwischen unserem Spiel und eurem vorhin?«, fragt Naomi.

Estrellas Hand schießt nach oben.

»Ja, Estrella?«

»Sie waren fies zu Marissa. Wir waren nicht gemein zueinander.«

»Richtig«, antworte ich. »Wisst ihr, wie man es nennt, wenn ein Mensch oder eine Gruppe absichtlich gemein zu jemandem ist, weil sie es lustig finden, etwas damit erreichen wollen oder es sogar völlig ohne erkennbaren Grund tun?«

Nur Estrella hebt die Hand. Ich muss mir auf die Lippe beißen, um ein Lächeln zu unterdrücken. Mangelndes Engagement kann man ihr wirklich nicht vorwerfen.

»Möchte es vielleicht jemand anders versuchen?«, meint Alanna. »Margarita? Jessica?« Die Mädchen schütteln den Kopf. »Gut, Estrella, was denkst du?«

»Schikane!«, verkündet sie.

»Richtig«, lobe ich sie. »Genau darum geht es in der heutigen Stunde. Um Schikane.«

Naomi berichtet, dass sie als Kind auch schikaniert worden sei, was man sich angesichts ihrer heutigen ruhigen, selbstbewussten Art kaum vorstellen kann. Sie hat sogar jeden Tag nach der Schule geweint. »Hat sonst jemand hier schon mal eine solche Erfahrung gemacht und will uns davon erzählen?«

Sofort wandert Estrellas Hand nach oben. Als ich mich umschaue, stelle ich fest, dass Josie und Lisa ängstlich tuscheln. »Mädchen«, mahne ich. Zum Glück verstummen sie.

»Schieß los, Estrella«, fordert Naomi sie auf, nachdem klar ist, dass sich sonst niemand melden wird.

»Letzte Woche hat mir jemand«, Estrella kneift dramatisch die Augen zusammen, »und ich verrate nicht, wer, sondern sage nur, dass diejenige sehr beliebt ist, während des Sportunterrichts meinen Rock geklaut, sodass ich mich nicht umziehen konnte. Ich musste den ganzen Tag in der Turnhose herumlaufen«, sagt sie und zeigt auf die blauen Baumwollshorts, die sie heute anhat.

»Wie hast du dich dabei gefühlt?«, hakt Naomi nach.

Schmunzelnd stelle ich fest, dass sie ihren therapeutischen Lieblingssatz, den sie gern bei mir anwendet, wörtlich aus dem Handbuch von Mach Dich Stark stibitzt hat.

»Zuerst ziemlich mies«, erwidert Estrella und sieht die anderen an. »Aber dann bin ich nach Hause gegangen und habe mit meiner Mom darüber geredet. Dank ihrer Hilfe ist mir klar geworden, dass diejenige, die das getan hat, sich vermutlich selbst nicht mag.« Estrella stemmt die Hände in die Hüften und beugt sich vor. »Sie muss gemein zu anderen Leuten sein, um ihr Selbstwertgefühl zu heben. Das ist sehr traurig«, fügt sie kopfschüttelnd hinzu.

Alanna, Naomi und ich wechseln erstaunte Blicke. Am liebsten würde ich Estrella für ihre beeindruckende Darbietung applaudieren. Offenbar fühlen sich die Mädchen auch angesprochen, denn eine nach der anderen schildern sie nun Situationen, in denen sie schikaniert worden sind.

Anna ist als Letzte an der Reihe. »Ich weiß nicht, ob mein Erlebnis als Schikane gilt«, beginnt sie verlegen.

»Erzähl es uns. In einer Gruppendiskussion gibt es keine falschen Antworten«, ermutigt Naomi sie.

»Tja«, sagt Anna und zupft an einem ihrer Pferdeschwänze herum. »Ich habe da eine Cousine, die mich immer dazu bringt, das zu tun, was sie will. Wenn ich zum Beispiel in den Park möchte, sagt sie: ›Nein, wir gehen uns ein Eis kaufen.‹ Ich muss machen, was sie von mir verlangt, sonst wird sie sauer und redet nicht mehr mit mir. Obwohl mich das ärgert, habe ich sie noch nie darauf angesprochen.«

»Ich würde das durchaus als Schikane bezeichnen«, erwidert Naomi. »Schikane heißt nicht nur, andere zu beschimpfen oder körperlich anzugreifen, sondern auch jemanden herumzuschubsen und ihm Befehle zu erteilen. So jemand ist keine gute Freundin und obendrein eine Spielverderberin.«

»Oh«, meint Anna nur. Dann lächelt sie. »Also hatte ich doch recht.«

»Du hattest sehr wohl recht«, bestätigt Naomi.

Einige andere Mädchen stimmen feierlich nickend zu.

Während wir später um die Turnhalle laufen, denke ich darüber nach, wie hilflos die Mädchen sind – sogar Josie, die immer die Starke mimt. Nach einigen Runden ertappe ich mich dabei, dass ich Kindheitserinnerungen nachhänge. Als ich im Alter dieser Mädchen war, haben mich drei Mitschülerinnen – die mich während der gesamten Zeit auf der Junior-Highschool gepiesackt haben – ständig in den Bauch gezwickt. Wenn ich sie nicht meine Hausaufgaben abschreiben ließ, nannten sie mich »Shamu« nach dem ersten Orca-Wal in Sea World. (Bis zum heutigen Tag weigere ich mich, diesen Aquazoo zu besuchen.) Irgendwann hatte ich deshalb eine Todesangst vor der Schule, aber anders als Estrellas Mutter gab meine Mom mir die Schuld. »Die anderen ärgern dich nur, weil du dich nicht wehrst«, schimpfte sie. Natürlich machte mein Widerstand alles nur noch schlimmer. Darum auch mein Entschluss, die Highschool in einer anderen Stadt zu besuchen.

Vor einigen Jahren war ich zu Weihnachten in Ann Arbor und ging mit Julia in eine Kneipe, wo ich zufällig eines der Mädchen traf, die mich damals in der Schule drangsaliert hatten.

»Marissa?«, fragte Stacy und näherte sich unserem Tisch.

Aus ihrem Gang schloss ich, dass sie bereits einige Miller Lites intus hatte. Sie wog mindestens fünfzehn Kilo mehr als bei unserer letzten Begegnung, und ihr von Natur aus braunes Haar war so schlecht blondiert, dass ihre Locken wie eine Krause wirkten. So oberflächlich es auch gewesen sein mag, freute ich mich bei ihrem Anblick darüber, dass meine Frisur an diesem Tag besonders gut saß.

»Stacy, richtig?«, erwiderte ich, ein wenig aus dem Konzept gebracht von dieser unerwarteten Begegnung mit der Person, die mir meine Jugend zur Hölle gemacht hatte. Fast rechnete ich damit, dass sie die Hand über den Tisch strecken würde, um mich in die Taille zu kneifen.

»Ja, du erinnerst dich. Wie schön, dich zu sehen!«, rief sie mit schwerer Zunge, was meinen Anfangsverdacht bestätigte, dass sie ziemlich angetrunken war.

»Wirklich?«, gab ich leicht herablassend zurück, woraufhin Julia erstaunt die Augenbrauen hochzog.

Als Stacy wissen wollte, was ich seit der Junior-Highschool so getrieben hätte, antwortete ich nicht ohne einen Anflug von Stolz, dass ich inzwischen in New York wohnte und nur über die Feiertage hier sei.

Daraufhin erzählte sie mir, sie sei Oberkellnerin in einer Filiale der Restaurantkette Chili's. »Keine große Sache, aber so kann ich wenigstens die Rechnungen bezahlen«, fügte sie offensichtlich verlegen hinzu, wobei ihr das Geständnis peinlich zu sein schien.

Ich überlegte gerade, ob ich eine abfällige Bemerkung machen sollte, als Julia sich einmischte.

»Der Job ist sicher sehr abwechslungsreich«, meinte sie zu Stacy. »Außerdem kann man bei dieser Wirtschaftslage froh sein, überhaupt Arbeit zu haben.«

»Ja«, erwiderte sie mit betrunken nachdenklicher Miene und schaute zwischen Julia und mir hin und her. »Tja, dann lasse ich euch mal weiterreden. Ich wollte nur kurz Hallo sagen.«

Nachdem Amy fort war, überschüttete ich Julia mit Vorwürfen. »Du hast mir gerade die Chance vermasselt, mich am Albtraum meiner Kindheit zu rächen!«

Erst dachte ich, Julia würde einen ihrer berühmten ausgeklügelten Streiche vorschlagen. Aber sie schüttelte nur den Kopf und blickte Stacy beinahe traurig nach. »Nein«, entgegnete sie. »Das hat die Ärmste nicht verdient. Es ist zwar noch recht früh im Spiel des Lebens, aber es steht jetzt schon fest, dass du gewonnen hast.«

Julia konnte übertrieben anhänglich und, ja sogar intrigant sein, doch sie verletzte Menschen nie absichtlich. Meistens gab sie sich, genau wie bei Stacy, wirklich Mühe, andere aufzumuntern; das war einer der Charakterzüge, die sie so anziehend machten.

Als mir jener Abend von vor so vielen Jahren wieder einfällt, kann ich mich der Frage nicht erwehren, ob von dieser Frau, die mir und ihrer restlichen Umgebung auf die Sprünge geholfen hat, noch etwas übrig ist und wenn ja, ob es sich irgendwann wieder zeigen wird.

21

Ich weiß, dass die Körpertemperatur so etwa zwischen zwei und drei Uhr nachmittags sinkt. Der Biorhythmus wird dann heruntergefahren, und die gefürchtete Mittagsmüdigkeit schlägt zu. Ich weiß auch, dass Schokolinsen und Kaffee nicht das beste Mittel gegen diese Schläfrigkeit sind, sondern eine kräftige Dosis Sonnenlicht und Bewegung, die man sich schon bei einem strammen Spaziergang verschafft. Diese Kenntnisse besitze ich deshalb, weil ich – in der einen oder anderen Form – in den letzten fünf Jahren mindestens ein halbes Dutzend Mal darüber geschrieben habe. Dennoch tue ich stets dasselbe, weil ich zu nichts anderem mehr fähig bin, wenn ich mich nach dem Mittagessen dabei ertappe, wie ich die Innenseiten meiner Lider anstarre, anstatt die Berge von Arbeit auf meinem Schreibtisch in Angriff zu nehmen:

Ich schleppe mich zu den Automaten in der Küche, um mich per Knopfdruck mit Koffein und Schokolade zu versorgen.

»Ich hätte nicht gedacht, dass Sie Süßigkeiten mögen«, sagt Ashley. Dicht gefolgt von Farrah, einer anderen Redaktionsassistentin, ist sie plötzlich hinter mir aufgetaucht. Sie öffnet den Kühlschrank, holt eine limettengrüne Tupperdose heraus und macht den Deckel auf. »Möchten Sie vielleicht eins?«, fragt sie.

Die akkurat zerteilten Apfelschnitze in der Dose sind mit einer hauchzarten Schicht Erdnussbutter bedeckt. Wie nicht anders zu erwarten nascht Miss Magerquark nur eine absolut ausgewogene Kombination aus Eiweiß, Kohlenhydraten und Fett.

»Nein, danke«, antworte ich und schiebe einen zerknitterten Dollarschein in den Automaten neben dem Kühlschrank. Dann tippe ich den aus Buchstaben und Zahlen bestehenden Code ein, und die Schokolinsen landen mit einem angenehmen dumpfen Geräusch auf dem Metallboden der Ausgabeschale. Ich reiße die Packung auf, stecke mir ein paar Linsen in den Mund und sehe Ashley an. »Nirwana«, seufze ich und halte ihr die Packung hin. »Möchten Sie eines?«

Sie streckt abwehrend die Handfläche aus. »Ich esse ausschließlich dunkle Schokolade.«

»Schade«, meine ich mit mitleidigem Unterton. Als ich in mein Büro zurückkehre, fühle ich mich um einiges gestärkt.

Lynne Pelham ist die Königin der Fünf-Uhr-Sitzungen, die trotz ihrer Häufigkeit nicht zu einem Gewöhnungseffekt führen. An diesem Januarabend hat sie das gesamte Redaktionsteam in den riesigen Konferenzraum gegenüber von ihrem Büro zitiert, um die Juniausgabe zu erörtern – für gewöhnlich unsere beste Geldquelle, da die Firmen um den Mai herum angesichts der bevorstehenden Bikinisaison in Panik geraten. Obwohl es noch recht früh ist, um es mit Sicherheit sagen zu können, teilt Lynne uns in ernstem Ton mit, das Heft werde diesmal wahrscheinlich um einiges abgespeckter ausfallen als sonst – bei einer Frau, wie sie anmerkt, durchaus ein positives Ergebnis, bei einer Zeitschrift dagegen nicht.

»Deswegen habe ich Sie alle heute Nachmittag hergebeten«, sagt sie und flicht die Hände mit den hervortretenden Adern ineinander.

Naomi mag zwar meine Vorgesetzte sein, kann aber nicht anders, als sich wie ein Schulmädchen zu benehmen, das eine stinklangweilige Unterrichtsstunde über sich ergehen lassen muss. »Lynne meint heute Nacht«, kritzelt sie auf ihren Notizblock, damit ich es lesen kann. Ich grinse. Die Fenster des Konferenzraums geben den Blick auf den Bryant Park frei, und ich stelle fest, dass die Straßenlaternen bereits eingeschaltet sind. *Bis um halb zwölf die Letterman-Show anfängt, müssten wir zu Hause sein*, schreibe ich zurück und wende mich ab, damit niemand merkt, dass wir Nachrichten austauschen.

»Wir müssen die Juniausgabe kräftig aufpeppen«, fährt Lynne fort. »Es stimmt zwar, dass Gesundheitszeitschriften weniger Einbußen hinnehmen mussten als die Blätter, die sich mit Mode und allgemeinen Themen befassen. Allerdings besteht kein Zweifel daran, dass die Anzeigenkunden, abgesehen von der Lebensmittelwerbung, die auch weiterhin der einzige Grund dafür ist, dass Sie alle noch hier sitzen, anstatt Arbeitslosengeld zu beziehen, zurückhaltender geworden sind. Und zwar beträchtlich. Es. Geht. Uns. Nicht. Gut.« Als sie ihr goldblondes Haar zurückwirft und den Rücken strafft, sieht sie aus wie eine europäische Prinzessin, die gerade eine Expedition durch die Serengeti heil überstanden hat.

»Lynne, könnten Sie uns bitte erklären, was Sie mit aufpeppen meinen?«, fragt Roxanne, unsere Geschäftsführerin. »Sollen wir die üblichen Themen anders verpacken? Oder sollen wir etwas ganz Neues versuchen, wie etwa die Einhundert-Wörter-Artikelserie, die wir im letzten Juli gebracht haben?«

»Beides«, antwortet Lynne ausweichend und wendet sich an Naomi. »Wir wollen die einzelnen Themen durchgehen. Bitte erzählen Sie mir kurz, welche Artikel Sie eingeplant haben. Dann überlegen wir gemeinsam, wie wir die Berichte für unsere Werbekunden attraktiver machen können.«

Ich schlucke und bin auf einmal nervös. Plötzlich erscheint mir meine Idee, über Hirnverletzungen zu schreiben, wie ein Himmelfahrtskommando, und ich verstehe nicht, warum ich je das Okay dazu bekommen habe. Niemals werde ich damit durchkommen.

»Wessen Idee war das?«, ruft Lynne, wie zu erwarten war, als Naomi den Artikel erwähnt.

»Meine«, stoße ich mühsam hervor.

Im nächsten Moment überrascht mich Lynne. »Gut gemacht, Marissa. Der Vorschlag gefällt mir. Er beinhaltet zwar nicht eines unserer Kernthemen, aber wir müssen Gas geben, wenn wir beim Kongress der Amerikanischen Gesellschaft der Zeitschriftenredakteure einen Elli gewinnen wollen. Schließlich wissen wir alle, dass diese Preise zusätzliche Werbeeinnahmen bedeuten, meine Damen. Nun möchte ich mehr Vorschläge wie den von Marissa hören. Wir wollen uns intelligent, modern und dienstleistungsorientiert präsentieren. Denken Sie an Blätter wie *Atlantic*, nur eben für Frauen, die nicht dick werden wollen.«

Naomi malt drei Ausrufezeichen auf ihren Notizblock. Ich kann ihr nicht ins Gesicht sehen, weil ich sonst laut loslachen müsste.

»*Atlantic* für Frauen, die nicht dick werden wollen!«, prustet sie eine Stunde später in meinem Büro.

»Ich weiß. Ich wäre beinahe erstickt«, antworte ich und wische mir die Lachtränen aus den Augenwinkeln. »Wenn ich mir vorstelle, dass mein Artikel die Messlatte für unser zukünftiges journalistisches Niveau sein soll.« Ich höre Schritte vor der Tür. »Pssst«, warne ich sie.

Es klopft, und Ashley tritt ein, bevor ich sie hereinbitten kann.

»Wir sind gerade beschäftigt«, teilt Naomi ihr in ihrem besten Trainerinnentonfall mit.

»Oh«, erwidert Ashley. »Verzeihung.« Die Herablassung, die sie mir gegenüber gerne mal an den Tag legt, ist mit einem Mal wie weggeblasen.

»Schon gut«, sage ich. »Es ist spät, und ich gehe gleich. Könnten Sie morgen bitte ganz früh zu mir kommen?«

»Aber natürlich«, erwidert Ashley, beinahe bescheiden. Nachdem sie die Tür hinter sich geschlossen hat, drehe ich mich zu Naomi um. »Warum benimmt sie sich in deiner Gegenwart wie ein Engel?«

Naomi grinst. »Hast du dir je *Der Hundeflüsterer* angeschaut? Dieselbe Technik funktioniert im Grunde genommen auch bei Menschen. Du musst ihr klarmachen, dass du der Boss bist. Ansonsten wird sie dich nie ernst nehmen. Eigentlich ist es ja nicht nett, so etwas zu sagen, doch es trifft auf alle Leute zu, gegenüber denen man weisungsbefugt ist. Sozusagen die Grundregel Nummer eins im Umgang mit Säugetieren.«

»Hältst du mich auch mit dieser Methode bei der Stange?«, ziehe ich sie auf.

»Nein, du bist zum Glück pflegeleicht«, entgegnet Naomi und wirft einen Stift nach mir. »Und jetzt bellen!«

Ich lache. »Ich wünschte, ich könnte dasselbe über Ashley sagen. Aber sie scheint völlig darauf versessen, meine Autorität bei jeder Gelegenheit zu untergraben«, antworte ich und schildere ihr dann die Szene von Daves Kanzleiparty.

»Ich finde, du interpretierst zu viel in die Sache hinein. Wahrscheinlich wollte sie nur ein bisschen vor ihrem Verlobten angeben und meint es gar nicht so.«

»Da wäre ich mir nicht so sicher.«

»Ich würde jede Wette eingehen, dass dies zumindest ein Teil ihrer Motivation ist«, beharrt Naomi. »Und für den Fall, dass sie tatsächlich versucht, *Alles über Eve* mit dir nachzuspielen, verrate ich dir den Lieblingsspruch meiner Mutter: *Denk daran, was du dir von einer Situation erwartest, und nicht daran, wie du sie empfindest.* Mit der Methode erzielst du deutlich bessere Ergebnisse.«

»Interessante Theorie.«

»Du willst doch, dass Blondie dir die Arbeit erleichtert, richtig?«

»Natürlich.«

»Dann grüble nicht länger darüber nach, wie toll sie sich vorkommt. Überprüfe einfach ihre Leistungen. Wenn sie tut, was du von ihr verlangst, prima. Wenn nicht, teile ihr deine Vorstellungen mit. Sollte das auch nicht klappen, zieh sie von dem Projekt ab.«

»Das ist leichter gesagt als getan. Schließlich ist es nicht so, dass wir ein Überangebot an Redaktionsassistentinnen hätten.«

»Stimmt. Aber dein Artikel wird interessant, weshalb du ihn unter keinen Umständen aufs Spiel setzen darfst. Vergiss das nicht, wenn die Dinge nicht zu deiner Zufriedenheit laufen.«

Doch am nächsten Morgen überrascht mich Ashley, als sie mit einem überquellenden Rechercheordner, einem detaillierten Exposé und – damit der Handel komplett ist – zwei Cappuccinos vor meiner Bürotür erscheint.

»Ich dachte, Sie möchten vielleicht einen Kaffee, während wir das Material durchgehen«, sagt sie und reicht mir die zweite Tasse, bevor sie sich neben meinen Schreibtisch setzt.

Eigentlich hatte ich heute Vormittag nicht geplant, mit ihr den ganzen Text durchzusprechen, denn ich muss in den nächsten beiden Tagen vier Artikel redigieren. Doch da mir das Koffein mehr als willkommen ist, erhebe ich keine Einwände.

»Okay, fangen wir damit an, dass wir unsere Rechercheergebnisse vergleichen«, meine ich und öffne die entsprechende Datei. In der nächsten Stunde brüten wir über Studien und Statistiken, und ich muss feststellen, dass Ashley ohne nennenswerte Anleitung meinerseits eine beeindruckende Leistung erbracht hat. Sie hat sich durch den medizinischen Fachjargon gewühlt und jene Informationen herausgefiltert, die ich für meinen Artikel brauche, was ich ihr auch mitteile.

»Wirklich?«, fragt sie mit einem breiten Lächeln.

»Ja«, erwidere ich. »Und ich weiß es sehr zu schätzen. Ich glaube, Sie sind jetzt so weit, den Begleitartikel schreiben zu können, über den wir neulich gesprochen haben.«

Sie stößt einen Jubelruf aus. »Spitze! Wovon soll er Ihrer Ansicht nach handeln? Ich habe da nämlich schon ein paar Ideen.«

»Hm, eine gute Frage«, antworte ich. »Vielleicht ein Interview mit einer Betroffenen?« Ich zupfe an einer widerspenstigen Locke herum und überlege eine Weile. »Eigentlich sollte der Text doch besser serviceorientiert sein. Etwas wie: ›Wann Sie nach einem Schlag auf den Kopf ins Krankenhaus müssen‹ oder: ›Was tun, wenn Sie glauben, eine Hirnverletzung zu haben?‹ Warum mailen Sie mir Ihre Vorschläge nicht? Ich suche dann einen aus.«

»Wird gemacht«, antwortet sie selbstbewusst. »Marissa, ich kann Ihnen gar nicht sagen, wie aufgeregt ich bin. Seit ich hier angefangen habe, habe ich noch an keinem Projekt gearbeitet, das so viel Spaß gemacht hat.«

»Ich auch nicht, Ashley«, entgegne ich.

22

Für Februar ist es erstaunlich warm. Allerdings ist das Wetter das einzig Ungewöhnliche, als ich in der Mittagspause das Büro verlasse. Der Aufzug, mit dem ich ins Erdgeschoss fahre, ist überfüllt wie immer. Dieselben Wachleute wie jeden Tag kontrollieren in der Vorhalle die Ausweise. Auf dem Weg in den Feinkostladen in der 43. Straße, wo ich normalerweise einen Salat esse, muss ich mich an den üblichen Touristenhorden vorbeidrängen. Dennoch werde ich vom ersten Moment an das beunruhigende Gefühl nicht los, dass mich jemand beobachtet.

Ich bin so angespannt, dass ich einen Satz mache, als mir jemand bei Friendly's Grocer auf die Schulter tippt, doch es ist nur ein anderer Kunde, der mich darauf hinweisen möchte, dass ich beim Bezahlen meine U-Bahn-Fahrkarte verloren habe. Obwohl ich weiß, dass ich mich damit nur noch auffälliger verhalte, bin ich machtlos dagegen, dass ich mich ständig umschaue, um mich zu vergewissern, ob ich verfolgt werde. Ich bin Grace Kelly in *Fenster zum Hof*, abzüglich der Eleganz, der flachsblonden Locken und der Krimihandlung.

Mit der Intuition ist es so eine Sache. Die meisten Menschen halten ihr »Bauchgefühl« einfach nur für Glück oder einen Fingerzeig Gottes. Allerdings beweisen Studien, dass das Gehirn Erfahrungen aus der Vergangenheit und Außenreize in blitzartiger Geschwindigkeit miteinander verknüpft. Ein spontaner Anfall logischen Denkens sozusagen. Die Intuition kann einen Menschen dazu bringen, die richtigen Aktien zu kaufen oder die Einladung eines Fremden anzunehmen, den er später heiratet. Doch biologisch betrachtet hat sie hauptsächlich den Zweck, uns vor Gefahr zu schützen.

Deshalb bin ich nicht unbedingt überrascht, Nathan zu sehen –

irgendetwas tief in mir drin wusste, dass ich ihm heute begegnen würde. Sein Anblick, wie er bei meiner Rückkehr aus der Mittagspause an der Granitfassade unseres Verlagsgebäudes lehnt, lässt bei mir sämtliche Alarmglocken schrillen.

Mein erster Impuls ist, mich zu ducken und die Beine in die Hand zu nehmen. Abgesehen davon, dass ich mir von einer Unterhaltung mit ihm nicht viel verspreche, ist mein Haar so struppig, als wolle ich mich für die Rolle von Frankensteins Braut bewerben. Außerdem hat meine Bluse einen Kaffeefleck, und ich bin todmüde. Aber es ist zu spät. Nathan hat mich bereits bemerkt.

Offenbar steht mir der Fluchtinstinkt ins Gesicht geschrieben, denn zur Begrüßung sagt er: »Warte! Lauf nicht weg, Marissa.« Er streckt mir die ausgebreiteten Hände entgegen, wie um sich zu ergeben. Bekleidet ist er mit Jeans, Stiefeln und einer abgetragenen Wildlederjacke. Als er ins Sonnenlicht blinzelt, erkenne ich winzige goldene Pünktchen in den dunklen Bartstoppeln auf seinen Wangen.

»Was machst du hier?«, frage ich, schärfer als beabsichtigt. »Ich habe nicht mit dir gerechnet«, füge ich ein wenig versöhnlicher hinzu.

Ich schaue mich hektisch um, um festzustellen, ob eine meiner Kolleginnen uns beobachtet. Auch wenn ich weiß, dass ich nichts Falsches tue, ist mir die Situation in etwa so peinlich, als würde ich mit dem Rocksaum in einer Oma-Unterhose auf der Straße herumlaufen.

Im nächsten Moment fällt es mir wie Schuppen von den Augen. Nathan mag gefährlich sein, aber das Ganze ist mir vor allem deshalb peinlich, weil ich mich insgeheim freue, ihn zu sehen – und zwar nicht nur, weil ich hoffe, vielleicht endlich etwas über seine Absichten in Sachen Julia zu erfahren.

»Dass du nicht mit mir gerechnet hast, ist mir klar«, meint

Nathan mit einem verlegenen Grinsen. Ich erinnere mich, dass er immer dann gelächelt hat, wenn er sich unwohl fühlte. Es erleichtert mich, dass er sich ebenso windet wie ich.

»Du bist den ganzen Weg nach New York geflogen, um mir vor meinem Büro aufzulauern?«, erkundige ich mich und hänge die Plastiktüte mit meinem Mittagessen an den anderen Arm.

»Nein«, erwidert er rasch. »Na ja, nicht ganz. Ich bin wegen eines Wein- und Spirituosenkongresses in der Stadt. Für das Restaurant.«

»Oh.«

»Aber ... ich wollte dich natürlich sehen. Sonst würde ich ja nicht hier herumstehen.« Als er mich mustert und wieder lächelt, fährt mir ein Stromstoß durch den ganzen Körper. »Vorsichtshalber habe ich dich gegoogelt, um herauszufinden, ob du noch bei der Zeitschrift arbeitest, und mir gedacht, dass es vermutlich besser ist, wenn ich hier aufkreuze und nicht bei dir zu Hause.«

»Vermutlich«, wiederhole ich, weil ich sonst keinen Ton herausbringe. Die Vorstellung, Nathan könnte irgendwann unangemeldet vor der Tür meiner Wohnung stehen – der Wohnung, die ich mit Dave teile –, genügt für eine kleinere Panikattacke.

»Warum hast du nicht vorher angerufen?«, frage ich ihn.

»Darf ich mich auf einen Anfall von Spontaneität herausreden?«, witzelt er. »Allerdings hatte ich in Wahrheit Angst, du könntest ablehnen, wenn ich mich im Voraus bei dir melde.«

»Das wäre vermutlich auch passiert«, räume ich ein.

Eine Weile stehen wir schweigend da und starren einander an wie die Mondkälber. Ich fasse es nicht, wie gut er aussieht – sogar noch besser als bei unserer letzten Begegnung. Kurz habe ich das Bild vor Augen, wie er zu Collegezeiten auf seinem Futon liegt. Ich erröte und wende mich ab, damit er es nicht bemerkt. Dann fällt mir wieder Dave ein, und mir steigt die Röte erst recht in die Wangen. *Was mache ich hier?* Und wenn Nathan Johnny Depp persönlich wäre, der mich auf seine Privatinsel in der Karibik entführen will – ich lebe in einer festen Beziehung. Ganz gleich, ob es als Untreue gilt, bin ich mir sicher, dass meine momentanen Gedanken nicht ganz koscher sind.

Trotzdem. Obwohl mich Nathans überraschendes Erscheinen ziemlich aus dem Konzept bringt, ist es genau eine von den verrückten Gesten, die ich mir manchmal von Dave wünsche. Dem zuverlässigen, berechenbaren Dave, den ich liebe und den ich ständig mit Nathan vergleichen muss. Nathan! Ein Mann, der mir inzwischen fremd geworden ist. Dennoch genügt mir der Kontakt, den wir in letzter Zeit hatten, um mir zu zeigen, dass er sich seit dem College kaum verändert hat. Im Gegensatz zu Dave ist er kein Mensch, der sich ein Leben lang an einen Schreibtisch ketten lässt, einen Ausschlag bekommt, wenn er einmal das Rasieren vergisst, und mit Sicherheit wirklich spontan nach Tahiti fliegen würde, so wie Dave und ich es uns immer vornehmen (und niemals tun werden). Welche Frau würde sich nicht von all diesen Dingen angezogen fühlen?

»Ich gehe jetzt besser«, teile ich ihm mit und schultere resolut meine Tasche.

»Das sagst du immer«, meint Nathan wehmütig. Er streckt die Hand aus und berührt mich am Arm. *Peng.*

»Bitte geh heute Abend mit mir essen«, fährt er fort und lacht auf. Es klingt dunkel und kehlig, und ich muss an Daves helles, leichtes Lachen denken. »Das mag sich vielleicht anhören wie eine plumpe Anmache«, fügt er hinzu. »Aber jetzt mal im Ernst. Ich würde gern mit dir reden und dir ein paar Dinge erklären. Bitte.«

Zum Beispiel, dass du dich diesmal in meine beste Freundin verliebt hast? Auf gar keinen Fall, sage ich mir.

Doch dann öffne ich den Mund und erwidere: »Wohin?«

Den restlichen Tag kann ich vergessen. Fast eine Stunde lang stochere ich in meinem Salat herum, bevor ich ihn schließlich in den Müll werfe. Danach unternehme ich vier Anläufe, ein Manuskript zu lesen, bis mir klar wird, dass ich kein einziges Wort verstanden habe. Ich bin so geistesabwesend, dass ich nicht einmal Scrabble am Computer spielen kann. Obwohl ich am liebsten Naomi die ganze Geschichte beichten würde, wage ich es nicht, weil ich genau weiß, was sie dazu sagen wird.

Zu meiner Erleichterung schickt Dave mir eine Mail, in der steht, dass er nach der Arbeit mit einigen Mandanten zum Essen geht, wodurch sich die Notwendigkeit erübrigt, ihm mitzuteilen, wie ich den Abend verbringen werde. Ich überlege, ob ich rasch nach Hause fahren und mich umziehen soll, komme jedoch zu dem Schluss, dass das so aussehen könnte, als würde mich meine Außenwirkung interessieren (was sie zwar tut, was ich jedoch auf keinen Fall herumposaunen will). Stattdessen laufe ich zu unserer Kosmetikredakteurin Pauline und flehe sie um Hilfe an.

»Ich bin heute mit einem alten Freund zum Abendessen verabredet und sehe zum Fürchten aus. Hast du vielleicht ein paar Zaubertricks auf Lager?«, frage ich sie.

Pauline schaut von dem Berg aus Lidschattendöschen auf, die sie gerade auf ihrem Schreibtisch sortiert. »Ich habe gehofft, dass du dich irgendwann in diesem Jahrhundert mal bei mir meldest. Komm rein.« Sie weist auf den hohen Hocker, der an der Wand steht, und holt verschiedene Kosmetikprodukte aus dem Schrank.

Eine üppige Portion Haarkur und reichlich Schminke später sehe ich schon viel besser aus. Genau genommen sogar sehr gut, wenn man sich meinen kläglichen Zustand von vor knapp einer Viertelstunde vor Augen führt.

»Kannst du mich bitte jeden Tag schminken?«, frage ich und betrachte mich noch einmal im Spiegel. »Ich weiß nicht, wie du das angestellt hast, aber ich brauche das« – ich beschreibe mit der Hand einen Kreis um mein Gesicht – »viel öfter.«

Grinsend drückt Pauline mir Lipgloss, einen Abdeckstift und Stylingcreme in die Hand. »Hier, ein paar Pröbchen. Nimm sie mit, und übe ein paarmal zu Hause, bevor du dich in die Öffentlichkeit wagst.«

»Ich bin dir etwas schuldig.«

»Nein, das bist du nicht«, widerspricht sie. »Es hat mir großen Spaß gemacht. Außerdem ist es nicht nur das Make-up. Dass du dein Gesicht nun nicht mehr hinter den Haaren versteckst, steht dir viel besser.«

Ich bin nicht sicher, ob das wirklich ein Kompliment ist, beschließe aber, es so zu deuten. »Danke, Pauline.«

Einen halben Häuserblock entfernt von dem Bistro, in dem ich mit Nathan verabredet bin, erleide ich eine mittelschwere Panikattacke. Worüber sollen wir reden? Werde ich wieder die Krise bekommen wie vor kurzem im Beber? Bin ich zu stark geschminkt? Was soll ich Dave sagen? Ich bin so von Angst erfüllt, dass ich bei meiner Ankunft im Restaurant praktisch keuche. Während ich die Oberkellnerin um einen Tisch bitte, spüre ich eine Hand auf meinem Rücken.

»Hallo«, meint Nathan, beugt sich vor und streift mich mit der Wange.

Es ist nicht wirklich ein Kuss und dennoch eine vertraute Geste. Er riecht leicht nach frisch geschlagenem Holz und hat feuchtes Haar, woraus ich schließe, dass er gerade erst geduscht hat. Bekleidet ist er mit einem sauberen blauen Hemd und denselben Jeans und Stiefeln wie am Mittag.

»Hallo«, erwidere ich und rücke ein wenig nach links und damit aus seiner Reichweite. Ich darf nicht noch einen Stromstoß riskieren.

»Hier entlang.« Die Oberkellnerin führt uns durch das Restaurant. Da es noch recht früh ist, sind an den Tischen einige Yuppie-Eltern damit beschäftigt, ihre Kleinkinder, die einer Benetton-Anzeige entstiegen zu sein scheinen, mit Steak und Pommes zu füttern. Im Lokal herrscht Dämmerlicht, und wir werden an einem Tisch in einer ganz besonders dunklen Ecke platziert, was bedauerlicherweise zur Folge hat, dass unser Treffen noch mehr wie ein Rendezvous wirkt.

Der Kellner erscheint, rattert die Spezialitäten des Tages herunter und fragt, ob wir Wein bestellen möchten.

»Flasche?«, meint Nathan zu mir.

»Nein, ein Glas genügt mir. Ich muss morgen früh raus«, entgegne ich gekünstelt fröhlich. Mein einziger Einwand gegen eine Flasche Wein lautet jedoch, dass ich ein Sinken meiner Hemmschwelle jetzt ganz und gar nicht gebrauchen kann.

Wir ordern die Getränke und plaudern über Belanglosigkeiten, bis der Kellner zurückkehrt, um die Bestellung aufzunehmen: Salat Niçoise für mich, Ente für Nathan.

»Das Restaurant ist très chic für jemanden aus Michigan«, witzele ich, in dem Versuch, die Stimmung aufzulockern.

»Ich bin ein- oder zweimal im Jahr in der Stadt und esse dann gern in einem französischen Lokal«, erwidert er, entfaltet seine Serviette und legt sie sich auf den Schoß. »Ich habe nun einmal eine Schwäche für das Ambiente.«

»Nun, seit dem World Cup hast du es weit gebracht.«

»Wahrscheinlich schon«, meint er zufrieden. »Und du offenbar auch. Du hast einen tollen Job bei einer Zeitschrift, du wohnst in New York.«

»Das Leben ist schön«, gebe ich zu. »Dafür führst du das beliebteste neue Restaurant in Ann Arbor«, spiele ich auf das Schild an, das ich im Fenster des Beber gesehen habe. »Du hast sicher alle Hände voll zu tun?«

»Das ist noch milde ausgedrückt«, seufzt er. »Kennst du das Gefühl, lange Zeit von etwas zu träumen, das sich dann als längst nicht so phantastisch entpuppt, wie du es dir ausgemalt hast?«

»Ja«, sage ich und denke an meinen Job.

»Genau so geht es mir mit dem Restaurant. Ich bin wirklich gern dort, doch manchmal kostet es mich den letzten Nerv, mich mit dem Personal und dem Papierkrieg herumzuärgern.«

»Bist du glücklich?«

»Bist *du* glücklich?«, entgegnet er, wobei er das Wort »glücklich« verführerisch in die Länge zieht.

»Ich habe zuerst gefragt«, meine ich und verschränke die Arme vor der Brust.

»Ach, die alte Marissa, die ich kenne und liebe«, gibt er zurück und schaut mir länger in die Augen, als mir recht ist.

Geliebt hast, denke ich. *Vergangenheitsform*. Aber ich schweige und fange an, mein Brot mit Butter zu bestreichen, als ob mein Leben davon abhinge.

»Ich finde die Situation wirklich seltsam«, sage ich schließlich. »Du nicht?«

»Eigentlich nicht. Ich wollte dich sehen, und jetzt bin ich hier. Ziemlich klare Sache.«

»Warum wolltest du mich sehen?«, platze ich heraus und starre auf meine Gabel. »Wenn du mich fragen willst, ob ich etwas dagegen habe, dass du mit Julia zusammen bist, so lautet die Antwort nein. Alles in Ordnung. Das heißt jetzt nicht, dass ich vor Freude Luftsprünge mache, und du solltest dir wirklich gut überlegen, worauf du dich angesichts ihrer Kopfverletzung einlässt.« Kurz höre ich auf zu reden wie ein Wasserfall, und hebe den Kopf.

Der Blick, den Nathan mir über den Tisch hinweg zuwirft, reicht aus, um mir zu sagen, dass meine Befürchtungen, was ihn und Julia betrifft, genauso unbegründet sind wie vor zehn Jahren. Dennoch sind da die E-Mails, die sie sich geschrieben haben, ebenso wie Julias ständige Anspielungen auf ihn und die Fotos, die sie mir geschickt hat. All das summiert sich zu etwas eindeutig Unangenehmem. Es mag nicht die große Liebe sein, doch Julia ist unstrittig eine Schönheit und trifft sich inzwischen regelmäßig mit Nathan. Wie hoch ist die Wahrscheinlichkeit, dass er der Versuchung widerstehen kann?

»Offenbar ändern sich manche Dinge nie«, seufzt er. »Zwischen Julia und mir läuft nichts, und es wird auch nie etwas laufen. Sie hat mir eine Mail geschickt, in der stand, dass sie zurück nach Ann Arbor zieht. Ich habe ihr geantwortet; es erschien mir richtig so. Von dem Unfall habe ich erst erfahren, als sie Anfang November ins Beber kam. Dass etwas mit ihr nicht stimmt, war ziemlich offensichtlich.«

»Findest du?«, erwidere ich, unfähig, meine Gereiztheit zu verbergen.

»Keine Ahnung, wie ich es besser ausdrücken soll«, fügt Nathan bedrückt hinzu. »Seit dem Unfall ist sie völlig fertig und hat einen Freund gebraucht.«

Ich erinnere mich an Julias Worte von vor einigen Wochen: *Marissa, ich bin einsam. Du bist nicht da.*

Nathan spricht weiter. »Hin und wieder koche ich etwas für sie oder mache sie mit Leuten bekannt, mit denen sie sich vielleicht treffen könnte. Es ist nicht so, dass wir uns dauernd sehen würden. Vertrau mir. Allerdings solltest du dir weniger um mich Sorgen machen. Du weißt, dass sie eine Affäre mit einem verheirateten Mann hat?«, meint er und schiebt seinen Teller weg, als habe der Gedanke ihm den Appetit verdorben.

»Ich glaube dir kein Wort«, entgegne ich. Doch seine gequälte Miene bestätigt mir, dass er die Wahrheit sagt.

»Du wusstest es nicht?«, wundert er sich. »Aber von dem Ladendiebstahl hast du gehört?«

»Die Sache mit der Sonnenbrille? Ja.«

Als der Kellner mit dem Essen erscheint, versichern wir ihm, dass alles sehr lecker aussieht.

Sobald er fort ist, wendet sich Nathan wieder an mich. »Es war nicht nur eine Sonnenbrille. Sie hatte den halben Laden in ihrer Handtasche.«

»Unmöglich!«

Julia hätte in diesem Laden alles kaufen können, was ihr gefiel. Welchen Grund hatte sie zu stehlen? Und was hat sie mir sonst noch verheimlicht?

»Sie haben Julia nur wegen ihrer Hirnverletzung laufen lassen. Wie sich herausstellte, hatte der für ihren Fall zuständige Polizist nicht zum ersten Mal mit diesem Phänomen zu tun und wusste deshalb, was mit ihr los ist.«

Was er mir erzählt, sollte mich beruhigen, wenn auch nur, was die Beziehung der beiden angeht. Und dennoch: Auch wenn Nathan kein Interesse an Julia hat, ist er bei ihr offenbar zur fixen Idee geworden. »Ich bin trotzdem ziemlich sicher, dass sie auf dich steht.«

»Julia will nichts von mir«, antwortet er knapp. »Ich glaube, dass sie sich gerne mit mir trifft, weil ich sie aus irgendwelchen Gründen an dich erinnere. Vor kurzem sagte sie zu mir, sie habe sich nur bei mir gemeldet, um sich zu entschuldigen. Irgendeine vage Andeutung, sie wolle wiedergutmachen, dass sie zu unserer Trennung beigetragen habe.«

»Sie hat nicht nur dazu beigetragen, sondern sie herbeigeführt«, stoße ich hervor, ehe ich mich bremsen kann. »Julia wollte damals, dass wir Schluss machen.« *Verbaler Durchfall, Marissa.*

»Also war dein Gerede, von wegen wir würden in verschiedenen Städten wohnen und hätten deshalb nicht dieselben Ziele, nichts als Unsinn?«

»Nicht ganz«, nuschele ich. »Es stimmte, aber in Wirklichkeit habe ich mich von dir getrennt, weil Julia es verlangt hat.«

»Das hat sie mir nicht erzählt«, erwidert er und beugt sich über den Tisch zu mir herüber.

»Aber das ist Schnee von gestern«, verkünde ich, auch um mich selbst zu überzeugen. »Es war am besten so. Ich bin zufrieden mit meinem Leben. Und ich bin glücklich in meiner Beziehung mit Dave«, füge ich hinzu. »Deshalb halte ich es für zwecklos, unsere Trennung noch einmal durchzukauen. Der Zug ist vor zehn Jahren abgefahren.«

»Wirklich?«, hakt er nach, und mit seinen grüngoldenen Augen mustert er forschend mein Gesicht. »Du hast nämlich gerade gesagt, dass es nicht deine freie Entscheidung war. Das heißt in meinen Augen, dass du nie aufgehört hast, etwas für mich zu empfinden. Bei mir war es jedenfalls so.«

Natürlich habe ich nie aufgehört. Sonst würde ich jetzt nicht hier sitzen. Doch sosehr mir auch der Kopf schwirrt, bin ich noch klar genug bei Verstand, um diesen Gedanken nicht laut auszusprechen. »Nathan, das ist jetzt über elf Jahre her«, entgegne ich ein wenig zu nachdrücklich, um zu überdecken, dass mir das Herz bis zum Halse klopft. »Eigentlich kennen wir einander gar nicht mehr richtig.«

»Ich weiß, dass zwischen uns etwas ganz Besonderes war. Etwas, das ich mit einer anderen Frau nie wieder so erlebt habe.«

Ich antworte nicht. Zwischen Nathan und mir war wirklich etwas ganz Besonderes. Er war meine erste große Liebe, der erste Mann, mit dem ich geschlafen habe, und es war so wundervoll, wie es vermutlich nie wieder sein wird. Allerdings ist meine Beziehung mit Dave aus anderen Gründen etwas Kostbares. Soll ich ihn aufgeben, ohne zu wissen, ob es mit Nathan und mir trotz der Zeit, die inzwischen vergangen ist, wieder so werden wird wie früher?

»Ich glaube, dass du unsere Beziehung verklärst«, teile ich ihm schließlich mit.

»Marissa, vertrau mir in diesem einen Punkt«, erwidert Nathan völlig unbeirrt. »Ich habe gerade eine unschöne Trennung hinter mir. Die vierte in fünf Jahren. Und weißt du, was mir endlich klar geworden ist? Ich war die ganze Zeit unzufrieden, weil ich jedes Mal das wollte, was wir beide hatten. Ich sehne mich nach jemandem, mit dem ich stundenlang reden kann, ohne mich zu langweilen. Der es nicht blöd findet, herumzualbern. Der mich so versteht, wie du mich verstanden hast.«

Ich starre ihn an und versuche, seine Worte zu verarbeiten. Es ist zwecklos. Ich bringe nur eine ausweichende Antwort heraus. »Aber, Nathan! Ich habe mich verändert, und du dich sicher auch. Es würde niemals klappen.«

»Marissa, ich sehe dich an und erkenne an deinem Gesichtsausdruck, dass das bloß eine faule Ausrede ist.«

Oh, mein Gott, denke ich.

Was, wenn er recht hat?

23

Als ich nach Hause komme, schaut Dave sich eine Sportsendung im Fernsehen an.

»Ist es in der Redaktion später geworden?«, erkundigt er sich und schaltet den Ton leiser. »Ich habe versucht, dich anzurufen.«

»Mein Telefon war nicht an«, antworte ich ausweichend und hänge umständlich Mantel und Handtasche auf, um ihn nicht ansehen zu müssen. »Und weil ich dachte, dass du mit deinen Mandanten unterwegs bist, habe ich die Mailbox nicht abgehört.«

»Sie hatten einen frühen Flug nach San Francisco gebucht, deshalb haben wir nur kurz etwas getrunken.« Er erhebt sich vom Sofa, geht zum Küchenblock, wo ich stehe, und legt mir die Arme um die Taille. »Du siehst heute Abend hinreißend aus«, flüstert er. »Überstunden bekommen dir offenbar.«

»Offenbar«, wiederhole ich und reibe mir die Stirn. »Schatz, es tut mir wirklich leid, aber ich habe schreckliche Kopfschmerzen«, sage ich, was stimmt, weil mir tatsächlich der Schädel pocht. »Stört es dich, wenn ich gleich dusche und mich hinlege?«

»Natürlich nicht«, erwidert er und küsst mich sanft. »Soll ich dir ein Glas Wasser und eine Tablette holen?«

»Nein, schon in Ordnung«, entgegne ich. Obwohl ich es eigentlich verdient hätte, geteert und gefedert zu werden, müssen die Kopfschmerzen im Moment als Strafe genügen.

Nach einer schnellen Dusche schlüpfe ich in den braunen Seidenpyjama mit den cremefarbenen Spitzensäumen, den Dave mir zu Weihnachten geschenkt hat. Trotz der schweren Glieder und der Erschöpfung finde ich keinen Schlaf. Als ich mich hin und her wälze, wickelt sich mir der weiche Stoff des Pyjamas um Arme und Beine.

Ich kann nicht aufhören, an Nathan zu denken. Offenbar hat er gespürt, wie verlegen mich unser Gespräch über die Vergangenheit gemacht hat, denn er wechselte sofort das Thema. Den Rest des Abends unterhielten wir uns über unverfängliche Dinge – meinen Artikel über Hirnverletzungen, seinen Gastronomiekongress, die jeweiligen Vorzüge von Michigan und New York. Nach dem Hauptgericht verzichtete ich auf den Nachtisch, und als wir uns voneinander verabschiedeten, betonte ich, dass Dave mich zu Hause erwartete.

»Verstehe.« Nathan nickte und steckte die Hände in die Taschen. »Jedenfalls fand ich es sehr schön, dass wir uns getroffen haben.« Diesmal versuchte er nicht, mich auf die Wange zu küssen oder mich auch nur zu umarmen, sondern sah mich einfach nur an. »Ich melde mich bald mal wieder bei dir«, sagte er und ging zur Straße, um ein Taxi anzuhalten.

Als ich die Augen zukneife, um mich so zum Einschlafen zu zwingen, habe ich ständig Nathans Gesicht vor mir, während wir vor dem Restaurant standen. Seine Miene war nicht die eines Mannes, der mit der Vergangenheit abgeschlossen hat. Er wirkte eher, als mache er sich Hoffnungen und rechne sich faire Chancen aus.

Mein zusammengekrampfter Magen ist ein eindeutiges Signal dafür, dass ich befürchte, ich könnte ihm diesen Eindruck vermittelt haben.

Während Nathan dasaß und über seinen Hund und einige alte gemeinsame Freunde plauderte, zu denen er noch Kontakt hält, spulte mein Verstand immer detailgetreuere Geschichten zu dem Thema ab, wie unser gemeinsames Leben wohl ausgesehen hätte. Wahrscheinlich wären wir verheiratet und wohnten in einem hübschen Haus am Stadtrand von Ann Arbor. Vielleicht würde ich in Teilzeit für verschiedene Zeitschriften schreiben und mich ansonsten um unsere Kinderschar kümmern, die mein Haar und die Grübchen ihres Vaters geerbt hätten. Die Sommer würden wir in unserem Ferienhäuschen im Norden verbringen, und bei Personalknappheit würde ich im Restaurant aushelfen und die Gäste mit meinen umwerfenden Martinis betören. Es mag sein, dass es nicht das Traumleben geworden wäre, das ich mir früher mit Julia zusammenphantasiert habe, aber ich komme zu dem Schluss, dass es mir durchaus gefallen hätte.

Obwohl ich weiß, wie absolut albern es ist, werde ich das Gefühl nicht los, dass Nathan die Tagträume, die mir durch den Kopf gingen, ganz genau mitbekommen hat.

Als Kind wünschte ich mir verzweifelt einen Hund. Allerdings konnte mein Flehen meine Mutter nicht davon überzeugen, dass Hunde keine unhygienischen Geschöpfe seien, die nur ihr Haus verwüsten würden. Meine Sehnsucht war jedoch so groß, dass ich mich, als die Beaglehündin meiner Freundin Karen Topler Junge bekam, sofort erbot, eines davon zu nehmen. Also erschien ich mit einem leeren Rucksack bei Karen, machte ihrer Mutter irgendwie weis, meine Mom habe ihren Segen gegeben, und schleppte das winzige, panische Tierchen, das kläffend am Stoff meines Rucksacks kratzte – ich hatte es Henry getauft – nach Hause.

Mein Schlachtplan (zugegebenermaßen selbst für eine Elfjährige nicht sonderlich schlau) sah vor, Henry in dem kleinen Schuppen neben unserer Garage großzuziehen, damit meine Mutter ihn nicht zu Gesicht bekam. Wenn sie ihn irgendwann trotzdem entdeckte – wovon ich ehrlich gesagt ausging –, würde er so niedlich und wohlerzogen sein, dass sie sich auf den ersten Blick in ihn verlieben und ihn in unserm Haus willkommen heißen würde.

Aber Henry, gerade einmal zehn Wochen alt, war nicht gerade begeistert davon, allein hinter der Garage zu bleiben, was er auch kundtat, indem er aus voller Kehle jaulte. Bald musste ich feststellen, dass ich ihn weder mit Futter noch mit Spielsachen beruhigen konnte, weshalb mir nichts anderes übrig blieb, als ihn mit nach oben in mein Zimmer zu nehmen, bevor meine Mutter von der Arbeit nach Hause kam. Ich fand, dass sich mein Wandschrank ausgezeichnet als geheimes Nachtlager für ihn eignete, und befreite den Boden von Schuhen und herumliegenden Kleidern. Dann breitete ich ein altes Handtuch aus, damit der Hund darauf schlafen konnte, und stellte ihm sogar eine Schale mit Wasser und einen Teller mit Mortadellastückchen hin. Ich erinnerte mich, dass Karen gesagt hatte, man brauche Zeitungspapier, um Welpen zur Stubenreinheit zu erziehen. Weil ich jedoch keines finden konnte, beschloss ich, dass ein paar Seiten aus einem alten Malbuch genügen mussten. Ich schwor Sarah, die das Zimmer mit mir teilte und sofort hörte, wie Henry an der Schranktür kratzte, auf Stillschweigen ein und drückte mir selbst die Daumen, dass es klappte.

Womit ich nicht gerechnet hatte, war meine eigene Reaktion. Mir war so übel, dass ich keinen einzigen Bissen von meiner Fertig-Lasagne herunterbrachte, die ich sonst immer vom Teller saugte. Doch trotz meiner auffälligen Appetitlosigkeit und der Tatsache, dass ich mich gleich nach dem Essen in mein Zimmer zurückzog, anstatt mich wie üblich vor dem Fernseher breitzumachen, schöpfte meine Mutter keinen Verdacht.

Da ich Henry in meinem Zimmer fest schlafend antraf, wollte ich seinem Beispiel folgen und legte mich ins Bett, obwohl es draußen noch hell war. Keine Ahnung, wie lange ich dort verharrte – es kam mir vor, als wären es Jahre –, aber es ging mir immer schlechter. Mein Zustand wechselte von ängstlich zu verschwitzt und fiebrig, und ich bekam einen solchen Brechreiz, dass ich schon befürchtete, ich würde mich gleich auf meine pfirsichfarben und grün gemusterte Bettdecke übergeben.

Schließlich hielt ich es nicht länger aus. Meine Mutter saß im Schlafzimmer in einem Lehnsessel und telefonierte mit einer ihrer Freundinnen. Bei meinem Anblick verzog sie ungehalten das Gesicht.

»Was ist denn, Marissa?«, fragte sie.

»Mir ist nicht gut«, antwortete ich und hielt mir den Bauch.

»Ach, herrje!«, meinte sie, allerdings ein wenig versöhnlicher. Sie beendete das Telefonat und fühlte mir die Stirn. »Du glühst ja«, stellte sie mit zunehmend besorgter Miene fest. »Am besten besorgen wir dir eine Tablette und einen feuchten Waschlappen.« Ihre unerwartete Güte trieb mir die Tränen in die Augen.

»Mein Gott, was hast du denn?«, meinte sie und musterte mich. »Ist alles in Ordnung? War Sarah gemein zu dir?«

»Nein«, stieß ich, von Schluchzern geschüttelt, hervor. »In meinem Zimmer ist ein We… We… Welpe.«

»Gütiger Himmel!«, rief meine Mutter entsetzt und sah mich an, als erwarte sie, dass ich jeden Moment »April, April!« rief. »Wirklich, Marissa? Wirklich? Wo um alles in der Welt hast du einen Welpen her? Und wie lange ist er schon im Haus?«

So beichtete ich ihr die ganze traurige Geschichte. Nachdem ich ihr alles gestanden hatte, war ich derart erleichtert, dass ich nicht widersprach, als sie mich anwies, Henry am nächsten Tag zurück zu den Toplers zu bringen.

Wie sich herausstellt, unterscheidet sich die Tatsache, dass ich Dave das Abendessen mit meinem Ex verschweige, kaum von dem vor meiner Mutter versteckten Welpen. Ich habe nämlich haargenau das gleiche Ich-bin-ein-schlechter-Mensch-der-sicher-in-der-Hölle-schmoren-wird-Gefühl wie vor zwanzig Jahren. Und so schiebe ich nach gefühlter stundenlanger Marter in einem kuscheligen Doppelbett die gestärkten weißen Laken beiseite und stehe auf.

Dave sitzt in der Küche und tippt etwas in seinen Computer. »Kannst du nicht schlafen?«

»Hab kein Auge zugetan«, gebe ich zu.

»Soll ich dir den Rücken massieren?«, fragt er, schiebt sich das gewellte braune Haar aus den Augen und schenkt mir einen Blick, der mich umso mehr daran erinnert, dass dieser wundervolle, hinreißende und einfühlsame Mann eine Gottheit ist, die ich, eine gewöhnliche Sterbliche, nicht im Entferntesten verdient habe.

»Am besten setzt du mich vor die Tür und rufst einen Schlosser«, erwidere ich bedrückt. »Ich bin nämlich die mieseste Freundin der Welt und finde, dass du mich dringend mit einem gezielten Tritt auf die Straße befördern solltest.«

»Wovon zum Teufel redest du?«, wundert er sich. Er geht zum Kühlschrank, holt zwei Flaschen Bier heraus und reicht mir eine. »Hier, das wird dich beruhigen.«

»Danke«, antworte ich und trinke einen Schluck, obwohl ich Bier nicht gerade gerne mag. Die kühle, schäumende Flüssigkeit gleitet mir die Kehle hinunter und beschwichtigt meinen rebellierenden Magen.

Allerdings ist die Erleichterung nicht von Dauer. »Ich muss dir etwas sagen«, meine ich zu Dave und fingere nervös am Flaschenetikett herum.

»Solange du mich nicht betrogen hast, werde ich es schon aushalten«, witzelt er.

Ich habe Mühe, nicht schuldbewusst zusammenzuzucken. Im Wohnzimmer setzen wir uns, einander gegenüber, aufs Sofa.

Ich hole tief Luft. »Erinnerst du dich noch an meinen Ex aus dem College?«

»Den Kiffer?«, fragt Dave, womit er Evan meint, einen tollen Typen, der, nachdem er sich an der Wasserpfeife gütlich getan hatte (mindestens dreimal täglich), nicht das geringste Interesse an Körperkontakt (außer an Kuscheln) zeigte.

»Nein, den anderen«, erwidere ich. »Nathan.«

»Der Typ aus dem Café … dunkel«, antwortet Dave.

»Ich war heute mit ihm beim Abendessen.« Ich flüstere buchstäblich.

»Äh, aha«, meint Dave offensichtlich verdattert. »Warum hast du mir das nicht vorher erzählt?«

»Ich weiß es nicht.« Das ist die Wahrheit.

»Das ist doch albern.« Als Dave mich mustert, merke ich ihm an, dass ihm ein Licht aufgeht. Offenbar habe ich gerade den ersten Preis in Verlogenheit gewonnen. »Moment mal – du stehst doch nicht etwa noch auf diesen Typen, oder?«

»Nein!«, antworte ich rasch.

»Warum hast du dann Heimlichkeiten vor mir? Das ist nicht unsere Art, Marissa«, sagt Dave.

Weil ich keine Ahnung habe, wo ich anfangen soll, dauert das

Schweigen die längste Minute der Menschheitsgeschichte an. »Na ja, er ist heute überraschend vor dem Verlagsgebäude aufgekreuzt. Er ist wegen irgendeines Kongresses in der Stadt und hat mich spontan zum Essen eingeladen.« Ich schaffe es nicht, Nathans Namen noch einmal auszusprechen, denn es fühlt sich jedes Mal an, als würde ich mein Zuhause mit Giftgas verseuchen.

»Das bestätigt mir nur, dass er etwas von dir will.« Dave stellt die Bierflasche weg. »Du hättest zumindest so gütig sein können, mir mitzuteilen, dass du ihn triffst. Ich bin zwar nicht eifersüchtig, aber ich kann Geheimniskrämerei nicht leiden.«

»Ja, Schatz, es tut mir leid«, antworte ich mit Tränen in den Augen.

Trotz seines Ärgers betrachtet Dave mich mit besorgter und, ja sogar liebevoller Miene. Plötzlich wird mir klar, wie viel ich riskiere, wenn ich diese albernen Gedankenspielchen weitertreibe.

»Ich habe ihn seit dem College nicht mehr gesprochen«, erkläre ich Dave. »Aber nach dem Unfall hat Julia angefangen, ihn zu erwähnen, und zwar sehr oft. Wie sich herausstellt, hat sie, seit sie nach Ann Arbor gezogen ist, wieder Kontakt zu ihm. Die Sache ist die, dass sie damals auf dem College von mir verlangt hat, mich von ihm zu trennen.«

»Sie hat es von dir verlangt?«, hakt Dave mit hochgezogenen Augenbrauen nach.

»Angeblich war sie auch in ihn verliebt und fand, dass es unserer Freundschaft schadet, wenn eine von uns ihn für sich behält.«

»Wie reizend«, höhnt er, und ich stelle ein wenig bedauernd fest, dass Dave mein Geständnis in die Liste von Julias Charakterfehlern aufnehmen wird, die er in Gedanken bereits angelegt hat. »Kein Wunder, dass du zusammengezuckt bist, als sie im Krankenhaus über ihn gesprochen hat.«

Also ist ihm das nicht entgangen.

»Ich dachte, ich wäre darüber hinweg, aber als ich ihn heute gesehen habe, wusste ich, dass ich zu dem Thema, was zwischen den beiden läuft, eine Menge Fragen hatte, auf die ich Antworten brauchte.«

»Marissa, ich bete dich an, doch warum fühlst du dich so zu sprunghaften Menschen hingezogen?«, fragt Dave. Dabei beschreibt er kleine Kreise um seinen Kopf, um anzudeuten, dass Nathan und Julia eine Schraube locker haben.

»Was soll das heißen?«

»Schauen wir mal. Du hast eine beste Freundin, die selbst vor ihrer Hirnverletzung erstaunlich geschickt darin war, dich nach ihrer Pfeife tanzen zu lassen.«

»Soll das heißen, dass ich deiner Meinung nach Julias Marionette bin?«, frage ich und fange bitterlich an zu weinen.

»Du weißt genau, was ich meine. Jetzt stellt sich auch noch heraus, dass dein Ex so etwas wie ein Stalker ist, der vor deinem Büro Posten bezieht, bis er dich ›zufällig‹ trifft. Irgendwie haben es diese beiden Menschen von der Vernichtungskraft eines Tornados geschafft, sich miteinander zu verbünden und noch mehr Verheerung in deinem Kopf anzurichten.«

Natürlich hat er recht. Zum ersten Mal erkenne ich, wie ähnlich sich Nathan und Julia sind: aufregend, unberechenbar und begabt darin, alles unnötig zu verkomplizieren.

»Vielleicht bin ich ja langweilig und vorhersehbar, aber verdammt noch mal, ich finde, ich sollte dir wichtiger sein als die beiden«, fährt Dave fort. »Ich kapiere es ehrlich gesagt nicht ganz. Führen wir denn kein schönes Leben, Marissa? Haben wir nicht genau die Beziehung, die du dir immer gewünscht hast?«

»Ja«, erwidere ich und wische mir mit einem Zipfel meines Ärmels über die Augen. »Das weißt du doch.«

»Wenn du also wirklich über diesen Nathan hinweg bist – und ich werde dich beim Wort nehmen, solange du mir keinen Grund gibst, an dir zu zweifeln –, dann hör auf, in den Problemen anderer Leute herumzuwühlen, und befasse dich zur Abwechslung einmal mit uns.«

Ich bitte Dave wortreich um Verzeihung und beteuere wieder und wieder, dass ich niemals unsere Beziehung aufs Spiel setzen würde. Man muss ihm zugutehalten, dass er meine Entschuldigung annimmt und mich tröstet, bis ich nicht mehr weine.

»Uns steht noch einiges bevor«, sagt er und küsst mich auf den Scheitel. »Aber wir bekommen das hin.«

Solange ich es mir verkneife, mein Leben in eine Achterbahnfahrt zu verwandeln, denke ich.

24

Wissenschaftler von der University of Arizona haben vor kurzem herausgefunden, dass die durchschnittliche amerikanische Toilettenschüssel sauberer ist als die Arbeitsfläche in einer Küche. Dieser Umstand weckt in mir zwar nicht den Wunsch, im Bad rote Paprikaschoten zu dünsten, motiviert mich aber, am Donnerstagabend jeden Quadratzentimeter der schwarzgrau gesprenkelten Granitplatte in unserer Küche mit Desinfektionsmittel zu bearbeiten. Ich sprühe und schrubbe, als ginge es um mein Leben (was durchaus der Fall sein könnte, da Salmonellen bekanntermaßen immer wieder kerngesunde Frauen dahinraffen). Allerdings ist meine Putzwut eigentlich nur ein Versuch, mich davon abzulenken, dass mir vor Julias Ankunft heute Abend graut.

Sie hat letzte Woche angerufen, um mir ihren Besuch anzukündigen. Die Ärzte hätten ihr die Reise nach New York erlaubt, vorausgesetzt, sie könne bei Freunden oder Verwandten übernachten.

»Ich habe für das nächste Wochenende einen Flug gebucht!«, jubelte sie. »Endlich kann ich dich wiedersehen!«

Dass sie mir erst so kurzfristig Bescheid gegeben hat, war zwar nicht optimal, aber da sie sich seit der Sache mit dem Ladendiebstahl mir gegenüber recht kühl verhält, empfand ich diesen Überfall als positiven Schritt. Weil ich nun weiß, dass zwischen Nathan und ihr doch nichts läuft, habe ich außerdem ein schlechtes Gewissen wegen meines Misstrauens und frage mich, ob ich ihren Aufenthalt nicht dazu nutzen kann, das Problem zu lösen.

Gleichzeitig mache ich mir Sorgen, denn selbst in drei kurzen Tagen kann einiges schiefgehen. Was, wenn Julia wieder einen Auftritt à la Dr. Jekyll und Mr. Hyde hinlegt? Oder, noch schlimmer, wenn sie irgendwelche Tricks zum Thema Nathan aus dem Ärmel zaubert?

Eine halbe Stunde, bevor ich mit ihrem Eintreffen rechne, schickt sie mir eine SMS: »Maschine zu früh! Bin fast da.«

Ich schaue aus dem Fenster und beobachte, wie Julia vor unserem Haus aus einer schwarzen Limousine steigt. Rasch wasche ich mir die von Bakterien übersäten Hände und reiße die Tür auf. Sie steht mit einem breiten Grinsen und ausgestreckten Armen vor mir, den gewaltigen Koffer neben sich auf der Betonstufe.

»*Yeah!*«, ruft sie anstelle einer Begrüßung. »Die besten Freundinnen, wieder vereint. Es wird genauso sein wie in alten Zeiten.« Ohne sich um ihr Gepäck zu kümmern, marschiert sie in die Wohnung.

Ich schleppe den fünfundzwanzig Kilo schweren Koffer hinterher. »Wie in alten Zeiten.«

In der Wohnung lässt Julia sich aufs Sofa fallen, sodass sich ihr weiches schokoladenbraunes Haar um ihren Kopf verteilt wie eine Mähne. »Ist es zu früh, um einen draufzumachen?«, fragt sie kichernd. »Komm, lass uns was trinken.«

Als ich sie betrachte, fühle ich mich in unser erstes Jahr in New York zurückversetzt, gleich nach dem College. Alle warnten uns davor zusammenzuziehen, da dies dem Ende unserer Freundschaft gleichkäme. Doch wir schlugen alle Unkenrufe kühn in den Wind und unterschrieben den Mietvertrag für eine winzige Dreizimmerwohnung in einem heruntergekommenen Teil von Alphabet City an der Südspitze von Manhattan. Die Wohnung war dunkel und schäbig, aber Julia gelang es, sie hübsch herzurichten, indem sie jeden Quadratzentimeter von den Schränken bis zum Stuck lackierte oder strich, an strategischen Stellen Spiegel aufhängte, damit es heller wurde, und natürlich in allen Zimmern Vasen mit frischen Blumen aufstellte.

Wie wir herausfanden, hatten wir nur wenig Gelegenheit, einander auf die Nerven zu fallen. Unsere ersten Jobs hielten uns so sehr auf Trab, wie wir es uns nie hätten träumen lassen, außerdem widmete Julia ihre wenige Freizeit fast komplett dem Ballett. Dennoch schafften wir es, uns jeden Abend vor dem Schlafengehen ein bisschen Zeit für ein Gespräch zu nehmen. Julia servierte uns einen Schlummertrunk – um »die Tradition zu wahren«, goss sie selbst das billigste Bier in Kristallkelche. Dann machten wir es uns auf einem alten Sofa der Ferrars gemütlich.

»Auf unseren gelebten Traum«, sagte sie und stieß mit mir an.

»Auf unseren gelebten Traum«, wiederholte ich.

Meistens saßen wir eine Stunde oder länger zusammen und schilderten einander die Ereignisse des Tages. Wenn mir mein grässlicher Chef bei der alternativen Wochenzeitung, bei der ich beschäftigt war, mal wieder die Hölle heißmachte, lieferte Julia mir genau die richtige schlagfertige Antwort. Hatte sie dagegen beim Ballett Schwierigkeiten mit einer Schrittfolge, half ich ihr, sie sich vorzustellen, damit sie sie am nächsten Tag hinbekam. Es war wie *Wir gegen den Rest der Welt*, und wir waren wahrhaftig (und vielleicht naiverweise) überzeugt davon, dass wir gemeinsam sämtliche Hürden überwinden konnten. Zwei Jahre später, als Julia in die Wohnung zog, die ihre Eltern für sie gekauft hatten, und ich mich in meinem neuen Einzimmerappartement in

Park Slope einrichtete, fühlte ich mich so entwurzelt, dass ich wochenlang bei laufendem Fernseher schlief.

Heute Abend wird dagegen ganz sicher keine Plauderorgie vor dem Schlafengehen stattfinden: Das Glas Whiskey, um das Julia mich gebeten hat, löst sofort eine Migräne aus. Sie legt sich im Gästezimmer hin, schläft bis zum nächsten Morgen und macht damit alle meine Illusionen zunichte, die Vergangenheit noch einmal durchleben zu können.

Trotz meiner Beteuerungen Grace gegenüber, ich würde während Julias Besuch ein Auge auf sie haben, bleibt mir am nächsten Morgen nichts anderes übrig, als sie in der Wohnung allein zu lassen, weil ich zur Arbeit muss.

»Einfach nur lecker«, verkündet Julia. Sie sitzt in der Küche auf der Arbeitsfläche und schaufelt Lucky Charms aus unserer riesigen Salatschüssel in sich hinein. Soweit ich mich erinnere, habe ich sie noch nie bei einer einzigen Mahlzeit so viele Kohlenhydrate zu sich nehmen sehen, was mich aus unerklärlichen Gründen freut. »Seit Nathan für mich kocht, habe ich einen Riesenappetit entwickelt. Du musst dich wirklich mal von ihm bekochen lassen, Mar.«

»Jules, das halte ich nicht unbedingt für eine gute Idee«, erwidere ich langsam, während ich nach den richtigen Worten suche. »Ich habe ihn vor ein paar Wochen gesehen.«

»Ich weiß«, sagt sie mit vollem Mund. »Schließlich habe ich ihm vorgeschlagen, sich mit dir zum Essen zu verabreden, wenn er in der Stadt ist.«

»Was hast du getan?«, hake ich ungläubig nach.

»Marissa, wenn ich eines in den letzten Monaten gelernt habe, dann, dass man das Leben bei den Hörnern packen und alles mitnehmen muss.«

»Aha«, meine ich, komme allerdings nicht ganz mit.

»Du und Nathan, ihr seid füreinander bestimmt«, entgegnet sie und schwenkt ihren Löffel, um ihre Worte zu untermauern.

Deshalb also hast du mir das Foto geschickt und erwähnst ihn bei jeder Gelegenheit. Tja, liebe Freundin, da bist du etwa zehn Jahre zu spät dran.

»Das glaube ich eher nicht«, antworte ich und erinnere mich an das Gespräch mit Dave nach meinem Treffen mit Nathan. Seit jenem Abend läuft es zwischen mir und Dave phantastisch – eigentlich sogar besser denn je, obwohl ich das aus Angst, dass es Unglück bringen könnte, nicht laut ausspreche.

Ich sehe Julia direkt in die Augen. »Du weißt, dass ich eine Beziehung mit Dave habe. Ich liebe ihn.«

»Mir ist klar, dass du Dave liebst«, gibt sie zurück. »Aber das heißt noch lange nicht, dass er der Richtige für dich ist.«

»Das ist er«, rechtfertige ich mich. Beste Freundin hin oder her, sie hat sich schon einmal in eine meiner Beziehungen eingemischt, und diese hier wird sie nicht ebenfalls kaputtmachen. Nur über meine Leiche.

»Wie du meinst, Marissa«, sagt sie, doch sie lächelt dabei wie eine Katze, die gerade einen ganzen Schwarm Kanarienvögel verschluckt hat.

Ich schaue auf die Uhr. *Mist!* Ich komme zu spät. »Jules, ich breche dieses Gespräch nur ungern ab, aber ich muss zur Arbeit.«

»Kannst du dich nicht krankmelden?«, fragt sie mit einem leichten Quengeln in der Stimme.

»Ich wünschte, das ginge, doch ich habe heute zu viel zu erledigen, um blauzumachen. Dafür verdrücke ich mich ein bisschen früher, okay?«, füge ich hinzu, weil ich nicht wie eine gestrenge Mutter klingen will, die ihrem halbwüchsigen Kind eine Gardinenpredigt hält.

Eigentlich rechne ich mit Julias Widerstand, aber sie zuckt nur die Achseln. »Schon gut.« Dann greift sie nach der Schachtel mit den Frühstücksflocken, die neben ihr steht. Anstatt die leere Schüssel nachzufüllen, steckt sie einfach die Hand hinein, um die daruntergemischten Marshmallows herauszufischen. »Ich schaue mir ein paar Talkshows an und unternehme anschließend vielleicht einen Spaziergang. Ich muss mir zwischendurch mal die Beine vertreten.«

»Klingt gut«, antworte ich, obwohl mir die Vorstellung, dass sie hier im Viertel herumläuft, wo sie sich nicht auskennt, ganz und gar nicht behagt. »Ich bin voraussichtlich gegen halb fünf zu Hause. Ruf mich an, wenn du etwas brauchst.«

Kurz nach zwei gehe ich mir einen Kaffee holen, um mich für den Rest des Tags zu stärken. Als ich in die Vorhalle zurückkehre, steht Ashley neben dem Schreibtisch von Gladys.

Ihr gegenüber räkelt sich Julia, mehrere mit Seidenpapier ausgeschlagene Einkaufstüten an beiden Armen, in einem Ledersessel.

»Die junge Dame hier hat nach Ihnen gefragt«, erklärt Gladys, die meine Verwirrung spürt. »Da ich wusste, dass Sie kurz raus sind, habe ich Ashley angerufen und sie gebeten, sie abzuholen.«

Julia springt auf, um mich zu begrüßen. »Marissa! Mir war so langweilig, und da bin ich einkaufen gegangen. Und als mir das auch zu öde wurde, habe ich beschlossen, dich im Büro zu besuchen.«

»Du hast dich an die Adresse erinnert?«, frage ich. In den fünf Jahren, die ich inzwischen hier arbeite, hat sie noch nie einen Fuß in das Gebäude gesetzt, das die Redaktion von *Schlanke Linie* beherbergt, weshalb ich keine Ahnung habe, wie sie heute hergefunden hat.

»Klar«, meint sie. »Warum nicht?« *Weil du dir nicht mal das Wort »Markierstift« merken kannst und auch nicht mehr weißt, was eine Festplatte ist*, denke ich, bin aber dennoch beeindruckt.

»Hören Sie, ich gehe jetzt besser«, lässt sich Ashley vernehmen. »Viel zu tun.«

»Oh! Das ist aber schade. Es war so nett, Sie endlich persönlich kennenzulernen«, sagt Julia und umarmt Ashley fest, als wären sie alte Freundinnen.

Ich sehe Julia fragend an, denn ich kann mich nicht erinnern, Ashley ihr gegenüber jemals erwähnt zu haben.

»Danke, ebenfalls«, entgegnet Ashley rasch. »Marissa hat mir ebenfalls schon viel Gutes über Sie erzählt.«

Das ist zwar höflich von ihr, aber dennoch eine unverfrorene Lüge. Ich bin mir ganz sicher, dass ich mit Ashley absichtlich so wenig wie möglich über Julia gesprochen habe, nicht einmal im Zusammenhang mit dem Artikel über Hirnverletzungen. Ich habe nämlich nicht die geringste Lust, ihr Einzelheiten aus meinem Privatleben zu verraten, die sie später gegen mich verwenden kann.

»Sie wissen ja, wo Sie mich erreichen können, wenn Sie mich brauchen«, meint Julia und winkt Ashley zu.

Während ich meiner Assistentin nachblicke, die den Flur hinunter in ihr Büro flüchtet, habe ich das merkwürdige Gefühl, dass da etwas nicht ganz in Ordnung ist.

25

Als es Samstag wird, stehe ich noch immer unter Anspannung. Im Großen und Ganzen verläuft der Tag ohne größere Vorkommnisse. Julia und ich essen beim Thailänder um die Ecke zu Mittag. Danach verbringen wir den milden und strahlend sonnigen Nachmittag damit, durch Brooklyn zu schlendern. Abends schauen wir uns auf Oxygen eine Filmreihe mit Meg Ryan an, also genau das, womit wir uns auch schon vor Julias Unfall die Zeit vertrieben haben. Nur, dass ich dabei fast eine ganze Flasche Wein leere, um den Klang von Julias Stimme zu dämpfen, die mich an kratzende Fingernägel auf einer Schultafel erinnert.

Am Sonntagmorgen sitzen Dave, Julia und ich am Küchentisch und verspeisen das leicht angebrannte, aber ansonsten leckere Omelette, das Julia unbedingt zubereiten wollte. (»Das Rezept ist von einem Freund«, teilte sie mir mit einem Zwinkern mit, worauf ich rasch das Thema wechselte, wohl wissend, dass es sich bei besagtem Freund um Nathan handelte.)

»Glaubst du, dass Sophie abgenommen hat?«, fragt Julia mich neugierig, während sie das letzte Tomatenstück auf ihrem Teller hin und her schiebt. »Ich fand sie am Freitagabend ziemlich dünn. Richtiggehend abgemagert.«

»Keine Ahnung, Jules. Sie war immer schon recht zierlich.«

»Hm. Hoffentlich hat sie nicht wieder eine Essstörung«, entgegnet Julia. Sie spießt das Tomatenstück mit der Gabel auf und steckt es mit Nachdruck in den Mund.

»Was für eine Essstörung?«, erkundige ich mich zweifelnd. Angesichts von Julias neu entdecktem Hang zur Dramatik und der Tatsache, dass Sophie – eine Vegetarierin und wettkampferfahrene Kletterin – schon immer schlank war, neige ich dazu, die Vermutung als Produkt von Julias Phantasie und ihrer eigenen, von Dauerdiäten geprägten Vergangenheit einzustufen. »Wenn ich ehrlich bin, will ich es lieber gar nicht wissen«, füge ich daher schnell hinzu.

»Jetzt mal im Ernst«, wendet Dave ein, den Mund halb voll mit Ei. »Wir wollen die arme Sophie nicht als Kranke hinstellen, solange sie nicht hier ist, um sich zu verteidigen. Könnten wir bitte über etwas anderes reden?«

Ich bin überrascht. Julia hat es zwar, anders als bei den meisten Männern, nie geschafft, ihn um den Finger zu wickeln, doch er hat sie stets behandelt wie eine freche kleine Schwester. Allerdings wirkt er verändert. Seit Julias Ankunft verhält er sich ihr gegenüber ausgesprochen kühl.

»Tut mir leid«, sagt sie und sieht Dave, der nicht weiter auf sie achtet, mit gespielt trauriger Miene an. »Es ist nur, dass ich so viel glücklicher bin, seit ich mehr esse. Offen gestanden war es Nathan, der mir beigebracht hat, dass eine leckere Mahlzeit die Botenstoffe im Gehirn tatsächlich auf Touren bringt«, verkündet sie mit leuchtenden Augen. »Ich stelle mir nur gerade vor, wie Sophie davon profitieren könnte.«

Natürlich musste sie ihn erwähnen. »Hmmm«, brummele ich ausweichend, ohne Dave oder Julia anzusehen.

»Wirklich?«, meint Dave, offensichtlich nicht sehr erfreut, Nathans Namen zu hören.

»Ja!«, begeistert sich Julia.

»Bist du sauer?«, flüstere ich Dave zu, als sie später auf dem Klo ist. »Das von gerade eben tut mir leid. Nervt sie dich sehr?«

»Nein«, flüstert er zurück. »Es ist bloß … Ach, ich weiß nicht. Ich habe den Eindruck, dass es nicht gut für sie ist, wenn man sie nicht auf ihr albernes Gerede hinweist. Wie soll sie denn je gesund werden, solange alle so tun, als ob es ganz normal wäre, wenn sie dummes Zeug erzählt, indem sie zum Beispiel einfach Essstörungen erfindet und dauernd deinen Ex zitiert, nur um zu schauen, ob sie mich damit auf die Palme bringt?«

»Ich weiß, Schatz, du hast völlig recht. Lass uns einfach nur dieses Wochenende überstehen, okay?«, erwidere ich.

»Okay«, stimmt er zu.

»Ich wollte dir schon länger sagen, dass du eine tolle Wohnung hast«, meint Julia später am Nachmittag zu mir. Als sie auf dem Parkett eine kleine Pirouette dreht, verziehe ich beim Gedanken an die vielen scharfen Kanten, an denen sie sich womöglich beim

Ausrutschen stoßen könnte, das Gesicht. Laut Aussage ihres Neurologen wäre ein erneuter Schlag auf den Kopf fatal. »Du und Don habt es wirklich weit gebracht«, fährt sie fort.

»Dave«, verbessere ich meine Freundin. Sie hat sich seinen Namen schon einmal besser merken können, und ich frage mich, ob es sich bei dem Versprecher um eine unbewusste Reaktion auf Daves Bemerkung über Sophie handelt.

»Mist, du hast recht«, erwidert sie und schneidet eine genervte Grimasse. »Ich weiß nicht, warum das immer wieder vorkommt. Es ist so frustrierend.«

»Entschuldige, Jules. Es muss schrecklich sein«, antworte ich. »Was sagt denn dein Arzt dazu?«

»Welcher?«, gibt sie händeringend zurück. »Ich gehe immer noch zu Zigtausenden von Ärzten, und jeder erzählt mir etwas anderes. Der Neurologe findet, dass ich mich wacker schlage. Der Neuropsychologe behauptet, er könne momentan nicht feststellen, ob ich Fortschritte mache. Der Beschäftigungstherapeut denkt, dass ich mich nicht genügend anstrenge. Manchmal möchte ich mir am liebsten das Hirn wegpusten.«

»Bitte sag jetzt nicht, dass du dich umbringen willst. Ich glaube, das wäre im Augenblick zu viel für mich.«

Julia umarmt mich fest. »Natürlich nicht. Schließlich weiß ich, wie viel Glück ich gehabt habe.« Sie beißt sich auf die Lippen und hält inne. »Kannst du dir vorstellen, wie viele Leute mir von der Babysitterin der Cousine ihres Bruders, ihrer Tante oder Betreuerin ihres Hundes berichtet haben, die an einer Hirnverletzung wie meiner gestorben ist oder seither im Wachkoma im Krankenhaus liegt? Also wirklich! Muss ich mir so etwas anhören?«, empört sie sich. »Mir ist klar, dass ich bei dem Unfall hätte sterben können. Mag sein, dass ich seither ein bisschen schräg drauf bin, aber ich mache mir wenigstens Gedanken darüber.«

Ich beschließe, Julias Gesprächigkeit auszunützen. »Also, triffst du dich mit jemandem?«, frage ich möglichst beiläufig. Dabei erwähne ich nicht, dass ich von einem gut aussehenden Gerüchteverbreiter aus Michigan gehört habe, sie habe etwas mit einem verheirateten Mann.

»Oh, ja«, meint sie und pustet sich die Ponyfransen aus der Stirn. »Er heißt Rich. Ich mag ihn wirklich sehr.«

Das erstaunt mich. Den Großteil ihres Lebens hat sie die Männer abgelegt wie schmutzige Kleidungsstücke und mir anschließend das Saubermachen überlassen. »Es liegt nicht an dir, sondern an ihr«, pflegte ich zu Highschool-Zeiten dem im vergangenen Monat gerade noch Angesagten zu versichern, wobei ich die abgedroschene Phrase wiederkäute, die Julia mich zu benutzen angefleht hatte. »Sie ist einfach noch nicht bereit, sich fest zu binden«, fügte ich stets hinzu, was den Betreffenden zwar verwirrte, aber zumindest die Wahrscheinlichkeit verringerte, dass er ihr allzu lange nachtrauerte.

Als sie mir damals verkündete, sie habe ein Auge auf Nathan geworfen, befürchtete ich, er könnte sich bis über beide Ohren in sie verlieben – und wusste doch in meinem Innersten, dass er sich in diesem Fall höchstens drei Monate gehalten hätte, bis Julia ihn wie alle anderen abserviert hätte. Und ich hätte mich dann nach dem verzehrt, was sie für mich übrig gelassen hätte.

Nachdem wir beide nach dem Studium in New York gelandet waren, gab es für sie nur noch ihren Beruf und das Ballett. Daher blieb sie einige Jahre lang mehr oder weniger solo, bis sie eine Beziehung mit Craig anfing, einem Choreographen, dem sie beim Tanzen begegnet war. Craig war für meinen Geschmack ein bisschen zu großspurig. Ständig warf er mit den Namen von Promis um sich und schien jeden zweiten Satz mit französischen Ausdrücken zu spicken. Dennoch liebte er Julia offenbar und konnte sogar damit umgehen, wenn sie mal wieder zu sehr klammerte, was mehr war, als man von ihren bisherigen Freunden behaupten konnte.

Nicht minder wichtig war, dass Craigs und Julias Beziehung meine mit Dave erst möglich machte. Für gewöhnlich geriet Julia außer sich, wenn ich mich mit einem Mann traf. »Ich bedeute dir wohl gar nichts mehr, Marissa«, beklagte sie sich dann und verbrachte einen ausgedehnten Brunch damit, mir vorzuwerfen, ich hätte keine Zeit mehr für sie, ohne die Widersprüchlichkeit der Situation zu erkennen. Allerdings ging sie schon seit einigen Monaten mit Craig, als Dave und ich uns auf Ninas Party kennenlernten, und ihr Tunnelblick für ihn war derart ausgeprägt, dass sie ausnahmsweise mal nicht an meiner Beziehung herumnörgelte. Erst als Julia und Craig Schluss machten, erfuhr ich, dass es mit ihm auch nichts Ernstes gewesen war. »Ach, er war nie der Richtige«, meinte sie bei einer von vielen Margaritas am Trennungsabend. »Ich fand es bloß besser, nicht allein zu sein, als ich merkte, dass du und Dave dabei seid, euch ineinander zu verlieben.«

Ihre Großzügigkeit ließ mich fast – aber nur fast – vergessen, was sie mir auf dem College angetan hatte, und ich konnte mich des Verdachts nicht erwehren, dass zumindest zum Teil ein schlechtes Gewissen dahintersteckte.

»Was hat Rich für einen Haken?«, fahre ich fort, um auf unauffällige Weise möglichst viel in Erfahrung zu bringen. »Durchgeknallte Ex? Kinder? Schlecht im Bett?«

Sie schluckt den Köder. »Durchgeknallte Noch-Nicht-Ganz-Ex.«

»Jetzt mach mal 'nen Punkt, Jules. Ich fasse es nicht, dass du so etwas tust.«

»Nicht so schnell«, quietscht sie. »Rich und seine Ex sind offiziell getrennt. Ich habe die Papiere selbst gesehen. Außerdem hat er eine eigene Wohnung im Zentrum von Plymouth. Also ist nichts faul an der Sache. Die Scheidung müsste im Juni durch sein. Kinder haben sie keine, und seine Frau hat mehr verdient als er. Deshalb wird es auch nicht zu einem Rosenkrieg kommen.«

»Da bin ich aber erleichtert«, antworte ich. »Warum hast du mir nie von Rich erzählt?«

»Du hast nie gefragt«, entgegnet sie, als wäre es das Selbstverständlichste von der Welt. Was es auch irgendwie ist. »Außerdem glaube ich, dass die Beziehung zu ihm von Dauer ist. Du wirst ihn also früher oder später sowieso kennenlernen.«

»Das wäre nett. Vielleicht, wenn ich das nächste Mal in der Stadt bin.«

Julia klatscht in die Hände. »Ich habe eine Idee! Du, ich, Rich und Nathan können zusammen essen gehen.«

»Du meinst Dave?«

»Nein, Nathan«, beharrt sie und betrachtet mich, als wäre ich diejenige mit der Kopfverletzung.

»Jules, ich habe nicht die Absicht, Nathan in diesem Jahrhundert noch mal wiederzusehen. Nicht einmal, wenn ich dadurch in den Genuss eines Abendessens mit dir und deinem neuen Spielzeug komme.«

»Mar, warum kannst du mir in dieser Sache nicht vertrauen?«

»Julia«, entgegne ich so nachdrücklich, wie es mir möglich ist, ohne sie anzuschreien. »Ich bin keine Marionette, bei der man nur an den Fäden zu ziehen braucht, damit sie spurt.« Ja, diesen Satz habe ich bei Dave geklaut, doch er erscheint mir angesichts der Umstände passend. »Das hier ist mein Leben und kein Spiel. Ich werde nicht holterdiepolter meinen Freund verlassen, bloß weil du findest, dass das eine gute Idee ist.«

»Wie du meinst, Marissa«, antwortet Julia. Sie klingt erschöpft, und zum ersten Mal an diesem Wochenende fällt mir auf, wie angeschlagen sie aussieht und dass die dunklen Ringe unter ihren Augen nicht die Schatten ihrer langen Wimpern sind. Sofort bereue ich meinen forschen Ton.

»Tut mir leid, Jules, aber ich führe eine gute Beziehung mit Dave und werde sie auf keinen Fall riskieren.«

»Kapiert«, meint sie, doch ihre Stimme verrät mir, dass sie gar nichts versteht.

Am Sonntagabend rollt Julia ihren gepackten Koffer ins Wohnzimmer und bittet mich, ihr einen Wagen zu rufen, der sie zum Flughafen bringt.

»Kein Problem«, sage ich. Dabei versuche ich, mir nicht anmerken zu lassen, wie erleichtert ich darüber bin, dass sie ihren Besuch nicht verlängert hat. Die Spannungen zwischen Dave und Julia haben sich nicht gelegt. Außerdem funktioniert ihr Gefühlsfilter schon den ganzen Vormittag nicht richtig, was zu einigen Fleischwunden in meiner dünnen Haut geführt hat (insbesondere ihre Bemerkung, ich solle die enge schwarze Hose wieder ausziehen, da meine Oberschenkel darin aussähen wie »verkohlte Baumstämme«).

Gleichzeitig habe ich endlich – insbesondere deshalb, weil ich inzwischen mehr über ihr Verhältnis zu Nathan weiß – das Gefühl, dass sich die bröckelnden Fundamente unserer Freundschaft wieder verfestigen, weshalb es mir ein wenig leidtut, sie gehen zu lassen.

Offenbar hat Julia das bemerkt, denn sie blickt mich an und sagt: »Oh, du bist traurig.« Sie läuft quer durchs Wohnzimmer, um mich zu umarmen. »Ich finde es schön, dass du mich vermissen wirst. Aber mach dir keine Sorgen. Ich bin überzeugt, dass ich dich überreden kann, nach Ann Arbor zu ziehen. Dort wäre das Leben so viel schöner für dich.«

»Ann Arbor?«, merkt Dave an, der in der Küche sitzt, und klappt mit einer energischen Bewegung seinen Laptop zu. »Ich kann mich des Eindrucks nicht erwehren, dass das meiner Kanzlei ganz und gar nicht gefallen würde.«

Julia schaut ihn an. »Ich habe nicht davon gesprochen, dass du mitkommen sollst«, murmelt sie.

Dave hat Julia zwar ganz offensichtlich gehört, zieht es aber vor, nicht auf die Bemerkung einzugehen. »Julia, bitte leg den Ersatzschlüssel auf den Tisch im Flur«, sagt er stattdessen. »Wir haben keinen anderen mehr.« Sein Tonfall ist zwar ruhig, doch in seinen Augen blitzt eine Wut auf, die ich nur selten bei ihm erlebt habe.

Ich halte den Atem an und bete, Julia möge ihn nicht weiter gegen sich aufbringen. Allerdings bemerkt sie seinen Zorn entweder nicht, oder sie ist eine verdammt gute Schauspielerin. »*Bien sûr*«, flötet sie nur zustimmend.

Zehn Minuten später hupt das Taxi vor dem Haus. »Jules, bist du fertig?«, frage ich.

»Alles paletti.« Sie nimmt Mantel und Handtasche von der Garderobe und fängt zu singen an. »*Thanks for the memory*«, trällert sie. »*Of things I can't forget, of journeys on a jet.*«

Sie singt immer noch, als sie zur Tür hinausspaziert, ohne sich zu verabschieden.

26

Als Diätredakteurin genießt man viele Vorteile: Esseneinladungen, so viele kostenlose Fitness-Studio-Stunden, wie man sich (lieber nicht) wünschen kann, und gelegentlich Begegnungen mit Fitness-Promis, die unbedingt auf die Titelseite wollen, was einem wertvollen Stoff für die Beiträge zum Büroklatsch liefert. Weniger erfreulich sind die langen Arbeitstage, die ständige Suche nach – irgendeinem! – Thema, um darüber zu schreiben, und natürlich die Tagungen. In diesem Frühling hat Lynne mich zur Teilnahme an einem Ernährungskongress in New Jersey verdonnert, was heißt, dass mir nichts anderes übrig bleibt, als eines der Trainings bei Mach Dich Stark zu verpassen.

Nach vier Tagen in diversen Konferenzräumen mit Neonlicht und bei fader Gemeinschaftsverpflegung bin ich mit ausführlichen Informationen über die Vorzüge der Sojabohne versorgt und verspüre einen bohrenden Hunger, den nur ein Cheeseburger stillen kann.

Während mir vor der Rückkehr in die Redaktion graut, stelle ich überrascht fest, dass ich mich auf das nächste Training freue. Ich fühle mich, als hätte ich die Mädchen monatelang nicht gesehen.

»Hallo, Leute«, begrüße ich Layla, Margarita und Josie, die mir im Turnsaal entgegenlaufen. »Ich habe euch vermisst.«

»Wir haben Sie auch vermisst, Marissa«, erwidert Caitlin. »Sie hören nicht etwa auf, uns zu trainieren, oder?«

»Natürlich nicht«, antworte ich. »Ich bleibe das ganze Jahr dabei.«

»Super!«, ruft Margarita und umarmt mich.

»Danke, Margarita«, sage ich und erwidere die Umarmung. »Das ist wirklich lieb von dir.«

Die zwölf Mädchen kommen zu mir, um mich eine nach der anderen zu umarmen. Renee und Charity drücken mich ganz fest, während Josie und Nancy mir verlegen die mageren Arme um die Taille schlingen. Caitlin klopft mir auf den Rücken. Ehe ich weiß, wie mir geschieht, spüre ich, dass mir Tränen in die Augen treten; es ist einfach überwältigend, so angehimmelt zu werden. Ich blinzele und nehme mir fest vor, Kleenex-Aktien zu kaufen, sobald ich nach Hause komme.

Passenderweise geht es in der heutigen Lektion um Nächstenliebe. Alanna, Naomi und ich spielen verschiedene Szenen vor und fordern die Gruppe auf, für jede Situation Beispiele von Nächstenliebe zu nennen. In der ersten Szene tut Alanna so, als habe sie großen Hunger, bemerkt dann aber, dass sie ihr Pausenbrot vergessen hat. Das ist eine einfache Aufgabe für die Mädchen, die ihr sofort etwas von ihren eigenen imaginären Pausenbroten anbieten, um ihr aus der Patsche zu helfen. In der zweiten Szene gibt Naomi vor, die langsamste Läuferin in der Klasse zu sein, weshalb ihre Mitschülerinnen sie nie für ihre Staffel aussuchen. Diesmal brauchen die Mädchen ein wenig länger, doch schließlich sagt Anna, sie würde Naomi trotzdem in ihre Mannschaft aufnehmen, und Estrella fügt hinzu, sie würde die andere wegen ihrer Langsamkeit nicht hänseln. »Gut gemacht, Mädchen«, sagt Naomi begeistert. »Ihr seid sehr klug. Jetzt wollen wir mal schauen, wie ihr die letzte Aufgabe löst. Sie ist nämlich ziemlich schwierig.«

In der »schwierigen« Szene spiele ich vor, ich hätte das Portemonnaie meiner Mutter mit ziemlich viel Geld darin verloren. »Ich bin ja so ein Dummerchen!«, rufe ich verzweifelt aus und schlage mir vor die Stirn. »Meine Mom ist bestimmt schrecklich böse auf mich. Jetzt bekomme ich den Roller nie, den sie mir versprochen hat. Ich bin der schlechteste Mensch auf der ganzen Welt.«

»Also, Mädchen, wenn wir nett zu Marissa sein wollen, helfen wir ihr, die Geldbörse zu suchen. Aber ich will von euch auch wissen, wie sie ein bisschen netter zu sich selbst sein könnte«, meint Naomi.

Die Mädchen wechseln daraufhin verdatterte Blicke. Selbst Estrella sitzt still und mit ratloser Miene da. Plötzlich leuchten Josies Augen auf. Zögernd hebt sie die Hand.

»Ja, Josie?«, frage ich sie. »Wie, glaubst du, kann ich ein bisschen netter zu mir selbst sein?«

»Indem Sie sich nicht als Dummerchen beschimpfen?«, fragt sie. »Oder sich für einen schlechten Menschen halten, nur weil Sie einen Fehler gemacht haben?«

»Ganz genau«, erwidere ich.

»Das war sehr gut«, lobt Alanna, und Josie, die die Fassade der kleinen Zicke mit jeder Woche mehr abzulegen scheint, lächelt strahlend.

Beim Aufwärmen erinnert Naomi die Mädchen daran, dass heute der erste Langstreckenlauf der Saison stattfindet – über drei Kilometer. Trotz meines aufgesetzten engelsgleichen Lächelns graut es mir innerlich genauso davor wie den Mädchen. Denn ich muss die ganze Zeit über an den Tag denken, an dem ich zum ersten Mal in ihrer Situation war.

Es gibt für eine Elfjährige nur wenig, was demütigender ist, als wenn die Sportlehrerin ihren fleischigen Oberarm in eine kalte Metallspange einspannt und dann laut und mit verächtlicher Miene den Körperfettanteil vor der gesamten Klasse bekanntgibt. (Offen gestanden bin ich ziemlich sicher, dass der Mensch, der sich diese Methode der Gesundheitsförderung ausgedacht hat, Atomwaffen für einen sinnvollen Weg der Friedenssicherung hält.)

Allerdings gab es damals etwas, das mir sogar noch mehr zu schaffen machte als die Hetzjagd auf das Fett: die über drei Kilometer lange Lauffolter, der sich alle Schüler an Ypsilantis öffentlichen Schulen unterwerfen mussten.

Anfangs war die Katastrophe noch nicht abzusehen. Ich lief zwar zusammen mit den anderen unsportlichen Kindern hinten im Pulk, war jedoch zumindest nicht allein. Nach etwa einem Dreiviertelkilometer bekam ich jedoch Seitenstechen, das sich zweihundert Meter weiter in rasende Schmerzen verwandelte. »Durchhalten, Rogers!«, brüllte meine Sportlehrerin. »Keine Müdigkeit vorschützen!« Vor lauter Angst vor dem Weiterlaufen schnürte es mir die Kehle zu, und ich war sicher, dass ich gleich in Ohnmacht fallen würde. »Dann wenigstens im Schritttempo«, befahl meine Sportlehrerin, als sie bemerkte, dass mein Gesicht sich violett verfärbte. »Steh hier nicht rum wie ein Ölgötze.«

So trottete ich allein vor mich hin und tat, um das Laufen erträglicher zu machen, so, als wäre ich einer der Cherokee-Indianer, die wir gerade im Geschichtsunterricht durchgenommen hatten. Hin und wieder rannte ich ein paar Meter, fest entschlossen, mich nicht unterkriegen zu lassen, nur um kurz darauf erneut japsend und keuchend zusammenzuklappen. Nach acht qualvollen Runden war es endlich – endlich! – vorbei. Als Letzte und mit einem Schulrekord von dreiundfünfzig Minuten und zwölf Sekunden stolperte ich, mit tränenüberströmtem Gesicht und begleitet vom ungeduldigen Johlen sowie dem Spott meiner Mitschülerinnen, über die Ziellinie.

Aber heute habe ich die Pflicht, so zu tun, als wäre das Laufen meine Leidenschaft.

»Die drei Kilometer sind das Schlimmste«, stöhnt Anna, die schon im letzten Jahr an dem Programm teilgenommen hat und sich für eine erfahrene Expertin in Sachen Mach Dich Stark hält. »Man braucht eine Ewigkeit, und danach ist man total durchgeschwitzt.«

»So schlimm wird es schon nicht werden«, erwidere ich fröhlich.

»Außerdem wird einem schwindelig, wenn man eine Million Mal rund um die Turnhalle läuft«, ergänzt Josie, eine andere Mach-Dich-Stark-Veteranin.

»Eigentlich wollte ich bei dem schönen Wetter draußen auf der Bahn laufen«, sagt Alanna. »Sechs Runden sind anderthalb Kilometer.«

»Heißt das, wir müssen zwölf Runden laufen?«, ruft Lisa entsetzt. »Dafür habe ich mich nicht gemeldet«, ruft sie, und die anderen Mädchen lachen nervös.

»Wir schaffen das, Mädchen«, verbreite ich Begeisterung. Doch offen gestanden bin ich es, die Aufmunterung nötig hat. Zu wissen, dass man etwas kann, heißt noch lange nicht, es auch zu wollen.

»Also, Leute, bitte vergesst nicht, dass Mach Dich Stark ein Laufprogramm ist«, ergänzt Naomi. »Diese Übung kann jede Menge Spaß machen, insbesondere, wenn ihr dabei die ganze Zeit daran denkt, was für eine gewaltige Leistung es ist, drei Kilometer weit zu laufen. Und vergesst nicht, dass ihr zwischendurch auch gehen dürft, wenn es sein muss. Ankommen heißt das Ziel, nicht die Schnellste zu sein.«

Ankommen heißt das Ziel, sage ich mir, als ich anfange, rings um die ausgetretene betonierte Bahn zu trotten, die um den Fußballplatz führt. Die erste Runde fällt mir leicht, die zweite ist machbar. Bei der dritten tun mir die Knie weh, und ich fühle mich, als würde ich schon seit einer Ewigkeit im Kreis rennen.

Als ich um die Kurve biege, stelle ich fest, dass Estrella knapp einen halben Kilometer hinter den anderen liegt. Sie schleppt sich im Schneckentempo dahin. Mich erinnert sie an mich selbst in der fünften Klasse, und ich bekomme Mitleid mit ihr.

Also bremse ich auf Schritttempo ab und lasse mich von Josie, Margarita und den anderen überholen. Endlich hat Estrella mich erreicht. Sie rennt mit rudernden Armen, eine Bewegung, die eher an Jazzgymnastik als an eine Methode erinnert, um von A nach B zu gelangen.

»Marissa«, keucht sie. »Sie dürfen jetzt nicht aufgeben! Sie schaffen das.«

Ich lache leise auf. Und ich habe geglaubt, das Mädchen anfeuern zu müssen. Offenbar habe ich in den letzten Monaten als Übungsleiterin nichts dazugelernt.

»Danke, Estrella«, sage ich. »Was ist mit dir? Ist es sehr anstrengend?«

»Nein«, entgegnet sie. »Ich haushalte nur mit meinen Kräften.« Sie zieht sich das hochgerutschte weiße Polohemd über den Bauch und wirft mir einen Seitenblick zu. »Wie geht es Ihnen? Laufen ist ganz schön schwierig, was?«

»Weißt du, allmählich gewöhne ich mich daran«, antworte ich. »Mehr als ich gedacht habe. Als ich jünger war, war ich nämlich nicht sehr schnell.«

»Aber Marissa«, empört sich Estrella. »Haben Sie die heutige Lektion denn schon vergessen? Es kommt nicht darauf an, wie schnell man ist, sondern darauf, dass man sich gut fühlt«, verkündet sie stolz. »Und welche Gefühle man beim Laufen hat. So wie ich!« Sie bleibt stehen, stemmt die Hände in die Hüften und holt tief Luft. Nach einer Weile spricht sie weiter. »Ich fühle mich gut. Vor allem, wenn ich durchhalte, obwohl es nicht einfach ist.«

»Da hast du absolut recht, Estrella«, erwidere ich, voller Erstaunen über diese kleine Intelligenzbestie, die ich wieder einmal falsch eingeschätzt habe. »Ich wünschte, ich hätte in deinem Alter auch schon so viel gewusst wie du.«

Trotz ihres Gejammers von vorhin traben die Mädchen mit fest entschlossenen Mienen weiter. Einige legen ein paar Meter im Schritttempo zurück oder gehen an den Rand, um einen Schluck Wasser zu trinken. Aber keine spricht vom Aufgeben. Estrella hat, obwohl sie kaum noch Luft bekommt, die Rolle der inoffiziellen Cheerleaderin von Mach Dich Stark übernommen. »Noch fünf Runden!«, ruft sie. »Noch vier Runden!« Und so weiter.

Ich bin ehrlich erschrocken, als ich irgendwann nach den ersten anderthalb Kilometern feststelle, dass ich einen für mich angenehmen Rhythmus gefunden habe und nicht mehr versucht bin, mich in die nächstbeste Fahnenstange zu stürzen. Gut, mein dünnes T-Shirt von Old Navy ist schweißnass, und meine Oberschenkel sind wund vom Aneinanderreiben, doch die paar Trainingseinheiten, die ich in den letzten beiden Monaten mit den Mädchen absolviert habe, machen sich bezahlt. Als ich die Bahn ein letztes Mal umrunde, fühle ich mich wie ein Rockstar. Wie ein durchgeschwitzter, keuchender Rockstar mit rotem Gesicht zwar, aber das tut nichts zur Sache. Wer hätte gedacht, dass die Aktion so viel Spaß machen könnte?

Als Naomi und ich bei der Abschlussrunde nebeneinander herlaufen, lächelt sie mir wissend zu. »Du siehst so zufrieden aus, Rogers«, meint sie und wischt sich mit dem Handrücken die Stirn ab. »Laufrausch, was?«

»Nicht doch«, wehre ich spöttisch ab, obwohl ich buchstäblich spüre, wie mir das Serotonin durchs Gehirn strömt, weshalb ich gleichzeitig entspannt bin und vor Tatendrang strotze.

»Wie dem auch sei«, sagt Naomi. »Reden kannst du viel, doch es würde mich nicht wundern, wenn du nächstes Jahr die Ziellinie beim New-York-Marathon überquerst.«

»Das wird sich zeigen«, erwidere ich. Drei Kilometer sind nicht mit zweiundvierzig zu vergleichen.

Nach dem Training lädt Naomi mich ein, mit ihr und Alanna noch etwas trinken zu gehen. »Das Leben ist kurz«, entgegnet sie, als ich anmerke, ich müsste allmählich zurück in die Redaktion. »Als deine Vorgesetzte befehle ich dir, eine Pause zu machen. Nur dieses eine Mal.«

»Meinetwegen. Die Arbeit kann warten«, antworte ich. Schließlich brauche ich mich nicht über Einsamkeit zu beschweren, solange ich ein Rendezvous mit meinem Computer zwischenmenschlichen Kontakten vorziehe.

Wir fahren mit der U-Bahn in die Upper East Side, wo Alanna wohnt. Sie lotst uns zu einem nichtssagenden Pub, der am Dienstagnachmittag natürlich leer ist. Dennoch verzichten wir auf einen Tisch und schnappen uns drei freie Hocker am Tresen.

»So, da wir jetzt unter uns sind, muss ich es wissen: Was ist mit Estrella los?«, frage ich die beiden. »Ich kann mich nicht entscheiden, ob sie das absolut anstrengendste oder das interessanteste Kind ist, dem ich je begegnet bin.«

Alanna kichert. »Das fasst es in etwa zusammen. Naturgewalt trifft es wohl am besten.«

»Ich habe noch nie erlebt, dass jemand so linkisch und gleichzeitig so …«

»Strotzend vor Selbstbewusstsein sein kann?«, schlägt Naomi vor. »Wenn wir nur alle dieses Problem hätten. Eins sage ich dir. Mit dieser Eigenschaft mag sie sich in der Schule unbeliebt machen, aber eines Tages wird sie das Land regieren. Sie ist nicht nur altklug, sondern auch intelligent. Hast du gehört, wie sie erklärt hat, was effizieren ist?«

»Wie hätte ich das verpassen können?« Ich verdrehe die Augen, obwohl ich ebenfalls beeindruckt war. Selbst ich hätte das Wort nachschlagen müssen.

»Aber egal«, meint Alanna. »Du wirst es verstehen, wenn du ihre Mutter kennenlernst.«

Ich stelle mir eine unbeholfene Frau vor, der Estrella wie aus dem Gesicht geschnitten ist. »Ist sie wie ihre Tochter?«

Naomi lacht kopfschüttelnd auf. »Warte es ab.«

Wir unterhalten uns über zwei Stunden lang. Unterdessen füllt sich das Lokal mit Krawatte tragenden ehemaligen Verbindungsstudenten und jungen Frauen in karrierefördernden Kostümen. Obwohl ich weiß, dass Alanna sehr gut hierher passt, habe ich sie in den letzten Wochen wirklich ins Herz geschlossen. Sie hat sich als um einiges schlagfertiger und aufgeschlossener entpuppt, als ihr Unterrichtsstil anfangs vermuten ließ. Während ich zuhöre, wie Alanna über eine Anekdote von Naomi lacht, wird mir klar, dass ich mir noch vor einem halben Jahr nicht die Mühe gemacht hätte, sie näher kennenzulernen. Schließlich brauchte ich niemanden – ich hatte ja Julia. Inzwischen hat sich die Lage geändert. Nicht nur Alanna, Naomi und ich sind einander nähergekommen. Sarah ist meine Vertraute geworden, und selbst Dave und ich haben in unserer Beziehung eine neue Ebene erreicht. Wenn Julias Unfall für mich etwas Positives bewirkt hat, dann ist es, wie mir nun klar wird, die Erkenntnis, dass es in meinem Leben tatsächlich Platz für andere Menschen gibt.

27

Der neue Tag beginnt mit einer neuen Beinahe-Katastrophe bei *Schlanke Linie*. Leider geht es, wie ich sofort erfahre, als ich mich am Mittwochmorgen an meinen Schreibtisch setze, um einen meiner Artikel zu dem Thema, dass Süßigkeiten in Portionspackungen besonders dick machen (stimmt: Ich habe es noch nie geschafft, weniger als drei Mini-Päckchen Oreo-Kekse auf einmal zu verschlingen).

Schlafen diese Frauen denn nie?, frage ich mich, als ich mich durch eine Serie panisch klingender E-Mails von Lynne, Roxanne und Naomi klicke, die um 6:40, 7:02 und 7:15 abgeschickt worden sind. Wie ich feststelle, haben wir folgendes Problem: Einige Studien belegen zwar tatsächlich, dass man nicht mehr aufhören kann, sobald man eines von diesen Hundert-Kalorien-Tütchen aufgerissen hat – offenbar gaukelt der niedrige Brennwert der Mini-Portion den Konsumentinnen vor, dass sie unbeschadet weiteressen können. Die Sache dabei ist nur, dass besagte Forschungsergebnisse viele unserer Werbekunden, die wahre Unmengen von diesen Portionspackungen auf den Markt werfen, leider vor den Kopf stoßen werden.

Zu meiner Beruhigung lese ich, als ich mich weiter durch die E-Mails arbeite, dass Roxanne um 8:41 beschlossen hat, den Interessenskonflikt durch das Hinzufügen der Anmerkung zu lösen, dieses Problem betreffe ausschließlich willensschwache Frauen.

(Autsch!) Ich lösche den gesamten Schriftwechsel und wende mich den übrigen einhundertzwanzig eingegangenen Mails zu. Es handelt sich hauptsächlich um Schreiben von PR-Leuten, die die jüngsten Produkte ihrer Kunden anpreisen, und nahezu identische Fotos von Snowball, die Julia mir täglich schickt.

Gerade habe ich die Nachrichten in meinem Outlook-Programm auf vierundzwanzig ungelesene gedrückt, als eine neue E-Mail eintrifft und sich ganz oben auf die Liste setzt.

Meine Hand umklammert die Maus so fest, dass ich fast ein Karpaltunnelsyndrom bekomme, und ich lasse den Cursor einige Sekunden über der Mail schweben, bevor ich sie endlich anklicke.

An: mrogers@liniemag.com
Von: nbell79@gmail.com
Betreff: hey

M.,
hab ja schon seit Monaten nichts von dir gehört. Da ich wahrscheinlich nichts mehr zu verlieren habe: Dich in New York zu treffen hat mich ziemlich ins Grübeln gebracht. Offenbar war mir gar nicht klar, wie sehr du mir all die Jahre gefehlt hast, bis ich dir wieder begegnet bin. Rufst du mich irgendwann mal an? Und gib mir bitte Bescheid, wenn du das nächste Mal in Ann Arbor bist. Dann zeige ich dir unsere Version der französischen Küche.
N.

Ich stöhne auf. Gerade noch war ich mir so was von sicher, dass einige Monate Nathan-freies Dasein genau das war, was ich gebraucht habe, um mich ganz und gar auf Dave einzulassen. Trotzdem scheint es mir nicht möglich zu sein, ihn aus meinem Kopf –

oder aus meinem Leben – zu verbannen. Wie eine falsche Münze, die einem immer wieder in die Hände fällt.

Rasch tippe ich eine möglichst abweisende Antwort.

An: nbell79@mail.com
Von: mrogers@liniemag.com
Betreff: AW: hey

Hallo, Nathan,
es war schön, mal wieder mit dir zu reden. Momentan habe ich nicht vor, in nächster Zeit nach Michigan zu kommen, aber ich lasse es dich wissen, sobald sich etwas daran ändert.
Marissa

Ohne den Text noch einmal zu lesen, verziehe ich das Gesicht und drücke schnell auf »Senden«.

Zwei Minuten später erscheint die Antwort auf meinem Bildschirm.

An: mrogers@liniemag.com
Von: nbell79@gmail.com
Betreff: AW: AW: hey

Und ich dachte schon, du würdest mich für immer ignorieren. Ich hätte nichts dagegen, bald wieder nach New York zu fliegen. Ein Ton von dir, und ich bin da.
Bis dahin – denke ich an dich.
N.

Verdammtverdammtverdammtverdammt. Sobald ich Nathans E-Mail lese, weiß ich, dass es ein Fehler war, ihm überhaupt zu antworten. Obwohl mich seine Unverblümtheit beklommen macht, löst sie auch das berauschendste aller Gefühle in mir aus: das Gefühl, begehrt zu werden. Begehrt von einem Mann, der nicht nur klug und charmant ist, sondern dessen verführerisches Lächeln und funkelnde Augen in mir das Gefühl auslösen, auf einmal wieder zwanzig zu sein und auf einer Wolke der Lust dahinzuschweben. Die Sehnsucht, die meinen Körper durchströmt, zählt zu jenen, die eine Beziehung aus der Bahn werfen und vernichten können, um sich dann in Luft aufzulösen, während man noch mit den grausigen und katastrophalen Folgen zu kämpfen hat.

Ich muss an Dave denken und daran, wie gut es seit dem Abend, an dem ich mich mit Nathan getroffen habe, zwischen uns läuft. Sosehr ich mir auch etwas anderes einzureden versuche, kann ich nicht beides haben. In meinem Leben ist kein Platz für zwei Männer. Ich darf nicht davon träumen, zu Nathan zurückzukehren, und mir auch kein Zusammensein mit ihm ausmalen, wenn ich weiter eine glückliche Beziehung mit Dave führen will. Und das heißt, dass es nicht in Frage kommt, die durchaus verführerischen Avancen meines Exfreundes zu genießen. Mit neu gewonnener Entschlussfreudigkeit lösche ich beide Mails.

»Marissa? Störe ich?« Ashleys Stimme holt mich unsanft in die Wirklichkeit zurück. Sie steht in der Tür und runzelt besorgt die Stirn.

»Nein, nein, kommen Sie nur herein«, sage ich und winke sie in mein Büro. Rasch begutachte ich mich im Spiegel meiner Puderdose und erwarte fast, Sabber am Kinn vorzufinden. »Was ist?«

»Äh …« Vorsichtig lässt Ashley sich auf der Kante meines Besucherstuhls nieder. Endlich scheint die Eiskönigin zu tauen. Ich würde mir den Moment zwar gerne auf der Zunge zergehen lassen, aber offenbar hat sie schlechte Nachrichten für mich. Genau das, was ich nach einem anstrengenden Monat, ganz zu schweigen von der heutigen Überraschungs-Mail, gebrauchen kann.

Sie reicht mir ein Blatt Papier. »Das ist der Begleitartikel. Ich traue mich kaum, ihn Ihnen zu zeigen, doch ich hoffe sehr, dass er Ihnen gefällt.«

»Sie haben ihn bereits geschrieben?«, frage ich verwundert. »Soweit ich weiß, haben wir noch gar kein Thema festgelegt.«

»Ich hatte eine Idee. Deshalb …«

»Gut, ich überfliege ihn rasch«, erwidere ich und nehme ihn mir vor.

Beim Lesen der Titelzeile bleibt mir fast das Herz stehen.

»DIE HIRNVERLETZUNG HAT MIR EINE CHANCE GEGEBEN, FEHLER AUS DER VERGANGENHEIT WIEDERGUTZUMACHEN. EIN INTERVIEW MIT JULIA FERRAR«.

Darum wusste Julia also, wer Ashley war! Wie ich gleich vermutet hatte, lag da etwas im Argen.

Der Artikel ist um einiges fataler als erwartet. Obwohl er anfangs noch ganz harmlos klingt, entdecke ich auf der Mitte der Seite meinen Namen. Von da an geht es nur noch bergab.

Julia: »Wegen meiner Verletzung habe ich Sprachstörungen und Schwierigkeiten, mir etwas zu merken. Andererseits habe ich dadurch eine erstaunliche Klarheit gewonnen. Ich glaube, ich habe dadurch endlich Gelegenheit, alles wiedergutzumachen.«

Ashley: »Können Sie mir ein Beispiel dafür nennen?«

Julia: »Ich habe meine beste Freundin Marissa (leitende Redakteurin bei *Schlanke Linie*) vor langer Zeit dazu überredet, sich von ihrem Freund zu trennen. Inzwischen weiß ich, dass es nicht richtig von mir war, und nun versuche ich, die beiden wieder zusammenzubringen. Marissa lebt zwar in einer Beziehung, aber ich bin fest davon überzeugt, dass es mit ihr und ihrem Ex klappen wird.«

Hole dreimal tief Luft, bevor du antwortest, befehle ich mir. *Einatmen … ausatmen …* Ich schaffe es ganze zwei Mal, bevor mir der

Geduldsfaden reißt. »Sie denken doch wohl nicht im Ernst, dass ich das in den Druck gebe.«

»Warum? Weil Sie darin erwähnt werden? Macht das den Artikel nicht authentischer und interessanter? Es ist die Geschichte hinter der Geschichte«, entgegnet Ashley mit einem Anflug von Stolz in der Stimme. »Julia fand die Idee prima und glaubte, Sie würden sich über die Überraschung freuen.«

Ich sehe Ashley strafend an. »Ist Ihnen klar, dass Sie hier von einer Frau mit einer schweren Kopfverletzung reden? Julia findet es mittlerweile auch eine prima Idee, anderen Leuten zu sagen, dass sie hässlich sind, und mit verheirateten Männern zu schlafen. Wenn sie Ihnen grünes Licht gibt, heißt das noch lange nicht, dass Sie das ausnützen können«, schimpfe ich los.

Ich weiß, dass ich gerade gegen meine eigenen Grundsätze verstoßen und pikante Einzelheiten über Julias Privatleben preisgegeben habe. Doch die Tatsache, dass sie genau dasselbe mit mir gemacht hat, schmerzt mich sehr, und deshalb kann ich auch nicht mehr an mich halten. Das alles wirkt wie Absicht. Ashleys Miene verzieht sich ausgesprochen unschön, und sie scheint sich in einem Zustand zu befinden, den ich nur als Schock beschreiben kann.

Ich muss allen Ernstes das Bedürfnis unterdrücken, ihr mit dem Finger zu drohen. »Noch wichtiger ist, dass sich so etwas vom journalistischen Standpunkt her nicht gehört«, fahre ich fort. »Mein Privatleben in den Artikel einfließen zu lassen verletzt das Prinzip der Ausgewogenheit.«

»Bedeutet das, Sie haben kein persönliches Interesse an dem Thema?«, erwidert sie im Flüsterton.

»Selbst wenn es so wäre: Ich möchte nicht, dass meine Geschichte in den Mittelpunkt rückt, denn unser Ziel bei *Schlanke Linie* ist es, unsere Leserinnen vor den Gefahren einer Hirnverletzung zu warnen.«

»Genau genommen ist es ja Julias Geschichte, nicht Ihre«, gibt Ashley zurück. »Außerdem haben Sie selbst gesagt, dass ein Erfahrungsbericht aus erster Hand spitze wäre.«

»Genau genommen habe ich diesen Vorschlag zurückgenommen und Sie gebeten, einen serviceorientierten Begleitartikel zu schreiben. Schon vergessen?«

Sie spricht einfach weiter, ohne auf den Einwand einzugehen. »Lynne betont ständig, sie wünsche sich mehr dramatische Ereignisse aus dem wirklichen Leben. Ich war sicher, dass es so genau das Richtige ist. Bestimmt wird sie begeistert sein, wenn ich ihr den Text zeige.«

»Oh, und ich bin ziemlich sicher, dass Sie keine Gelegenheit haben werden, Lynne nach ihrer Meinung zu fragen«, antworte ich und reiße die Seite in der Mitte durch, um meine Worte zu untermauern. Die Geste ist kindisch – um nicht zu sagen sinnlos, weil eine elektronische Version davon auf unserem Server liegt. Aber ich koche derart vor Wut, dass ich nicht mehr klar sehen, geschweige denn mich wie eine Erwachsene benehmen kann.

»Gut.« Meine Assistentin steht auf. »Schade, dass ich mir umsonst so viel Mühe gemacht habe.«

»Sie sind von dem Projekt abgezogen«, verkünde ich. »Ebenso wie von allen übrigen derzeitigen Projekten.«

Ashley starrt mich mit so leerem Blick an, dass ich überzeugt bin, ich könnte das Meer rauschen hören, wenn ich mein Ohr an ihres halte. Allerdings muss ich zu meiner Bestürzung zugeben, dass mir ein Fehler unterlaufen ist. Ich habe mich von ihrem Ich-bin-ein-fleißiges-Bienchen-Theater einwickeln lassen, obwohl ich sie niemals hätte bitten sollen, mir bei diesem Artikel zu helfen, ohne jeden einzelnen ihrer Schritte zweimal zu überprüfen.

Doch ehrlich gesagt ist es Julias Verrat, der mir am meisten zu schaffen macht. In unserer Freundschaft war zwar nicht immer alles eitel Sonnenschein – in welcher Freundschaft ist das schon so? –, aber sie hätte vor ihrem Unfall niemals mein Privatleben in aller Öffentlichkeit breitgetreten. Nun geht es nicht nur bergab mit ihr, nein, sie gefährdet außerdem meine Karriere, nicht zu vergessen meine Beziehung mit Dave.

Ashley rauscht empört hinaus.

Ich laufe ein paarmal auf und ab, um mich zu beruhigen, was angesichts der zwei Meter, die ich in meinem Büro zurücklegen kann, nicht sonderlich entspannend wirkt. Also konsultiere ich meinen Terminkalender, um mich zu vergewissern, dass ich nicht in irgendwelchen Sitzungen erwartet werde, nehme Mantel und Handtasche und haste zum Aufzug.

Als ich durch die gläserne Drehtür hinaus auf die Sixth Avenue trete, werde ich sofort von der Menschenmenge verschluckt, was mich ein wenig lockerer werden lässt. Geschickt schlängele ich mich durch die Horden von Leuten, die spazieren gehen, einen Schaufensterbummel machen oder auf dem Bürgersteig eine Zigarette rauchen. Ich schreite so schnell aus, dass ich beinahe renne, und ehe ich es mich versehe, stehe ich am Südzipfel des Central Park. Nachdem mir ein rascher Blick aufs Mobiltelefon versichert hat, dass meine Abwesenheit noch niemandem in der Redaktion aufgefallen ist, entschließe ich mich zu einer kurzen Runde um den kleinen Teich.

Als ich die geschwungene Brücke erreiche, die über die Wasserfläche führt, hat mein Blut aufgehört zu brodeln.

»Ein schöner Tag, finden Sie nicht?«

Ich wirbele herum und stelle fest, dass die Stimme von einer alten Frau kommt, die sich mit beiden Ellbogen auf die Brüstung der Brücke stützt. Als abgebrühte New Yorkerin meide ich für gewöhnlich Augenkontakt und mehr als zwei Wörter lange Gespräche mit Fremden. Doch diese Frau wirkt harmlos. Ja, sogar interessant.

»Richtig«, stimme ich ihr zu. »Insbesondere nach dem längsten Winter, den ich, glaube ich, je überlebt habe.«

»Nun denn, meine Liebe, dann freuen Sie sich darüber, dass Sie noch leben«, erwidert sie. Kurz habe ich das merkwürdige Gefühl, ein Gespenst zu sehen. Als ich die Frau wieder betrachte, stelle ich erleichtert fest, dass ihre geröteten Wangen und die Runzeln, die ihr Gesicht überziehen, nichts von einer Untoten an sich haben.

»Tut mir leid, meine Liebe«, fährt die alte Frau lachend fort. »Ich wollte Ihnen keine Angst einjagen. Es ist nur so, dass heute mein Hochzeitstag ist und ich meinen George schrecklich vermisse.«

»Nein, mir tut es leid«, entgegne ich und vergrabe die Hände tief in den mit Flusen gefüllten Taschen meines Trenchcoats. »Das mit Ihrem Mann, meine ich.«

»Mir auch«, antwortet sie mit einem wehmütigen Lächeln. »Wollen Sie wissen, was das Verrückte daran ist? Während der ganzen vierzig Jahre unserer Ehe hat er mich schier in den Wahnsinn getrieben. Sehen Sie, George war ein hohes Tier. Deshalb hat sich mein Leben eigentlich nur darum gedreht, irgendwelchen Würdenträgern oder Senatoren vorgestellt zu werden. Ständig hatte ich das Gefühl, dass ich eigentlich sein Leben lebe, anstatt mein eigenes.«

»Hm«, meine ich, überrascht, dass sie so frei von der Leber weg redet. Immerhin bin ich eine wildfremde Frau. Aber vielleicht ist das, wie mir im nächsten Moment klar wird, genau der Grund. »Und jetzt vermissen Sie ihn?«, merke ich an, was mehr eine Aussage als eine Frage ist, weil ihr die Antwort ins Gesicht geschrieben steht.

»Entsetzlich«, erwidert sie und schaut auf den Teich hinaus, wo einige große weiße Schwäne im Wasser treiben. »Sie binden sich für ein ganzes Leben«, fährt sie fort, und ich brauche eine Minute, um zu verstehen, dass sie von den Schwänen spricht. »Deshalb lassen sie sich auch so viel Zeit bei der Partnersuche. Anders als ich – denn ich werde niemals Ersatz für George finden – sehen sie sich nach einer anderen Liebschaft um, wenn ihr Partner stirbt oder sie nicht gut behandelt.«

»Wenn er sie nicht gut behandelt?«, hake ich nach.

»Oh, ja«, gibt die Frau zurück. »Schwäne sind sehr intelligent und haben wie Elefanten ein Langzeitgedächtnis. Sie vergessen es nie, wenn ihnen mal jemand Schwierigkeiten gemacht hat.« Ihre Augen funkeln. »Deshalb sind sie oft auch so verdammt grausam.«

»Wirklich?«

»Aber ja. Schwäne versuchen tatsächlich, einander zu ertränken, wenn sie richtig in Wut geraten. Wir Menschen bewundern zwar ihre Schönheit und Treue, doch sie sind eindeutig keine Tiere, deren Sozialverhalten man sich zum Beispiel nehmen sollte. Im Gegensatz zum Menschen sind sie nicht in der Lage, die Kunst des Vergessens zu erlernen.«

Diese Bemerkung verschlägt mir die Sprache. Julia mag zwar fest dazu entschlossen sein, mein Leben auf den Kopf zu stellen, doch zumindest hat sie einen guten Grund, sich ausgerechnet an jene Erinnerung zu klammern, von der ich mir verzweifelt wünsche, sie möge sie endlich vergessen.

Inzwischen habe ich Schicht um Schicht Aggressionen gegen sie angehäuft, und zwar, wie ich erkenne, nicht erst seit dem Unfall, sondern im Laufe der letzten zehn Jahre. Möglicherweise bin ich ja diejenige, die einen Weg finden muss, um loszulassen.

»Wie faszinierend«, sage ich nach einer Weile zu der Frau.

»Richtig. Bestimmt haben Sie bereits bemerkt, dass ich ein bisschen vogelfanatisch bin«, erwidert sie. »Aber ich habe Sie schon viel zu lange aufgehalten. Es war nett, mit Ihnen zu plaudern. Ich wünsche Ihnen noch einen wunderschönen Tag, meine Liebe.«

»Danke, ebenfalls«, antworte ich. Ich habe das Ende der Brücke fast erreicht, als ich mich noch einmal umdrehe. Die Frau hat sich nicht von der Stelle gerührt, lehnt nach wie vor an der Brüstung und starrt ins Wasser. »Einen frohen Hochzeitstag«, rufe ich ihr zu.

»In vielerlei Hinsicht ist er das«, meint sie und wendet sich wieder dem Wasser zu.

28

Die restliche Woche rauscht so schnell vorbei, dass ich keine Zeit habe, lange über Ashleys Artikel nachzugrübeln oder mich über Julias loses Mundwerk zu ärgern. Im Handumdrehen ist es Freitagabend, und wir fahren nach Chappaqua, um Daves Eltern zu besuchen. Während der Zug dahinrast, schaut Dave aus dem Fenster und tut, als fasziniere ihn die Aussicht. Doch da sich sein Gesicht in der Scheibe spiegelt, stelle ich fest, dass er schmunzelt. Offenbar führt er etwas im Schilde, rückt jedoch nicht damit heraus.

»Was ist?«, fragt er mit unschuldig aufgerissenen Augen, als ich ihn zum wiederholten Mal argwöhnisch mustere.

»Jetzt mach schon den Mund auf. Sogar deine Kleider verraten deine verbrecherischen Absichten«, höhne ich. Damit spiele ich auf die Tatsache an, dass er ein durchgeknöpftes Hemd und eine graue Wollhose trägt, statt Jeans und T-Shirt, die er in seiner Freizeit sonst anhat. Ich habe mich (mühsam) in mein liebstes schwarzes Stretchkleid gezwängt – das, wie ich im grell beleuchteten Zugabteil feststelle, mit Fusseln übersät ist und wirkt, als stamme es aus dem Secondhandladen. Ich schicke ein Stoßgebet zum Himmel, dass Daves Pläne keine großen gesellschaftlichen Ereignisse einschließen, denn dieses Kleid ist das eleganteste, das ich für dieses Wochenende dabeihabe.

»Du lügst genauso miserabel wie ich«, teile ich ihm mit, aber er spielt weiter den Ahnungslosen. »Gut«, verkünde ich schließlich. »Früher oder später komme ich sowieso dahinter.«

»Nun denn, du Meisterdetektivin, du wirst dahinterkommen, dass es nichts zum Dahinterkommen gibt«, entgegnet er geheimnisvoll und bietet mir von den Käsechips an, die er gerade knabbert.

Ich schüttele den Kopf. »Ich bin auf Entzug.«

»Sobald du den Kokoskuchen meiner Mom riechst, wirst du sowieso rückfällig«, meint Dave. »Ich garantiere dir, dass du keine Minute lang durchhältst.«

»Danke für die aufmunternden Worte. Du bist ein echter Freund«, frotzele ich. Er haucht mir einen Kuss auf die Lippen und verspeist dann demonstrativ noch ein paar Chips, wobei ihm einige grellorangefarbene Krümel auf das frisch gebügelte Hemd fallen. »Geschieht dir ganz recht«, sage ich mit einem hinterhältigen Grinsen, aber er lächelt nur.

Als wir aus dem Zug steigen, lehnt Daves Vater an der Tür seines marineblauen Volvos, der auf dem Parkplatz steht. Len ist klein und gedrungen, aber sehr muskulös, weil er zweimal wöchentlich Squash spielt und jeden Tag zwölf Kilometer läuft. Obwohl Dave größer ist als sein Vater und, nach den mir bekannten Fotos zu urteilen, auch um einiges attraktiver, als dieser es jemals war, lässt sich seine Zukunft an Len ablesen wie aus einer Kristallkugel. Eine beruhigende Vorstellung, denn es gibt bei weitem schlechtere Methoden zu altern.

Heute Abend wirkt Len ruhig und so wie immer, worauf ich mich frage, ob ich nicht doch eine blühende Phantasie habe. Vielleicht ahnt er ja auch einfach nicht, was Dave vorhat. Er begrüßt mich liebevoll, als wäre ich eine Verwandte und nicht nur die Freundin seines Sohnes. »Marissa! Joyel und ich freuen uns so sehr, dass du uns übers Wochenende besuchst.« Dann umarmt er Dave. »Hallo, mein Großer, schön, dich zu sehen.«

»Hallo, Dad.« Dave erwidert die Umarmung.

Obwohl es unangebracht ist, werde ich kurz von Eifersucht ergriffen, weil zwischen den beiden eine Nähe herrscht, die ich bei meinen Eltern nie erlebt habe und wohl auch nie erleben werde. Manche Dinge lassen sich nun einmal nicht aus dem Nichts schaffen, und diese Form von Zuneigung gehört dazu.

Nachdem wir unser Gepäck in den Kombi geladen haben, verbringen Dave und Len die fünfminütige Fahrt damit, den Gesetzestext im Hinblick auf einen Prozess zu erörtern, den Len, ebenfalls ein Anwalt, gerade führt. Meine juristischen Kenntnisse sind so miserabel, dass die beiden genauso gut über Quantenphysik sprechen könnten. Deshalb ertappe ich mich dabei, dass ich vor mich hin träume, während sie einander die Bälle zuspielen.

Obwohl ich Nathans E-Mails alle gelöscht habe, habe ich die ganze Woche darüber nachgegrübelt und mich gefragt, ob es richtig war, nicht darauf zu antworten. Zu guter Letzt bin ich bei meinem ursprünglichen Plan geblieben, auch wenn ich mich wie eine Versagerin gefühlt habe, denn die neue, durchsetzungsfähige Marissa hätte ihm ganz sicher »lieber nicht, lass mich in Ruhe« zurückgeschrieben, auch wenn die E-Mail knapp und stilistisch nicht sehr gelungen gewesen wäre. Dennoch sagt mir eine innere Stimme: *Schweigen ist momentan die beste Reaktion.*

Bevor ich mich in diesen Gedankengang verbeißen kann, hält der Volvo in der mit Kies bestreuten Auffahrt der Bergmans.

»Da wären wir«, verkündet Len fröhlich. »Endlich zu Hause.«

Das stimmt auch. In der ansonsten stockfinsteren Nacht fordern uns die Laternen auf der Veranda des großen, mit grauem Schiefer verkleideten Wohnhauses der Ranch zum Eintreten auf, und die zahlreichen Sterne am Himmel strahlen hell. Kaum zu glauben, dass wir nur eine knappe Stunde von der Stadt entfernt sind.

»Schön, wieder hier zu sein, Dad«, sagt Dave und öffnet die Tür.

Sofort schlägt mir ein ausgesprochen köstlicher, herzhafter und dennoch süßer Duft entgegen. »Offenbar hast du recht, was meine Diät angeht«, meine ich zu Dave, während mir das Wasser im Mund zusammenläuft.

»Die Bemerkung ›Ich hab's dir ja gleich gesagt‹ verkneife ich mir jetzt mal lieber«, erwidert er grinsend. »Aber ich hab's dir wirklich gleich gesagt.«

Ich versetze ihm einen spielerischen Klaps.

»Höre ich da etwa das Wort Diät?«, fragt Joyel, die uns an der Tür entgegenkommt, um uns zu begrüßen. Obwohl Dave eher Len ähnelt, haben er und seine Mutter genau das gleiche Lächeln – schüchtern und unbeschreiblich charmant. Sie umarmt mich. »Marissa, ich muss dich warnen«, meint sie dann. »In meinem Haus ist dieses Wort allerstrengstens verboten. Als deine jüdische Ersatzmutter ist es meine Pflicht, dich zu mästen wie ein Weihnachtsferkel.«

»Ist das eigentlich koscher?«, witzelt Len, und David stöhnt auf. »Jetzt fängt das schon wieder an. Die Komiker sind losgelassen«, jammert er.

Die gute Stimmung ist ansteckend, und ich stelle fest, dass sich meine Nervosität von vorhin legt.

Aber ich habe mich kaum wieder gefangen, als Joyel sagt: »Marissa, komm mal kurz mit mir ins Wohnzimmer. Wir haben eine Überraschung für dich.«

»Okay«, antworte ich, in der Hoffnung, dass ich zumindest ein bisschen begeisterter klinge, als ich mich fühle.

Marissa Rogers, du musst raten, was sich hinter Tür Nummer zwei befindet. Wie ein Roboter folge ich ihr ins Nebenzimmer. Dabei wage ich nicht einmal, mir auszumalen, was mich dort erwartet.

Wie sich herausstellt, ist es nicht etwas, sondern jemand.

»Mom, Phil? Was macht ihr denn hier?« Kurz werde ich von Panik ergriffen, bis mir klar wird, dass meine Mutter und mein Stiefvater, die auf dem Ledersofa der Bergmans sitzen und Rotwein trinken, eindeutig nicht wegen eines Notfalls angereist sind. Sie scheinen ins Gespräch vertieft und brauchen eine Sekunde zu lang, bis sie aufblicken.

»Ach, hallo, Marissa«, sagt Phil leutselig und stemmt sich aus dem niedrigen Sofa hoch.

Er hält meiner Mutter die Hand hin, worauf sie sich anmutig aufrichtet und auf Dave und mich zugleitet. Sofort erkenne ich, dass sie sich in dem Zustand befindet, den Julia früher als »Susan-Modus« bezeichnet hat. Sie tut so, als wäre sie charmant, schlagfertig und entspannt – also nicht sie selbst.

Meine Mutter fasst mich an den Oberarmen und beugt sich vor, bis sich zwar unsere Wangen, nicht aber unsere Oberkörper berühren. »Marissa, mein Schatz«, meint sie in normalem Tonfall. »Da staunst du wohl, dass wir hier sind.« Sie haucht mir einen Luftkuss auf die Wange. »Was um alles in der Welt hast du da an?«, raunt sie dann.

»Ich freue mich auch, dich zu sehen, Mom«, stoße ich zwischen zusammengebissenen Zähnen hervor.

David umarmt meine Mutter und dreht sich dann strahlend zu mir um. »Ich dachte, es sei an der Zeit, dass unsere Eltern einander kennenlernen. Deshalb habe ich veranlasst, dass deine Mom und Phil übers Wochenende herkommen und wir alle zusammen hier übernachten.«

»Also übernachtet ihr hier? Bei den Bergmans? Wirklich?« Ich werfe Dave einen Blick zu, der *ich könnte dich umbringen* besagen soll.

»Natürlich. Dass die beiden im Hotel wohnen, kommt überhaupt nicht in Frage, selbst wenn es hier in der Gegend ein gutes geben würde. Außerdem haben Susan und ich uns den ganzen

Nachmittag über ausgezeichnet verstanden«, erklärt mir Joyel begeistert und legt den Arm um meine Mutter.

Sie kichert. Obwohl ich sicher bin, dass ich es mit einem Vorzeichen der herannahenden Apokalypse zu tun habe, lächele ich, als hätte ich die ganze Woche nichts Schöneres gehört.

»Wir sind euch wirklich für die Unterkunft dankbar«, meint Phil ein wenig verlegen, was mich erleichtert. Wenn er und Len plötzlich unzertrennliche Freunde geworden wären, hätte ich nämlich meine Tasche nehmen und mir einen mitleidigen Yuppie suchen müssen, der mich zurück in die Stadt fährt.

»Dave! Das ist wirklich das Hinterletzte!«, zische ich, als wir alle ins Esszimmer gehen.

»Ich fand es wichtig, dass unsere Eltern sich mal treffen«, entgegnet er mit gekränkter Miene. »Und ich wollte nicht, dass du nein sagst, ohne es dir gründlich zu überlegen. Ich dachte, wenn du deine Mom erst siehst, wirst du merken, dass es gar keine so schlechte Idee ist.«

»Nach drei gemeinsamen Jahren solltest du mich eigentlich besser kennen. Ich hasse Überraschungen. Vor allem solche, die mit meiner Mutter zu tun haben.« Sie könnte in etwa sieben Milliarden Dinge sagen oder tun, um dieses Wochenende in eine Katastrophe zu verwandeln. Verdammt, ich mag die Bergmans, und sie mögen mich. Dass meine Mutter alles verdirbt, hätte mir gerade noch gefehlt.

»Marissa«, erwidert Dave sanft. »Meine Familie bedeutet mir sehr viel. Und ich weiß, dass es bei dir genauso ist, obwohl du es dir nicht eingestehen willst. Deine Mutter mag vielleicht nicht vollkommen sein, aber sie ist und bleibt deine Mutter, und ich möchte meinen Eltern die Gelegenheit geben, sie kennenzulernen.«

»Hmmpf«, schmolle ich. Ich bin noch immer überzeugt, dass er durchaus geschickter an unser kleines Familientreffen hätte herangehen können. »Falls es zu Problemen kommt, bist ganz allein du schuld.«

»Abgemacht«, antwortet er, legt mir die Hand auf den Rücken und schiebt mich durch den Türbogen ins Esszimmer. »Ich lieeeebe dich«, fügt er mit verstellter Stimme hinzu, woraufhin ich mir ein Schmunzeln nicht verkneifen kann. »Und jetzt machen wir gute Miene zum bösen Spiel.«

Zum Abendessen hat Joyel einen leichten Imbiss aus Käse, Pökelfleisch, Sesampaste, Obst und selbst gebackenem Brot vorbereitet. Als alle sitzen, schenkt Len jedem ein Glas Wein ein und hebt dann seines, um einen Trinkspruch auszubringen. »Auf die Familie«, sagt er feierlich und blickt uns über den Tisch aus massivem Mahagoni hinweg an. »Und auf die Zukunft.«

»Prost«, sage ich. Doch anstatt mit mir anzustoßen, beugt Dave sich zu mir herüber. »Auf unsere Zukunft«, flüstert er mir so leise ins Ohr, dass nur ich es hören kann. »Auf unsere Familie.« Dann küsst er mich sanft und berührt mit dem Rand seines Weinglases meines.

»Auf unsere Familie«, flüstere ich zurück. Meine Worte, ein Versprechen an ihn, schweben in der Luft.

29

Am nächsten Morgen wache ich als neue Frau auf. Es ist ein wunderschöner Tag, ich habe gut geschlafen, und – was am wichtigsten ist – meine Mutter hat sich am gestrigen Abend durchweg anständig benommen. Beim Abendessen war sie richtiggehend kleinlaut und hat sogar darauf bestanden, anschließend beim Geschirrspülen zu helfen, anstatt sich wie sonst auf ihre französische Maniküre herauszureden.

»Guten Morgen, meine Schönste«, sagt Dave und schlüpft zu mir ins Gästebad, wo ich mir gerade die Zähne putze.

»Hallo«, erwidere ich, den Mund voller Zahnpastaschaum. Als ich ihn ausgespuckt und nachgespült habe, ist Dave schon in der Dusche.

»Komm mit rein«, fordert er mich auf und streckt den Kopf aus dem Duschvorhang aus Damast.

»Pssst«, warne ich, damit er leiser spricht. »Deine Eltern sind nur ein paar Zimmer weiter.«

»Erstens«, entgegnet er und fasst nach einem Zipfel meiner Pyjamahose, »ist Mom bereits in der Küche und kocht Kaffee. Und Dad ist sicher schon seit zwei Stunden, wenn nicht gar länger, auf den Beinen.«

»Wie der Vater, so der Sohn«, lache ich und schubse seine nasse Hand von meiner Seidenhose weg. »Es wundert mich, dass du nicht im Morgengrauen mit ihm joggen warst.«

»Das hätte ich nicht gewagt. Du warst heute früh so warm und kuschelig«, erwidert Dave, packt wieder meine Hose und zieht sie mir diesmal herunter. »Los«, sagt er. »Ab in die Dusche.«

»Das klingt, als würde mich jemand anflehen«, necke ich ihn. Doch ich ziehe mich aus und steige in die Wanne.

»Was ist eigentlich für das restliche Wochenende geplant?«, erkundige ich mich, während Dave mir den Rücken einseift.

»Ich dachte, nach dem Frühstück zeigen wir deinen Eltern die Sehenswürdigkeiten von Chappaqua und gehen danach einkaufen. Was hältst du von Pizza zum Abendessen?«

»Prima Idee.«

Ich spüle mir ein letztes Mal die Haare aus und springe aus der Dusche. Dave folgt mir und wickelt mir ein dickes weißes Handtuch um Oberkörper und Schultern, bevor ich Gelegenheit habe, es selbst zu tun.

»Du bist viel zu nett zu mir«, meine ich und reibe mir mit der weichen Baumwolle über die Haut. »Obwohl du mir wegen des Überraschungsdebakels noch etwas schuldig bist.«

Aber offen gestanden ärgere ich mich gar nicht mehr darüber, dass meine Mutter hier ist. Ich fühle mich sogar so entspannt, dass ich auf der Stelle einschlafen könnte. Das Haus der Bergmans hat irgendetwas an sich. Es ist so ähnlich wie bei den Ferrars, nur besser. Bei Julias Eltern habe ich mich zwar auch immer wie zu Hause gefühlt, wurde aber dennoch den Eindruck nicht los, dass ich mit einer falschen Bewegung etwas Unersetzliches zerbrechen könnte. Wenn ich dagegen bei Daves Eltern Rotwein aufs Sofa verschütten würde, würden sie nur darüber lachen und das Polster wenden. Ich bedaure nur, dass Dave Moms und Phils Haus wohl nie als so behaglich empfinden wird. Schließlich komme selbst ich mir dort jedes Mal vor wie ein Eindringling, wenn ich sie besuche.

»Mir gefällt's hier«, sage ich zu Dave, während ich mir die Haare auskämme (inzwischen eine viel leichtere Aufgabe, weil ich nicht mehr meterlange verfilzte Strähnen entwirren muss).

»Mir auch«, stimmt er mir zu. »Anders als die meisten Menschen aus den Vororten hatte ich nie das Bedürfnis zu flüchten.« Er streicht mir das Haar zurück und stellt sich hinter mich, sodass wir beide in den Spiegel schauen. »Es wäre schön, eines Tages hier zu wohnen«, meint er zu meinem Spiegelbild. »Du weißt schon, wenn wir einmal Kinder haben.«

»Kinder?«, antworte ich grinsend. »Ich glaube, das könnte ich mir vorstellen. Natürlich nicht jetzt sofort. Susan lehnt uneheliche Kinder ab. Denk nur mal an die Szene, die sie Sarah gemacht hat, als sie von Marcus schwanger geworden ist.«

»Oh, aber ich bin nicht Marcus, mein Schatz«, entgegnet Dave mit einem hinterhältigen Grinsen. »Ich würde Susan sagen, wohin sie sich ihre Meinung stecken kann.«

»Da freue ich mich jetzt schon drauf«, antworte ich und

schlüpfe in den Gästebademantel aus dickem Frottee, den Joyel für mich an die Tür gehängt hat. »Am besten ziehen wir uns jetzt an, bevor die anderen sich noch fragen, warum wir so auffällig durch Abwesenheit glänzen.«

Natürlich sitzen alle schon kaffeetrinkend am Tisch, als wir endlich in der Küche erscheinen.

»Äh, tut mir leid. Wartet ihr schon lange?«, entschuldige ich mich.

Meine Mutter zieht die Augenbrauen hoch, was wohl »selbstverständlich« heißen soll.

Doch Joyel wischt meine Besorgnis beiseite. »Natürlich nicht. Len hat erst vor einer Minute das Frühstück gebracht«, erklärt sie und zeigt auf die riesige braune Papiertüte mit den am leckersten duftenden Bagels, die mir zu meinem Leidwesen je untergekommen sind.

»Was ist, Mom, bäckst du keine Waffeln mehr, seit das Nest leer ist?«, witzelt Dave.

»Ich erinnere mich nur zu gut, dass jemand ausdrücklich nach Angy's Bagels verlangt hat«, gibt Joyel zurück. »Aber wenn du keinen möchtest, esse ich sie gerne alle selbst.«

Während ihres Geplänkels stelle ich fest, dass meine Mutter hinter ihrer *New York Post* hervorspäht wie Margaret Mead, die zum ersten Mal Samoaner in ihrer natürlichen Umgebung beobachtet. »Ja, Mutter, so geht man in glücklichen Familien miteinander um«, möchte ich ihr am liebsten sagen. Stattdessen nehme ich die Bagels aus der Tüte und arrangiere sie auf dem antiken Tablett, das Joyel mir reicht. Auf dem Grund der Tüte angelangt, bemerke ich, dass Len nicht nur eine, sondern gleich drei verschiedene Sorten Frischkäse gekauft hat. »Eine halbe Dose pro Person?«, frage ich mit hochgezogenen Augenbrauen.

Er lacht. »So ähnlich.«

»Oh, ich bin sicher, dass Marissa mit mindestens einer davon allein fertigwird«, lässt sich meine Mutter vernehmen, worauf Len sich umdreht, um sich zu vergewissern, ob sie es ernst meint. Das Lächeln, das sie ihm schenkt, ist meiner Erfahrung nach so echt wie eine Designerhandtasche aus Chinatown. »War natürlich ein Scherz«, flötet sie.

Bitte, lieber Gott, mach, dass sie nicht loslegt, schicke ich ein Stoßgebet zum Himmel und stelle das Tablett auf den Tisch, als ob alles in bester Ordnung wäre. Offenbar ist mir der Herrscher im Himmel noch etwas schuldig, denn meine Mutter lässt während des Frühstücks keine einzige auch nur annähernd spitze Bemerkung fallen. Ebenso beeindruckend ist, dass sie einen ganzen Bagel verspeist, der sie mehr Weight-Watchers-Punkte kostet, als sie sonst in eine einzige Mahlzeit zu investieren bereit ist.

Auf Daves Vorschlag hin unternehmen wir zu sechst in zwei Autos eine Spazierfahrt durch Chappaqua. Dave und ich fahren mit Len in einem Wagen, Joyel nimmt meine Mom und Phil mit. Wir halten an einem Markt, wo eine Verkostung verschiedener Weine aus dem Hudson Valley stattfindet, und machen einen Abstecher zu Joyels Lieblingsboutique, bevor wir uns einige Villen in der näheren Umgebung ansehen. Anschließend kehren wir nach Hause zurück, um uns ein paar Stunden auszuruhen.

Zum Abendessen gehen wir zu Chappy's, Daves Lieblingspizzeria.

»Man würde nie glauben, dass die Besitzer Frankokanadier sind«, meint er grinsend zu Phil, wobei er darauf anspielt, dass die rot karierten Tischdecken, der Holzofen und die Weinregale an der Wand eher an ein klassisches italienisches Lokal erinnern.

»Solange die Pizza gut schmeckt, ist es mir egal, ob der Laden einer Herde Ziegen gehört«, erwidert Phil gut gelaunt.

Dave klopft ihm auf den Rücken. »Dann bist du hier genau richtig. Ich habe noch nirgendwo eine bessere Pizza gegessen, nicht einmal in Brooklyn.«

»Nicht so laut«, flüstert Len im Scherz. »Wenn eine Bemerkung wie diese den falschen Leuten zu Ohren kommt, hetzen sie einem die Killer auf den Hals.« Er dreht sich zu mir um. »Ich an deiner Stelle würde mich heute Abend nicht neben Dave setzen, wenn er weiter so provozierende Reden schwingt.«

Ich lache. »Ich glaube, das halte ich schon aus, Len.«

Dave schlägt vor, zwei große Pizzen zu bestellen, und fragt jeden, welchen Belag er am liebsten hätte. Schließlich ist er bei meiner Mutter angelangt.

»Oh, ich möchte keine Pizza, mein Junge«, sagt sie. »Ich bin noch satt von dem Bagel heute Morgen.«

»Wirklich? Nicht einmal ein winziges Stückchen?«, hakt Dave leicht verdattert nach. »Sie ist unverschämt lecker. Man kann nicht hierherkommen, ohne sie versucht zu haben.«

»Wirklich«, beteuert meine Mutter und sieht mich an. »Ich nehme einen Caesar's Salad mit Hühnerbrust. Marissa und ich können ihn uns ja teilen.«

»Schon gut, Mom«, antworte ich. »Wir bestellen zur Pizza einfach einen großen Kopfsalat. Das ist dann genug Grünfutter für mich.«

»Marissa, findest du nicht, dass du mit den Kohlehydraten ein bisschen vorsichtiger sein solltest? Insbesondere nach den Bagels und dem Wein?«, wendet meine Mutter mit schriller Stimme ein. Sobald sie den Mund zumacht, läuft sie vor Verlegenheit rot an, als habe sie gerade erst bemerkt, dass sie nicht allein mit mir am Tisch sitzt.

Niemand gibt ein Wort von sich – nicht einmal Phil, der es gewöhnt ist, die Peinlichkeiten meiner Mutter auszubügeln. Ich sitze wie erstarrt auf meinen Händen. Das Taillenbündchen meiner Jeans schneidet mir in die Speckröllchen ein, ein grausamer Hinweis darauf, dass meine Mutter recht hat, obwohl sie es nicht hätte aussprechen sollen.

Just als das Schweigen unerträglich zu werden droht, stürzt sich ein Kellner auf uns. Wie alle Kellner im Chappy's hat er eine großspurige Art, dazu einen New Yorker Akzent so dick wie Sirup und reißt obendrein so lange Witze über unsere Bestellung, bis er uns ein Lächeln entlockt. Auch wenn mir die Unterbrechung willkommen ist, fühle ich mich derart gedemütigt, dass ich befürchte, jeden Moment in Tränen auszubrechen. Sobald der Kellner fort ist, verdrücke ich mich auf die Toilette.

Ich beuge mich über das weiße Waschbecken und spritze mir kaltes Wasser ins Gesicht, wobei ich darauf achte, dass nichts an die Augen kommt, damit mir die Wimperntusche nicht zerläuft. Dann trage ich noch einmal Make-up auf, um die dunklen Ringe unter den Augen und die winzigen Äderchen unter den Nasenlöchern zu tarnen, die immer feuerrot anlaufen, sobald ich mich aufrege. Nachdem ich die Wangen leicht mit Rouge bestäubt habe, hole ich tief Luft und drücke die Schwingtür auf. Der Türflügel prallt mit einem unerwarteten, aber dafür umso erfreulicheren Knall gegen meine Mutter.

»Ich wollte nur rasch zur Toilette«, verkündet sie herablassend und weicht von der Tür zurück.

»Ist okay, Entschuldigung angenommen«, entgegne ich, klinge dabei allerdings eher erschöpft als streitlustig.

Meine Mutter bedenkt mich mit einem vernichtenden Blick. »Bitte, Marissa, mach heute kein Theater.«

Ich sehe sie finster an. »Mom, sag bitte, dass das gerade ein Scherz war. *Ich* soll kein Theater machen? Immerhin bin ich hier nicht diejenige, die in einem voll besetzten Restaurant über die Ernährungsgewohnheiten ihrer Tochter herzieht. Als ob ich zwölf wäre und niemals darüber nachgedacht hätte, wie viele Kalorien ein Stück Scheißpizza hat. Immerhin bin ich Redakteurin bei einer Diätzeitschrift, verdammte Scheiße!«

»Keine Kraftausdrücke, Marissa«, rügt sie mich.

»Scheiße, Scheiße, Scheiße, Scheiße!« Inzwischen schreie ich beinahe.

Das Wort klingt für mich zwar ungewohnt, löst bei meiner Mutter jedoch die erwünschte Reaktion aus. Sie macht ein zugleich empörtes und peinlich berührtes Gesicht und schaut sich um, ob uns jemand gehört hat. Es erübrigt sich hinzuzufügen, dass dies auf mindestens die Hälfte der Gäste zutrifft, weshalb ich innerlich triumphiere. Das macht richtig Spaß. Nun ja, beinahe.

Eine Kellnerin bleibt auf dem Weg zur Toilette stehen und erkundigt sich, ob alles in Ordnung sei.

»Bestens«, erwidere ich und drehe mich wieder zu meiner Mutter um. »Also, Mom, falls du mich nun entschuldigen würdest, ich setze mich wieder an den Tisch. Und wenn du zurückkommst …«

»Schluss jetzt, Marissa, sei still«, unterbricht mich meine Mutter.

»Nein, Mom«, zische ich und mache einen Schritt auf sie zu. Sie scheint sich zwar vor mir zu fürchten, rührt sich aber nicht von der Stelle. Deshalb fahre ich fort. »Ich werde nicht still sein. Und du wirst mir auch nicht noch einmal den Mund verbieten. Immerzu fängst du Streit an und wunderst dich dann, wenn es tatsächlich zu einer Auseinandersetzung kommt. Übrigens war ich noch nicht fertig. Wenn du wieder am Tisch sitzt, werden wir beide so tun, als hätten wir einander gern, und als wärst du nicht enttäuscht von allem, was ich tue. Sonst halten die Bergmans uns noch für komplette Spinner. Morgen fliegst du dann gemütlich zurück nach Michigan und brauchst mich in diesem Jahrhundert nicht mehr anzurufen.«

Meine Mutter starrt mich an und bekommt vor Schreck den Mund nicht mehr zu. Ich beschließe, die Tatsache auszunützen, dass mein Publikum mir an den Lippen hängt. »Außerdem würde ich es vorziehen, wenn du deine Bemerkungen über meine Essgewohnheiten bis zum Rückflug für dich behältst. Ich bin sicher, dass sich Phil brennend dafür interessieren wird, auf welche Weise ich mich mit Kohlehydraten umbringe. Mir ist es nämlich schnurzpiepegal.«

Der entsetzte Gesichtsausdruck meiner Mutter wird von einer gekünstelten Leidensmiene abgelöst. »Ich verstehe einfach nicht, warum du mich so sehr hasst«, sagt sie mit zitternder Stimme und tupft sich mit einem Zipfel ihres Ärmels den Augenwinkel ab.

»Vergiss es, Susan. Die Einzige, die dich hasst, bist du selbst«, entgegne ich, selbst erstaunt über diese Erkenntnis. Bevor sie die Chance hat, etwas darauf zu erwidern, mache ich auf dem Absatz kehrt und steuere auf den Tisch zu.

Dave und seine Eltern tun zwar ihr Bestes, um das Abendessen zu retten, doch die Stimmung ist verdorben, und ich bekomme kaum einen Bissen von der Pizza herunter. Kaum sind wir zu Hause, zieht meine Mutter sich in ihr Zimmer zurück, und Phil murmelt etwas von Kopfschmerzen, bevor er ihr folgt. Dave, der sich noch auf dem Restaurantparkplatz wortreich bei mir entschuldigt hat (»Ich hatte ja keine Ahnung, dass sie *so* schrecklich ist.«), geht ins Bad, um sich bettfertig zu machen. Len folgt seinem Beispiel. Doch als ich Joyel gute Nacht sagen will, legt sie mir die Hand auf die Schulter und hält mich zurück.

Sie legt den Kopf schief und lächelt mich gütig an. »Weißt du, was? Ich finde, wir beide sollten noch einen Schluck trinken. Was hältst du davon?«

»Einverstanden«, erwidere ich. Dabei denke ich, dass das Universum alles, was meine Mutter mir im Laufe der Jahre je angetan hat, wiedergutmachen wird, falls Joyel meine Schwiegermutter wird.

»Tja, das war ein interessanter Abend, oder?«, stellt Joyel fest, während sie zwei Gläser zu gleichen Teilen mit Wodka und Tonicwater füllt. Geschickt zerkleinert sie eine Limette und gibt ein Stückchen in das sprudelnde Gemisch. Dann kostet sie kurz.

»Perfekt«, verkündet sie mit einem Seufzer. Unsere Blicke treffen sich, und ich bemerke, dass sich Anteilnahme und nicht Mitleid in ihren Augen malt. »Wie fühlst du dich?«

»Ehrlich gesagt, ich hatte eindeutig schon bessere Tage«, antworte ich. »Es tut mir wirklich leid, dass ich euch alle in diesen Schlamassel hineingezogen habe. Dabei habt ihr wahrscheinlich mit einem gemütlichen Familientreffen gerechnet.«

»Liebes, du hast niemanden irgendwo hineingezogen. Du bist selbst gezogen worden.«

»Meine Mutter liegt ja nicht ganz falsch«, füge ich hinzu und betrachte meinen ausladenden Oberkörper.

»Das soll ja wohl ein Scherz sein, oder?«, fragt Joyel ein wenig ungläubig.

»Klar«, erwidere ich bitterernst.

»Ach, du meine Güte. Das ist jetzt natürlich nicht offiziell. Außerdem weißt du, dass ich deine Mutter mag und sie nicht schlechtmachen will. Die Sache ist nur, dass man solche Dinge manchmal einfach überhören muss. Glaub mir. Während meiner ganzen Highschool-Zeit hat meine Mutter mich jeden Sommer zum Abnehmen in ein Ferienlager für dicke Kinder gesteckt, weil ich fünf Kilo Übergewicht hatte. Fünf Kilo! Ist das zu fassen?«

Ich schüttele den Kopf, weil ich es mir nicht vorstellen kann. Selbst jetzt, mit Anfang sechzig, ist Joyel schlank und durchtrainiert. »Hattest du denn keine Angst, dass du Sascha einen Komplex anerziehst?«, erkundige ich mich, womit ich auf Daves Schwester anspiele. »Denn um ehrlich zu sein, macht mir das am meisten zu schaffen. Ich will diese bescheuerte Übergewichtsphobie nicht eines Tages an meine Tochter weitergeben.« Mir kommt der Gedanke – auch wenn ich ihn nicht ausspreche –, der Verfolgungswahn meiner Mutter könnte eine ganze Menge dazu beigetragen haben, dass ich bei einer Diätzeitschrift arbeite.

»Liebes, ich finde, du solltest dir mehr Sorgen um dich selbst als um deine zukünftigen Kinder machen«, entgegnet Joyel mit einem wehmütigen Lächeln. »Glaub mir, das Gewicht der Erwartungen, die andere Menschen an einen stellen, wird man nämlich am allerschwersten los.«

30

Am darauffolgenden Montag in der Mittagspause rufe ich Sarah an, um den Aufenthalt in Chappaqua nachzubereiten. Das Telefon läutet einige Male, und ich will schon auflegen, als sie endlich rangeht.

»Entschuldige«, keucht sie. »Ich musste zum Telefon rennen. War auf dem Crosstrainer.«

»Ist sicher nett«, erwidere ich, denn mitten am Tag in meinem privaten Fitnessstudio zu trainieren klingt fast so sehr nach Luxus wie sich am Rand eines Swimmingpools von einem knackigen Pagen mit Bonbons füttern zu lassen.

Sie schnaubt. »Klar, ich stehe darauf, mir fünfundvierzig kostbare kinderfreie Minuten lang einen abzustrampeln und mir dabei anhören zu müssen, wie Oprah Winfrey verkündet, eine Frau sollte eine ganze Stunde Sport am Tag treiben.«

»Außerdem sollten wir zehn Prozent unseres Gehalts ans Kinderhilfswerk spenden, richtig?«, antworte ich lachend. »Möchtest du, dass ich später noch mal anrufe?«

»Nein. Aber stör dich nicht an meinem Gejapse. Ich stelle dich auf laut und mache weiter, während wir reden. Also, wie war es?«, fragt sie. Natürlich meint sie das Wochenende.

»Sagen wir mal, eine heile Familie sieht anders aus.«

»Ich hatte schon so eine Vorahnung. Ich habe Mom und Phil nämlich gestern vom Flughafen abgeholt. Sie haben zwar getan, als wäre nichts gewesen, und die Bergmans – ich zitiere – als ›reizende Leute‹ bezeichnet, aber ich hatte trotzdem das Gefühl, dass etwas gehörig schiefgelaufen ist.«

»Anfangs hat alles wie am Schnürchen geklappt, doch Mom ist, was mich betrifft, derzeit nicht gerade in Kuschelstimmung.« Ich schildere unsere Auseinandersetzung im Restaurant.

»Ach, herrje«, seufzt Sarah. »Daves Eltern müssen Heilige sein. Jetzt weiß ich, warum Dave immer die Ruhe weghat. Kannst du dir vorstellen, was im umgekehrten Fall passiert wäre?«

»Ich weiß. Das Verrückte ist, dass Len und Joyel von Moms unmöglichem Verhalten offenbar überhaupt nicht schockiert waren. Joyel war anschließend sogar besonders nett zu mir.«

»Das tut sie, weil sie dich lieb hat, du Dummerchen«, neckt mich Sarah. »Du bist ein Traum von einer Schwiegertochter. Darum ging es doch bei diesem Eltern-Kennenlern-Treffen, oder?«

»Neeeein«, protestiere ich, froh darüber, dass gerade niemand in meinem Büro ist und sieht, wie ich knallrot anlaufe.

»Doooch. Und ich weiß, dass du gerade rot geworden bist«, gibt sie zurück.

»Blöde Kuh.«

»Du kannst mich beschimpfen, so viel du willst, es ändert nichts an der Wahrheit: *Marissa ist verlie-hiebt, Marissa ist verlie-hiebt*«, hänselt sie mich. »Glücklicherweise heißt das vermutlich, dass Nathan aus deinem Gedächtnis getilgt ist, richtig?«

»Äh …« Kurz erzähle ich ihr das Neueste in Sachen Nathan-Drama, wobei ich auch unser Abendessen und die E-Mails erwähne.

»Marissa!«, schimpft Sarah. Ich höre, wie das Zischen der Pedale ihres Crosstrainers langsamer wird und schließlich verstummt. »Ich fasse es nicht, wie du mir verschweigen konntest, dass du mit ihm beim Essen warst! Was ist denn aus deinen Vorsätzen geworden, mit der Sache abzuschließen?«

Ich bin nicht sicher, was ich mir von dem Gespräch erhofft habe, aber Sarahs Bemerkung geht mir gegen den Strich. »Schon gut. Tut mir leid, dass ich es überhaupt erwähnt habe.«

»Ach, jetzt sei nicht so. Es wird doch wohl möglich sein, dich nach dem Grund zu fragen, ohne dass du gleich ausflippst.«

Ich schweige.

»Marissa«, fährt Sarah sanft fort. »Du weißt, dass ich dich über alles liebe. Immerhin bist du mein Fleisch und Blut.« So merkwürdig und beinahe altmodisch das auch anmutet – es geht ans Herz und erinnert mich daran, wie nah Sarah und ich uns in den letzten Monaten gekommen sind. »Ich möchte nur, dass du glücklich bist«, spricht sie weiter. »Und ich bin ziemlich sicher, deine Beziehung mit Dave zu sabotieren ist nicht die beste Methode, um genau das zu erreichen.«

»Entschuldige. Natürlich hast du recht«, räume ich ein. »Im Moment ist es eben ein ziemlich heikles Thema. Mir ist klar, dass ich Nathan aus meinem Leben verbannen muss. Nur, dass meine besten Absichten offenbar nicht genügen. Er lässt sich einfach nicht abschütteln. Inzwischen wird sicher nichts Gutes mehr dabei herauskommen, und ich könnte mich ohrfeigen, weil ich diese seltsame Beinahe-Freundschaft mit ihm überhaupt angefangen habe.«

»Möchtest du meine ehrliche Meinung dazu hören?«, fragt Sarah.

»Habe ich eine Chance abzulehnen? Ich habe nämlich den Verdacht, dass du mir sie trotzdem sagen wirst.«

»Da kannst du Gift drauf nehmen.« Sie lacht. »Ich glaube, dass du zu viele Dinge einfach geschehen lässt. Nathan kommt nach New York und will mit dir essen gehen? Na klar! Er hält es für eine gute Idee, in Kontakt mit dir zu bleiben? Warum nicht? Tatenlos zusehen, wie Julia deine Beziehung mit Dave untergräbt, ohne sie daran zu hindern, weil sie nicht hundertprozentig richtig im Kopf ist? Okay! Verstehst du, was ich meine? Ich denke, du solltest zur Abwechslung einmal den Fahrersitz für dich beanspruchen«, wiederholt sie ihre Aussage von letztem November. »Insbesondere deshalb, weil wir gerade über deine Zukunft mit Dave reden. Du hast solches Glück mit ihm. Setz das alles nicht wegen einer Sache oder einer Person aufs Spiel, die es nicht wert ist.«

Du hast solches Glück mit ihm. Sarahs Worte erinnern mich an etwas, das Julia einmal gesagt hat. Sofort bin ich wieder achtzehn und liege in einem roten Bikini, der mir an den Hüften ins Fleisch schneidet, auf einer Luftmatratze. Neben mir treibt Julia.

»Gott, ich kapiere noch nicht ganz, dass es das gewesen sein soll«, verkündete sie und hielt ihr Gesicht in die Sonne. »So ein Riesentheater. Trotzdem fühle ich mich genauso wie vor der Zeugnisausgabe. Es ist, wie wenn man seine Jungfräulichkeit verliert. Was soll das ganze Tamtam?«

Ich nickte zustimmend, obwohl ich meine Jungfräulichkeit erst noch verlieren musste, was Julia wusste. Wir hatten am Vortag unseren Abschluss gemacht und waren gerade mitten bei der so genannten offiziellen Abschlussnachbereitung in Julias Swimmingpool. Meine Sonnenbräune hatte inzwischen dieselbe Farbe angenommen wie mein Bikini. Aber ich schaffte es nicht, aus dem Wasser zu gehen. Als ob ich die Zeit hätte anhalten können, indem ich noch ein bisschen liegen blieb.

Ich drehte mich zu Julia um, der es irgendwie gelungen war, sich keinen Sonnenbrand zu holen, und die stattdessen einen beneidenswert karamellfarbenen Teint besaß. »Keine Ahnung«, meinte ich zu ihr. »Vielleicht fühle ich mich doch ein bisschen anders. Ein wenig traurig. Es wird nie wieder so sein wie früher. Ist dir das klar?«

»Möglicherweise wird es sogar besser«, erwiderte sie und tauchte die Hand in den Pool, um sich mit dem kühlen Wasser zu erfrischen.

»Also war das heute wirklich dein Ernst?«, erkundigte ich mich, womit ich auf ihre Rede bei der Abschlussfeier anspielte. Sie war so leidenschaftlich gewesen, dass einigen unserer Mitschüler Tränen in die Augen traten. Julia hatte uns gedrängt, uns den Herausforderungen zu stellen, die uns erwarteten, auch wenn wir noch nicht bereit dazu seien. »Das Leben geht so oder so weiter«, hatte sie gesagt. »Es kommt nur darauf an, wie ihr es meistert. Man kann sich von den Wellen tragen oder sich von der Strömung in die Tiefe ziehen lassen.«

»Selbstverständlich«, entgegnete sie nun und drehte sich auf den Bauch. Dann zog sie meine Luftmatratze mit der linken Hand zu sich heran, hob ihre Sonnenbrille an und nahm mir sanft ebenfalls die Brille ab, damit wir einander ansehen konnten. »Ich weiß, dass du aufgeregt bist«, stellte sie fest. »Aber dir werden schöne Dinge passieren. Warte es ab.«

»Ich wünschte, ich wäre nur halb so sicher wie du«, antwortete ich mit einem wehmütigen Lächeln.

»Mar, als ich dir zum ersten Mal begegnet bin, dachte ich mir: Dieses Mädchen steht unter einem Glücksstern.«

»Pah, jetzt versuchst du wieder, mich um den Finger zu wickeln. Ich bin aber keiner deiner dämlichen Freunde.«

»Habe ich dich je belogen?«

»Nein! Jedenfalls nicht, dass ich wüsste.«

»Egal. Da kannst du dir absolut sicher sein«, sagte sie und spritzte mich nass. »Jetzt aber mal im Ernst. Weißt du, warum wir so ein gutes Team sind?«

»Warum?«, fragte ich. »Weil wir beide gern Weinmischgetränke mit Erdbeergeschmack mögen? Weil wir die gleiche Schuhgröße haben?«

»Nein«, entgegnete sie. »Weil wir Glückskinder sind. Wenn die eine Freundin immer nur Glück und die andere immer nur Pech hat, dann klappt es nicht.«

»Von wegen: Du bist das Glückskind«, widersprach ich. »Schließlich habe ich keine kilometerlangen Beine und auch kein voll bezahltes Studium oder einen Pool im Garten.«

»Oh, Marissa«, seufzte Julia auf. »Du hast solches Glück, und eines Tages wirst du es merken. Allerdings finde ich, dass Glück zu haben nicht annähernd so wichtig ist, wie es richtig zu nutzen.«

Julia hatte recht: Ich habe wirklich großes Glück, denke ich, während ich mich auf meinem Bürostuhl hin und her drehe. Ich bin gesund. Ich habe wundervolle Freundinnen. Ein schönes Zuhause. Eine Familie, die zwar auf keinen Fall perfekt ist, die ich aber dennoch liebe. Einen Freund, der mich mehr liebt, als ich es vermutlich verdient habe. Was werde ich aus meinem Glück machen?

Plötzlich erlebe ich etwas, das ich nur als Erleuchtung bezeichnen kann. Jedes Mal, wenn Nathan Kontakt zu mir aufnimmt, macht er – machen wir beide – unsere Geschichte ein wenig länger, komplizierter und denkwürdiger. Mein Bedürfnis, die Vergangenheit zu kitten, ist sehr stark ausgeprägt und lässt mich zögern, einfach einen Schlussstrich darunter zu ziehen. Inzwischen jedoch begreife ich allmählich, dass es der schlechtmöglichste Weg wäre zu versuchen, die losen Fäden zu einer ordentlichen Schleife zu knüpfen.

»Weißt du was, Sarah?«, frage ich meine Schwester. »Ich gelobe, von diesem Augenblick an den Kontakt mit Nathan abzubrechen. Ich werde weder mit ihm sprechen noch ihm mailen oder ihn überhaupt je wieder erwähnen. Das ist meiner Ansicht nach der einzige Weg, diesem albernen Chaos ein Ende zu bereiten. Passt du auf, dass ich nicht rückfällig werde?«

»Klingt wie ein guter Plan«, erwidert Sarah. »Und natürlich ehrt es mich, dass ich seine Einhaltung überwachen darf. Frag nur mal Ella: Wenn ich etwas kann, dann schlechtes Benehmen unterbinden.«

»Ausgezeichnet, also abgemacht«, sage ich und fühle mich wie von einer zentnerschweren Last befreit.

Obwohl ich nach dem Telefonat mit Sarah erleichtert bin, gibt es da noch eine Kleinigkeit, die mich beschäftigt: Ich muss Dave alles beichten.

Da er wie immer Überstunden macht, beschließe ich, mich um das Abendessen zu kümmern, als ich nach Hause komme. Ich bestelle etwas beim Chinesen. Doch anstatt die Teller auf den Couchtisch zu stellen, wo wir normalerweise vor dem Fernseher essen, lege ich im Esszimmer Platzdeckchen auf, hole eine Flasche Wein und schalte leise Musik ein.

»Was soll das werden?«, wundert sich Dave beim Eintreten. »Ein besonderer Anlass?«

»Ich dachte, es wäre gut, wenn wir uns zur Abwechslung mal ein bisschen unterhalten, anstatt vor der Glotze abzuhängen«, erwidere ich. »Außerdem«, füge ich hinzu, »gibt es da etwas, das ich mit dir besprechen möchte.«

»Bitte sag jetzt nicht, dass du mich verlässt«, antwortet Dave und lockert mit der freien Hand seine Krawatte. »Nach dem Tag, den ich hinter mir habe, könnte ich dann nämlich ausrasten.«

»Nein, Liebling«, meine ich und schlinge ihm die Arme um die Taille. »In letzter Zeit läuft es phantastisch mit uns. Ich hoffe, dass es immer so toll bleibt.«

»Findest du es auch so spitze?«, erkundigt er sich. Sein zufriedener Gesichtsausdruck lässt mich erahnen, wie er als kleiner Junge ausgesehen haben muss, und mir wird vor Liebe ganz warm ums Herz. Wie habe ich je daran zweifeln können, dass er der Richtige ist?

»Ich glaube nur, dass ich dir noch etwas wegen Nathan erklären muss.«

»Ach, herrje! Schon wieder dieser Typ«, stöhnt er auf.

Ich schlucke und greife nach Daves Hand. »Es ist nicht, was du denkst. Ich hatte nie vor, dich mit ihm zu betrügen. Aber als er vor ein paar Monaten wieder auf der Bildfläche erschienen ist, hatte ich jede Menge Phantasien zum Thema ›was wäre, wenn‹. Ich habe alles, was zwischen ihm und mir passiert ist, in Frage gestellt und überlegt, was wohl geschehen wäre, wenn ich vor all den Jahren nicht auf Julia gehört hätte. Ich komme mir absolut mies vor, weil ich das offen zugebe, doch ich bin der Meinung, du solltest es wissen.«

Dave mustert mich lange und forschend. »Marissa, ich mag diesen Kerl nicht und will nicht, dass er in deinem Leben eine Rolle spielt. Das ist dir sicher klar. Allerdings wärst du kein Mensch, wenn du nicht über die Vergangenheit nachgrübeln würdest. Ich denke auch noch manchmal an Tanya, obwohl ich mir ziemlich sicher bin, dass sie inzwischen in der Küche irgendeines armen Teufels Kaninchen in den Kochtopf steckt wie in *Eine verhängnisvolle Affäre*«, entgegnet er, womit er seine Ex meint. »Was Julia getan hat, war absolut nicht in Ordnung, und weil dir die Entscheidung aus der Hand genommen worden ist, ist es nur verständlich, dass dir die Sache zu schaffen macht. Mich interessiert bloß«, er hält inne und sucht nach den richtigen Worten, »ob dein ›was wäre, wenn‹ dir vor Augen geführt hat, dass alles so gekommen ist, wie es kommen sollte. Oder wünschst du dir eine zweite Chance? Denn ganz gleich, ob es ein anstrengender Tag war oder nicht, würde ich das lieber gleich erfahren, nicht erst in einem Jahr. Oder, noch schlimmer, nach zwei Jahrzehnten.«

»Ich will keine zweite Chance«, beteuere ich.

Nach der Trennung von Nathan habe ich insgeheim noch jahrelang geglaubt, wir würden eines Tages wieder zueinanderfinden. Das war auch einer der Gründe, warum ich mich nach unserem Wiedersehen so schwer von ihm lösen konnte. Doch als ich Dave nun vor mir sehe, ist mir sonnenklar, dass ich die Vergangenheit weder noch einmal durchleben will, noch dass ich sie herbeisehne – insbesondere deshalb nicht, weil ich damit meine Zukunft zerstören würde.

»Ich habe viel über das nachgedacht, was du vor ein paar Wochen zu mir gesagt hast«, meine ich zu Dave. »Darüber, dass ich sprunghafte Menschen anziehe.« Ich winke ihn zu mir an den Tisch. »Wenn mir etwas in den letzten sechs Monaten klar geworden ist, dann, dass ich das hier brauche. Uns«, erkläre ich ihm. »Ich wünsche mir mehr Beständigkeit. Eine Beziehung, die stabil und erwachsen und, ja, sogar ein wenig langweilig ist.« Bei diesen Worten steht mir das gemütliche Haus seiner Eltern in Chappaqua vor Augen, das eines Tages unseres sein wird. Ebenso das kleine braunäugige Kind, das unsere Zuverlässigkeit und Berechenbarkeit mit unbeschreiblich viel Liebe belohnen wird, und die Tatsache, dass wir zusammen alt und grau werden. In diesem Moment weiß ich ganz genau, dass der Weg, auf dem ich mich jetzt befinde, für mich der einzig richtige ist.

»Langweilig? Spitzenklasse«, gibt Dave zurück, drückt jedoch dabei meine Hand, um mir mitzuteilen, dass er mich ernst nimmt.

»Jedes Mal, wenn ich mit Nathan zu tun hatte, insbesondere, was die Sache mit Julia angeht, habe ich mich schrecklich gefühlt. Richtig krank«, fahre ich fort. »Wenn das kein klares Zeichen dafür ist, dass mir Achterbahnbeziehungen nicht mehr bekommen. Aber du, Dave Bergman, sorgst dafür, dass ich mich wundervoll fühle, und das werde ich nie im Leben aufgeben.«

Dave küsst mich. »Das, Marissa Rogers, war genau das, was ich hören wollte.«

31

Jetzt ist es aus und vorbei mit mir, lautet mein erster Gedanke, als Lynne mich zu sich ins Büro zitiert. In der Zeitschriftenbranche findet derzeit ein Blutbad statt: Bei der Pressekonferenz, die ich Anfang der Woche besucht habe, fehlten zwei Ernährungsredakteurinnen von einem Konkurrenzblatt, und eine andere Kollegin teilte mir mit, sie seien wegen Mittelkürzungen gefeuert worden. Es stimmt, dass sich der gesamte Inhalt von *Schlanke Linie* um mein Spezialgebiet dreht: Diäten. Außerdem weiß ich, dass Lynne mich mag, wenn auch nur, weil Naomi es tut. Aber da sie als Chefin mit allen Wassern gewaschen ist, würde ich es ihr durchaus zutrauen, dass sie mich durch eine jüngere und billigere Mitarbeiterin ersetzt. Durch jemanden wie Ashley.

Vielleicht fliege ich ja doch nicht raus, denke ich im nächsten Moment. *Vielleicht hat Ashley Lynne ihren Begleitartikel gezeigt, und die will ihn nun drucken.* Diese Vorstellung ist mir allerdings so unangenehm, dass ich eine Kündigung beinahe bevorzugen würde.

Doch ganz gleich, welches Schicksal mir auch droht, mir bleibt nichts anderes übrig, als mich professionell zu verhalten. Also streiche ich mir die Haare glatt und hole tief Luft, bevor ich leise an die Milchglastür von Lynnes Büro klopfe.

»Hallo?«

»Herein«, blafft Lynne.

Als ich die Tür öffne, sehe ich, dass sie mich zurückgelehnt und mit verschränkten Armen erwartet.

Schluck. Vorsichtig lasse ich mich auf der Kante eines der starren Metallstühle gegenüber meiner Chefin nieder.

Sie mustert mich eine gefühlte Ewigkeit. »Ich wollte es Ihnen selbst sagen, weil ich finde, dass Sie hier großartige Arbeit leisten, und nicht möchte, dass Missverständnisse aufkommen«, beginnt sie endlich mit einem Seufzen. »Allerdings muss ich angesichts der derzeitigen Wirtschaftslage manchmal Entscheidungen für uns alle treffen, die nicht leicht zu verkraften sind.«

Herrje, denke ich. Es geht definitiv nicht um Ashleys Interview mit Julia. Im nächsten Moment dämmert mir, was Lynnes Worte im Klartext zu bedeuten haben: *Bye-bye, Marissa.*

»Könnten Sie sich bitte ein wenig klarer ausdrücken?«, hake ich nach, da mir ein »Bin ich gefeuert?« nicht über die Lippen will.

»Der Artikel zum Thema Hirnverletzungen im September ist gestorben«, verkündet sie knapp.

»Oh.« Eine Sekunde sitze ich da und verarbeite die Information. Gut, ich behalte meinen Job. Das ist schön. »Aber ich dachte, der Artikel hätte Ihnen gefallen«, flehe ich, wobei ich mir übertriebene Mühe gebe, mir meinen Ärger nicht anmerken zu lassen. »Auf den letzten Entwurf haben Sie geschrieben, es handele sich um meine bislang beste Arbeit, und Sie könnten es kaum abwarten, wie viele Preise der Artikel gewinnt.«

»Der Testlauf war nicht gut«, entgegnet Lynne in scharfem Ton, und an ihrem Hals treten einige Adern hervor. »Die Zwanzig-Personen-Umfrage, die wir letzte Woche in Minnesota durchgeführt haben, hat ergeben, dass sich unsere Leserinnen mehr Artikel zum Thema Abnehmen wünschen. Sie wollen Diättipps, Rezepte, schlanke Prominente. Gesundheitsthemen interessieren die Leute schlichtweg nicht, wenn sie nichts mit Gewichtsverlust zu tun haben. Aber zu Ihrem Glück beschäftigen Sie sich ja zu neunzig Prozent damit, was heißt, dass Sie keine Angst um Ihren Job zu haben brauchen.«

Zwanzig Personen?, würde ich am liebsten schreien. *Sie werfen einen Artikel, den Sie als brillant eingestuft und den übrigen Kolleginnen als Beispiel vorgehalten haben, aus dem Programm, weil zwanzig willkürlich ausgewählte Frauen aus einem x-beliebigen Teil der Vereinigten Staaten ihn nicht mochten und lieber etwas über die Geheimnisse erfolgreicher Magersüchtiger lesen?*

Allerdings beschränke ich mich auf: »Ich verstehe.«

»Ich wusste, dass Sie Verständnis dafür haben würden, Marissa«, meint sie. »Mir ist klar, dass der Artikel Ihnen angesichts dessen, was Ihre Freundin durchmachen muss, viel bedeutet. Aber wenn man es in der Zeitschriftenbranche zu etwas bringen will, was bei Ihnen eindeutig der Fall ist, kommt es einzig und allein auf die Auflage an. Ich kann doch sicher darauf zählen, dass Sie die Lücke mit einem groß aufgemachten Artikel über die Diätgeheimnisse von Prominenten füllen werden, oder? Bis zum Redaktionsschluss ist nur noch ein Monat Zeit.« Als sie mit der knochigen Hand auf den Tisch schlägt, um ihre Worte zu untermauern, prallt ihr Ehering aus Platin mit einem lauten Klacken auf die Glasplatte.

»Natürlich«, erwidere ich und füge in Gedanken hinzu: *Gleich nachdem ich von der Brooklyn Bridge gesprungen bin.*

Da ich erst vor kurzem miterlebt habe, wie meine beste Freundin dem Tod nur knapp entronnen ist, stellt Selbstmord jedoch keine sehr attraktive Alternative dar. Die Option, meinen Job auf der Stelle hinzuwerfen, erscheint mir da plötzlich um einiges verlockender.

Zurück an meinem Schreibtisch, ertappe ich mich dabei, dass ich über die Lektion der letzten Woche bei Mach Dich Stark nachdenke. Es ging darum, eine schwierige Situation zu meistern.

»Warum ist es besser, mit jemandem über seine Gefühle zu reden oder eine Runde um den Block zu laufen, anstatt die Person anzuschreien, auf die man eine Wut hat?«, fragte ich die Mädchen und warf dabei einen Blick auf mein Unterrichtsmaterial, um sicherzugehen, dass ich die Frage auch richtig formulierte.

Natürlich fuhr Estrellas Hand sofort nach oben. Allerdings

auch die Hände von Josie, Anna und Margarita. Ich zeigte auf Margarita. »Was meinst du?«

»Weil man sich hinterher nicht wirklich besser fühlt?«, erwiderte sie schüchtern.

»Richtig«, sagte ich ihr. »Wahrscheinlicher ist, dass es einem danach sogar schlechter geht, weil die negativen Gefühle sich nicht gelegt haben. Wenn man Konflikte zu bewältigen versucht, indem man Streit anfängt, raucht oder sich mit Fastfood vollstopft, bekommt man durch dieses ungesunde Verhalten nur noch mehr Probleme.«

Zugegeben, das klingt wie aus einer dieser pädagogisch wertvollen Sendungen im Schulfunk, doch ich kann nicht abstreiten, dass es inhaltlich stimmt. Wie gerne würde ich Lynne mitteilen, was ich von ihrer Zwanzig-Personen-Umfrage halte. Aber ich bin nicht nur zu ängstlich dazu, sondern weiß auch, dass es absolut nichts bringen würde. Daher unternehme ich stattdessen einen Spaziergang.

Ich umrunde einmal den Häuserblock. Aber als ich wieder vor dem Redaktionsgebäude von *Schlanke Linie* stehe, gehe ich nach Norden weiter, anstatt es zu betreten. Zehn Blocks später wollen meine Füße noch immer nicht anhalten. Ein Blick auf mein Mobiltelefon verrät mir, dass in knapp zehn Minuten unsere wöchentlich stattfindende Redaktionssitzung beginnt. Das heißt, ich werde es nicht rechtzeitig schaffen, wenn ich nicht sofort lossprinte wie ein kenianischer Marathonläufer. Doch ausnahmsweise beschließe ich, dass mir meine geistige Gesundheit wichtiger ist als meine Karriere.

Ohne langsamer zu werden, drücke ich auf die zweite Nummer in meinem Kurzwahlverzeichnis. Julia hebt sofort ab. »Hallo, Marissa! Was ist passiert?«

Ich schnappe nach Luft. Julia und ich haben immer gesagt, wir seien wie Zwillinge: Wann immer eine von uns verletzt oder traurig war, spürte die andere es auf Anhieb, und das selbst aus kilometerweiter Entfernung. Allerdings scheinen wir seit dem Unfall auf verschiedenen Planeten und in viel zu großer Distanz zueinander zu leben, um die Signale noch zu empfangen.

»Woher weißt du, dass etwas passiert ist?«, frage ich sie.

»Herrgott, mein Hirn ist keine Totalmatsche«, entgegnet sie spitz. »Ich hatte nur so ein Gefühl, dass etwas im Busch ist. Außerdem rufst du mich in letzter Zeit nie mitten am Tag an.«

»Stimmt«, gebe ich zu. »Ich habe nur gerade eine schlechte Nachricht bekommen und wollte mit dir darüber reden.«

»Was ist los?«

»Lynne will meinen Artikel über Hirnverletzungen nicht bringen«, stoße ich hervor, ohne meinen Ärger verhehlen zu können. »Angeblich fordern die Leserinnen Gewichtsverlust und keine Gesundheitsthemen. Außerdem lockt der Artikel keine Werbekunden an, da Neurologen es nicht nötig haben, in *Schlanke Linie* zu inserieren.«

»Wie ätzend, Mar«, meint sie. »Aber dir ist doch schon öfter ein Artikel gestrichen worden, oder?«

»Nicht auf diese Weise. Außerdem war er mir sehr wichtig, zumal es eine Chance war, allen zu beweisen, dass ich mehr draufhabe als Diätthemen. Ich fühle mich in einer Sackgasse.«

»Mar, darf ich dich mal was fragen?« Ich rechne fest damit, dass sie sich nach dem Verbleib ihres Interviews erkundigen wird, aber sie fügt hinzu: »Warum befreist du dich nicht von alldem? Obwohl du schon seit grauer Vorzeit bei *Schlanke Linie* arbeitest, bedeutet das nicht, dass es für immer so bleiben muss. Sieh dich einfach nach einer neuen Stelle um. Der Himmel weiß, dass du genug zu bieten hast, um für Millionen anderer Arbeitgeber interessant zu sein.«

Einen solchen Vorschlag habe ich nicht erwartet. Julia wollte zwar eigentlich immer zum Ballett, ist jedoch so geschäftstüchtig, dass sie auch eine begnadete Berufsberaterin abgegeben hätte. Damals, als ich einfach keinen Weg sah, bei einer Zeitschrift einen Fuß in die Tür zu bekommen, gab sie mir den Tipp, einen Einsteigerjob als Zeitungsjournalistin anzunehmen und die Abende zu nutzen, um bei Veranstaltungen, die Zeitschriftenredakteure gern besuchen, »wie wild Networking zu betreiben«, was mir letztlich zu meiner Stelle bei *Schlanke Linie* verholfen hat. Dass Julias beruflicher Instinkt noch immer vorhanden ist, gibt mir ein wenig Hoffnung, auch wenn ihre gesellschaftlichen Umgangsformen weiterhin einiges zu wünschen übrig lassen.

»Die Zeiten sind nicht gerade günstig für die Arbeitssuche. Wegen der Wirtschaftskrise und so«, halte ich dagegen.

»Hast du dich in den letzten sechs Monaten denn aktiv nach etwas umgeschaut?«, gibt sie zurück.

»Nein«, räume ich ein. »Das letzte Mal ist schon so lange her, dass ich gar nicht wüsste, wo ich anfangen soll.«

»Korrigiere mich, wenn ich falschliege, aber hast du nicht ständig davon geredet, eine große Journalistin werden zu wollen? Vielleicht ist ja wieder mal mein Siebhirn der Grund, doch ich habe dich schon seit Epochen nicht mehr vom Chefredakteursposten schwärmen gehört«, fährt Julia fort.

Ich bringe es nicht übers Herz, ihr zu sagen, dass sie »Ewigkeiten« meint. Außerdem hat sie ansonsten absolut ins Schwarze getroffen. Früher habe ich davon geträumt, eines Tages eine Zeitschrift, möglicherweise sogar *Schlanke Linie*, zu leiten. Inzwischen löst der bloße Gedanke daran den Wunsch in mir aus, mir ein glühendes Schüreisen in den Oberschenkel zu rammen. Das bedeutet nicht, dass ich meine Tätigkeit für absolut überflüssig halte. Eingebettet zwischen »Zwölf Zentimeter Taillenumfang weniger in vier Wochen!« und »Mühelos fit!«, enthält die Zeitschrift auch nachweislich nützliche Informationen, die es Frauen erleichtern, besser und gesünder zu leben. Doch ich möchte mich, wenn ich abends die Redaktion verlasse, mit mir im Reinen und absolut sicher fühlen, dass ich mehr Gutes getan als Schaden angerichtet habe.

»Ach, Julia«, seufze ich. »Wie immer ein ausgezeichneter Rat. Dann werde ich mal die Fühler ausstrecken.«

»Mehr verlange ich ja gar nicht«, entgegnet sie.

Ich könnte schwören, dass ich spüre, wie sie am anderen Ende der Leitung lächelt.

32

Am Samstag beschließe ich, den Krieg gegen den Schmutz endlich zu gewinnen. Mein Spezialgerät von Dyson schwingend, mache ich mich über die Wollmäuse her, die sich in jeder Ecke und Nische unserer Wohnung scharen, sause von Zimmer zu Zimmer und sauge alles auf, was nicht am Boden festgeklebt ist. Als ich das Wohnzimmer erreiche, bin ich zu dem Schluss gelangt, dass ich den Dreck, den ein Hund im Haus machen würde, auf keinen Fall ertragen könnte. Eigentlich schade, da ich mir überlegt habe, mir gegen die Einsamkeit einen anzuschaffen.

»Hoppla, Tiger«, meint Dave, der gerade zur Tür hereinkommt. »Setz dieses Ding bloß nicht gegen mich ein.«

Das schweißnasse T-Shirt klebt ihm am Waschbrettbauch. Nur zu gerne würde ich ihn dafür hassen, dass er die Disziplin hat, jeden Tag Sport zu treiben. Aber schließlich darf ich die Früchte seiner Bemühungen genießen und werde daher den Teufel tun. Wenn ich es mir genau überlege, hätte ich gegen eine kleine Kostprobe an Ort und Stelle nichts einzuwenden. Trotz meiner Befürchtungen, die Beichte in Sachen Nathan könnte einen Keil zwischen uns treiben, scheint meine schonungslose Offenheit eher die gegenteilige Wirkung gehabt zu haben: Dave und ich haben die letzte Zeit in Flitterwochenstimmung verbracht.

»Grrr«, knurre ich. »Warum bewegst du deinen verschwitzten Körper nicht sofort hierher?«

»Du bist ein wildes Tier.« Er zwinkert. Dann wirft er den Stapel Briefe, den er in der Hand hält, auf den Couchtisch und schlendert auf mich zu.

Als er sich gerade auf mich stürzen will, fällt mir ein Brief zwischen all den Umschlägen und Zeitschriften, die er abgelegt hat, ins Auge. Den Absender brauche ich gar nicht erst anzuschauen, denn ich erkenne an der ausladenden, schlampigen Handschrift sofort, von wem er ist.

»Hast du gesehen, dass meine Mom mir geschrieben hat?«, frage ich Dave. Meine Lust hat sich inzwischen in Luft aufgelöst.

»Nein. Das kann doch sicher warten, oder?«, erwidert er lächelnd und zupft an meinem Pullover, um mich an sich zu ziehen.

»Du weißt, dass ich mich nicht konzentrieren kann, bevor ich weiß, was drinsteht«, entschuldige ich mich. »Ich verspreche, es später wiedergutzumachen.«

Ich zerre so ungeduldig an dem Kuvert, dass ich es zerfetze und eine Ecke des rosafarbenen Briefbogens abreiße, der darin steckt. Ohne mich zu setzen, überfliege ich die Wörter, mit denen meine Mutter die Seite gefüllt hat.

Liebste Marissa,

ich habe dich wirklich sehr lieb.
Es tut mir leid, dass ich dich bei den Bergmans gekränkt habe. Damals dachte ich, ich täte dir einen Gefallen, aber nachdem ich mit Phil darüber gesprochen habe, ist mir nun klar, dass ich keine Bemerkung über dein Essverhalten hätte machen dürfen. Schon gar nicht in

Gegenwart von Daves Familie, aber auch nicht unter vier Augen. Hoffentlich halten die Bergmans mich jetzt nicht für eine unmögliche Person. Außerdem, was viel wichtiger ist, hoffe ich, dass du mich nicht deshalb hasst. Da es für mich so alltäglich ist, mir über das Essen den Kopf zu zerbrechen, komme ich kaum je auf den Gedanken, dass du meine Hinweise vielleicht nicht hören willst oder dass sie nach Kritik klingen könnten. Allmählich sehe ich ein, dass meine Vorschläge nicht immer erwünscht oder hilfreich sind. Ich weiß, es ist nicht leicht für dich und Sarah, das zu verstehen, aber ich vergesse manchmal, dass ihr beide erwachsene Frauen und durchaus in der Lage seid, eure eigenen Entscheidungen zu treffen – Entscheidungen, die nur euch etwas angehen, ganz gleich ob ich nun damit einverstanden bin oder nicht. Obwohl ich dir nicht versprechen kann, dass ich mich in Zukunft immer richtig verhalten werde, habe ich mir geschworen, von nun an zu versuchen, mir auf die Zunge zu beißen, insbesondere wenn es sich um Themen wie Gewicht oder Essen dreht.

Ich bin wirklich stolz auf dich und überrascht, dass du dich zu einer so intelligenten, schönen und erfolgreichen Frau entwickelt hast. Du hast ein wundervolles Leben vor dir, und ich hoffe, dass ich weiter daran teilhaben darf.

Für immer in Liebe

Mom

Wortlos reiche ich Dave den Brief. Nachdem er ihn gelesen hat, sieht er mich an.

»Wahnsinn«, sagt er nur.

»Was hältst du davon?«, frage ich erschöpft. Die Beichte meiner Mutter löst in mir bei weitem nicht die erwarteten Triumphgefühle aus. Stattdessen bin ich plötzlich unendlich müde.

»Es schockiert mich ein wenig, dass sie sich entschuldigt«, meint Dave.

»Mich auch. Soweit ich mich erinnere, ist es das erste Mal«, antworte ich und lasse mich aufs Sofa fallen. »Offenbar hatte sie wirklich ein schlechtes Gewissen. Wozu sie auch allen Grund hat. Wahrscheinlich sollte ich sie anrufen.«

Ich lehne mich in die Polster zurück und lege mir ein Sofakissen über die Augen. Mein Kopf fühlt sich an wie ein Felsbrocken auf einem Hals, so dünn wie ein brüchiger Zweig, und mir wird klar, dass ich nicht nur müde bin, sondern absolut erledigt. Bevor ich noch eine Sekunde über meine Mutter nachdenken kann, bin ich schon eingeschlafen.

Als ich aufwache, habe ich keine Ahnung, wo ich bin und wie viel Uhr es ist. Während ich mir die Augen reibe und mich im dämmrigen Wohnzimmer umschaue, fällt mir allmählich der Anfang des Tages wieder ein. Ich werfe einen Blick auf die leuchtenden roten Zahlen an der Mikrowelle: 17:07. Ich habe mehr als drei Stunden geschlafen.

»Na, du Schlafmütze«, ruft Dave vom Esstisch herüber. Seine Finger fliegen blitzschnell über die Tastatur seines Laptops.

»Du bist nicht in der Kanzlei?«, wundere ich mich, weil ich weiß, dass er wenigstens einige Stunden dort verbringen wollte.

»Nein«, erwidert er. »Ich wollte dich nicht allein lassen. Außerdem konnte ich von hier auch einiges erledigen. Sascha und John haben angerufen und gefragt, ob wir Lust hätten, mit ihnen essen zu gehen. Ich habe mir gedacht, wir könnten sie irgendwo hier im Viertel treffen, falls du möchtest.«

Immer noch leicht benommen, schleppe ich mich zur Küchenspüle, halte die Hände unters kalte Wasser und presse sie mir dann aufs Gesicht. »Abendessen klingt prima«, antworte ich. »Versprich mir nur, die Sache mit meiner Mutter nicht zu erwähnen.«

»Großes Ehrenwort«, meint Dave, klappt den Laptop zu und kommt zu mir ans Waschbecken. Er umarmt mich fest und küsst mich auf die Stirn. »Dafür musst du mir versprechen, dass du sie im Laufe des Wochenendes anrufst, um ihre Entschuldigung anzunehmen.«

»Hmpf«, schmolle ich.

»Die Dame sträubt sich zu sehr«, beharrt Dave. »Du weißt, dass du dich danach besser fühlst.«

»Meinetwegen«, entgegne ich und bedeute ihm, mir ins Schlafzimmer zu folgen. »Lass uns über etwas Schöneres reden. Zum Beispiel, warum du mich für ein wildes Tier hältst.«

Ich rufe meine Mom weder an diesem Abend noch am nächsten Morgen an. Mit ihr zu sprechen würde mir, wie ich mir sage, das ansonsten traumhafte Wochenende verderben. In Wahrheit wirft meine Verzögerungstaktik natürlich ihren Schatten auf mich, weshalb ich nichts richtig genießen kann. Nicht einmal der Einkaufsbummel mit Sophie bei Bloomingdale's am Sonntagnachmittag kann mich aus meiner Missstimmung reißen. Während ich so viele Schuhe anprobiere, dass selbst Imelda Marcos neidisch auf mich wäre – ich entscheide mich für sexy aussehende und gleichzeitig bequeme Ballerinas aus rotem Schlangenleder –, ertappe ich mich bei dem Wunsch, ich könnte alles in getrennte Schubladen stecken, wie Dave es immer tut. Dann müsste ich meine Dramen in Sachen Beruf, Familie und beste Freundin nicht ständig in einer absurd schweren Tasche mit mir herumschleppen.

Am Sonntagabend beschließe ich in dem verzweifelten Versuch, das Unvermeidliche noch ein bisschen länger hinauszuschieben, einen langen Spaziergang zu unternehmen. Ich schlüpfe in Joggingsachen und Turnschuhe und verlasse das Haus, als die Sonne gerade untergeht. Zwei Häuserblocks weit schreite ich kräftig aus, um meinen Kreislauf in Schwung zu bringen. Doch selbst nach all den Monaten Lauftraining mit den Mädchen von Mach Dich Stark komme ich nicht auf Touren, solange stets eine Ferse den Boden berührt. Ohne nachzudenken fange ich an zu rennen und finde sofort in einen angenehmen Rhythmus.

Wegen meines dämlichen Grinsens froh über die Dunkelheit, laufe ich meine Straße hinunter. Ich jogge. Noch dazu allein! Freiwillig und nicht etwa, weil ein Räuber oder ein Vergewaltiger hinter mir her ist! Ich kann es kaum fassen. Noch erstaunlicher ist, dass mir nichts wehtut. Ganz im Gegenteil, es geht mir beinahe – *keuch* – gut. Jedes Mal, wenn meine Füße den Boden berühren, bleibt ein Stück meiner Anspannung in meinem Kielwasser zurück.

Nach einer Weile muss ich wieder an meine Mutter und ihre Scheu vor Konflikten denken. Ich habe die Unfähigkeit zu streiten von ihr geerbt wie einen Gendefekt, und genau das ist der Grund dafür, warum ich den Anruf schon das ganze Wochenende vor mir herschiebe. Doch als ich weiterlaufe, erkenne ich, wie lächerlich ich mich aufführe. Was kann mir bei einem Anruf denn schlimmstenfalls passieren? Ein stockendes Gespräch? Ein weiterer Streit wie in dem Restaurant in Chappaqua? Außerdem: Wenn schon meine Mutter, die Unbeweglichkeit in Person, sich ändern und entschuldigen kann, ist es meine Pflicht ihr und mir selbst gegenüber, zumindest zu versuchen, neue Wege zu beschreiten.

Zurück in der Wohnung, ziehe ich die Turnschuhe aus, stelle mich aber nicht unter die Dusche. Stattdessen gehe ich direkt ins Schlafzimmer, nehme das schnurlose Telefon aus der Ladestation auf dem Schreibtisch und wähle Moms Nummer, ohne nachzudenken.

»Hallo?«

Ich hole tief Luft. Dann sage ich das, was ich bisher nicht habe aussprechen wollen. Es sind die schwierigsten Worte, die mir seit langem über die Lippen gekommen sind.

»Mom? Ich bin es, Marissa. Es ist alles in Ordnung. Ich verzeihe dir.«

33

Am Montagmorgen bekomme ich eine geheimnisvolle E-Mail von Naomi.

Hast du so gegen drei Zeit? Wir treffen uns bei Starbucks – dem in der 50th Street, nicht dem um die Ecke. Ich muss dringend mit dir reden.

Ja, schreibe ich zurück. Was ist los???

Wenn ich es dir per Mail erzählen wollte, hätte ich dich nicht um ein Treffen gebeten. :-)

Ich komme zu dem Schluss, dass es nichts Grausameres gibt, als sich in Andeutungen zu ergehen und das Gegenüber somit auf die Folter zu spannen. Anstatt mich auf die zahlreichen Projekte zu konzentrieren, die ich bis Büroschluss am Freitag zu Ende bringen muss, ertappe ich mich dabei, wie ich in Gedanken verschiedene Szenarien durchgehe: Naomi erwartet Sechslinge. Oder sie kündigt, um Michelle Obamas neue Pressesprecherin zu werden. Oder sie hat durch Zufall herausgefunden, dass Lynne eine Serienmörderin ist, die ihre Opfer mit einem Trainingsgerät für die Oberschenkelmuskulatur zu erdrosseln pflegt. Die unendlichen Möglichkeiten sorgen dafür, dass ich den ganzen Nachmittag nichts erledigt bekomme. Allerdings liegt die Schuld nicht allein bei Naomi. Seit mein Artikel über Hirnverletzungen im

Reißwolf gelandet ist, bin ich ungewöhnlich träge geworden. Zwar behagt mir diese lethargische Version meiner selbst ganz und gar nicht, aber mir fällt bis auf Koksen auf dem Klo nichts gegen meine Antriebslosigkeit ein.

»Okay, du Sadistin«, meine ich zu Naomi, als ich sie bei Starbucks in der Warteschlange erkenne. »Was ist passiert?«

»Moment. Zwei große Cappuccinos mit fettarmer Milch bitte«, sagt sie zu dem Mitarbeiter hinter der Theke, gibt der Kassiererin einen Zehner, steckt ihr Wechselgeld ein und winkt mich zu einem kleinen, runden Tisch, der gerade frei wird. »Halt du die Stellung, ich hole die Getränke.«

»Also?«, bohre ich nach, als sie zurückkommt.

»Zeit für einen New Yorker Rundumblick«, befiehlt sie, worauf wir beide die Köpfe ein wenig zu offensichtlich wenden, um festzustellen, ob sich jemand Bekanntes im Café aufhält. Negativ.

»Okay, es geht um Folgendes«, beginnt Naomi und beugt sich mit verschwörerischer Miene vor. »Ich habe heute Morgen herausgefunden, dass Mach Dich Stark eine neue Pressesprecherin für landesweite Aktionen sucht. Das Büro ist hier in der Stadt. Es gibt ein anständiges Gehalt, bessere Arbeitszeiten und mehr Urlaub als bei *Schlanke Linie.*«

»Willst du dich dort bewerben? Das ist ja spitze!«, begeistere ich mich.

Naomi bedenkt mich mit einem ihrer typischen nachsichtigen Blicke. »Schätzchen, ich bin mit meiner Stelle voll und ganz zufrieden. Ich habe gerade von dir gesprochen. Glaub mir, es ist nicht unbemerkt geblieben, dass dir inzwischen die rechte Freude am Beruf fehlt.«

»Oh, Mist! Verhalte ich mich denn so auffällig?«, murmele ich betreten. Ich könnte im Erdboden versinken. Schließlich hatte ich nicht vor, meine Rastlosigkeit an die große Glocke zu hängen.

»Na ja, nicht für alle. Aber, komm schon, Marissa. Wir arbeiten jetzt seit fast sechs Jahren zusammen. Wenn jemand dir anmerkt, dass du kein Feuer mehr für den Job hast, dann ich.«

»Was heißt, dass Lynne es vermutlich auch schon gemerkt hat«, meine ich bedrückt.

»Zu deinem Glück denkt sie aller Wahrscheinlichkeit nach, dass du schmollst, weil sie deinen Hirnartikel gekippt hat. Doch wenn ich dir einen Tipp geben darf, ist das unentschuldigte Schwänzen von Sitzungen keine sonderlich gute Methode, um zu verbergen, dass dich der Job momentan langweilt.« Schmunzelnd lässt sie den Pappbecher kreisen, um an den letzten Rest Schaum heranzukommen. »Also, was hältst du davon? Die Stelle wäre wie für dich gemacht. Das habe ich übrigens auch schon zu Rhonda gesagt«, fügt sie hinzu, womit sie die Leiterin von Mach Dich Stark meint, die ich während der Ausbildung kurz kennengelernt habe. »Du solltest in den nächsten Tagen mit einer E-Mail von ihr rechnen.«

»Du bist unverbesserlich!«, schimpfe ich, bin aber insgeheim hoch erfreut. Die Stelle klingt wundervoll, außerdem bin ich bis jetzt auf kein interessantes Angebot gestoßen. Im nächsten Moment fällt mir jedoch etwas ein. »Was bringt dich auf den Gedanken, dass ich für die Stelle qualifiziert sein könnte? Ich habe noch nie im Leben eine Pressemitteilung geschrieben oder eine Verlautbarung herausgegeben. Außerdem ist das Vereinsziel Joggen, und ich habe gerade erst damit angefangen.«

»Als Nächstes kommt wohl noch dein Geständnis, dass du überdies dumm und hässlich bist«, entgegnet Naomi mit einem theatralischen Seufzer. »Dann müsste ich dir allerdings antworten, dass ich dich offenbar mit meiner überaus begabten und tüchtigen Kollegin Marissa verwechselt habe.«

Ich nestele an dem dicken Plastikdeckel meines Bechers herum und weiche Naomis Blick aus. »Ich weiß, ich weiß«, räume ich schließlich ein. »Ich bin zu selbstkritisch.«

»Das ist noch milde ausgedrückt. Jetzt aber mal im Ernst. Wie lange bist du schon Redakteurin?«

»Seit acht Jahren.«

»Wie viele Artikel hast du seitdem geschrieben oder überarbeitet?«

»Etwa vier Millionen.«

»Richtig. Ich vermute einmal, dass du in der Zeit etwa doppelt so viele Pressemitteilungen erhalten hast, von denen die überwiegende Mehrheit so miserabel war, dass du es beim Schnorcheln in der Badewanne besser hinbekommen hättest. Außerdem kannst du ausgezeichnet mit Menschen umgehen.«

»Wirklich?«, wundere ich mich. »Dabei habe ich mich immer für die böse Hexe aus *Der Teufel trägt Klamotten von Old Navy* gehalten.«

Naomi prustet los. »Natürlich! Außerdem hast du wirklich ein Händchen dafür, anstrengende und nervtötende Spinner zu bändigen. Wenn ich es mir genau überlege, hast du vielleicht sogar zu viel Talent«, meint sie und zieht die Augenbrauen hoch. Ich kann nicht anders, als mich zu fragen, ob sie damit auf Julia anspielt. »Versprich mir einfach, dass du dich bewirbst, einverstanden?«

»Aber klar«, versichere ich ihr und schiebe meinen Stuhl zurück. »Allerdings nur, wenn du mir dafür versprichst, mit mir für das Vorstellungsgespräch zu üben. Ich bin ziemlich eingerostet, was das angeht.«

»Abgemacht«, erwidert Naomi. Untergehakt verlassen wir das Starbucks. »Vorausgesetzt, du lädst mich zum Essen ein, sobald du die Stelle hast.«

»Was immer dein Herz begehrt, Boss.«

Wenn man dem *Wall Street Journal* Glauben schenken darf, geben fünfunddreißig Prozent aller Computerfachleute zu, die E-Mails ihrer Mitarbeiter zu lesen – und das sind nur die Geständigen.

Hoffentlich haben die IT-Fritzen bei *Schlanke Linie* Besseres zu tun, denn Rhonda Beshel schickt mir noch am selben Nachmittag eine Mail an meine Büroadresse. *Echt spitze, Naomi*, denk ich. *Danke, dass du sie ihr gegeben hast.*

Rhonda kommt sofort auf den Punkt und erkundigt sich, ob ich morgen Nachmittag Zeit für ein Vorstellungsgespräch hätte.

»Kein Problem«, schreibe ich zurück, ohne in meinen Terminkalender zu schauen, um nachzusehen, ob schon etwas anderes eingeplant ist. »Dann sehen wir uns um eins. Ich freue mich schon!«

Nach der Arbeit verabreicht Naomi mir wie versprochen einen Schnellkurs in Sachen Verhalten bei Vorstellungsgesprächen, und Dave veranstaltet am Abend ein Rollenspiel mit mir. Den Donnerstagvormittag verbringe ich damit, alles zu googeln, was ich über Mach Dich Stark finden kann. Als ich zu dem Treffen mit Rhonda aufbreche, bin ich davon überzeugt, jeder ihrer Fragen gewachsen zu sein.

Mein Selbstbewusstsein schwindet in dem Augenblick, in dem ich im Büro von Mach Dich Stark eintreffe. Rhondas geschmeidige, makellos gepflegte Assistentin mustert mich skeptisch, als ich ihr meinen Namen nenne. Mein blaues Strickkleid war, wie ich mir sage, offenbar die falsche Entscheidung. Außerdem weisen all die Ausbuchtungen und Rettungsringe, die das Kleid nur unvollkommen tarnt, klar und deutlich darauf hin, dass ich keine Joggerin bin.

»Warten Sie hier«, befiehlt die Assistentin und zeigt auf eine Ikea-Couch, die ihrem Schreibtisch gegenübersteht. Das identische Stück habe ich besessen, bevor ich mit Dave zusammengezogen bin. Die Handtasche auf dem Schoß, nehme ich Platz und bemühe mich um eine möglichst gelassene Miene. Um mich ein letztes Mal auf das Gespräch einzustimmen, versuche ich, mich an einige der geistreichen Antworten zu erinnern, die ich Dave gestern bei seiner Befragung gegeben habe, aber Fehlanzeige. *Mist, ich werde wahrscheinlich bis zum Jahr 2045 bei* Schlanke Linie *arbeiten müssen.*

Fast zwanzig Minuten später warte ich immer noch, und meine Nervosität hat sich inzwischen in eine ausgesprochen schlechte Laune verwandelt. Als ich gerade überlege, ob ich einfach gehen soll, streckt Rhonda den Kopf aus ihrem Büro.

»Es tut mir ja so leid. Wir hatten einen Unfall in einer der Schulen, in denen die Mädchen trainieren«, erklärt sie entschuldigend, und ihr aufrichtiger Tonfall stimmt mich sofort versöhnlich. »Ich verabscheue es zu warten und habe ein furchtbar schlechtes Gewissen, weil ich Sie so lange hier draußen habe sitzen lassen. Möchten Sie nicht hereinkommen?«

Rhonda begrüßt mich mit einem kräftigen Händedruck und einem Lächeln, bei dem sich Grübchen auf ihren Wangen zeigen. Diesmal wirkt sie auf mich noch offener als bei dem Lehrgang. Aus der Nähe stelle ich zu meiner Überraschung fest, dass sie höchstens ein oder zwei Jahre älter ist als ich, was mich gleichzeitig beeindruckt und einschüchtert.

»Naomi hält sehr große Stücke auf Sie, und da sie eine unserer besten Trainerinnen ist, nehme ich ihre Meinung sehr ernst«, beginnt sie, während sie einen Stenoblock durchblättert.

Ich erkenne, dass sie sich Notizen gemacht hat, vermutlich über die anderen Bewerberinnen, die sich bereits vorgestellt haben.

»Ihrem Lebenslauf und Ihrem Profil bei LinkedIn habe ich entnommen, dass Sie über fast ein Jahrzehnt an journalistischer Erfahrung verfügen. Das passt wunderbar, denn Sie werden etwa siebzig Prozent Ihrer Zeit damit verbringen, Materialien für die Ausbildung und die Presse zu verfassen und zu überarbeiten.«

»Ich war bis jetzt noch nie in der Öffentlichkeitsarbeit tätig«, sage ich, halte jedoch gerade noch rechtzeitig inne. *Rede dich nicht selbst schlecht*, erinnere ich mich an Naomis gestrige Anweisung und füge deshalb rasch hinzu: »Aber ich kann gut schreiben und kenne das Unterrichtsmaterial von Mach Dich Stark inzwischen wie meine Westentasche.«

»Das ist ausgezeichnet«, erwidert Rhonda und malt ein kleines Häkchen in ihren Notizblock. »Erzählen Sie doch mal: Wie macht sich Ihre derzeitige Mädchengruppe?«

Ich berichte ihr von Josie, die offenbar aufgehört hat, die anderen zu unterdrücken, ebenso von Estrellas Begeisterungsfähigkeit und ihrem erstaunlichen Selbstbewusstsein. Und dann tue ich etwas, das eindeutig gegen das Protokoll verstößt, indem ich ihr gestehe, das Training habe mein Leben vermutlich mehr verändert als das der Mädchen.

»Das ist bei ehrenamtlichem Engagement die halbe Miete«, antwortet Rhonda mit einem leisen Auflachen. »Kein Wunder, dass Menschen, die sich ehrenamtlich engagieren, länger leben und obendrein gesünder und glücklicher sind als andere. Dass Ihnen das Laufen nicht in die Wiege gelegt wurde, ist in gewisser Weise sogar ein Vorteil. Sie haben etwas an sich, das sehr inspirierend wirkt, Marissa, und ich bin sicher, dass die Mädchen das längst bemerkt haben.«

»Danke«, erwidere ich errötend. »Ich glaube, ich habe seit Februar eine ganze Menge gelernt.«

»Davon bin ich überzeugt«, sagt Rhonda ernst. »Ich bin ganz bestimmt ein anderer Mensch geworden, seit ich angefangen habe, die Mädchen zu trainieren.«

»Sie arbeiten selbst auch als Trainerin?«, frage ich verwundert. Ich dachte, sie sei zu sehr damit beschäftigt, den Verein zu leiten, um sich persönlich einzubringen.

Rhonda nickt. »Eigentlich war ich noch nie eine gute Läuferin. Genau genommen hat mich meine Schwester dazu überredet, als Trainerin anzufangen, und ich hatte solchen Spaß daran, dass ich ein halbes Jahr später hauptberuflich hier eingestiegen bin. Der

Rest ist Geschichte, wie es so schön heißt«, fügt sie mit einem Lachen hinzu. Dann beugt sie sich über den Schreibtisch. »Warten Sie nur, bis Sie den ersten Wettlauf mit den Mädchen an Ihrer Seite hinter sich haben. Es ist eine unbeschreibliche Erfahrung.«

»Ich kann es kaum erwarten«, entgegne ich aufrichtig.

Nachdem wir noch eine Viertelstunde geplaudert haben, sieht sie auf die Uhr. »Hoppla, ich habe in ein paar Minuten eine Sitzung.«

»Kein Problem«, sage ich. »Es war sehr nett, mit Ihnen zu sprechen. Schön, dass Sie sich Zeit für mich genommen haben.«

»Hören Sie, Marissa«, meint sie mit einem leichten Stirnrunzeln. *Jetzt kommt bestimmt der Satz, dass ich leider nicht genug Erfahrung für die Stelle habe*, denke ich. »Ich habe mir einige andere Bewerber angesehen. Manche können zwar unglaublich viel Erfahrung vorweisen, doch keiner hat je mit den Mädchen trainiert. Offen gestanden gefallen Sie mir von allen am besten.«

»Wirklich?«, erwidere ich verlegen und bin kurz davor, einen Begeisterungsanfall zu erleiden. *Du magst mich! Du magst mich wirklich!*

»Ja«, entgegnet Rhonda. »Und ich kann von mir behaupten, dass ich eine ziemlich gute Menschenkenntnis habe. Wenn Ihre Referenzen sich bestätigen, was sie sicherlich tun werden, maile ich Ihnen in den nächsten Tagen unser Angebot mit allen Informationen zu Gehalt und Sozialleistungen.«

Irgendwo muss doch ein Haken sein, denke ich. *Nichts im Leben ist so einfach.*

Aber dann erinnere ich mich an meinen alten Freund, das Karma, und das entsetzliche Jahr, das ich hinter mir habe. Warum sollte es denn nicht einfach sein? Nur dieses eine Mal?

»Rhonda, das klingt ja wundervoll«, erwidere ich strahlend. »Ich versichere Ihnen, dass ich die beste Pressesprecherin sein werde, die Mach Dich Stark je hatte.«

»Genau das hat Naomi auch gesagt.« Rhonda lächelt. »Gute Freunde machen sich bezahlt, stimmt's?«

Wie vereinbart mailt Rhonda mir am folgenden Tag ein vollständiges Angebot, in dem auch die Höhe meines Gehalts steht. Fünftausend Dollar mehr im Jahr, als ich jetzt verdiene. Sofort leite ich die Mail mit fünf Ausrufungszeichen in der Betreffzeile an Naomi, Dave und Julia weiter. Dann antworte ich Rhonda, um ihr mitzuteilen, dass ich das Angebot gerne annehme und mich schon jetzt darauf freue, in zwei Wochen anzufangen. So bleibt mir genug Zeit, um meine Projekte bei *Schlanke Linie* abzuschließen.

Im nächsten Moment bricht jäh die Wirklichkeit über mich herein: Ich werde kündigen müssen.

Auf mein Drängen hin lässt sich Naomi noch am selben Tag von mir zum Essen einladen.

»Ich freu mich ja so für dich, Marissa«, meint sie, als sie sich in dem Hamburgerrestaurant, das sie vorgeschlagen hat, auf der mit rotem Leder bezogenen Sitzbank niederlässt. Beim Sprechen lächelt sie, sodass kleine Fältchen in ihren Augenwinkeln entstehen, und ich denke daran, wie sehr ich es vermissen werde, mit ihr zusammenzuarbeiten. Rhonda scheint zwar überaus nett zu sein, dennoch ist sie nicht Naomi.

»Ich bin wirklich begeistert«, sage ich. »Ich darf nur nicht darüber nachgrübeln, dass ich gerade entschieden habe, aus dem Zeitschriftengeschäft auszusteigen. Immerhin bin ich inzwischen seit … oh … fast einem Jahrzehnt in diesem Bereich tätig.«

Obwohl ich mich freue, dass sich mir gerade eine Gelegenheit für einen Neuanfang geboten hat, kann ich mich eines Anflugs von Traurigkeit nicht erwehren. Dass ich meinen Kindheitstraum aufgebe, ist ein weiteres Indiz dafür, dass Julias und meine Pläne nun niemals Wirklichkeit werden.

»Du kannst ja jederzeit zu *Schlanke Linie* zurückkommen. Schließlich ist dein neuer Arbeitsplatz keine Gefängniszelle«, antwortet Naomi. Ich erinnere mich an Julias Bemerkung, ich müsse mich befreien. »Versprich mir nur, dass es nicht bloß an dem Artikel über Hirnverletzungen liegt«, fügt sie hinzu. »Ich habe deswegen nämlich ein schrecklich schlechtes Gewissen. Ich hätte mich stärker für dich einsetzen sollen. Doch Lynne war unwiderruflich entschlossen, ihn durch oberflächliches Diätblabla zu ersetzen.«

»Überhaupt nicht«, meine ich, und das ist auch die Wahrheit. »Immerhin hat mir der Artikel wertvolle Einblicke in das vermittelt, was in Julias Kopf vorgeht. So bin ich besser gegen einige der Dinge gewappnet, die sie sich mir gegenüber geleistet hat.«

»Das ist gut. Obwohl ich immer fand, dass du eines Tages eine tolle Chefredakteurin geworden wärst«, entgegnet Naomi und sieht dabei aus wie eine stolze Glucke.

»Sag niemals nie. Wenn ich mich erst einmal bei Mach Dich Stark eingearbeitet habe, würde ich gerne als Freie den einen oder anderen Artikel schreiben«, erkläre ich Naomi. »Allerdings haben sich meine Prioritäten verschoben. Ich kann es zwar noch nicht ganz in Worte fassen, aber mich in einer Redaktion hochzudienen, das interessiert mich nicht mehr. Vielleicht fange ich ja in einem oder zwei Jahren wieder Feuer und möchte dort weitermachen, wo ich jetzt aufhöre. Aber momentan bin ich auf Veränderung aus.«

»Es wird eine wunderbare Erfahrung werden. Allerdings musst du mir versprechen, dass du auch dann noch Zeit für mich hast, wenn ich nicht mehr deine Chefin bin.«

»Das soll wohl ein Scherz sein. Erstens höre ich nicht mit dem Training auf, weshalb du mich jeden Dienstag sehen wirst. Und zweitens werde ich dich so sehr bedrängen, dass du irgendwann anfangen wirst, deine Anrufe zu sieben«, erwidere ich und grinse sie über den Tisch hinweg an. »Aber ich muss dich um einen Gefallen bitten. Dass du mir zu einem neuen Job verholfen hast, reicht nämlich nicht.«

»Stets zu Diensten.«

»Kannst du mir einen Tipp geben, wie ich am besten bei Lynne kündige? Denn irgendwie kommt es mir einfacher vor, mit einem wütenden, eingeölten Alligator zu ringen.«

Gleich am nächsten Morgen klopfe ich an Lynnes Tür.

»Spar dir die Mühe, einen Termin mit ihr zu vereinbaren, denn sie wird sich ohnehin damit herausreden, dass sie keine Zeit hat«, hat Naomi mich angewiesen. »Und komm ja sofort auf den Punkt.«

»Ich werde eine neue Stelle antreten«, stoße ich deshalb hervor, sobald mein Hinterteil die Sitzfläche des Besucherstuhls berührt. Die Ironie, dass ich eine knappe Woche, nachdem ich befürchtet habe, gefeuert zu werden, selbst kündige, entgeht mir nicht. Dennoch schwitze ich so stark, dass ich mir heute Morgen beim Anziehen Slipeinlagen in die Achselhöhlen hätte kleben sollen.

»Mist, Rogers«, sagt Lynne und beäugt mich, als erwarte sie, dass ich einen Rückzieher mache. Als ihr dämmert, dass es nicht geschehen wird, seufzt sie auf, und ihre magere Brust gerät ins Wogen. »Wen zum Teufel soll ich als Ersatz für Sie einstellen? Sagen Sie jetzt bloß nicht, dass Sie zu *Fitness* wechseln, denn dann erleide ich vermutlich auf der Stelle einen Herzinfarkt. Diese Magerquarkzicken sind nämlich fest entschlossen, uns auszubluten.«

»Keine Sorge, ich gehe nicht zu *Fitness*, sondern werde Pressesprecherin bei Mach Dich Stark. Das ist ein Verein, der jungen Mädchen Sozialverhalten beibringt, indem sie für einen Fünf-Kilometer-Lauf trainieren.«

»Das ist aber sehr Mutter-Teresa-mäßig von Ihnen. Hoffentlich müssen Sie dazu kein Armutsgelübde ablegen«, spöttelt sie.

»Der Verein bezahlt gut.«

»Oh, wenn es eine Geldfrage ist …«

»Davon kann keine Rede sein«, versichere ich ihr. »Wie ich Naomi bereits erklärt habe, liegt es auch nicht an dem Artikel über Hirnverletzungen. Ich habe mich in der Redaktion wirklich wohl gefühlt und weiß die vielen Chancen, die man mir hier eröffnet hat, sehr zu schätzen.« Ich halte inne und suche nach den richtigen Worten. »Ich bin nur gerade in einer Lebensphase, in der ich etwas Neues ausprobieren muss, selbst wenn der Sprung zu einem Sturz führen sollte.«

Lynne lacht rau auf. »Marissa, denken Sie an meine Worte: Sie werden ganz gewiss nicht stürzen. Vielleicht gefällt Ihnen die neue Stelle nicht, aber Sie werden immer auf die Füße fallen.«

»So etwas Nettes haben Sie ja noch nie zu mir gesagt«, entfährt es mir unwillkürlich.

»Tja, nun kennen Sie das Geheimnis meiner Personalführung«, entgegnet Lynne und schafft es trotz ihrer hochgradig botoxgelähmten Stirn sogar, mir zuzuzwinkern. »Untergebene dürfen nie Oberwasser bekommen, weil sie sich sonst zu schade sind, für einen zu arbeiten.« Lächelnd sieht sie mich an. »Offenbar muss ich diese Strategie überdenken.«

Später am Nachmittag beginnt Lynne die allwöchentliche Redaktionssitzung mit der Ankundigung, dass ich die Redaktion verlasse. »Ich spreche für alle, wenn ich sage, dass wir Sie sehr vermissen werden, Marissa«, wendet sie sich vom anderen Ende des riesigen Konferenztisches aus an mich.

»Danke«, erwidere ich. »Mir wird die Arbeit hier auch sehr fehlen, obwohl ich nicht sicher bin, ob ich die Zeitschrift wirklich jeden Monat lesen werde, um herauszufinden, wie ich endlich meine überschüssigen fünf Kilo loswerde.«

»Verschon mich«, meint Naomi lachend. »In einem Jahr werden wir dein Gesicht auf dem Titelblatt von *Jogging* sehen.«

»Eher nicht«, entgegne ich. Auch wenn bei mir zurzeit einiges in der Schwebe ist, bin ich davon überzeugt, dass meine Zukunft nicht im Wettlauf liegt.

Die Sitzung schleppt sich dahin und gibt den diversen Tassen Kaffee, die ich vorhin getrunken habe, ausreichend Zeit, in Richtung Blase zu wandern. Als wir endlich fertig sind, haste ich zur Toilette, da ich kurz davor bin, mir in die Hose zu machen. Beim Verlassen der Kabine stehe ich ausgerechnet vor Ashley, die vor dem Spiegel steht und sich sorgfältig die Lippen nachzieht.

»Es tut mir ja so leid, dass Sie uns verlassen, Marissa«, sagt sie und sieht mich im Spiegel an. Im grellen Neonlicht wirkt sie blass und trotz der rubinroten Lippen erstaunlich unscheinbar. »Natürlich freue ich mich auf die Herausforderung, in Ihre Fußstapfen zu treten«, spricht sie weiter und steckt den silbernen Deckel auf den Lippenstift. Dann dreht sie sich mit einer raschen Bewegung zu mir um. »Ich weiß, wir hatten unsere Differenzen. Aber ich habe mich für Sie krumm geschuftet. Hoffentlich glauben Sie mir, wenn ich Ihnen jetzt sage, dass mir die Sache mit dem Interview mit Ihrer Freundin wirklich leidtut. Ich dachte, Sie wären begeistert, aber inzwischen ist mir klar, dass ich vermutlich ins Fettnäpfchen getreten bin. Sie können sich darauf verlassen, dass ich so etwas nie wieder tun werde.«

»Es freut mich, das zu hören«, entgegne ich. »Entschuldigung angenommen.«

»Danke«, sagt Ashley sichtlich erleichtert und holt tief Luft. »Ich weiß, es wäre ein großer Gefallen, aber ich fände es wirklich nett, wenn Sie bei Naomi ein gutes Wort für mich einlegen könnten, damit sie an mich denkt, falls eine Stelle als Redakteurin frei wird.«

Ein leicht verzweifelter Unterton schwingt in ihrer Stimme mit, und mir wird klar, dass Ashley trotz ihres roboterinnenhaften Auftretens viel an der Meinung ihrer Umgebung liegt. Dennoch kommt dieser unvermittelte Anflug von Menschlichkeit – und wenn er noch so ehrlich gemeint sein mag – angesichts ihres rücksichtslosen Verhaltens mir gegenüber ein wenig spät.

»Oh, Ashley«, seufze ich und erwidere ihr gekünsteltes Lächeln mit einem echten. »Das halte ich nun wirklich nicht für eine gute Idee. Trotzdem wünsche ich Ihnen viel Glück.«

34

Nach fünfzehn Wochen Training ist endlich Wettkampftag. Die Mädchen treffen am frühen Samstagmorgen in der Schule ein, wo sie von Naomi, Alanna und mir begrüßt werden. Ein kurzes Abzählen ergibt, dass alle außer Anna, die sich eine Grippe eingefangen hat, erschienen sind.

»Bis jetzt ist das die beste Mitmachquote aller Zeiten! Ihr seid prima, Leute!«, jubelt Naomi.

Währenddessen halten Alanna und ich uns an unseren Kaffeetassen fest und versuchen, wach zu wirken.

Alanna dreht sich zu mir um. »Vor ein paar Jahren hatten wir nur vier Mädchen am Start«, flüstert sie. »Es war ein ziemliches Desaster. Also ist die heutige Beteiligung echt spitze. Rhonda wird begeistert sein.«

Wir verteilen Frühstücksriegel und Safttüten. Nachdem wir sicher sind, dass alle aufgegessen haben, scheuchen wir die Mädchen in den wartenden Bus, der uns nach Queens bringen wird, wo der Wettlauf stattfinden soll.

Unterwegs sind unsere Schützlinge untypisch still.

»Seid ihr müde, Leute?«, frage ich.

»Äh«, meint Margarita und versinkt fast in dem mit Kunstleder bezogenen Sitz.

»Wir sind eben aufgeregt«, verkündet Josie mit einem Nachdruck, der sie überhaupt nicht nervös aussehen lässt.

»Das verstehe ich«, erwidere ich. »Für mich ist es nämlich auch das erste Fünf-Kilometer-Rennen.«

»Echt jetzt?«, wundert sich Charity mit weit aufgerissenen Augen. »Ich dachte immer, Trainerinnen wie Sie wären richtige Läuferinnen. Ich meine, Profis.«

»Genau genommen sind wir alle richtige Läuferinnen – du und ich genauso wie all die anderen hier«, erkläre ich ihr. »Aber ich bin das letzte Mal im Sportunterricht in der Schule gelaufen, bevor ich angefangen habe, mit euch zu trainieren. Ich nehme nicht dauernd an Wettkämpfen teil wie Alanna.«

»Dann sind Sie also auch aufgeregt?«, erkundigt sich Margarita und kaut an dem Strohhalm ihrer Safttüte herum.

»Ein bisschen«, antworte ich. »Allerdings freue ich mich auch darauf. Vergesst nicht, dass wir letzte Woche im Training vier Komma acht Kilometer gelaufen sind. Das ist fast die gleiche Distanz wie heute. Deshalb bin ich ganz sicher, dass wir es prima hinbekommen werden.«

»Wenn Sie das sagen«, entgegnet Josie zweifelnd, doch ich bemerke, dass sie ein Grinsen unterdrückt.

Wir biegen in einen mit Kies bestreuten Parkplatz ein, wo sich bereits unzählige Busse und Autos drängen. Durch das Fenster erkenne ich, dass es auf dem Sportplatz bereits von Mädchen, Trainerinnen und Eltern wimmelt. Schulflaggen, Fahnen von Mach Dich Stark und bunte Zelte, die alle paar Meter die helle Aprilsonne verdecken, lassen das Ganze fast wie ein Volksfest aussehen. Am Rand des Parkplatzes befinden sich zahlreiche Stände von Sponsoren, die kostenlos Essen, Getränke und Präsenttüten anbieten.

»Das ist ja eine Riesenveranstaltung«, meine ich zu Naomi.

»Einschließlich der Trainerinnen und ehrenamtlichen Helfer,

die die Mädchen begleiten, müssten es heute fast neunhundert Teilnehmer sein«, entgegnet sie. »Aber mach dir keine Sorgen. Alles ist ausgezeichnet organisiert, damit die jungen Dinger nicht überfordert sind.«

»Das soll wohl heißen, damit ich nicht überfordert bin.«

»Du schaffst das schon. Obwohl ich dir für morgen eine Wellness-Behandlung empfehle. Du wirst sie brauchen.«

Wir steuern auf die für Welden, die Schule der Mädchen, reservierte Grasfläche zu, wo wir ein paar Decken auf dem Boden ausbreiten und das handgemalte Mach-Dich-Stark-Schild aufstellen, das wir beim letzten Training gebastelt haben. Einige Eltern und Geschwister der Mädchen sind bereits da, und Alanna und Naomi machen uns mit ihnen bekannt. Dabei achten wir darauf, den Eltern etwas über ihre Töchter zu erzählen.

Gerade als ich glaube, mit allen gesprochen zu haben, steuert eine kleine, kurvenreiche Frau in einem grellgrünen Sommerkleid und mit hohen Keilabsätzen auf mich zu. Sie ist zwar keine Schönheit, aber dennoch sehr auffällig und strahlt Selbstbewusstsein aus.

»Ich bin Lorieli Reyes«, verkündet sie und hält mir die Hand hin. Lächelnd erwidere ich den Händedruck, während ich vergeblich versuche, sie einzuordnen. Offenbar spürt sie meine Unsicherheit, denn sie fügt mit einem Lachen hinzu: »Oh, Verzeihung. Ich bin Estrellas Mutter.«

Das haben Naomi und Alanna also gemeint. Kein Wunder, dass Estrella so … nun … Estrella ist. Obwohl ich Lorieli erst seit dreißig Sekunden kenne, weiß ich, dass sie zu jenen charismatischen, unbeschreiblich selbstsicheren Menschen gehört, denen es völlig egal ist, was andere über sie denken. Sofort fühle ich mich an Julia erinnert.

Wie auf ein Stichwort hat Estrella ihre Mutter entdeckt. »Mama!«, ruft sie, läuft auf sie zu, schlingt ihr die Arme um die Taille und drückt den Kopf gegen ihre Brust.

»Hallo, meine Schönheit«, sagt Lorieli und küsst Estrella auf den Scheitel. Dann wendet sie sich an mich. »Meine Tochter schwärmt nur so von Ihnen. Ich möchte Ihnen dafür danken, dass Sie ein so gutes Vorbild für sie sind.« Sie beugt sich vor und fügt so leise, dass nur ich sie hören kann, hinzu: »Sie sind ihre Lieblingstrainerin. Ich glaube, sie identifiziert sich mit Ihnen.«

Vor fünfzehn Wochen hätte ich mich nicht sonderlich über diese Bemerkung gefreut. Allerdings hat sich meine Einstellung zu Estrella seitdem um hundertachtzig Grad gedreht. »Danke«, erwidere ich gerührt. »Sie können sich gar nicht vorstellen, wie geschmeichelt ich mich fühle.« Ich tätschle Estrella am Arm. »Wahrscheinlich muss ich nicht eigens betonen, dass Sie eine ganz außergewöhnliche junge Frau großgezogen haben.«

»Oh, danke, Marissa!«, ruft Estrella aus und lässt ihre Mutter los, damit sie mich umarmen kann. »Ich mag Sie auch. Laufen wir heute zusammen?«

»Das weißt du doch, Kleines«, entgegne ich. »Das würde ich mir um nichts in der Welt entgehen lassen.«

Die anderen Trainerinnen und ich vergewissern uns, dass jedes Mädchen seine Teilnehmernummer am T-Shirt trägt und Gelegenheit hatte, noch mal auf die Toilette zu gehen. Und dann, ehe ich es mich versehe, kündigt Rhonda über Lautsprecher an, dass das Rennen in nur zehn Minuten beginnt.

»Okay, Mädchen!« Alanna klatscht in die Hände. »Wir wollen einen Kreis bilden und ein paar Dehnübungen machen, bevor wir an den Start gehen.«

Nachdem unsere Schützlinge sich versammelt haben, fordert Naomi jede einzelne auf, eine andere Dehnübung vorzuführen. Ich bebe vor Aufregung und auch ein wenig vor Lampenfieber, schicke ein lautloses Stoßgebet zum Himmel und hoffe, dass alles klappt.

Hand in Hand, damit wir nicht getrennt werden, schlängeln

und drängeln wir vierzehn uns durch die Massen bis zu dem mit einem Seil abgetrennten Bereich hinter der Startlinie durch. Alanna ruft eine Durchhalteparole und schärft den Mädchen ein, es gehe nur darum, ihr Bestes zu geben. Dann erinnert sie alle daran, an der Ziellinie nach ihren Eltern und den Lehrern von der Welden-Highschool Ausschau zu halten.

»Sie werden euch zurück zu eurem Platz begleiten. Und vergesst nicht: Falls ihr etwas braucht – ein Pflaster, Wasser, etwas zu essen –, wendet ihr euch an einen der freiwilligen Helfer entlang der Strecke. Sie tragen T-Shirts mit der Aufschrift ›Mach Dich Stark‹, ihr könnt sie also nicht verfehlen.« Die Verunsicherung von vorhin ist wie weggeblasen. Die Mädchen nicken, schreien: »Okay!« und »Ja!« und springen aufgeregt hin und her.

Dann ertönt das Startsignal, und wir laufen los.

Wie versprochen bleibt Estrella an meiner Seite. Ebenso wie Charity und Margarita, was nicht leicht ist, weil wir ständig von größeren Gruppen aus Mädchen, Trainerinnen und freiwilligen Laufbegleitern überholt werden. Die Menschenmenge bremst uns zwar, doch das ist im Grunde genommen ein Segen. Ich habe nämlich gelernt, dass ein zu schneller Start fast immer zu einem frühen Nachlassen der Kräfte führt.

»Gebt mir Bescheid, wenn ihr Pause machen müsst«, schärfe ich unserer kleinen Mannschaft ein und winke Alanna zu, die mit Layla und Josie, den beiden schnellsten Mädchen aus unserem Team, an uns vorbeiflitzt.

Als sich das Feld nach einigen Minuten ausdünnt, haben wir vier mehr Platz. Die Strecke führt uns von der unbefestigten Bahn rings um den Sportplatz auf die für den Verkehr gesperrte Straße. Wir passieren Mietshäuser, Kirchen und Schulen, wo uns die Passanten nachblicken. Manche feuern uns an, andere beobachten neugierig die Hunderte von entschlossenen jungen Mädchen, die an ihnen vorbeilaufen.

Wir rennen schon seit einer schieren Ewigkeit, als wir eine Reihe von freiwilligen Helfern erreichen, die uns Pappbecher mit Wasser und Gatorade hinhalten. »Weiter so, Mädchen!«, rufen sie, klatschen in die Hände und winken. »Ihr schafft das! Die ersten anderthalb Kilometer habt ihr schon fast hinter euch!«

So wenig? Nur anderthalb Kilometer?, denke ich leicht enttäuscht, obwohl ich nicht wage, den Gedanken laut auszusprechen. Vielleicht liegt es an der sengend heißen Sonne oder an meiner Nervosität, aber die anderthalb Kilometer erscheinen mir viel weiter als im Training.

»Nur noch dreieinhalb Kilometer! Wir sind toll!«, jubelt Estrella und wirft ihren leeren Pappbecher auf den Boden, wie die freiwilligen Helfer uns angewiesen haben.

Ihr Elan verscheucht meine Enttäuschung im Nu. Natürlich hat sie recht. Dreieinhalb Kilometer sind ein Kinderspiel. Wie ich den Mädchen heute selbst gesagt habe, laufen wir diese Distanz nun schon seit einem knappen Monat im Training.

»Wir kriegen das hin!«, feuere ich sie an, und eine andere Mädchengruppe, die mit ihrer Trainerin neben uns her läuft, antwortet mir mit: »Ja, wir schaffen es! Ja, wir schaffen es!« Im Vorbeilaufen halten sie uns die Handflächen hin, damit wir sie abklatschen.

Als wir um eine Ecke biegen, ertappe ich mich dabei, dass ich ein gemächlicheres Tempo vorlege, obwohl wir langsamer laufen, als ich es allein täte. Hin und wieder wird Margarita schneller und joggt ein Stück voraus, verfällt dann aber wieder in Schritttempo, bis wir sie eingeholt haben.

»Du kannst ruhig losrennen, wenn du willst, Margarita«, erlaube ich ihr.

Doch sie schüttelt den Kopf. »Ich will mit euch ins Ziel laufen«, erwidert sie mit Nachdruck.

Ehe ich es mich versehe, haben wir die drei Kilometer hinter uns.

»Wir sind ganz nah dran!«, meint Charity, und da sie ein unverbesserlicher Witzbold ist, fügt sie hinzu: »Ich kann die Ziellinie auf der anderen Seite des Spielfelds schon sehen. Vielleicht sollten wir eine Abkürzung nehmen, damit wir vor den anderen da sind.«

»Das könnten wir machen«, keuche ich, »aber dann wären wir vermutlich nicht so stolz, wie wenn wir das Rennen beendet hätten, oder?«

»Wahrscheinlich nicht«, räumt sie ein.

Nach einer weiteren Runde um den Sportplatz fühle ich mich wie durchgebraten. Mit dem Zipfel meines T-Shirts wische ich mir die Stirn ab und nehme das Wasser gerne an, als wir die nächste Helferbude erreichen.

»Wir dürfen jetzt nicht aufgeben«, sagt Estrella und schüttet sich einen Teil des Wassers ins Gesicht.

»Nein«, stimme ich lächelnd zu. »Wir sind fast da.«

»Wenn wir die Fünf-Kilometer-Marke sehen, rennen wir, so schnell wir können, zur Ziellinie«, schlägt Margarita vor.

»Hört sich gut an. Was haltet ihr davon, Mädchen?«, frage ich, worauf alle zustimmend nicken.

Doch als die Ziellinie und die jubelnden Zuschauer dahinter in Sicht kommen, krümmt sich Estrella plötzlich vor Schmerzen.

»Meine Seite«, stöhnt sie und hält sich die Taille. »Sie tut weh. Ganz doll.«

»Dann bleiben wir kurz stehen«, sage ich zu ihr. »Margarita, Charity, lauft voraus, wenn ihr wollt. Wir treffen uns dann an der Welden-Fahne.«

»Auf gar keinen Fall, Marissa«, protestiert Charity. »Wir sind zusammen so weit gekommen, dann warten wir auch jetzt auf Estrella.«

»Ja«, ergänzt Margarita. »Sie ist unsere Freundin, und seine Freunde lässt man nicht im Stich.«

Nein, das tut man nicht. »Ihr Mädchen seid einfach toll«, antworte ich, während ich Estrella vorsichtig den Rücken tätschele.

Ihr Gesicht ist knallrot, und sie keucht und prustet so sehr, dass ich schon befürchte, sie könnte anfangen zu hyperventilieren. Doch sie wandert langsam mit den Händen ihre Oberschenkel hinauf, bis sie wieder aufrecht steht. »Okay, ich bin bereit«, verkündet sie mit einem tiefen Seufzer. »Bringen wir es hinter uns.«

Ich lache auf. »Also los«, meine ich. »Wir laufen so schnell, wie wir wollen, aber wir überqueren auf jeden Fall die Ziellinie.«

»Okay!«, ruft Charity und macht einen kleinen Ausfallschritt. »Los geht's !«

Wir beginnen wieder zu joggen, allerdings so langsam, dass wir uns praktisch im Schritttempo vorwärtsbewegen. Aber schon nach wenigen Minuten haben wir unsere ursprüngliche Geschwindigkeit wieder erreicht.

Zweihundert Meter vor dem Ziel sieht Margarita Estrella an. »Wie fühlst du dich?«, fragt sie. »Kannst du ein bisschen schneller laufen?«

»Ja«, erwidert Estrella. Und obwohl ich schwören könnte, dass sich ein Anflug von Schmerz in ihrem Gesicht malt, reißt sie die Arme hoch wie auf dem Startblock. »Auf die Plätze, fertig, los!«, schreit sie.

So schnell sie können, laufen die Mädchen auf das riesige MACH DICH STARK-Transparent über der Ziellinie zu.

Eigentlich will ich sicherheitshalber ein Stück zurückbleiben, aber Estrella dreht sich zu mir um. »Los, Marissa! Wir laufen gemeinsam über die Ziellinie!«

Also spurte ich los. Estrella und Margarita fassen mich an den Händen, und wir strecken sie in die Höhe, während wir, begleitet vom Jubel der Eltern, Lehrer und anderen wartenden Mädchen, die leuchtend gelbe Linie überqueren.

Es ist ein einschneidender Augenblick, der etwas in mir bewegt, und ich stelle fest, dass ich total gerührt bin, als die Mädchen und ich uns am Rand der Strecke in die Arme fallen. Wie Rhonda vorausgesagt hat, fühle ich mich unbeschreiblich. Vor vier Monaten konnte ich kaum anderthalb Kilometer laufen. Jetzt habe ich sogar fünf geschafft, und zwar in der nicht zu verachtenden Zeit von fünfunddreißig Minuten und acht Sekunden. Und, was noch wichtiger ist: Ich habe endlich das gewonnen, was ich den Mädchen in all den Monaten zu vermitteln versucht habe – Selbstachtung.

35

Schlanke Linie schickt mich mit einem tränenreichen, wenngleich nicht sonderlich rauschenden Abschiedsfest in die weite Welt hinaus. Nachdem ich endgültig Lebewohl gesagt und zwei jämmerliche Kartons mit meiner persönlichen Habe zusammengepackt habe, um sie an das Büro von Mach Dich Stark zu schicken, tue ich etwas, das ich noch nie zuvor getan habe: Ich verzichte auf den Aufzug und gehe die vierundzwanzig Stockwerke hinunter bis in die Vorhalle zu Fuß. Anschließend marschiere ich mit leicht schmerzenden Waden einen Häuserblock weit zur Haltestelle der Linie F und steige in die U-Bahn.

Eigentlich hatte ich damit gerechnet, dass es sich anders anfühlen würde. Immerhin fahre ich diese Strecke in absehbarer Zeit zum letzten Mal und habe außerdem gerade einen ausgezeichneten Arbeitsplatz für etwas aufgegeben, von dem ich mir noch immer nicht ganz sicher bin, ob ich mich dafür eigne. Doch während die U-Bahn über die Gleise rumpelt, kann ich nur daran denken, wie sehr ich mich in den vergangenen Monaten gewandelt habe, eine Erkenntnis, die mich aus unerklärlichen Gründen tröstet. In letzter Zeit hat sich bei mir so viel getan, dass es für ein ganzes Jahr reichen würde.

Als ich nach Hause komme, erwartet Dave mich mit einer Flasche Champagner.

»Ich dachte, eine kleine Feier wäre angebracht. Deshalb habe ich mir heute früher freigenommen«, sagt er und entkorkt die Flasche. Golden-weißer Schaum schießt heraus, aber Dave lacht nur. »Das bringt Glück«, meint er und füllt unsere Gläser.

Als er seines hebt, stoße ich mit ihm an. »Auf das Glück«, verkünde ich.

»Und auf deinen Neuanfang«, fügt er hinzu und schaut mir tief in die Augen.

Nachdem wir einen Schluck getrunken haben, zieht Dave mich an sich. »Marissa Rogers, ich liebe dich«, meint er und berührt meine Stirn mit seiner.

Wer braucht einen Schlussstrich?, denke ich. *Es gibt nichts Besseres als das Hier und Jetzt.*

»Und ich liebe dich«, antworte ich. »Mehr als alles andere.«

»Wirklich?«, fragt er.

»Wirklich«, erwidere ich. »Du bist mein Leben.«

Er weicht zurück, um mich ansehen zu können, und streicht mir sanft die Haare aus dem Gesicht.

»Heirate mich«, flüstert er und mustert forschend mein Gesicht.

Diesmal meldet sich nicht sofort der Fluchtinstinkt in mir zu Wort. Denn anders als bei Nathans Heiratsantrag vor vielen Jahren bin ich nicht mehr jung und unerfahren und fürchte mich auch nicht vor der Liebe. Ich bin bereit, mich auf eine Beziehung einzulassen, und zwar mit allen Folgen.

Also recke ich das Kinn, bis sich unsere Lippen treffen. »Ja«, murmele ich, bevor ich ihn küsse. »Ja, ja, ja, ja, ja und nochmals ja.«

»Das war nicht geplant«, gesteht er mir später. Wir sitzen auf unserer Terrasse in der Hollywoodschaukel und leeren den Champagner. Es ist einer der ersten warmen Frühlingsabende, und über uns lugen die Sterne hinter einigen hartnäckigen Wolken hervor. »Tut mir leid, dass ich keinen Ring für dich parat habe. Ich habe mir ein paar angesehen, aber keiner hat mir richtig gut gefallen … Ehrlich gesagt dachte ich ja auch, ich hätte noch ein paar Wochen Zeit für die Suche.«

»Ich brauche keinen Ring«, antworte ich. »Es war wundervoll. Ich freue mich, dass du mich heute gefragt hast, weil es der richtige Moment war, und nicht, weil du es von langer Hand vorbereitet hattest.«

»Da wir schon einmal Beichtstunde haben: Ich hatte rein gar nichts vorbereitet, denn ich hatte nicht die geringste Ahnung, wie ich dir einen Antrag machen soll. Aber ich bin so verdammt froh, dass ich es trotzdem getan habe«, erwidert er lächelnd.

»Mister Bergman, bist du etwa dabei, deine zwanghafte Ader abzulegen?«, necke ich ihn.

»Zukünftige Mrs Bergman, wehe wenn du mir weiter so zusetzt. Du hast selbst gesagt, dass es wundervoll war.«

Als er mich wieder küsst, beiße ich ihn spielerisch in die Unterlippe. Dann betrachte ich ihn: das gewellte braune Haar, den Hauch von Sommersprossen auf den hohen Wangenknochen, die tief liegenden Augen, die ihn nachdenklich wirken lassen, selbst wenn er nach einem Fernsehmarathon am Samstagnachmittag völlig weggetreten ist. Er ist der Mann, mit dem ich den Rest meines Lebens verbringen will. Ein überwältigender, allerdings auch unbeschreiblicher Gedanke.

»Du heiliger Strohsack, wir werden tatsächlich heiraten«, meine ich mit weit aufgerissenen Augen.

»Ja, wir heiraten«, wiederholt Dave strahlend. »Das ist das offizielle Ende unserer Jugend – obwohl einige unserer Freunde sicher behaupten würden, wir hätten sie bereits aufgegeben, als wir zusammengezogen sind. So habe ich übrigens herausgefunden, dass ich dich heiraten will.«

»Wie das?«

»Weil das letzte halbe Jahr wegen der vielen Dinge, die passiert sind, zwar entsetzlich schwierig, aber trotzdem das schönste meines Lebens war. Ich liebe es, jeden Morgen neben dir aufzuwachen und mich jeden Abend an dich zu kuscheln.« Er nimmt meine Hand und beschreibt kleine Kreise um meinen Ringfinger. »Also, wem wirst du es zuerst erzählen?«

Spontan hätte ich »Julia« geantwortet. Vor einigen Jahren hätte ich ihr schon wenige Minuten nach Daves Heiratsantrag eine SMS geschickt. Doch die Zeiten haben sich geändert. Ich mag meine Freundin zwar sehr, möchte jedoch nicht, dass sie die Glücksblase, in der ich gerade schwebe, mit der Bemerkung, Dave passe doch gar nicht zu mir, zum Platzen bringt.

»Ich glaube, ich lasse mir damit bis zu unserem Besuch zu Hause Zeit. Wir sehen die Bande sowieso bald wieder«, entgegne ich, womit ich darauf anspiele, dass wir vereinbart haben, das kommende Wochenende in Michigan zu verbringen. »Dann können wir es allen verkünden.«

»Gut. Stört es dich, wenn ich meine Eltern noch heute Abend anrufe?«, fragt er mit leicht besorgter Miene.

»Natürlich nicht!«, meine ich. »Wir rufen sie zusammen an. Ich kann es kaum erwarten, es deiner Mom zu sagen.«

»Mir geht es mit deiner genauso«, entgegnet er mit einem leicht hinterhältigen Grinsen. »Stell dir nur vor, was sie für ein Gesicht macht, wenn wir ihr eröffnen, dass wir dich bis zur Hochzeit so richtig dick füttern werden.«

36

Ich schmiede Pläne, und mein Unterbewusstsein lacht mich aus. Trotz meiner Absicht, die Verlobung geheim zu halten, bis Dave und ich die ganze Familie beisammen haben, platze ich in dem Moment damit heraus, als ich Sarah das nächste Mal sehe: »Wir sind verlobt!«

»Oh mein Gott, oh mein Gott!«, jubelt meine Schwester und hüpft auf dem Beifahrersitz des Todessterns auf und nieder. Wie immer hat sie darauf bestanden, mich vom Flughafen abzuholen, anstatt Dave und mich ein Auto mieten zu lassen.

»Ähem«, hüstelt Marcus, der am Steuer sitzt. »Deine Ausdrucksweise, Sarah.«

»Egal«, höhnt sie. »Wenn es ausnahmsweise einmal angebracht ist, den Namen Gottes zu verunglimpfen, dann jetzt.« Sie beugt sich über die Armlehne, um mich an sich zu drücken. »Ich freue mich ja so für dich. Aber bitte versprich mir, dass ich kein hellgrünes Brautjungfernkleid anziehen muss. Ja?«

»Keine Angst, liebste Schwester. Bei der Trauung wird es garantiert keinen Hauch von Pastell geben. Ich bin nicht einmal sicher, ob ich Brautjungfern haben will. Allerdings haben wir die Einzelheiten noch nicht besprochen.«

»Wirklich? Keine Brautjungfern?« Sarah wirkt ein wenig enttäuscht. Doch sofort erhellt sich ihre Miene wieder. »Aber wen kümmert das? Du kommst unter die Haube! Warte nur, bis Ella das erfährt. Dann bist du offiziell Onkel Dave«, meint sie zu Dave.

»Daran könnte ich mich glatt gewöhnen«, erwidert er verlegen, und ich schwöre, dass sich seine Wangen ganz leicht röten.

Auf dem Highway kommen wir an einem Feld nach dem anderen vorbei. Auf einer grünen Fläche bemerke ich in der Ferne eine Hirschkuh mit ihren beiden Kälbern, die das letzte Abendlicht ausnutzen, und ein sentimentales Gefühl ergreift von mir Besitz. Auch wenn ich meine ganze Kindheit und Jugend über von New York geträumt habe, war Michigan immer meine Heimat. Es ist, als würde ich durch meine Verlobung endlich dazu stehen, dass ich nicht mehr an den Ort zurückkehren werde, der meine Persönlichkeit maßgeblich geformt hat.

»Wie ich annehme, weiß Mom es noch nicht?«, fragt Sarah.

»Nein. Eigentlich wollte ich es euch allen erst beim Abendessen am Sonntag sagen. Doch ich bin offenbar nicht sonderlich gut darin, ein Geheimnis zu bewahren.«

»Ich bin ja so froh, dass du es mir erzählt hast«, begeistert sich Sarah. Beinahe rechne ich damit, dass sie in die Hände klatscht und »Los, Jungs!« ruft, wie damals als Cheerleaderin in der Highschool. »Ich wette, dass ich noch einen Stapel Brautmodenzeitschriften im Keller habe. Ich krame sie heraus, und dann lassen wir uns in Sachen Kleider inspirieren.«

»Sieht aus, als würden wir beide das Wochenende beim Krocket zubringen«, meint Marcus und wirft Dave im Rückspiegel einen Blick zu. »Aber jetzt mal im Ernst: Glückwunsch, Kumpel.«

»Danke, Kumpel«, antwortet Dave.

Alles lacht.

Als wir bei Sarah und Marcus ankommen, ist es schon sieben. Deshalb müssen wir die Pastrami-Sandwiches hektisch hinunterschlingen, obwohl sie es eigentlich verdient hätten, genüsslich verspeist zu werden, und gehen anschließend nach oben, um auszupacken und uns umzuziehen.

»Bist du sicher, dass du dir das antun willst?«, fragt Dave, während er einen Stoß ordentlich gefalteter T-Shirts und Unterhosen aus seinem Koffer nimmt und sie in der Kommode von Sarahs Gästezimmer verstaut.

Damit meint er die Tatsache, dass wir bald zu Julias Wohnungseinweihungsfeier aufbrechen werden. Einerseits freue ich mich darauf, meine Freundin und ihre neue Wohnung zu sehen, andererseits bin ich auch aufgeregt, unter anderem deshalb, weil ich nicht weiß, wie sie auf die Nachricht von unserer Verlobung reagieren wird.

»Ich bin bereit«, sage ich zu Dave. »Bereiter geht es nicht. Versprich mir bloß, mir die Wodkaflasche zu entreißen, wenn es zu schlimm wird.«

»Nicht nur das. Wenn's sein muss, halte ich dir auch die Haare hoch, damit du die Göttin aus Porzellan besser anbeten kannst«, erwidert er und küsst mich auf die Schulter.

»Das ist genau der Grund, warum ich dich heirate«, antworte ich. »Wer behauptet, dass alle Anwälte Taugenichtse sind, hat offenbar noch keine Bekanntschaft mit meinem Kotzkumpan und zukünftigen Ehemann gemacht. Und jetzt lass uns abhauen, bevor ich es mir noch anders überlege.«

Julias Gartenwohnung liegt in einer ruhigen Straße unweit des Stadtzentrums. Als Dave und ich vor dem Haus halten, stelle ich fest, dass sich bereits einige Menschen auf dem Rasen tummeln.

»Anscheinend war es nicht schwierig für sie, neue Leute kennenzulernen«, merke ich an.

»Ich kann mir nicht vorstellen, dass Julia je Probleme haben wird, Bekanntschaften zu schließen«, entgegnet Dave, und ich bin mir nicht ganz sicher, ob das als Kompliment gemeint ist.

»Sei nachsichtig mit ihr, okay?«

»M., ich bin immer nachsichtig mit ihr«, erwidert Dave und folgt mir den betonierten Gehweg entlang, der zu Julias neuer Wohnung führt. »Komm, wir wollen aufhören zu grübeln und uns amüsieren.«

Julia steht mitten auf dem Rasen und ist mit einem zwielichtig aussehenden Typen, vermutlich Rich, ins Gespräch vertieft. Er trägt ein enges schwarzes T-Shirt, das seine kräftigen Muskeln betont. Seine Hand ruht besitzergreifend auf ihrem Arm, und ich muss der Versuchung widerstehen, sie wegzuschubsen.

»Marissa!«, quiekt Julia, als sie mich bemerkt, und reicht Rich ihren Drink, ohne sich zu vergewissern, ob er auch danach greift. Zum Glück ist er schnell genug, sich das Glas zu schnappen, bevor es auf den Boden fällt und zerbricht.

»Jules.« Ich umarme sie und atme den vertrauten Gardenienduft ihres Haars ein. »Ich fasse es nicht, dass es schon wieder so lange her ist. Du siehst wie immer hinreißend aus«, sage ich, und zwar hauptsächlich deshalb, weil sie die üblichen violetten Sachen gegen ein kurzes silberfarbenes Kleid aus der Zeit vor dem Unfall eingetauscht hat. Sie sticht zwar aus der in Jeans und T-Shirts gewandeten Menschenmenge heraus, ist jedoch eine Schönheit – Ann Arbors Holly Golightly aus *Frühstück bei Tiffany.*

»Du auch, du hast ja total abgenommen!«, stellt sie fest und mustert mich, als sähe sie mich zum ersten Mal seit Jahren aus der Nähe.

Wahrscheinlich habe ich mich wirklich ein wenig verändert. Nachdem ich es endlich aufgegeben habe, die zehn Kilo loswerden zu wollen, die ich im letzten Jahr zugelegt habe, ist nämlich etwas ausgesprochen Erstaunliches geschehen: Fünf davon haben sich einfach so in Luft aufgelöst. Noch besser ist, dass ich durch das Laufen geschmeidige Muskeln entwickelt habe, dank derer ich, wie ich finde, attraktiver wirke als je zuvor – stark und dennoch mit Kurven.

Julia weist nach links. »Marissa, Dave, das ist Rich.«

»Wie schön, dich endlich kennenzulernen«, verkündet er und hält erst mir und dann Dave die Hand hin. »Julia redet die ganze Zeit von dir«, fährt er fort. »Ich habe mir sogar die gesamte Julia-und-Marissa-Fotosammlung anschauen müssen. Die Aufnahmen aus den ersten Highschool-Jahren sind echt unbezahlbar«, fügt er grinsend hinzu.

Ich muss zugeben, dass er bereits einen viel sympathischeren Eindruck macht als noch vor einer Minute.

»Die Highschool-Fotos? Brrr«, sage ich entsetzt. »Einige Erinnerungen sollte man besser nicht Revue passieren lassen. Diese Ponyfransen – tja, du hast sie ja selbst gesehen.« Ich betrachte Rich noch einmal, und mir wird klar, dass ich bis auf seine bevorstehende Scheidung nichts über ihn weiß. »Wo seid ihr beide euch denn begegnet?«, erkundige ich mich.

»Hat Jules dir das nicht erzählt?« Er dreht sich mit fragendem Blick zu ihr um.

Eigentlich bin ich diejenige, die über Julias Leben im Bilde sein sollte. Und nun vergewissert sich ein Fremder, ob es in Ordnung ist, mir etwas anzuvertrauen. Ein eigenartiges Gefühl, und das ist noch milde ausgedrückt.

»Wir haben uns in der Gruppentherapie kennengelernt«, sagt er, nachdem Julia zustimmend genickt hat. »Für Hirnverletzte. Ich hatte vor zwei Jahren einen schweren Motorradunfall und habe dabei einen kräftigen Schlag auf den Kopf abbekommen. Allerdings hat es sehr lange gedauert, bis die Ärzte etwas festgestellt haben.«

»Aber du …«

»Dass ich ganz normal wirke?«, meint Rich. Als er lacht, bilden sich Krähenfüße in seinen Augenwinkeln, und ich komme zu dem Schluss, dass er vermutlich zehn Jahre älter ist, als ich ursprünglich geschätzt habe. »Das solltest du mal meiner Ex erzählen. Es waren, gelinde gesagt, ein paar harte Jahre. Ich hatte … wie formuliert man das noch mal diskret? Probleme mit der Selbstbeherrschung.« *Spitze*, denke ich, doch Rich spricht längst weiter. »Keine Sorge, nicht solche, die zu häuslicher Gewalt führen. Allerdings haben mich die dümmsten Kleinigkeiten in Rage versetzt, insbesondere vor der Therapie. Ich wurde aus dem Militär entlassen und habe dann acht Monate gebraucht, um einen Job in der Privatwirtschaft zu finden, weil ich noch nicht bereit für die reale Welt war. Als mich dann endlich eine Beratungsfirma eingestellt hat, musste sich mein Neurologe zuerst mit meinen Kollegen zusammensetzen, um ihnen meine Schwierigkeiten zu erläutern.« Kopfschüttelnd erinnert er sich. »Das hat dann für meine Frau das Fass zum Überlaufen gebracht – der Gedanke, dass ich vielleicht die Familie nicht mehr ernähren könnte. Also hat sie angefangen, mit meinem Cousin ins Bett zu gehen. Was für ein Wichser.« Er sieht uns verlegen an. »Verzeihung. Das war gerade ein gutes Beispiel für meine mangelnde Selbstbeherrschung.«

Und den fehlenden Filter, füge ich in Gedanken hinzu.

Richs Geschichte entlockt Dave einen Pfiff. »Mann. Das klingt ja furchtbar.«

»Stimmt. Aber Julia entschädigt mich für alles«, erwidert Rich und mustert meine Freundin, als müsse er sich vergewissern, dass sie wirklich da ist.

Diesen Blick habe ich schon bei Dutzenden von Männern in ihrer Gegenwart erlebt, nur dass es diesmal anders ist. Trotz seines selbstbewussten Auftretens wirkt Rich verglichen mit all den Choreographen, Künstlern und Musikern, die sie für gewöhnlich bevorzugt, beinahe provinziell. Und vielleicht ist es genau das, was Julia in dieser Lebensphase braucht.

»Komm, ich zeig dir alles«, wendet sich Julia an mich. Wir lassen Rich und Dave einfach auf dem Rasen zurück. »Die Wohnung ist noch nicht ganz eingerichtet, aber du kannst dir trotzdem schon einmal ein Bild machen.« Als sie die quietschende Fliegengittertür aufreißt, schlägt uns eine unangenehme Welle nach Katzenurin entgegen.

»Ist das Snowball, den ich da rieche?«, frage ich und verkneife mir ein Naserümpfen.

»Nein, Snowball ist absolut stubenrein, der kleine Engel«, entgegnet sie, nicht im Mindesten gekränkt. »Die Frauen, die vor mir hier gewohnt haben, hatten eine ganze Armada an Haustieren, und die haben die Bude völlig verwüstet. Wahrscheinlich habe ich sie deshalb so billig bekommen. Aber keine Sorge. Ich habe Raumsprays gekauft, die den Gestank bis Ende des Monats vertreiben müssten.«

Wir gehen in die Küche, die altmodisch oder vielmehr veraltet ist und ein wenig aussieht wie die von Daves Eltern, wäre sie in den Siebzigern möbliert worden. Julia nimmt zwei Bierflaschen aus der Kühlschranktür und gibt mir eine davon. Dann lehnt sie sich an die Arbeitsfläche aus gelbem Resopal und trinkt einen Schluck.

»Natürlich ist das hier nicht der Buckingham-Palast«, stellt sie fest und blickt sich um. »Aber mir gefällt es. Außerdem habe ich meinen Eltern nicht erlaubt, auch nur einen Penny beizusteuern, was das Ganze noch besser macht. Doktor Gopal und ich haben ausführlich darüber gesprochen und beschlossen, dass es für mich einen wichtigen Schritt nach vorne bedeutet, wenn ich meinen Lebensunterhalt so weit wie möglich selbst bestreite.« Sie beißt sich auf die Unterlippe, was sie kindlich wirken lässt.

Am liebsten würde ich ihr auf den Rücken klopfen und ihr versichern, dass schon alles klappen wird. Allerdings weiß ich, dass sie genau das nicht will, weder von mir noch von jemand anderem. Ein melancholisches Gefühl steigt in mir auf, als ich daran denke, wie traurig das alles für sie sein muss. Sie hat nicht nur ihr früheres Leben aufgegeben, sondern ist sich außerdem darüber im Klaren, dass alle hoffen und erwarten, sie würde wieder zu dem Menschen, der sie einmal war.

»Ich bin schwer beeindruckt, Jules«, meine ich. »Haben Grace und Jim sich sehr gesträubt, als du ihre Hilfe zurückgewiesen hast?«

»Das würde sich meine Mutter niemals trauen«, erwidert Julia mit einem Anflug des Schalks von damals. »Sie hat inzwischen eine Heidenangst vor mir, die Arme.«

»Ich glaube, sie hat sich schon immer ein wenig vor dir gefürchtet«, antworte ich. Ich erinnere mich an die Highschool-Zeit, als Julia ihre Mutter stets so lange bearbeitete, bis sie ihren Willen durchgesetzt hatte – einen Pick-up von Ford anstelle der nagelneuen Limousine von Audi, die Erlaubnis, die Frühjahrsferien in Cancún zu verbringen, ihren Segen für eine weitere zum Scheitern verurteilte Beziehung.

»Hör zu, Mar, ich sollte dich warnen«, sagt Julia plötzlich, und Erschrecken malt sich in ihren Augen.

Bevor ich mich umdrehen und den Grund dafür ermitteln kann, ertönt hinter mir eine Stimme, die dafür sorgt, dass sich mir augenblicklich die Nackenhaare aufstellen.

»Hallo, Marissa.«

Ich erstarre und blicke Julia ungläubig an. »Jules«, zische ich. »Ich dachte, wir hätten darüber gesprochen.« Ich bin noch wütender auf mich selbst als auf sie, denn offenbar war es ein schwerer Fehler, davon auszugehen, dass sie sich benimmt. Immerhin muss ich ihr zugutehalten, dass sie zumindest den Anstand hat, betreten dreinzuschauen.

»Ich wollte dich gerade fragen, ob du etwas dagegen hast, dass ich Nathan ebenfalls eingeladen habe. Und wenn man vom … vom …«, stammelt sie, auf der Suche nach dem richtigen Wort.

»Teufel spricht?«, schlägt Nathan vor. Als ihm klar wird, dass ich nicht in der Lage bin, die Füße vom Boden zu heben, stellt er sich mir gegenüber vor den Kühlschrank. »Ich freue mich auch, dich zu sehen«, meint er gedehnt und mit einem breiten Grinsen.

So viel zu meinem Plan, nie wieder ein Wort mit Nathan zu wechseln.

»Äh, ja«, erwidere ich. Mir bricht der Schweiß aus, und ich

lasse ein verzweifeltes Stoßgebet los, dass Dave nicht ausgerechnet jetzt in die Küche spaziert kommen möge. Sichtlich sprachlos, überlege ich, wie ich reagieren soll.

Doch Nathan, wie immer die Gelassenheit in Person, füllt mühelos die Gesprächspausen. »Ich habe gehofft, dich hier zu treffen. Insbesondere deshalb, weil du dich nie mehr bei mir gemeldet hast«, meint er, steckt die Hände in die Taschen und schenkt mir seinen besten mitleiderregenden Blick.

Bei unserer letzten Begegnung mag das noch gewirkt haben. Diesmal dagegen beschleunigt sich mein Puls nicht, und ich verspüre auch keine Schmetterlinge im Bauch.

Nein, heute löst er lediglich Erinnerungen an einen Vorfall aus, an den ich in den elf Jahren, die seitdem vergangen sind, keinen einzigen Gedanken verschwendet habe.

Nathan und ich waren seit etwa einem Monat zusammen, als ich mir eine schwere Grippe einfing. Ich schaffte es nicht einmal, morgens aufzustehen oder zur Abschlussprüfung anzutreten, und hatte so hohes Fieber, dass ich sogar in die Notaufnahme musste. Also verkroch ich mich in Nathans Wohnung. Er pflegte mich, fütterte mich mit Eisstückchen und Suppe, legte mir feuchte Waschlappen auf die Stirn und rief meinen Arzt an, um sich zu erkundigen, wie viel von dem Erkältungsmedikament ich gefahrlos einnehmen konnte.

Nach sieben qualvollen Tagen war ich endlich wieder gesund. Allerdings konnte man nicht behaupten, dass ich so gut aussah, wie ich mich fühlte: Die Haare hingen mir verfilzt um das blasse Gesicht, und ich hatte so viel abgenommen, dass ich mir die Jeans über die Hüften ziehen konnte, ohne den Reißverschluss zu öffnen.

»Mist, ich habe fast sieben Kilo verloren«, sagte ich zu Nathan und starrte erschrocken auf die Badezimmerwaage. Um auf Nummer sicher zu gehen, trat ich von der Waage und stellte mich noch einmal darauf. Die großen schwarzen Zahlen bestätigten, dass ich nun offiziell so dünn war wie seit Beginn der Pubertät nicht mehr.

»Du jammerst doch immer, dass du abnehmen willst«, meinte Nathan, der am Rand seiner mintgrünen Badewanne saß, und sah mich an. »Wenn du dieses Gewicht hältst, bist du dein Problem los.«

Obwohl ich mich einerseits über meine zierliche Figur freute, empfand ich seine Worte dennoch wie eine Ohrfeige. Es war eine Bemerkung, wie ich sie von meiner Mutter erwartet hätte, nicht aber von meinem Freund. »Soll das heißen, dass ich vorher zu dick war?«

»Nein«, verteidigte er sich. »Du beschäftigst dich doch ständig mit deinem Gewicht. Deshalb dachte ich, du wärst froh darüber. Jetzt komm schon, Marissa, ich habe es nicht so gemeint. Vergiss es einfach«, fügte er mit einem charmanten Grinsen hinzu.

Da ich nicht mit ihm streiten wollte, tat ich so, als hätte ich es tatsächlich vergessen. Und irgendwann war es dann auch so.

Es ist gewiss nicht so, als ob ich ein Bild vor Augen hätte, wie Nathan mitten in der Nacht ein verdächtiges Loch im Garten mit frischer Erde zuschüttet oder aus dem Bett meiner Schwester kommt. Was ein Jammer ist, denn es würde die Sache ungemein erleichtern, wenn ich Tori Spelling und mein Leben ein *Lifetime*-Film wäre. In diesem Fall wäre Nathan nämlich eindeutig der Bösewicht und ich die Heldin, die ihn kurz vor dem Eintreffen der Polizei mutig die Treppe hinunterstößt. Dann hätte ich in Würde und Anmut weiterziehen können.

Allerdings ist Nathan kein Ungeheuer. Er ist bloß ein ganz normaler Mensch, mit dem ich zufällig eine gemeinsame Vergangenheit habe. Es ist auch nicht seine Schuld, dass ich mich nicht nur an besagte Vergangenheit klammere, sondern sie außerdem in den rosigsten Farben verkläre. Und das, obwohl Sarah recht hat: In Wahrheit war meine Zeit mit ihm sehr chaotisch und alles andere als optimal.

Aber besonders elend fühle ich mich, wie mir klar wird, während ich zwischen Julia und Nathan hin und her blicke, weil ich ihm letztlich einen Freifahrtschein erteilt und gegen Julia wegen einer einzigen Dummheit vor elf Jahren einen Groll gehegt habe. Und das, obwohl sie mehr als mein halbes Leben lang für mich da gewesen ist. Dass sie ihre Macken hat, weiß ich. Sie neigt zum Klammern und drängt sich gerne in den Vordergrund, ohne es zu bemerken. Doch sie ist die beste Freundin, die ich je hatte.

»Es tut mir leid«, sage ich zu Nathan, der mich weiterhin anstarrt, als wolle er mich hypnotisieren. »Vielleicht habe ich dir einen falschen Eindruck vermittelt, aber ich liebe Dave. Meinen Verlobten«, erkläre ich. »Wir werden bald heiraten.«

Julia stößt wieder ein Quieken aus. »Du bist verlobt! Das ist ja klasse!«, ruft sie aus und umarmt mich.

Angesichts ihrer verhältnismäßig undramatischen Reaktion atme ich erleichtert auf. Über ihren Rücken hinweg bemerke ich, dass Nathan zweifelnd meinen nackten Ringfinger betrachtet, spare mir allerdings nähere Ausführungen. Als Julia endlich aufhört, mich zu zerquetschen, nehme ich quer durch die Wohnung Blickkontakt mit Dave auf und winke ihn zu uns herüber. Ich schlucke, denn meine Stimme darf auf gar keinen Fall zittern.

»Hier ist er«, wende ich mich mit Nachdruck an Nathan.

»Hallo, Mädels«, meint er zunächst zu Julia und mir. »Ich bin Dave«, stellt er sich dann Nathan vor.

»Und ich bin Nathan. Du bist ein echter Glückspilz, Dave«, erwidert mein Ex.

»Das höre ich in letzter Zeit öfter.« Dave grinst. »Aber ich wusste es bereits.«

Als ich die beiden ansehe, werde ich von Schwindel ergriffen.

Es ist ganz ähnlich wie das unheimliche Gefühl, das sich manchmal einstellt, wenn ich ein Glas Wein zu viel erwischt habe und in den Spiegel schaue: *Du heiliger Strohsack! Das bist also du, so siehst du wirklich aus, und das ist dein Leben!* Nur dass die leise Stimme diesmal etwas anderes raunt: *Marissa Rogers, es ist an der Zeit, eine Entscheidung zu fällen! Links steht deine Vergangenheit, rechts deine Zukunft. Nun wähle.*

Ich habe mich bereits vor elf Jahren entschieden, halte ich mir vor Augen. *Und dann noch einmal vor drei Tagen, als ich Daves Heiratsantrag angenommen habe.* Denn darauf läuft es im Grunde hinaus. Ich habe mich an Nathan geklammert, weil er für mich eine Möglichkeit verkörperte, die mir geraubt worden ist. Doch die Wahrheit lautet, dass es meine eigene Entscheidung war, so sehr Julia mich auch dazu gedrängt hat. Hätte ich mich nicht damit begnügt, in unserer Freundschaft immer nur die zweite Geige zu spielen und ihr mehr Wichtigkeit als alles andere, sogar als mein eigenes Glück zu geben, hätte ich mich vielleicht gegen Julia durchsetzen können. Dann wären Nathan und ich heute möglicherweise noch zusammen. Doch während ich ihn mustere, begreife ich, dass unsere Leben sich genau so entwickelt haben, wie sie es sollten, selbst wenn ich die Vergangenheit als schmerzhaft empfunden haben mag.

»Ich gehe dann mal lieber«, sagt Nathan. »Bis bald, Julia«, fügt er hinzu und küsst sie zum Abschied auf die Wange. Danach betrachtet er mich eine Sekunde zu lang, als wolle er sich mein Gesicht einprägen. »Mach's gut, Marissa«, sagt er schließlich.

»Du auch, Nathan«, antworte ich zum letzten Mal.

»Kann ich kurz mit dir reden?«, frage ich Julia, nachdem Nathan weg ist.

»Na ja«, windet sie sich. »Jetzt sofort?«

»Ja, jetzt sofort«, wiederhole ich mit Nachdruck.

»Okay. Im Schlafzimmer«, entgegnet sie und weist auf eine Tür, die vom Flur abgeht.

Das Zimmer unterscheidet sich von dem im Haus ihrer Eltern. Die violette Überdecke mit den passenden Sofakissen ist zwar noch vorhanden, doch der übrige lila Kitsch fehlt, und die Wände sind in einem dezenten Cremeton gestrichen.

»Es gefällt mir gut«, sage ich.

»Mir auch. Obwohl Rich mir violette Wände strengstens verboten hat. Er sagt, er bekommt davon Kopfschmerzen.«

»Jules«, beginne ich, nicht bereit, das Gespräch in einer Debatte über Innenarchitektur versanden zu lassen. »Wir müssen über das reden, was gerade passiert ist. Über das, was sich insgesamt tut.« Ich drehe mich auf dem Bett um, damit wir einander gegenübersitzen. »Ich dachte, du hättest mich verstanden, und weiß nicht, wie ich es noch deutlicher ausdrücken soll: Zwischen Nathan und mir ist es aus. Wir haben uns vor über zehn Jahren getrennt. Ich werde Dave heiraten, und obwohl ich von dir nicht verlangen kann, dass du ihn magst, brauche ich wenigstens deine Unterstützung.«

»Aber ich mag Dave«, erwidert sie. Sie umklammert ein Sofakissen, und ich bemerke, dass sie leicht zittert. *Dieses Gespräch macht ihr Angst,* stelle ich überrascht fest. »Ich habe ihn immer gemocht, das ist dir doch wohl hoffentlich klar. Es ist nur … Tja, wegen meiner Hirnverletzung verbeiße ich mich nun mal gern in Dinge.«

»Ich erinnere mich«, antworte ich, füge allerdings nicht hinzu, dass mir ihre Leidenschaft für Violett das Problem ständig vor Augen hält.

»Schon, aber es sind nicht nur die Farben«, fährt sie fort, »sondern auch Ideen und Assoziationen. Als ich dich im Krankenhaus sah, konnte ich die ganze Zeit nur an dich und Nathan denken. Immer wenn ich dein Gesicht vor Augen hatte, fiel mir wieder ein, dass ich dich im College gezwungen habe, dich von ihm zu trennen.«

»Du hast mich nicht gezwungen.«

»Mar, mir war klar, dass du dich für mich und nicht für ihn entscheiden würdest. Da du mir treu ergeben warst, hattest du das Gefühl, keine andere Wahl zu haben.« Sie lächelt wehmütig. »Doktor Gopal hat mir geholfen zu verstehen, dass ich schon lange vor dem Unfall meine Schuldgefühle wegen meines Verhaltens ihm und dir gegenüber verdrängt habe. Du bist die einzige echte Freundin, die ich je hatte, und ich hatte panische Angst, Nathan könnte dich mir wegnehmen.«

»Julia, weißt du noch, was du damals zu mir gesagt hast?« Ich blinzele die Tränen weg. »Kein Mann wird je zwischen uns stehen. Weder Nathan noch Dave oder sonst jemand. Man muss sich nicht entscheiden.«

»Genau das findet Doktor Gopal auch«, gesteht sie. »Nach dem Unfall habe ich erkannt, dass ich unsere Freundschaft mit der Aktion aufs Spiel gesetzt habe, und damit wurde es für mich zu einer fixen Idee, die Sache zu kitten. Deshalb habe ich auch irgendwann angefangen, Nathan E-Mails zu schicken. Ich habe Dave sogar mitgeteilt, dass Nathan und du füreinander bestimmt seid. Inzwischen weiß ich aber, dass das eine dumme Idee war.«

»Du hast Dave gesagt, Nathan und ich seien füreinander bestimmt?« *Deshalb hatte er also solche Probleme mit ihr.*

»Ja, als ich bei euch zu Besuch war. Ich habe ihn abgefangen, während du geduscht hast. Tut mir leid«, fügt sie verlegen hinzu. »Doktor Gopal hat mir deshalb eine Standpauke gehalten, die sich gewaschen hat.«

»Schon gut«, erwidere ich. Ich bin Dave wegen Julias Verhalten eindeutig eine Erklärung schuldig. Aber erst morgen. Alles zu seiner Zeit.

»Mar, wenn ich ehrlich bin, habe ich diese Gedanken noch

immer. Vielleicht verschwinden sie ja nie. Ich habe Nathan heute Abend eingeladen, obwohl ich wusste, dass ich es lieber hätte lassen sollen. Doch ich werde immer besser darin, meine fixen Ideen zu ignorieren.« Sie drückt meine Hand und blickt mir in die Augen. »Ich möchte, dass du das Leben führst, das du dir wünschst, auch wenn ich es manchmal nicht zeigen kann. Versprich mir bitte, Geduld mit mir zu haben und mich nicht zu verlassen. Ich weiß nicht, was ich tun würde, wenn wir nicht mehr befreundet wären.«

»Jules, ich werde dich nie verlassen. Wir werden für immer Freundinnen sein«, beteuere ich. Als ich den Satz ausspreche, weiß ich, dass es wahr ist. Wenn wir befreundet bleiben wollen, heißt das allerdings, dass ich all die Missverständnisse, Auseinandersetzungen und kränkenden Bemerkungen wieder und wieder überhören muss, vielleicht sogar für immer, sollte Julia nie mehr ganz gesund werden. Doch ich bin bereit, mich darauf einzulassen, und halte den kleinen Finger hoch. Sie hakt den ihren ein.

»Für immer.«

37

Aus der Entfernung wirken wir wie eine große, glückliche Familie, die an einem Samstagnachmittag vergnügt im Garten grillt. Und vermutlich sind wir das auch.

Das bedeutet allerdings nicht, dass alles reibungslos läuft. Dave hat es geschafft, sich bei dem Versuch, einen durch den Grillrost gerutschten Hamburger zu retten, die halbe Handfläche zu verbrennen, Sarah und Marcus haben sich schon zweimal aus Gründen, die nur dem lieben Gott bekannt sind, heftig gestritten, und die Spareribs und Hamburger sind längst gar, ohne dass meine

Mutter und Phil erschienen wären. Ebenso bleiben Grace, Jim und Julia verschollen, die eigentlich auch vorbeikommen wollten.

Ich nehme mein Telefon aus der Handtasche, doch bevor ich wählen kann, leuchtet Grace' Nummer auf dem Bildschirm auf.

»Tut mir leid, dass wir in letzter Minute absagen müssen, aber es geht nicht. Julia hat auf dem Weg zu uns einen schweren Migräneanfall bekommen, der sich einfach nicht legen will«, entschuldigt sie sich. Dann senkt sie die Stimme zu einem Flüstern. »Leider war es kein angenehmer Vormittag. Sie hat einen Schreikrampf bekommen, als Jim ihr erklärt hat, dass wir uns überlegen, nächstes Jahr das Haus zu verkaufen. Wahrscheinlich haben wir uns einen ungünstigen Zeitpunkt ausgesucht, um es ihr beizubringen.«

Die Sache mit dem Haus überrascht mich – sie haben schon vor Julias Geburt dort gewohnt –, doch noch mehr wundert es mich, dass sich Julias Zustand verschlechtert hat. »Gestern Abend hat sie ganz fidel auf mich gewirkt«, meine ich zu Grace. »Wir hatten ein richtig gutes Gespräch.«

»Ach, es geht immer erst einen Schritt vorwärts und dann wieder zwei Schritte zurück. Wie dem auch sei«, fährt Grace fort. »Im Großen und Ganzen schlägt Julia sich sehr wacker. Ihr Neurologe sagt, sie mache größere und schnellere Fortschritte, als er je erwartet hätte. Immerhin haben die Magnetresonanzaufnahmen vom letzten September nicht sehr positiv ausgesehen.«

»Eure Tochter war eben schon immer sehr leistungsorientiert.«

»Stimmt«, erwidert sie. Dann höre ich, wie sie im Hintergrund mit jemandem spricht. »Marissa, Liebes, ich muss jetzt Schluss machen. Julia bittet mich, dich zu fragen, ob du sie morgen besuchen magst. Sie möchte dich noch einmal sehen, bevor du nach New York zurückfliegst. Passt es dir gegen eins?«

»Ich werde vorbeikommen.«

Während ich das Telefon wieder in der Handtasche verstaue,

beobachte ich durch Sarahs Panoramafenster, wie meine Mutter und Phil in ihrem burgunderfarbenen Cadillac vorfahren.

»Wie nett, dass sie noch vor Mitternacht hier aufkreuzen«, höhne ich, als Sarah mir einen Käsequader und eine für die Großgastronomie geeignete Käsereibe reicht.

»Manche Dinge ändern sich eben nie«, seufzt sie und kippt klein geschnippelte Gurkenstückchen in die Salatschüssel auf der Anrichte. Ich esse einen Bissen von dem frisch geriebenen Käse und seufze noch lauter. Dann fangen wir beide an zu kichern.

Unsere Mutter war noch nie ein Mensch, der um gut Wetter bittet. Mit hoch erhobenem Kopf und einem Gesicht wie Jacqueline Kennedy bei der Beerdigung ihres Mannes kommt sie zur Tür hereingerauscht. Sie umarmt mich verlegen, hält mich aber länger fest als sonst.

»Hallo, Mom, schön, dich zu sehen«, sage ich, als sie mich endlich loslässt.

»Ich freue mich auch, dich zu sehen, Marissa«, erwidert sie und mustert mich dann argwöhnisch, als rechne sie mit einer spitzen Bemerkung.

Eigentlich sollte sie mich besser kennen, denke ich. Doch dann fällt mir ein, dass ich ihr in letzter Zeit so manche Überraschung bereitet habe, weshalb sie wahrscheinlich keine Ahnung hat, was sie erwartet. Ich lächele neutral, aber offenbar beruhigt sie das nicht genug, denn sie fügt hinzu: »Sarah, du hast doch sicher einen Pinot Grigio da, oder? Ich könnte jetzt einen Schluck vertragen.«

»Natürlich, Mom«, antwortet Sarah, dreht sich zu mir um, kehrt meiner Mutter den Rücken zu und verzerrt das Gesicht zu einem stummen Schrei.

»Ich wollte nur auf Nummer sicher gehen, Liebes«, flötet meine Mutter, die nichts davon bemerkt hat.

Sarah, eine erfahrene Haushaltsdiktatorin, zitiert alle in die

Küche und verteilt die verschiedenen Aufgaben. Dave und ich werden dazu verdonnert, eine mit Eiswürfeln gefüllte Kupferwanne, die genügend Getränke enthält, um die gesamte Footballmannschaft der Universität zu versorgen, nach draußen zu schleppen.

Dave greift mit der unverletzten Hand nach der Wanne und blickt über die Schulter, um sich zu vergewissern, dass Mom und Phil außer Hörweite sind. »Ich finde, wir sollten es ihnen noch vor dem Essen erzählen«, flüstert er. »Die Anspannung bringt mich sonst um.«

»Wirklich? Ich neige ehrlich gesagt fast dazu, es meiner Mutter erst kurz vor der Hochzeit zu verraten«, entgegne ich.

»Schade, dass du gestern noch anderer Ansicht warst«, zieht er mich auf.

»Das ist unfair.« Als ich ihn mit der Kante meiner Sandale gegen den Knöchel trete, tut er, als müsste er Höllenqualen ausstehen.

»Was ist unfair?«, erkundigt sich meine Mutter, die plötzlich mit der Salatschüssel in der einen und dem Weinglas in der anderen Hand hinter mir erscheint. Sie stellt beides auf dem rustikalen Holztisch mitten im Garten ab und lässt sich auf einen Terrassenstuhl fallen.

»Nichts, Mom«, erwidere ich.

»Dave, hat meine Tochter etwa schon wieder Geheimnisse vor mir?«, fragt sie und fächelt sich Kühlung zu, obwohl draußen milde zwanzig Grad herrschen.

»Marissa erwartet ein uneheliches Kind von einem Alien«, verkündet Sarah. Marcus und Ella folgen ihr, mit Lebensmitteln schwer beladen.

»Dann werden wir ja endlich reich und berühmt«, witzelt Phil.

»So, da wir jetzt alle beisammen sind«, beginnt Dave und nimmt meine Hand. »Marissa und ich haben uns am Mittwoch verlobt. Wir wollen heiraten.«

Ella hüpft jubelnd auf und ab, woraufhin ein Stuhl umfällt. Ohne sich die Mühe zu machen, ihn aufzuheben, läuft sie auf mich zu und schlingt mir die Arme um die Taille. »Tante Marissa! Du wirst eine Braut! Darf ich mitkommen, wenn du das Kleid kaufst? Bittebittebitte?«

»Natürlich, Schätzchen. Schließlich müssen wir auch ein Kleid für dich als Blumenmädchen aussuchen.«

»Das sind ja ausgezeichnete Nachrichten«, sagt Phil und klopft Dave so kräftig auf den Rücken, dass dieser zu ersticken droht. Dann umarmt er mich zum allerersten Mal. »Ich freue mich wirklich sehr für euch beide. Offenbar seid ihr füreinander bestimmt.«

»Danke, Phil«, antworte ich und kämpfe mit den Tränen.

Zum Glück liefert mir meine Mutter die komische Steilvorlage, die ich brauche, um nicht zu weinen anzufangen.

»Ach, du meine Güte!«, ruft sie aus und legt in einer dramatischen Geste den Handrücken an die Stirn. »Mein kleines Mädchen ist jetzt erwachsen!«

Sie hat recht, auch wenn es nicht an meiner Verlobung liegt, dass ich jetzt mit beiden Beinen fest im Erwachsenenleben stehe. Das letzte Jahr hat mich vor so manche Herausforderungen gestellt, an die ich im Traum nicht gedacht hätte. Dennoch habe ich zu meiner eigenen Überraschung jede noch so scharfe Kurve professionell gemeistert. Ich werfe Dave, der mich anstrahlt, einen Blick zu und weiß, dass ich mehr als bereit bin, ein neues Kapitel im Buch meines Lebens aufzuschlagen.

»Susan, warum bringst du keinen Trinkspruch aus?«, schlägt Phil vor und greift nach seinem Wasserglas.

»Gern«, erwidert meine Mutter, obwohl es sie nicht zu begeistern scheint, dass er sie zu dieser Aufgabe verdonnert hat. Sie räuspert sich und hält einen Moment inne, um die richtigen Worte zu finden.

Eigentlich rechne ich mit einer Bemerkung darüber, welches

Glück ich gehabt habe, jemanden wie Dave abzubekommen. Stattdessen hebt sie ihr Weinglas.

»Dave, wie jeder in unserer Familie dir bestätigen wird, ist Marissa eine bemerkenswerte Frau«, sagt sie. »Und ich zweifle nicht daran, dass sie auch eine bemerkenswerte Ehefrau und obendrein eine bessere Mutter sein wird, als ich es je war. Herzlichen Glückwunsch von uns allen.«

»Danke, Mom«, meine ich. »Das bedeutet mir mehr, als du ahnst. Prost.«

»Prost«, antwortet meine Familie, und wir stoßen miteinander an.

Am nächsten Tag lasse ich Dave mit Marcus Krocket spielen und fahre allein mit dem Todesstern zu Julia. Als ich ankomme, klebt an der Tür ein violettes Post-it.

> M., bin bei meinen Eltern. Kommst du hin?
> Kuss, J.

Ich weiß genau, dass Julia ein Mobiltelefon besitzt. Kann es denn so schwierig sein, mich anzurufen? Doch ich schiebe meinen Ärger rasch beiseite und halte mir vor Augen, dass die zusätzlichen sieben Minuten Fahrt kein Weltuntergang sind. Immerhin wird es bis zu meinem nächsten Besuch in Michigan vermutlich eine Weile dauern, weshalb ich nicht abreisen will, ohne mich von ihr zu verabschieden.

Als ich bei den Ferrars anklopfe, macht mir niemand auf. Aber da die Seitentür offen steht, spaziere ich einfach hinein. Ich gehe in die Küche, wo es, vermutlich wegen einer von Julias Backorgien, nach frischem Brot duftet. »Hallo?«, rufe ich, doch ich ernte nur Schweigen. Als ich den Flur entlangschlendere, höre ich, dass vom anderen Ende des Hauses ein leises, aber heftiges Violinkonzert herüberweht. Da Julia nicht in ihrem Zimmer ist, als ich den Kopf hineinstecke, folge ich der Musik in die ehemalige, inzwischen in einen Ballettsaal verwandelte Bibliothek. Ich war zwar seit der Highschool schon unzählige Male bei den Ferrars, habe diesen Raum, soweit ich mich erinnern kann, jedoch in all den Jahren danach nicht mehr betreten.

»Jules?«, rufe ich wieder, während ich die Stufen zu dem tiefer gelegenen Saal hinuntersteige, der noch genauso aussieht wie bei meinem letzten Besuch.

Als ich eintrete, ist Julia gerade mitten im Sprung. Ihre Beine sind etwa einen Meter fünfzig über dem Boden zu einem makellosen Spagat gestreckt, die Arme hat sie ausgebreitet wie Schwanenflügel. Geschmeidig landet sie auf dem Parkett und wirbelt zu mir herum.

»Hast du noch nie was davon gehört, dass man anklopft?«, fragt sie mit argwöhnischem Blick. Im nächsten Moment grinst sie spitzbübisch. »War nur ein Scherz, Mar. Aber jetzt mal im Ernst: Du willst doch nicht, dass ich mir den Knöchel breche.«

»Jules, was tust du da?«, erkundige ich mich erschrocken. »Ich dachte, du darfst gar nicht tanzen. Sollte nicht deine Mom oder sonst jemand dabei sein? Nur für den Fall, dass du dir den Kopf anschlägst?«

»Mach dich nicht lächerlich!« Sie lacht auf und beugt sich anmutig vor, um das Band in ihren abgetragenen Spitzenschuh zu schieben. »Du weißt, dass ich tanzen kann. Keine Sorge, mir passiert schon nichts.«

Mit diesen Worten nimmt sie vor der verspiegelten Wand wieder ihre Position ein und zupft das verknotete T-Shirt, das sie über dem Balletttrikot trägt, mit einer ungeduldigen Bewegung zurecht. Dann hebt sie in einer schnellen Bewegung das linke Knie, formt mit den Armen einen Kreis vor dem Körper und fängt an, zur Musik Pirouetten zu drehen, als sei dies ihr einziger Lebensinhalt.

Von allen Organen im Körper ist das Gehirn vermutlich das empfindlichste. Außerdem ist es widerstandsfähig, ausdauernd und natürlich äußerst intelligent. Aus diesen Gründen versucht es nach einer Verletzung verzweifelt, sich selbst zu heilen. Ein beschädigtes Neuron bemüht sich vielleicht, die verbliebenen gesunden Fasern nachwachsen zu lassen, um das Defizit auszugleichen, das aufgrund seiner zerstörten Struktur entstanden ist. Allerdings handelt es sich dabei um einen ungeregelten Vorgang, der leicht aus dem Takt geraten kann. Die überlebenden Neuronen können dazu angeregt werden, falsche Signale auszusenden und sich mit anderen, gesunden Neuronen zu vernetzen. Nach Ansicht von Wissenschaftlern ist dies ein möglicher Grund für Schmerzen, Krampfanfälle, Einschränkungen der Beweglichkeit und Gedächtnisverlust.

Oft jedoch erreichen die überlebenden Neuronen das gesteckte Ziel. Aus diesem Grund können viele Menschen, die eine Hirnverletzung erlitten haben, selbst lange danach noch Verbesserungen ihrer Gedächtnisleistung erreichen – und sich mit jedem Jahr, das vergeht, mehr an ihr früheres Selbst annähern.

Als ich meiner besten Freundin, die schön war wie eh und je, beim Tanzen zusehe, flüstere ich ein paar Dankesworte. An Gott. An das Universum. An Julia, dafür, dass sie sich daran erinnert, wer sie einmal war.

Hilfe und Rat bei Hirnverletzungen

Nach Angaben der Hannelore-Kohl-Stiftung für Menschen mit Schäden des Zentralen Nervensystems erleiden jedes Jahr 270 000 Menschen in Deutschland Verletzungen im Bereich des Schädels und des Gehirns. Die Hälfte der Betroffenen ist unter 25 Jahre alt. In 30 bis 40 Prozent der Fälle eines schweren Schädel-Hirn-Traumas überlebt der Verletzte nicht. Bei Menschen unter 45 Jahren ist das heute die häufigste Todesursache.

Weitere Informationen unter
www.hannelore-kohl-stiftung.de
www.schaedel-hirnpatienten.de
www.sht-lobby.at

Danksagung

Oft erzähle ich, dass ich im literarischen Lotto gewann, als meine Agentin Elisabeth Weed sich erbot, mich zu vertreten – und es stimmt auch. Ohne ihren klaren Blick, ihre Begeisterungsfähigkeit und ihre Ratschläge würde es dieses Buch nicht geben.

Herzlichen Dank an Denise Roy, meine wundervolle Lektorin bei Dutton, mit der ich sowohl den Geburtstag als auch die emotionale Einstellung gemeinsam habe. Mitzuerleben, wie sich diese Geschichte unter ihrer Anleitung entwickelt hat, war gleichzeitig ernüchternd und unbeschreiblich befriedigend. Ich werde ihr ewig dafür dankbar sein, dass sie das Projekt übernommen hat.

Nadia Kashper und dem restlichen Team bei Penguin sowie Stephanie Sun bei Weed Literary bin ich wegen ihrer Unterstützung während des Veröffentlichungswahnsinns zu Dank verpflichtet.

Danke auch an Darci Smith, die mich während der ersten Fassung motiviert hat weiterzumachen. Außerdem an meine Erstleser Laurel Lambert und Shannon Callahan, die mir versichert haben, dass *Pfingstrosen im September* es wert ist, erzählt zu werden. Weiterhin danke ich Bunny Wong, die ich schrecklich vermisse und deren weise Worte mich selbst an meinen schwärzesten Tagen zum Weiterschreiben ermutigt haben.

Ich danke meinen Brunch-Freundinnen und meinem sozialen Netzwerk, Britt Carlson, Katie McHugh, Sara Reistad-Long und Rachael Stiles sowie den Schriftstellerinnen, die mich auf meinem

Weg inspiriert und unterstützt haben: Sarah Jio, Emma Johnson, Jael McHenry, Beth Hoffman, Maris Kreizman, Siobhan O'Connor, Sarah Pekkanen, J. Courtney Sullivan, Laura Vanderkam, Julie Weingarden und Allison Winn Scotch.

Ich danke zudem den Ärzten Ausim Azizi, Amarish Dave und Alain de Lotbiniere, die ihr Wissen über Hirnverletzungen mit mir geteilt haben. Danke auch an Girls on the Run (www.girlsontherun.org), eine unglaubliche Organisation, der ich zum Glück angehören durfte und die mich zu einigen Passagen dieses Romans inspiriert hat.

Für den Rückhalt meiner Familie bin ich ebenfalls sehr dankbar. Allen voran danke ich meiner Großmutter Patricia Pietrzak, die in mir die Liebe zum geschriebenen Wort geweckt hat (selbst wenn das hieß, mir hinter dem Rücken meiner Mutter Romane von V. C. Andrews zuzustecken). Außerdem danke ich Bill Pietrzak und Joyce Nelson für ihre jahrelange Unterstützung, meinen Eltern Tip und Vanessa Noe und meinen Schwestern Laurel Lambert und Janette Noe, die zufällig auch meine besten Freundinnen sind. Natürlich auch ein Dank an euch, meine lieben Kinder, die meinem Leben einen Sinn geben.

Zu guter Letzt danke ich meinem Mann JP Pagán, der mein Leben für immer zum Besseren verändert hat, als er vor zehn Jahren eine wichtige Rolle darin übernahm.